T0245971

M

ARIA BEDMAR

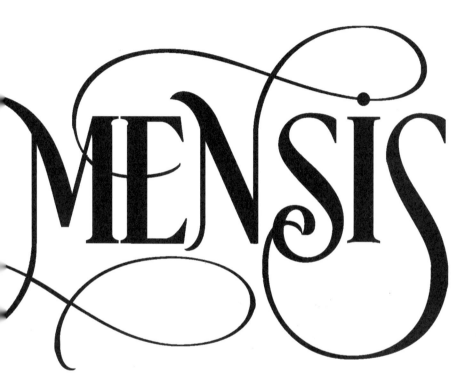

MENSIS

Dos almas.

Dos cuerpos.

Un mismo mar.

Montena

Papel certificado por el Forest Stewardship Council®

MIXTO
Papel | Apoyando la
silvicultura responsable
FSC® C117695

Penguin
Random House
Grupo Editorial

Primera edición: junio de 2024

© 2024, Aria Bedmar
© 2024, Penguin Random House Grupo Editorial, S. A. U.
Travessera de Gràcia, 47-49. 08021 Barcelona
Imágenes de interiores: iStock

Printed in Spain – Impreso en España

ISBN: 978-84-10050-62-4
Depósito legal: B-7.955-2024

Compuesto en Compaginem Llibres, S. L.
Impreso en Gómez Aparicio, S. L.
Casarrubuelos (Madrid)

GT 5 0 6 2 4

A ti, que te atreves a imaginar. Gracias.

Prefacio

—¿Tessa? —escuché desde el piso de abajo.

—¡Ya voy, ya voy! —dije mientras apuraba para ponerme la segunda zapatilla.

Atiné a meter el pie y me levanté de un salto. Cogí la riñonera de la mesa, salí a toda prisa de mi cuarto y bajé las escaleras intentando no tropezar. Al llegar abajo, vi a Enzo apoyado en el quicio de la puerta con cara seria, jugando con un mechero entre los dedos. Vestía su habitual ropa de deporte: camiseta blanca sin mangas y pantalón corto bajo. Se estaba pasando la mano por su cabeza rapada casi al cero. En cuanto me vio, cambió el gesto a uno mucho más amigable.

—Al fin. Ya me planteaba si entrar a buscarte. —Me sonrió.

—Ya… Perdona, es que no encontraba las zapatillas. Y, cuando al fin las encuentro, no soy capaz de metérmelas.

Enzo soltó un ruidito a modo de risa, que intentó disimular. Yo me mantuve en silencio unos segundos, sin comprender su reacción. Cuando lo entendí, sonreí y puse los ojos en blanco. Qué simple era a veces…

—En fin, mejor nos vamos ya si no queremos perdernos el encendido. —Me dirigí a la puerta, pero al intentar salir no me dejó pasar. Lo miré divertida.

—Así que te costaba metértelas… —dijo mientras se acercaba a mí. Suspiré. Ya comenzaba con ese juego.

—Sí, eso parece —contesté riendo bajito.

Puso esa sonrisa suya de medio lado y me cogió con delicadeza por el cuello, aproximándome a su rostro. Empezó a besarme y yo le seguí. Él intensificó más el beso: me puso una mano en la cintura y me empujó contra él. Sentí el calor que desprendía su cuerpo, una temperatura a la que, desde luego, no estaba el mío. Le agarré de la cara con suavidad mientras intentaba separarme un poco.

—Enzo, vamos a llegar tard… —Me calló de nuevo con sus labios. Sentí su mano subir y colarse por debajo de mi camiseta. Me apretó fuerte la piel y solté un pequeño quejido. Él rio sobre mis labios y siguió con su juego. Con una mano le sujeté la cara y con la otra le cogí el brazo que tenía alrededor de mi cuerpo. Me separé y le miré a los ojos.

—Digo que vamos a llegar tarde. —Sonreí. Junté nuestros labios de nuevo en un último y breve beso antes de rodearlo para coger las llaves del taquillón.

Al pasar por delante del espejo de la entrada, me di cuenta de que tenía parte de mi labial difuminado, me llegaba casi a la barbilla. Se me escapó un suspiro entre sonrisas y limpié ese desastre. Aproveché también para apretarme un poco más mi habitual cola de caballo.

Crucé la puerta, puse las llaves en la cerradura y me volví hacia él.

—¿Vamos?

Enzo me miró y volvió a poner la media sonrisa que tanto lo caracterizaba.

—Claro, vamos.

CAPÍTULO 1

La Pincoya

Los últimos rayos de luz empezaban a caer y casi todos nuestros amigos ya estaban allí. Normalmente, nos reuníamos bien entrada la noche, pero con el paso de los años lo fuimos adelantando más y más. Supongo que era una noche demasiado mágica como para no aprovecharla hasta el último minuto.

Afortunadamente, aún no habían encendido la hoguera principal cuando llegamos, así que estábamos a tiempo de ver cómo prendían el primer fuego, algo que me fascinaba desde la primera vez que lo vi. Nada más pisar la arena, Enzo me soltó de la cintura y se fue a saludar a Toni y Rober, sus mejores amigos en Punta Javana. Yo busqué a mis amigas entre la gente, pero no las veía. Entonces, noté unas manos que me agarraban por la espalda y oí un grito detrás de mí. Di un respingo tan grande que casi se me escapa el corazón por la garganta. Me giré de golpe. Ahí estaban las dos, muertas de la risa.

—¿En serio? ¿A estas alturas? —Me puse una mano en el pecho para tratar de bajar las revoluciones de mis latidos.

—Es que nunca pierde la gracia. Siempre te asustas como si fuera la primera vez. —Mery intentaba hablar sin que la risa la entrecortase, sin éxito.

—Quizás porque ahora que pasamos de los veinte años no esperaba que os siguierais comportando como crías. —La miré acusadora.

—Vamos Tessa, no te enfades. —Susi parecía controlarse mejor—. ¿Te lo podemos compensar invitándote a un javano?

—Ja, ja. Muy graciosa. Ni que lo pagaras tú, lista. —Me crucé de brazos y alcé una ceja.

—Bueno, te invitamos a venir con nosotras a por un vaso *gratuito* de javano —especificó Susi antes de echarse a reír.

No sabía cuál era peor de las dos. Me quedé observándolas un instante antes de unirme a su risa.

—Sois de lo peor —dije mientras le pasaba un brazo por los hombros a cada una. Juntas nos dirigimos al puesto de los javanos, una de esas bebidas de las que recuerdas el primer vaso de la noche, pero no el último.

El encendido fue precioso, como cada año. La primera canción empezó a sonar en cuanto las llamas llegaron a la última rama de la hoguera. Aplausos, risas, música, baile. Aquello siempre tenía un tinte de comienzo de las vacaciones; como si las semanas previas fueran solo un calentamiento para ese tres de julio, para el verdadero inicio de nuestro verano.

Enzo me agarró la cintura desde atrás y se pegó a mi cuerpo. Empezó a bailar conmigo sin dejarme girar para verle la cara. Me reí cuando noté lo pegados que estábamos. Parecía no ser consciente de lo descarado que resultaba a veces… Y así, moviéndonos al ritmo de la música, también pensé en lo mágico que resulta el verano. En los tiempos muertos que nos tomamos todos antes de volver a nuestras rutinas en septiembre.

Giré la cabeza para ver a mis amigos. Ahí estaban Rober y Susi; un estudiante de informática y una maquilladora a tiempo parcial. Él era alto, tatuado, fan del rock duro y de los ordenadores. Ella, bajita, pelo corto y colorido, amante de cualquier fiesta, siempre que supusiera estar fuera de casa. El resto del año podrían no tener nada en común, pero ahí, bailando juntos en la fiesta de la Pincoya, parecían hechos el uno para el otro. Observé también a Toni y Mery, que se retaban a chupitos cada vez que encontraban una excusa absurda para hacerlo. Uno vivía en la capital, de familia adinerada, acostumbrado a los uniformes y a las notas sobresalientes; la otra, en un pueblo del norte, donde pasaba más tiempo dibujando y soñando con vivir en cualquier país oriental que ayudando a su madre con el trabajo en la tienda. Cada verano se juntaban como si no hubiera pasado el tiempo entre ellos, como si nada los diferenciara. Grupos de chicos que bailaban, grupos de chicas riendo, grupos mixtos con bebidas. El verano tenía una magia especial, eso era innegable.

Y ahí me encontraba yo, estudiante de psicología, enamorada de la libertad y luchadora de las causas injustas, bailando con un chico que parecía tener como único objetivo en la vida tachar de la lista a todas las chicas que pudiera para luego correr a contarles a sus amigos los gustos sexuales de cada una. Cualquier otro día del calendario me hubiera indignado solo con la idea de compartir grupo de amigos con él, pero no en verano. Necesitaba tomarme mi respiro anual de ser la abogada de lo imposible y disfrutar de lo que la vida me ofrecía. De no haberlo hecho, no lo habría conocido a él, a una persona con la que nunca pensé que hablaría más allá de un «hola» y «adiós».

Enzo era lo que se dice un tipo simple; le gustaba estar con amigos, el deporte y el sexo. Posiblemente, el resto del año sería mucho más que eso. Quizás era un genio de las matemáticas, un futuro abogado de prestigio o un increíble artista del pincel, quién sabía. Ya podía ser el futuro presidente del país, que a los dos nos daba igual. Era nuestro momento. El momento de liberar nuestro «yo» más interno, el más despreocupado, el más primitivo… Bendita sensación de libertad veraniega.

Me quedé mirándolo un instante. Él me sonrió sin entender muy bien lo que pasaba por mi cabeza. Acabó por lanzarse a besarme, y yo me dejé llevar.

Entre la música, las risas y los gritos, pude escuchar el sonido de un barco. Me separé de Enzo y me giré rápidamente para ver de quién se trataba. Efectivamente, ahí estaba Cintia en su catamarán acompañada de su inseparable Lucas. Ambos rubios, de ojos castaños y altura media. Llevaban tantos años juntos que empezaban a sincronizarse al hablar. Desde que una vez Susi los llamó Pinypon en broma, se quedaron con ese mote. Estaban realmente hechos el uno para el otro.

Llamé al resto del grupo con silbidos y moviendo enérgicamente los brazos en el aire. Verlos aparecer así solo podía significar una cosa: fiesta privada en el barco.

Enzo estaba fumando con Toni en la popa. Conversaban animadamente mientras miraban la orilla, llena de puntos naranjas. A lo lejos ardían las hogueras. Aproveché la excusa de ir al baño para separarme de ellos un rato. Necesitaba dejar de discutir sobre los mejores grupos de música de los ochenta. ¡Como si no existieran auténticas maravillas a partir de los dos mil!

Salí de ahí y pensé que hacía rato que no veía a Susi. Me acerqué a Cintia interrumpiendo su sesión de selfis y le pregunté por nuestra amiga. Me miró, sonriente.

—¿A que tampoco ves a Rober? —Me guiñó un ojo.

Las dos nos echamos a reír a la vez. Era el primer verano que se juntaban los dos, y vaya si lo estaban aprovechando. Casi siempre desaparecían unos veinte o treinta minutos de cada reunión de amigos. Habría dicho que me sorprendía la naturalidad con la que Cintia admitía saber que estaban en el baño de su camarote, pero ella y Lucas no se quedaron atrás en los primeros meses de su relación, así que nadie mejor que ella entendía esa necesidad de contacto constante. De repente, oímos la voz de Mery a gritos.

—¡El suelo es lava! —dijo antes de tirarse por la borda de un salto.

Inmediatamente miramos hacia la parte de la cubierta por la que había desaparecido. Todos sabíamos cómo se las gastaba con el alcohol y, a esas alturas, parecía bastante perjudicada como para salir a la superficie por sus propios medios.

—¡Mery, no! —Toni no dudó y saltó justo después de ella.

En cuanto Toni se sumergió, el resto nos reunimos en la misma barandilla a la espera de verlos emerger. Hubo unos interminables segundos en los que no avistábamos a ninguno de los dos, tan solo burbujas que salían hacia arriba. Tardamos en ver la larga melena roja de Mery reaparecer en mitad del agua oscura. Toni la sujetaba con fuerza desde abajo, empujándola hacia la superficie. Nada más sacar la cabeza del agua, Mery empezó a reírse. Todos respiramos aliviados.

—¡Os estáis quemando con la lava del suelo! —Nos miraba con evidente diversión, ajena al tremendo susto que nos acababa de dar.

—¡Mery, por favor, no vuelvas a hacer eso! Pensábamos que… —Enzo no me dejó terminar la frase antes de cogerme del brazo y tirar de mí para después saltar juntos.

—¡El suelo es lava! —gritó Enzo justo antes de que tocáramos el agua.

Escuché las risas de todos cuando saqué la cabeza agitada. Sentía aún la preocupación por Mery en el cuerpo, la impresión por el tirón del brazo, el frío por el contacto repentino con el agua. Lo miré con rabia.

—¿Podrías hacerme el favor de avisar antes de hacer estas cosas? Porque no tiene ni puta gracia —dije sin pensar. Las risas se fueron apagando hasta dar lugar a un silencio bastante incómodo.

Sé que ninguno de ellos lo había hecho con mala intención, pero empezaba a hartarme de ese jueguecito. Primero el susto que me habían dado las chicas al llegar a la fiesta, luego Mery al saltar borracha al agua y, como guinda del pastel, Enzo me tiraba al agua sin ningún miramiento. No entendía qué clase de diversión encontraban en asustar así a la gente.

Respiré hondo para tratar de sosegar la ola de calor que me arrasaba por dentro. Me tomé unos segundos antes de hablar por encima de la música que aún sonaba desde la cabina del barco.

—Lo siento, chicos. —Me aparté de la cara un mechón suelto de la coleta—. Creo que los javanos me están subiendo de mala manera. —Sus caras de circunstancia me daban a entender todo lo que necesitaba saber. Sonreí para rebajar la incomodidad del ambiente, pero nunca se me había dado bien mentir. Opté por hacer lo más lógico y lo que más necesitaba en ese momento—: Voy a darme una vuelta. Vuelvo enseguida.

Mantuve la falsa sonrisa hasta que me giré y empecé a nadar hacia La Isleta, un pequeño espacio de tierra que se ubicaba enfrente de la costa de Punta Javana, a unos cuantos metros de distancia. A pesar de que ya no les veía las caras, notaba que la tensión seguía flotando en el ambiente, y me odiaba por eso. Necesitaba despejarme, desconectar de la fiesta, del ruido. No iba a dejar que mi mal carácter ganase la partida. Esa noche no.

—Espera, Tessa —escuché la voz de Enzo llamarme, seguida por el ruido del agua al moverse mientras nadaba detrás de mí. Yo no me detuve—. Tessa, por favor.

Decidí bajar un poco el ritmo hasta acortar la distancia que había entre los dos y continuar juntos el trayecto a La Isleta.

Al llegar, me apoyé en una roca para subir y me quedé sentada con los pies en el agua. Enzo me siguió y se sentó conmigo. Sin estar demasiado lejos del barco, estaba segura de que entre la música y las voces no podrían oírnos. Teníamos privacidad.

Contemplamos la costa de Punta Javana juntos, sin decir palabra. Los minutos pasaban y cada tanto yo soltaba un suspiro. Sentía ira, pena, cansancio. Me odiaba por volver a estropear un buen momento por algo así, por una repentina rabieta. Maldito mal genio, que no podía evitar, y maldito arrepentimiento, que después me quemaba por dentro.

Cruzamos miradas sin planearlo. Había un atisbo de una sonrisa en sus labios, que me contagió por breves instantes.

—¿Estás bien? —preguntó, rompiendo el silencio.

Intuí sus ganas de ponerme una mano en el hombro. La detuvo en el aire y retrocedió, lo que hizo que me sintiera aún más miserable. ¿Tanto rechazo provocaba cuando me ponía así que ni siquiera se atrevía a tocarme? Lo miré apenada, arrepentida.

—Lamento mucho ponerme así, de verdad. Me siento fatal. —Mi voz adquirió un tono ciertamente sombrío—. No sabes la rabia que me da verme otra vez en estas. Llevaba tiempo sin pasar, pero… —Guardé un momento de silencio para mantener la decepción conmigo misma lo más a raya posible—. Supongo que no es lo mismo estando sobria que con tantos javanos en el cuerpo.

Por mucho que quisiera mantenerlos controlados, los ataques de ira aún formaban parte de mí. Lo intentaba cada vez, pero seguía sin saber cómo hacerlos desaparecer del todo. Solo si ponía todo mi empeño conseguía suavizar un poco los efectos y tener filtro a la hora de hablar o actuar, pero, en cuanto me despistaba, el fuego que nacía dentro de mis entrañas me consumía y salía por cada poro de mi piel.

Se rio. Lo miré sorprendida y vi en su gesto que no estaba ni enfadado ni decepcionado, solo sonreía despreocupado. Quizás estar un poco borracha y hablarle de una profundidad emocional que no le interesaba era, cuando menos, absurdo. Estábamos bebidos, mojados y en medio de la noche más esperada del año. ¿Por qué pasarla hablando de mis fantasmas? Me dio por reír a mí también. Sentí que la tensión en el ambiente se rebajaba por fin.

—Lamento haber chafado tanto el plan —admití con restos de la risa anterior. Él quiso replicar, pero no le dejé. Le sonreí y fui sincera—. Vuelve con ellos si quieres, yo estoy bien aquí. Solo necesito unos minutos más.

Enzo se quedó callado, mantuvo nuestras miradas conectadas. Lentamente puso su mano sobre la mía.

—Pues aquí estaré los minutos que necesites —declaró intentando reprimir esa media sonrisa suya.

Admito que no me esperaba esa respuesta por su parte. Me pareció algo muy maduro para las expectativas que tenía de él. Quizás no haría falta esperar al final del verano para ver qué más había detrás de esa fachada de «solo colegas, deporte y sexo». Tal vez empezaba a entreverse ese chico sensible que sospechaba que se escondía en él. Sonreí.

—Gracias… —musité antes de recostar mi cabeza sobre su hombro.

Respiré hondo y cerré los ojos. En sus brazos me sentía mejor de lo que cabía esperar. Recapacité acerca de los prejuicios que tenía sobre Enzo, y de cómo él parecía demostrarme que me equivocaba.

Nos quedamos largo rato en silencio, respirando juntos, admirando las hogueras de fondo. Sentí su brazo rodearme y apretarme levemente contra él. Me besó la cabeza, la frente… Me incorporé un poco y me quedé mirándolo. Sus besos bajaron por mi nariz hasta mis labios. Solté una risita. Me acarició la cara y me acercó más a él.

El beso se volvió más intenso. Me recostó entre unas rocas sin dejar que nuestras bocas se separasen. Yo no podía parar de pensar en esa vuelta a la realidad que tuve, en cómo la magia del verano se me había desvanecido levemente por el arranque de ira. Luché por desprenderme de eso. Respiré y me centré en disfrutar del momento. Notaba las rocas resbaladizas en mi espalda, el bikini y el pelo llenos de sal y la piel llena de arena. No lo tenía fácil para relajarme.

—Espera, Enzo… —hablé entre besos—. Estoy un poco incómoda aquí.

No respondió. Directamente se incorporó, me rodeó con sus brazos y me levantó con él. Nos quedamos de rodillas, apenas despegando nuestros labios un segundo antes de volver a encontrarnos. Puso sus manos en mi espalda y buscó el lazo del sujetador. Antes de darme cuenta, ya me lo estaba quitando por el cuello para tirarlo por ahí. Me siguió besando. Pasó sus manos por todo mi cuerpo, con ansia. Entonces fue a por la parte de abajo de mi bañador.

—Para, para, Enzo. —Le sujeté la mano—. No sé…

—Venga, estamos solos. ¿Qué mejor ocasión que esta? —dijo sin separar sus labios de los míos. Incluso me costaba entender bien lo que decía.

Sentí su mano acariciarme y no pude reprimir un pequeño gemido. A ver, sí que me apetecía, pero… Estaba hecha un lío. Quería, pero no quería, y no sabía hasta qué punto el alcohol que llevaba en sangre jugaba un papel importante en el asunto. Además, aunque quería hacerlo, no me apetecía que fuese así, tan repentino y en el primer sitio que encontramos. Solía ser mucho más cuidadosa. Apostaba a que él tampoco llevaba un preservativo guardado en ningún recoveco de su bañador.

El tiempo de divagar se me acabó cuando sentí que ya no eran sus dedos. Sin darme cuenta, él estaba bocarriba y yo sobre él. Echó la tela a un lado y entró. Yo gemí. Claro que gemí, no soy de piedra. Eso no disipaba mis dudas de si era yo la que quería hacerlo o si eran los javanos los que actuaban por mí, pero ahí me encontraba. Él se movía, yo cerraba los ojos y me intentaba dejar llevar. Mi cuerpo se acompasó con el suyo en ese vaivén, pero mi mente estaba en otro lugar muy diferente. Nuestros cuerpos se juntaban, el agua del Mediterráneo se movía con nosotros, oía la música de fondo, se veían las hogueras de la playa desde ahí… Todo apuntaba a un momento inolvidable, un recuerdo grandioso, pero yo empezaba a sentirme realmente incómoda.

—Estoy un poco… —logré decir. Dudaba de si ese era mi pensamiento a todo volumen o si, realmente, estaba hablando en voz alta. Él tenía los ojos cerrados y me agarraba la cintura con fuerza. No dejé espacio para la duda—.Oye, quiero parar.

Mi cuerpo me escuchó bastante antes que él. Agradecí ser capaz de detenerme.

—Oh, venga, Tessa. ¿En serio? —dijo mientras se apartaba, claramente cabreado.

—Sí.

Con su reacción decidí que lo que quería no era cambiar de postura o de sitio, era irme. Así que me puse de pie en busca de la parte de arriba del bikini, que a saber dónde había acabado.

—¿A qué viene esto? Lo estamos pasando bien. —Echó la cabeza hacia atrás y empezó a tocarse.

Justo en ese instante entendí que eran los javanos y no yo. Me confesé que, de haber estado sobria, la parte de mí que quería acostarse con él habría sido mucho menor.

Lo miré y casi sentí pena. Pensar que hacía solo unos instantes me castigaba por tener prejuicios sobre él y resultaba que esa vocecita interior mía era la única que estaba cuerda.

Por fin encontré mi bañador y me lo puse en un rápido movimiento. Me ofreció la mano que le quedaba libre, invitándome a unirme a él de nuevo, sonriéndome de medio lado como solía hacer. Esa sonrisa se me antojaba mucho menos encantadora que antes.

—Me vuelvo al barco —respondí seria.

Cuando fui a retocar la parte de abajo de mi bikini para asegurarme de que no se desharían los lazos a mi regreso, me di cuenta de que me había dejado sus dedos marcados en la piel. Mi cadera empezaba a tomar tonos rojizos, casi púrpuras, justo encima del hueso. Cuatro líneas bien diferenciadas a cada lado. Suspiré rabiosa. No le daría el placer de mirarme de nuevo. Me apreté mi desastrosa coleta, entré en el agua y empecé a nadar.

—¡Venga ya! Como si tú no quisieras seguir también —dijo. No me detuve—. Joder, con lo que me ha costado. —Habló en un tono más bajo. Le notaba un pelín desesperado—. Pues tampoco estás tan buena, ¿sabes?

«Patético», pensé.

Continué hacia el catamarán sin detenerme, necesitaba escapar de ahí. Al final, estuve lo suficientemente lejos como para dejar de oír las tonterías de Enzo. ¿Por qué siempre me pasaba lo mismo? ¿De veras no sabía diferenciar entre las personas que merecían la pena y las que no? No podía ser tan complicado encontrar a alguien que fuera capaz de entender un «no» a la primera y que no se lo tomara como un desafío a su orgullo o su virilidad. Porque existir, existían, solo que yo no era capaz de diferenciarlos de los imbéciles.

De pronto, un dolor intenso explotó en mi pierna y grité. Algo me había raspado. El agua a mi alrededor se movía marcando un camino de ondas, como si algo hubiera pasado a gran velocidad a mi lado. Lo primero en lo que pensé fue en un tiburón. Mi parte racional entendía que era bastante improbable que hubiera uno en la costa de Almería. Entonces, ¿una medusa quizás? Para provocarme un dolor de tal calibre, debía de ser realmente grande.

La idea de nadar a oscuras con una medusa gigante por ahí me hizo temblar, así que retomé el nado como pude y salí disparada de vuelta al barco. Habían pasado pocos segundos cuando escuché la voz de Rober desde la cubierta.

—¿Estás bien, Tessa? ¿Has sido tú la que ha gritado hace un momento? —Apagó su cigarro y me tendió una mano por la escalera.

—Sí, he sido yo. —Acepté su gesto y subí sin apoyar demasiado peso en la pierna afectada—. Algo me ha arañado y me he asustado. Creo que me ha picado una medusa.

Apenas terminaba de subir cuando volví a escuchar su voz, esta vez más preocupada.

—¿Qué te ha pasado? —Rober insistió.

—Te lo he dicho. Creo que me ha picado algo. —Dirigí mi mirada por primera vez a la pierna. Cuando la vi, callé al instante.

Tenía una línea roja enorme, que me atravesaba casi todo el muslo, de la cadera a la rodilla. Parecía un corte abierto que no llegaba a sangrar. Era poco profundo, aunque bastante largo. Desde luego, no se parecía ni remotamente a las picaduras de medusa que había visto en mi vida.

Además, estaba cubierto de una sustancia viscosa de un color entre cerúleo y verdoso.

—Tenemos que desinfectarte esta herida ahora mismo —dijo antes de salir corriendo.

No podía dejar de mirarme el corte. Era realmente asqueroso. Agradecí las infinitas películas y series policiacas que había visto a lo largo de mi vida porque así no me parecía tan escabroso ni preocupante. Rober regresó enseguida con una botella de ginebra en las manos. Me la empezó a derramar por la pierna sin dudarlo.

—Espera, espera… ¡¡Ah!! —grité. Quise decirle que a saber si haría reacción o cómo le sentaría a la herida. No me dio tiempo. El alcohol me ardía en la piel.

Mis gritos alarmaron al resto, que llegaron rápidamente. La borrachera se les debió de bajar de golpe al verme y, más aún, cuando se demostró mi teoría. En cuanto me echó la ginebra y me quitó esa baba, la herida empezó a sangrar sin control. Ya no podía ocultar los gritos de dolor. Mery tuvo arcadas hasta que vomitó, Toni casi se desmaya, Susi no sabía qué hacer, Cintia salió corriendo a levar el ancla, Lucas no paraba de preguntar qué había pasado y Rober se empeñaba en echarme más y más ginebra en la pierna hasta que quedó bien empapada y, solo entonces, taponó la herida con una toalla. Todo fue muy rápido.

Antes de darme cuenta, ya poníamos rumbo a la costa. Ellos hablaban de dividirse para llevarme a un hospital y, a la vez, ir a buscar a mi hermano para avisarle de lo que me había pasado. Yo quería hablar para decirles que Enzo se había quedado allí, pero el fuego que sentía emanar de mi herida me dejaba paralizada. Susi pareció leerme el pensamiento.

—Esperad. ¿Dónde está Enzo?

Se miraron preocupados.

—Seguramente esté en La Isleta —respondió Toni.

Noté una pincelada de vergüenza en su voz. Busqué su mirada y entendí que, de alguna forma, él sabía lo que habíamos estado haciendo allí. Supuse que Enzo le habría contado sus intenciones conmigo, sus planes de apartarme en algún momento de la fiesta o aprovechar si lo hacía por mí misma, como fue el caso, y así acostarse conmigo. Puede, incluso, que él le animara a hacerlo, que tuvieran una apuesta sobre cuánto tiempo tardaba en dejarme convencer. «Con lo que me ha costado», había dicho Enzo.

Estaba demasiado centrada en respirar hondo y calmarme como para dedicarle más minutos de mi pensamiento a ese idiota.

—Vale, haremos lo siguiente —habló Rober poniendo orden—. Susi y yo acompañaremos a Tessa al centro de salud. Nos llevaremos también a Mery, a ver si le pueden hacer un lavado de estómago o algo. Toni, tú busca a Río y dile lo que ha pasado, que avise a sus padres. Cintia, Lucas, vosotros volved con el barco a La Isleta y recoged a Enzo.

Se hizo el silencio. Nadie le discutió lo más mínimo.

Cuando llegamos al centro de salud nos atendieron enseguida. Llevaron a Mery a una sala y a mí a otra. Esa noche se esperarían intoxicaciones etílicas, quemaduras por las hogueras o, como mucho, alguna herida por un despiste o una pelea tonta. Estaba claro que no esperaban un caso como el mío. Me pasaron a una camilla, me pusieron una vía, me quitaron la toalla ensangrentada y empezaron con las curas. Maldita sea, cómo ardía.

El enfermero les preguntó a Rober y Susi acerca de lo ocurrido, pero yo no podía oírlos con claridad. Un zumbido me tapaba los oídos. Pasé de no oírlos bien a no verlos bien. Todo era borroso, difuso. Incluso el dolor de la pierna parecía remitir. De repente, sentí mucho sueño y pensé que lo mejor sería echarme un rato a descansar, a ver si se me pasaba todo. Cuando cerré los ojos, perdí el conocimiento.

Desperté desorientada. Me pesaba la cabeza y sentía la boca seca. La habitación daba vueltas. Malditos javanos.

Tenía puesta una manta fina encima, que me daba bastante calor. Quise incorporarme un poco para quitármela y el dolor me trajo de vuelta a la realidad de golpe: la fiesta, el barco, la medusa gigante, la ginebra, la sangre. Eran como misiles que explotaban contra mi cerebro, uno tras otro. Bom, bom, bom. Cerré los ojos e intenté reorganizar esos misiles.

—No te preocupes, Tess, estoy aquí.

Noté la mano de mi hermano acariciarme la cara.

—¿Río…?

Abrí muy levemente los ojos.

—Sí, soy yo, enana. —Me pasó la mano por el pelo y me dio un beso en la frente—. Estate tranquila, me quedo aquí contigo todo el tiempo.

Su forma de actuar me dejó aún más descolocada de lo que ya estaba. Demasiado cariñoso, demasiado atento. Eso no era normal en él. Lo que cabía esperar era que me regañara por beber tanto, por ser una imprudente. Esa comprensión conmigo solo podía significar que o bien la situación era fea de verdad, o tenía grandes posibilidades de serlo.

—Río, estoy bien, no te preocupes. Probablemente sea solo una picadura de medusa un poco más grande de lo normal —le dije. Cierto era que la pierna me seguía ardiendo como el infierno, pero no quería estropear la fiesta a nadie más—. Ve de vuelta con Annie y con tus amigos. Disfruta de la noche. Yo de aquí no me voy a mover, te lo aseguro.

Le mostré una pequeña sonrisa aún con los ojos sin abrir del todo. Lo noté suspirar.

—Es la una del mediodía, Tessa. La Pincoya terminó hace horas.

Abrí del todo los ojos y entendí que la claridad que notaba no venía de las luces de la sala, sino del sol. Río me miraba con una sonrisa cansada. Sus rizos, habitualmente cuidados, lucían ahora desordenados y llenos de sal. Sus ojos, del mismo tono castaño claro que los míos, me miraban con una preocupación pobremente disimulada. No sabía cuánto tiempo había estado inconsciente, lo único de lo que tenía certeza era de la resaca que me esperaba ese día.

Me tomé un momento para respirar, solo respirar. Me concentré en el aire que entraba y salía de mis pulmones. Lo visualicé como me dijeron en clases de meditación: «Entra limpio, se queda un momento y sale arrastrando todo lo malo; entra limpio y sale turbio; entra limpio, sale un poco menos turbio». Quería recordar al completo la noche anterior, tener bien claro todo lo que pasó. «Entra limpio, sale un poco menos turbio». Pero los recuerdos todavía no tenían orden ni concierto. «Entra limpio, ahora sale más turbio». Desistí de acordarme yo sola. Busqué la ojerosa mirada de mi hermano mayor.

—Río, ¿qué ha pasado exactamente? —le pregunté.

Eché un rápido vistazo a mi alrededor, estábamos solos en la sala.

—Solo sé que Toni fue a buscarme muy preocupado y vinimos enseguida para acá. En cuanto llegamos, él se marchó a acompañar a Mery a otra sala y yo me quedé aquí contigo. Poco más.

Mery borracha en el agua. Bom.

Callé un momento y pensé en ellos.

—¿Mamá y papá no saben nada?

Me extrañaba no ver a mi madre dando la vara a los enfermeros para que me dieran todo tipo de cuidados.

—La última vez que estuviste aquí por un simple esguince, mamá se ganó el título de Madre Pesada del Año. —Ambos sonreímos al recordarlo—. He pensado que sería mejor que estuvieses tranquila. Les he dicho que nos encontramos anoche y que estabas un poco más bebida de lo esperable, así que te llevé a casa de Annie para pasar la noche los tres juntos. —Lo miré con desaprobación—. ¿Qué querías que hiciera? Mejor que piense que estás durmiendo la mona con nosotros y no que estás en urgencias por tener una raja en la pierna del tamaño de su bonsái favorito, ¿no crees? —Ya sí empezaba a ver a mi hermano de verdad.

—Y yo te lo agradezco, pero a ver cómo vuelvo a casa ahora sin que se me note la cojera.

Se quedó pensativo un instante.

—Bueno, eso ya lo iremos viendo.

Eché la cabeza hacia atrás. Menudo lío… Cualquiera aguantaba entonces a mi madre tratándome como una inválida en casa. Peor aún si contábamos con el interrogatorio que nos esperaba tras la mentira de mi hermano.

Me recosté y recuperé las respiraciones de antes. «Entra limpio, sale turbio. Entra limpio, sale turbio. Entra limpio y…». Sonó el móvil de Río. En la pantalla leí el nombre de Rober. Me alegró saber que no estaba dormido. Seguramente, se pasaría a verme y podríamos hablar de lo de anoche. Mi hermano se levantó de la silla y contestó. A los pocos segundos le cambió la cara.

Se alejó unos cuantos pasos más de mí. El corazón me dio un vuelco, no parecían ser buenas noticias. Busqué la mirada de Río. Él se llevó una mano a la cabeza. Esperé. Seguí esperando. Los segundos parecían horas. Al fin colgó el teléfono.

—¿Qué pasa? ¿Rober está bien? ¿Le ha pasado algo?

Mis preguntas sonaban atropelladas. El nudo que tenía en la garganta no me dejaba hablar con tranquilidad.

Él se acercó a mí de nuevo. Sus ojos delataban la preocupación que insistía en ocultar.

—Verás, Tess… Tus amigos tenían intención de visitarte hoy, pero no va a poder ser. —Intentaba guardar la calma que no tenía. No creía que eso fuera todo. Me quedé callada, sin apartar la mirada, esperando. Él tomó aire y eligió bien las palabras—. Están ocupados hablando con la policía. Enzo ha desaparecido.

CAPÍTULO 2

La desaparición

La palabra «desaparecido» resonaba en mi cabeza sin parar. Su eco me provocó un escalofrío. Una parte de mí quería creer que estaban alarmados de más, que simplemente desconocían dónde se encontraba, pero ¿acaso no era eso estar desaparecido? Me era imposible concebir ese término. Desaparecer, no estar, que nadie sepa dónde o cómo te encuentras.

Entonces recibí otro misil más fuerte que el anterior: Enzo, La Isleta, el bikini.

Recordé estar ahí con él, entre rocas resbaladizas. Que lo hicimos —más o menos—. Recuerdo también el momento del corte de la pierna, ver a todos en el barco asustados, a Rober diciendo a Cintia y a Lucas que volvieran luego a recogerlo… Eso significaba que nos fuimos de allí sin él, que yo me fui de La Isleta sola, que no me importó dejarlo allí. ¿Y si yo tenía la culpa de que Enzo estuviera desaparecido? ¿Y si pude hacer algo y no lo hice? ¿Y si estaba tan enfadada que no supe ver la situación y hui sin importarme si él podía estar en peligro? Los malditos «¿Y si…?».

Mis eternas compañeras de viaje regresaron con más fuerza que nunca: angustia, ansiedad, ira. Tomé aire de forma entrecortada, centrándome en Enzo, solo en él. Me concentré en la posibilidad de ayudarle, de descubrir dónde se encontraba y llevarlo de vuelta a casa sano y salvo.

Expulsé el aire contenido y volví a inspirar lentamente.

Pensé solo en eso, en mi posibilidad de ayudar. Si me dejaba llevar por las emociones no conseguiría nada. En cambio, si las controlaba bien, podría colaborar en su búsqueda.

Solté, inspiré de nuevo.

Si yo estuve allí con ellos, era cuestión de tiempo que la policía me pidiera testimonio también a mí.

—Río, tengo que ir a la comisaría —dije con toda la tranquilidad que encontré dentro de mí. Inspiré y espiré una vez más—. Yo fui la última en verlo. Seguro que la policía querrá hablar conmigo. Puede que algo de lo que les diga les ayude a encontrarlo antes.

Él se quedó en silencio, sopesaba mi reacción. Ni yo misma daba crédito a mi serenidad. Pero ahí estaba, aguardando pacientemente su respuesta. Él se tapó la cara por unos instantes, pensativo. Poco después retiró las manos y me miró.

—¿Te duele mucho la herida? ¿Puedes caminar? —dijo en tono serio.

—Supongo que sí. Despacio, pero podría.

Noté un fogonazo de adrenalina atravesarme el cuerpo, algo que sin duda me ayudaría a caminar con rapidez.

—¿Estás segura? —Asentí—. Está bien, voy a avisar al enfermero. Me dijeron que les hiciera saber cuándo despertabas. Supongo que valorarán tu estado y decidirán qué hacer. Vuelvo enseguida.

Tardó apenas dos minutos, que aproveché para tantear el estado de mi pierna. ¿Dolía? Sí, pero me daba igual. No iba a quedarme quieta sabiendo que Enzo podía estar en peligro y que yo tenía posibilidades de ayudarle. Río volvió a la carrera hacia mí adelantándose a quien venía tras él.

—Si no muestras signos de mucho dolor podemos conseguir que te den el alta ahora mismo —me susurró.

El enfermero entró y me hizo unas preguntas. Después habló con Río. Me pidió que me levantase para comprobar mi equilibrio y la cantidad de peso que podría poner en la pierna. No tuve que fingir mucho, pues con la emoción del momento el dolor me parecía soportable. Finalmente me dio el alta, bajo las condiciones de andar con mucha cautela y volver de inmediato si surgía cualquier problema o complicación. Le dijo a mi hermano cómo hacer las curas en casa y le dio recetas del material que debía comprar en la farmacia. Yo aproveché para recoger mi riñonera de la mesita, aunque no recordaba haberla traído conmigo. Me la abroché alrededor del cuerpo y me recogí el pelo. En cuanto el enfermero se marchó, apoyé el brazo sobre los hombros de mi hermano y salimos de allí a un ritmo demasiado lento para mi gusto.

Afortunadamente, el pueblo era bastante pequeño y todo quedaba cerca. No tardamos en llegar al Ayuntamiento, subir a la planta de asuntos policiales y ver al fondo de la sala a casi todos los del grupo. Rober fue el primero en vernos. Se levantó enseguida a recibirnos.

—¿Qué haces aquí, Tessa? Deberías guardar reposo. —A pesar de sus palabras se acercó y me dio un gran abrazo que me hizo tambalear—. Ay, perdona. —Miró a Río y se hicieron un gesto a modo de saludo—. Venid, sentaos aquí.

Todos tenían cara de preocupación y cansancio a partes iguales, pero conseguían mantenerse bastante enteros. Me extrañó no ver a mis amigas. Imaginé que Mery no aportaría mucha información debido a su estado y, viendo que Toni estaba ahí, sería Susi la que se quedó cuidando de ella. Me senté en una de esas incómodas sillas del pasillo, olvidé el dolor de cabeza de la resaca y les pedí que me pusieran al tanto de todo.

Según me contaron, cuando Cintia y Lucas volvieron a La Isleta en busca de Enzo, simplemente no estaba allí. Lo llamaron y estuvieron dando vueltas durante más de media hora, pero no lograron encontrarlo. Telefonearon a Toni para que él lo buscara en la playa, pero tampoco hubo resultado. Pensaron que se había ido con otra gente a beber y bailar, sin más. No fue hasta por la mañana, sobre las diez y media, cuando la madre de Enzo llamó a Rober preguntando si había pasado la noche con él, porque no había regresado a casa. Entonces supieron que algo no iba bien e, inmediatamente, fueron a avisar a la policía. Sus padres estaban en ese momento con los agentes para proporcionar toda la información que podían, y así lo estaban haciendo todos.

Salieron los padres de Enzo y los dos agentes que estaban tomando las declaraciones, quienes no daban la sensación de estar muy involucrados en todo el asunto de la desaparición. En Punta Javana era muy raro que pasaran cosas así y nos dejaron bastante claro que lo más probable era que estuviera por ahí aún de fiesta. Sus padres insistieron en que él no era de hacer esas cosas, que en caso de pasar la noche fuera habría avisado de alguna forma: un mensaje de voz, de texto, una llamada, lo que fuera. Pero no sabían nada de él desde que salió de su casa para recogerme antes de ir a la fiesta.

Era mi turno.

Entré a paso lento en la sala, me senté con cuidado en la silla que había allí y les conté todo lo que recordaba. Les hablé de habernos quedado a solas en La Isleta, que lo hicimos ahí, que me sentí incómoda y me quise ir, que de camino grité porque me lesioné con algo, que al llegar al barco de vuelta me echaron ginebra…

—¿A qué distancia estabas más o menos de La Isleta cuando gritaste? —me interrumpió uno de los agentes incorporándose un poco en la silla. La otra le miró pensativa.

—Pues… No muy lejos, supongo. —No entendía muy bien el porqué de esa pregunta.

—¿Crees que Enzo pudo oírte? —Habló la mujer esa vez. Parecía haber comprendido por dónde iba la pregunta de su compañero.

Me tomé un momento para pensar.

Una cosa era cierta: Rober sí que me escuchó desde la cubierta. Bien es verdad que estaba ya más cerca del barco que de La Isleta y que solo me escuchó él porque estaba fuera de la cabina. El volumen de la música ocultó mi grito para el resto, pero Enzo no tenía música ni ruido alguno que le impidiera oírme. De ser así, ¿por qué no hizo amago alguno de venir a socorrerme? O, al menos, preguntarme si me había pasado algo. Enzo podía ser muchas cosas, pero no era un desconsiderado a tal nivel. Si me hubiera oído gritar, se habría preocupado por saber si estaba bien. Entendimos los tres, al mismo tiempo, que ese fue el momento clave.

—Entonces, Enzo desapareció ahí, cuando lo dejé solo en La Isleta.

¿Qué demonios había pasado? ¿Se lo tragó la tierra de golpe? Aún no sabía cómo, pero estaba claro que ese fue el momento en el que pasó lo que fuera que pasara.

—Dices que estando allí solos os peleasteis. Que él quería contigo algo a lo que tú te negaste.

Dejé mi hilo de pensamientos y le devolví la mirada.

—Ehm, sí… —Volví a sentirme perdida.

La mujer miró a su compañero. Sin articular palabra, él asintió y se fue de la sala, dejándonos a solas. Ella se volvió de nuevo hacia mí. Me miró en silencio un instante y volvió a hablar.

—Escucha, yo también he pasado por una situación así —dijo con una expresión amable, empática.

—¿Ha sido la última en ver a alguien desaparecido? —pregunté extrañada.

—No —dijo haciendo una pausa mientras me sonreía—. A mí también me han intentado violar.

Me congelé unos segundos y tardé en responder.

—Alto, alto, alto. Aquí nadie ha violado a nadie —contesté apresurada. Su respuesta me había pillado completamente desprevenida—. Es verdad que Enzo quería acostarse conmigo con mucho más interés del que yo tenía por él, y que se comportó como un capullo, pero eso no significa que me forzara a nada. Simplemente, me sentí incómoda y me fui.

La agente suspiró y me cogió de la mano. Yo la miraba sin comprender lo que insinuaba.

—Escucha, Teresa… —prosiguió. Escuchar mi nombre completo me provocó un latigazo en el estómago—, cualquier chica en tu situación habría hecho lo mismo. En esas circunstancias, una se siente humillada y hace lo que sea por salir de ahí. No pasa nada.

—Pero, señora, que le estoy diciendo que no me violó. En serio, no entiendo nada… —Empecé a sentirme realmente frustrada.

—Tienes que contarme bien todo lo que pasó si quieres que te ayude. Si fue en defensa propia, cualquier abogado se pondrá de tu parte, pero tienes que ser completamente sincera con lo que hiciste —dijo mirándome. Aunque pretendía sonar amable, la forma en la que clavaba la vista en mí no tenía nada de dulce.

¿Abogado? ¿Para qué iba a querer yo un abogado? Me llevó dos segundos comprender a qué se refería. Haber visto tantas películas policiacas no solo me dio resistencia a ver la sangre, con ellas también aprendí los procesos que siguen para averiguar la verdad sobre un asesinato. Esos eran, exactamente, los pasos que la policía estaba tomando: utilizar la empatía y la cercanía para conseguir la confesión del asesino.

Me aparté de la mesa de golpe, arrastré la silla conmigo. Noté la necesidad de mi cuerpo de hiperventilar. Me puse de pie trastabillando por la cojera, respiré tres veces y hablé tan calmada como pude.

—Yo... no he matado... a Enzo. —Me fue imposible decir la frase seguida.

—Teresa, nadie está diciendo que seas una asesina. Solo queremos comprender qué pasó —habló pausadamente, sin levantarse de su asiento—. Si te sentiste avergonzada por cómo te trató y tú le quisiste apartar de ti, no pasa nada. Puede que él resbalara con las rocas, se golpeara la cabeza y perdiera el conocimiento, y tú huiste asustada. No pasa nada. —Su empatía se fundió con una mirada penetrante, que me atravesaba sin piedad.

—Deje de decir que no pasa nada ¡porque sí pasa! —contesté agitada. Mi respiración no se normalizaba, ni de lejos—. Enzo está desaparecido y ustedes creen que yo lo he matado y que... ¿Qué más? ¿Que lo tiré al mar sin ningún remordimiento? —La ansiedad crecía en mi interior a una velocidad vertiginosa—. ¡Yo no he matado a nadie!

Escuché a mi hermano entrar corriendo en la sala con una voz de fondo que le pedía esperar fuera. La agente se levantó de su silla.

—Tess, ¿qué pasa? —preguntó nada más llegar hasta nosotras. Respiraba entrecortadamente por la carrera.

—¡Dicen que yo he matado a Enzo y que me he deshecho del cuerpo! —Estaba a punto de llorar, pero oculté las lágrimas con una risa histérica—. ¡Que yo no he hecho nada, por favor!

Su cara estaba tan desencajada como la mía. El primer agente cogió a Río desde atrás y lo sacó de la sala. La que estaba conmigo me miró con irritación.

—Teresa García, he intentado hacer las cosas por la vía más apacible, pero no me lo estás poniendo nada fácil. —Se sentó de nuevo y me invitó con la mano a que yo también lo hiciera—. Si realmente eres inocente, es solo cuestión de tiempo que se demuestre. Ahora siéntate y cuéntame de nuevo todo lo que sabes de Enzo Salazar y de la noche de la Pincoya.

Pasé más de una hora entre preguntas, frustración, vasos de agua y silencios llenos de tensión. Yo insistía en mi inocencia, y ellos en su necesidad de entender lo que pasó. ¡Como si yo no quisiera saber la verdad!

No le hice nada, no le toqué un pelo. Lo dejé allí solo, metiéndose mano, y me fui nadando hasta el barco. Lo dejé allí solo, y me fui al barco. Lo dejé allí y me fui. Me fui...

Conté tantas veces esa misma historia que hasta a mí me comenzaba a resultar extraña. Incluso llegué a pensar que Enzo estaba fingiendo su propia desaparición como venganza por haberle dejado a la mitad. Mi cerebro retorcido inventaba teorías cada vez más inverosímiles. Me sentía exhausta. La adrenalina se disipaba, la pierna me empezaba a arder de nuevo y el dolor de cabeza volvía. Solo quería salir de allí, volver a casa.

Cuando por fin me dejaron marchar de la sala fue para recibir a mis padres. La cara de mi padre era un poema, la de mi madre ni siquiera tenía calificativo. Estaban muy asustados, casi más que yo misma. Me miraron la pierna y quisieron preguntar, pero mi hermano les pidió con la mirada que aguantasen las ganas de hacerlo. Me acerqué a ellos intentando no cojear y me lancé a los brazos de mi madre. Me sentía tan atemorizada como cuando de pequeña pensaba que había un monstruo escondido en mi armario y les pedía a mis padres que lo revisaran antes de ir a dormir, por si acaso. Solo que esa vez el monstruo era yo.

—Quiero ir a casa, por favor —dije con voz temblorosa.

Mi padre fue a hablar con los policías, y mi hermano con mis amigos. Mi madre me abrazaba un poco más fuerte cada vez. Todo parecía irreal.

—Mi hija les ha contado todo lo que sabe y ustedes la acusan de algo así sin pruebas ni fundamento alguno —dijo mi padre elevando la voz. Se giró de nuevo hacia nosotros—. Vámonos —dijo más tranquilo. Echó una última mirada a los dos agentes—. Hagan el favor de dejar en paz a mi hija.

No entendí muy bien qué había pasado. El día anterior todo eran nervios y emoción por la fiesta. Veinticuatro horas después, estaba herida y era sospechosa de asesinato.

Entré en el coche de mis padres y Río me agarró la mano durante el corto viaje. Yo solo estaba ahí, sentada, mirando el infinito.

Cuando llegamos, me ayudaron a subir a mi cuarto y me dejaron sentada en la cama. Mi padre se fue a por un vaso de agua, mi madre me dio un beso en la frente y mi hermano se sentó a mi lado. Me puso un brazo por encima, abrazándome. Lo miré. Me quedé en silencio unos segundos, y entonces lloré.

Lloré tan alto y fuerte como pude. Necesitaba sacar toda la mierda que sentía dentro. El dolor de la herida solo empeoraba la situación. Cuanto más gritaba, más dolía; cuanto más dolía, más quería gritar. Mi hermano me abrazó fuerte e intentó ahogar mi voz en su pecho. Yo apretaba su cuerpo fuerte contra el mío. Sabía que le hacía daño, pero él no se inmutó. No podía evitarlo, necesitaba sacarlo todo, y no se quejó lo más mínimo. Continuó abrazándome con fuerza, me mecía para intentar calmarme. Mis lágrimas cayeron sin descanso. La garganta me picaba. Las manos me dolían de tenerlas tan apretadas.

No supe cuánto tiempo transcurrió, pero al final todo fue pasando, poco a poco. Ya no gritaba tan fuerte, solo emitía gruñidos. Ya no hacía ruido, solo lloraba. Ya no lloraba, solo caían lágrimas en silencio. Ya no había lágrimas, solo silencio. Y en el silencio me quedé dormida.

Para cuando desperté, estaba sola. Suspiré aliviada. Menos mal. No habría podido soportar una sola mirada compungida más. Miré a mi alrededor despacio, prestando atención a cada detalle. Vi mi escritorio con un montón de ropa encima, la estantería con los libros desordenados, mis medallas de voleibol, el cajón aún roto después de tres años, mis deportivas tiradas en el suelo. La última vez que estuve en ese cuarto me peleaba con la zapatilla izquierda mientras Enzo jugaba con el mechero en la puerta de casa.

Enzo…

Misil, dolor de cabeza, dos lágrimas, un silencio.

La puerta se abrió despacio con un chirrido.

—¿Cómo has dormido, cariño? —Mi madre asomó la cabeza sin entrar.

—Bien, mamá. Al menos ha sido del tirón. —Sequé la segunda lágrima y me incorporé un poco.

—Eso es por lo cansada que estabas —habló con esa ternura que solo las madres tienen. Se acercó a mí, me dio un beso en la frente y me acarició el pelo—. Si quieres dormir un rato más, puedes hacerlo. Descansa el tiempo que necesites.

—No, no. Prefiero levantarme. Además, me duele un poco la cabeza.

Mi madre se incorporó en un abrir y cerrar de ojos.

—Ahora mismo te traigo una pastilla —dijo deprisa mientras se encaminaba a la puerta.

—Mamá, no me traigas nada. Quédate tranquila, que yo puedo ir a la cocina perfectamente. —Me quité la sábana de encima y puse los pies en el suelo.

Nada más apoyar un poco de peso, la herida me palpitó. Disimulé, pero mi madre no tardó en cogerme por la cintura y pasar mi brazo por su cuello para ayudarme a caminar. La poca fuerza que aportaba me suponía más impedimento que beneficio, pero no quería herir sus sentimientos. Así que callé y caminé con ella como pude.

Fuimos lentamente hasta la cocina, bajando los escalones de uno en uno. En cuanto nos vio llegar, Río dejó su cuenco de cereales para sujetarme también.

—De verdad que estoy bien. Solo quiero sentarme y desayunar como una persona normal —dije. Ambos ignoraron mis palabras.

Me pusieron una silla al lado y me sentaron sobre ella. Me irritaba mucho sentirme tan inútil. Me frustraba necesitar ayuda hasta para hacer la tarea más sencilla. También era consciente de que no era momento de reivindicar mi deseo de autonomía, sino de quedarme calladita y dejarme ayudar. Así pues, empujé esa rabia hacia abajo todo lo que pude, hasta sentirla desaparecer entre los dedos de mis pies.

—En cuanto termines de desayunar, te hago la cura —dijo mi hermano justo antes de volver a sus cereales.

—Cuando lo hagas avísame, Río, que quiero aprender a hacerla yo también —añadió mi madre. No nos quitaba el ojo de encima mientras preparaba mis tostadas. Resoplé.

«Menudo día de enfermita me queda por delante», pensé. Más me valía tomármelo con calma…

Ambos se quedaron conmigo hasta que terminé de desayunar. Notaba a mi madre muerta de ganas de preguntarme acerca de la noche anterior. Mi hermano fue muy hábil al darle a entender que era mejor que no me agobiase con preguntas por el momento. Supuse que él se lo contaría todo después, si es que no lo había hecho ya. Pero… ¿qué era *todo* para él? Estuvimos separados casi toda la noche y Toni solo le avisó del incidente de la pierna, de nada más. Entendí que tarde o temprano tendría que contarles lo que pasó a lo largo de la fiesta, aunque tenía claro que la parte de la «no violación» no sería muy detallada si pretendía evitar que mi padre encabezara la búsqueda de Enzo para encargarse él mismo de que volviera a desaparecer.

Si algo había sacado yo de mi padre —aparte de la nariz respingona—, era la furia instantánea que nos nacía desde las entrañas cuando algo nos dolía o nos hacía enojar. A veces, por cosas absurdas como una percha enganchada que no quiere salir del armario y, otras veces, por cosas que nos hacen daño en lo más profundo de nuestro corazón, como una mala discusión, la falta de un ser querido o que hagan daño a nuestra familia.

Desde luego, no era buena idea que mi padre supiera lo que pasó en La Isleta. Es más, ni él ni mi madre. Ni siquiera mi hermano. No quería que pensaran que era incapaz de defenderme, como tampoco que juzgasen a Enzo por algo así. Lo importante en ese momento era encontrarlo, saber que estaba bien. Cuando lo tuviera delante de nuevo, yo misma me encargaría de dejarle bien claro que se había comportado como un imbécil, y de paso que se fuera al cuerno. Primero, encontrarlo; después, insultarlo.

Mi madre dejó los platos sucios en el fregadero y entre ella y Río me ayudaron a llegar al salón, donde estaba mi padre viendo la tele. Nada más verme se levantó de su sillón verde reclinable y me invitó a sentarme ahí. Quise intervenir para decirles que era absurdo, que no hacía falta tanta preocupación, pero sabía que lo hacían con toda su buena fe.

—Nereo, Río, ¿os quedáis con ella en lo que tardo en ir a por el material de cura? —preguntó mi madre, y salió a toda prisa hacia el baño.

—Lo he dejado en el segundo cajón, donde las toallas —contestó mi hermano mientras me ayudaba a recolocarme para estirar bien la pierna.

—Aprovecha y trae una toalla también, Dora. ¿Te duele mucho, cielo? —Mi padre extendió el sillón hasta su máximo y se quedó a mi lado.

—De verdad que estoy bien. Sí que duele un poco, pero es perfectamente soportable. No os preocupéis. —Sonreí queriendo sonar tranquilizadora.

Mi madre llegó enseguida con todo el despliegue. Me colocó una toalla debajo y mi hermano no tardó en ponerse manos a la obra. Cortó la venda con sumo cuidado para luego despegarla de mi pierna despacio. Picaba, la verdad. No emití sonido alguno, ellos tampoco. Me inquietó un poco ese silencio y vi el gesto de preocupación en los tres. Cuando miré yo también mi herida, la sangre se me heló en las venas.

Estaba arrugada y, a la vez, en carne viva. La piel de alrededor tenía un tono entre rojizo y morado. No tenía aspecto de estar mejorando. Reseca, púrpura y a punto de infectarse. Qué asco.

Mi hermano hizo como si nada y aplicó la medicación según las instrucciones del hospital. Mi madre observaba atentamente. Con el primer movimiento de Río me tensé, y mi padre me agarró fuerte de la mano. Reconozco que me ayudó a no perder los nervios. Cerré los ojos y me concentré en respirar. Había contado hasta cuarenta para cuando Río colocó el último trozo de esparadrapo sobre la venda ya cambiada.

Me pasé el día entero del sofá a la cama, de la cama al baño y del baño al sofá de nuevo. Quería evadirme de los pensamientos autodestructivos de culpabilidad por la desaparición de Enzo, de los «quizás pude ayudarlo y no lo hice», pero no sabía cómo hacerlo, y eso me estaba desquiciando.

Terminé por ver dos películas, hacer incontables sudokus y sopas de letras, echarme la siesta y revisar mis redes sociales hasta que no quedó una sola foto nueva por ver. Mi padre se acercó para animarme con anécdotas tontas, como las sopas de algas que Río y yo hacíamos en la playa de pequeños, el tinte defectuoso que cambió mi castaño natural por un extraño morado durante dos semanas y tantas otras… Nuestras risas fueron un punto de luz entre tanta oscuridad.

El día se me hizo largo a la par que aburrido hasta la llamada de Susi. Me preguntó por la pierna, por cómo estaba yo y cómo estaba viviendo todo esto. Quise creer que su llamada fue por una preocupación pura y verdadera de amiga, pero era inevitable pensar que una parte de ella creía que yo tuve algo que ver con la desaparición de Enzo, y que me llamaba para sonsacarme información. Si hasta yo misma contemplaba mi culpabilidad, ¿cómo no iban a hacerlo los demás? Incluso cuando me metí de nuevo en la cama, ese pensamiento me martilleaba la cabeza. Solo pensaba: «Tengo la culpa. Podía haber hecho algo y no lo hice. Tengo la culpa». El cuerpo me dolía, pero los pensamientos autodestructivos eran peores. Cuando conseguía dar una cabezada, volvían para despertarme de mi breve descanso. El día fue terrible. La noche, peor.

Los primeros rayos de luz entraban por la ventana cuando escuché a mi madre entrar, cautelosa. Me di la vuelta para mirarla y le sorprendió verme despierta.

—Cariño, deberías dormir un rato más, aún es muy temprano. Solo pasaba a ver si necesitabas algo —dijo aún en la puerta.

—Es que no puedo dormir más, mamá. —Sabía que el tono en el que le hablé no la tranquilizaría en absoluto, pero no había conseguido energía suficiente por la noche como para afrontar otro día fingiendo que no dolía, que todo estaba bien.

Tal como esperaba, mi madre cambió la calma por el nerviosismo y corrió al baño para coger el material de cura mientras me decía a lo lejos que me apartara la sábana. Obedecí como pude. En cuanto llegó, procedió a cortar la venda y copiar los pasos que aprendió de mi hermano el día anterior. Yo volví a cerrar los ojos.

En lugar de la mano de mi padre, apreté la almohada esta vez. Noté la venda despegarse de la herida, hilo por hilo, una sensación de lo más desagradable. Respiré profundo y aguardé el escozor de los líquidos. Aún no los notaba. Hubo unos segundos de pausa antes de escuchar a mi madre hablar:

—Tessa, cielo… —Noté un pequeño temblor en su voz.

—No importa, mamá, yo aguanto. Cambia el vendaje y ya está. Luego, con el desayuno, me tomo el calmante. —Intentaba respirar con los ojos cerrados.

—Es que no sé si es buena idea que yo intervenga aquí, cariño.

—No pasa nada, aguantaré. —Sonreí aún concentrada en respirar. Ella guardó silencio de nuevo.

—Te voy a llevar al centro de salud. Esto no puede ser normal. —Susurró lo último para sí misma, antes de levantarse e irse de mi cuarto.

Abrí los ojos y me miré la pierna. Estaba aún más morada que el día anterior, aún más arrugada, con una línea blanca, que cubría el centro, seca e infectada. Era repulsivo.

—Mierda…

Sentí un mareo repentino, y di gracias por estar ya tumbada. Eché la cabeza hacia atrás y esperé la llegada de mi madre.

No tardamos en montarnos en el coche rumbo a lo más parecido a un hospital que teníamos en el pueblo. De nuevo ese centro de salud, de nuevo el mismo enfermero, de nuevo la misma camilla.

Me tomó la vía y me dejó tumbada mientras comenzaba con su trabajo. Sentía mucho menos amor que en la última cura que recibí, pero también más tranquilidad por las manos profesionales que la trataban. Mis padres estaban visiblemente angustiados. Él intentaba relajar a mi madre diciéndole que era solo una infección, que ya la estaban tratando, que enseguida estaría de vuelta en casa. Ellos no vieron el gesto del enfermero, que no parecía nada de acuerdo.

—Voy a dejar actuar el desinfectante antes de tapar de nuevo la herida. ¿Podrían quedarse un momento con ella mientras aviso a la doctora? Vuelvo enseguida.

No se separaron de mi lado ni un centímetro. La cara de mi madre reflejaba su agobio al pensar que un enfermero no era suficiente para tratarme la pierna, que iba a intervenir una doctora también. Mi padre aún intentaba sosegar la inquietud del ambiente:

—Seguro que será por un tema de papeleo, nada más. —Sonrió—. Además, que nos atienda Adriana es algo bueno. Siempre es mejor que sea alguien conocido. —Abrazó a mi madre por el costado y mantuvo la sonrisa.

Pronto llegó la doctora, que nos había atendido a toda la familia desde que yo era niña y que, además, era la tía de Annie, la novia de mi hermano. Empezó a hablar con mis padres, un poco apartados de mí. El enfermero volvió a mi herida para atenderla lo más cautelosa y concienzudamente que podía mientras yo me las apañaba para escuchar a hurtadillas lo que los otros tres decían. Fue poco tiempo, ya que, en cuanto ese chico me dejó la pierna vendada, volvieron mis padres y Adriana a hablar conmigo. Notaba las malas noticias en el ambiente. No tardé en saber que, evidentemente, no volvería a casa pronto.

Según nos dijo, esa era la primera de muchas curas que me esperaban en una de sus clínicas asociadas. Un sitio reservado para situaciones como la mía: suficientemente importante como para estar vigilada las veinticuatro horas del día, pero no tan grave como para quedarme en un hospital. Si evitaba el hospital, tan grave no estaría, ¿no?

—Si no mejoras en un par de días, debemos contemplar la posibilidad de derivarte al especialista. Según los escasos datos que tenemos de incidentes similares, en algunas zonas de nuestra costa existe un tipo de planta submarina venenosa, aún no identificada, responsable de esta clase de herida y de su rápida putrefacción.

Las previsiones de la doctora eran, ciertamente, pesimistas. Habían visto muy pocos casos como el mío y todos acabaron mal, muy mal. Gangrena, atrofia muscular, osteoporosis… Se planteaba, incluso, la posibilidad de amputación del miembro.

Adriana intentaba hablar con delicadeza, pero mi madre lloraba y mi padre se llevaba las manos a la cabeza. A pesar de la mala noche que tuve, ojalá hubiera sabido en ese momento que jamás volvería a dormir en mi cama.

CAPÍTULO 3

La herida

Es curioso. La última vez que mi mundo se vino abajo, estaba tumbada en esa misma camilla. Fue cuando me dijeron que Enzo había desaparecido, algo de lo que seguía convencida de que al final tendría solución. Que me amputaran la pierna, sin embargo... Todo me daba vueltas. No podía dejar de pensar en ello. No más vóley, no más independencia al andar, con muletas y silla de ruedas para el resto de mis días... El corazón me dio tal vuelco que no creí que fuera capaz de volver a latir con normalidad nunca más. Sentía mi cuerpo extraño. Un hormigueo me recorría las venas y me nublaba el pensamiento. El mareo me obligó a apoyar la cabeza en aquella incómoda almohada. El enfermero vino enseguida a atender mi bajada de tensión y a calibrar mis constantes. Me negaba a creerlo, no podía perder una pierna.

La doctora les pidió a mis padres paciencia y serenidad. «La situación es complicada, pero haremos todo lo posible», aseguró. Me pondrían un tratamiento muy específico y me tendrían siempre vigilada.

Antes de irse, mis padres me ayudaron a pasar de la camilla del centro de salud a la cama que me correspondía en la clínica. Se cercioraron de que tuviera una buena almohada y mantas por si refrescaba por la noche. Me aseguraron que todo saldría bien. Esa tierna positividad parental...

Cuando se fueron, Adriana habló conmigo y me explicó de nuevo la situación como si yo tuviera diez años y no estuviera capacitada para entender el discurso que les había dado a mis padres.

Esa mañana lloré. Bastante. Descargué mi cuerpo de todo lo que tenía. Al final, no quedó ira, frustración, ni enfado. Quedaron la pena y el abatimiento. Me fui preparando mentalmente ante un posible duelo si perdía la pierna. Era aún muy pronto para saber lo que le pasaría a mi cuerpo, pero necesitaba hacerlo. Cuanto antes empezase a visualizar los posibles futuros, antes comprendería la situación y más fácil me resultaría pasar por ello. Pensé en los cientos de vídeos que había visto de personas sin una mano, sin piernas, sin poder ver u oír que eran capaces de hacer cosas extraordinarias. Sus vidas eran diferentes e igualmente enriquecedoras. Siguieron adelante con todo, adaptándose a un mundo que no estaba hecho para ellos, pero en ningún caso se dejaron vencer. Me hice una promesa: pasase lo que pasase, no habría excusas.

A la hora de comer me trajeron una bandeja que no se veía muy apetecible. A decir verdad, ya podrían haber sido los mismísimos macarrones con tomate al horno de mi abuela y no habría sido capaz de comer más de dos bocados. Tenía el estómago cerrado. Aun así, me negué a seguir llorando. Decidí que era hora de cerrar esa puertecita interior que daba a mis emociones más íntimas y de mantenerla bajo llave tanto tiempo como fuera posible. Si quería mantenerme fuerte ante lo que se avecinaba debía hacerlo así, salvaguardando mi parte más vulnerable.

Llegó el café descafeinado, la hora de ver la tele y la de las visitas. Volvieron mis padres con mi hermano. Nos abrazamos y nos dijimos cosas bonitas, palabras de ánimo y posibles planes para cuando saliera de allí. Cualquier tema de conversación era bienvenido si nos ayudaba a mantenernos positivos, aunque el futuro… El futuro daba miedo. No tenía una enfermedad terminal, claro que tenía muchos años por delante, el problema era no saber qué clase de vida me esperaba. ¿Podíamos hablar de echar un partido de vóley-playa, pasear de nuevo por nuestras calles o ir de excursión en familia? ¿O tendríamos que evitar todo lo relacionado con mover las piernas?

La visita se hizo corta, y ellos se fueron con más dolor del que yo tenía. Abrí el libro que me trajeron por la página que dejé marcada y continué por ese capítulo ocho, en el que el protagonista se debatía entre una verdad dolorosa o una mentira piadosa. Al llegar al inicio del capítulo nueve, entró la doctora en la habitación con una sonrisa un tanto forzada.

—Teresa, he estado hablando con mi compañero y él se va a quedar a cargo de mi sección mientras te acompaño a dar un paseo por la playa. ¿Te apetece? —Se acercó a mí.

La miré con incredulidad. ¿Cómo que «paseo»? Creía que no me iban a dejar andar por lo menos en…

Entonces, vi la silla de ruedas. Volví a mirar su intento de sonrisa y suspiré.

—Claro, me vendrá bien tomar un poco de aire.

El sonido de las olas me devolvió parte de mi paz interior. El sol aún se mantenía en el horizonte, resistiéndose a esconderse. Las familias empezaban a irse de la playa para dar paso a los más jóvenes en busca de un sitio en el que armar una buena fiesta con sus amigos. La doctora me llevó a una zona que no conocía, reservada para pacientes y personas con movilidad reducida. Un gran pasillo de tablones de madera separaba lo reservado del resto. Era un pequeño recoveco de playa apartado donde no había familias, ni jóvenes, ni ruidos. Solo agua y arena. Se respiraba paz, calma.

Mi mente cavilaba sin parar. Tenía mil pensamientos y ninguno a la vez. Intenté concentrarme solo en el momento presente, en sentir los últimos rayos de sol sobre mi piel, en escuchar el sonido del agua al moverse. Ambas nos quedamos en silencio, contemplando la quietud del mar.

—Aunque aún no sabemos cómo va a evolucionar esa herida, te prometo que voy a hacer todo lo que esté en mi mano para que no lo pases tan mal —me dijo sin dejar de mirar al frente, oteando el horizonte—. Si quieres podemos venir cada día aquí, a respirar aire puro y coger fuerzas. —Me miró y sonrió un poco más convincente que antes. Asentí levemente. Su sonrisa se difuminó—. No puedo mentirte, Teresa, quedan días duros por delante.

Sentí que esas palabras me dejaban dos opciones. La primera era echarme a llorar de nuevo y pasar los siguientes días lamentándome, rechazando cualquier ayuda que pudiera recibir en un intento de llevar esto yo sola. La segunda era afrontar las cosas como venían: jodidas, pero no perdidas.

La miré a los ojos y vacilé un poco antes de darle una respuesta.

—Ya sabes que prefiero que me llames Tessa.

Un ruido parecido a una risa salió de ella y alivió la pesadumbre del ambiente.

—Pues nada, encantada, Tessa. —Me tendió la mano a modo de presentación formal, como si no nos conociéramos ya—. Yo me llamo Adriana.

Nos estrechamos la mano y sonreímos. Después volvimos a contemplar el movimiento de las olas en silencio. Procuré vaciar de nuevo mi mente de todo lo que no fuera perceptible. El oleaje que escuchaba, la arena que sentía con los pies, la puesta de sol que veía. Entonces, Adriana dio un respingo por el ruido de un chapoteo cercano. Eso me hizo reír, aunque a ella no pareció divertirle mucho.

—Será mejor que nos vayamos ya. Cuando el sol termine de ponerse, empezará a refrescar. —Vislumbré una pequeña sonrisa nerviosa y agarró los manillares de la silla.

Estábamos en Almería, a seis de julio. Claramente no iba a refrescar por la noche, pero supuse que estaba nerviosa por si la amonestaban por tardar en volver, así que no dije nada. Me sacudí la arena de los pies procurando no mover mucho la pierna, los coloqué de nuevo en los reposapiés de la silla y nos encaminamos por los tablones de madera hacia la clínica.

La noche fue menos dura de lo que esperaba. Haberme pasado gran parte del día llorando y tomando conciencia del futuro me dio una extraña sensación de tranquilidad, como si, al ponerme en lo peor, ayudara a mi cerebro a no preocuparse cuando llegara el momento. Además, recordar el movimiento del mar mientras estábamos en la playa me relajaba, me ayudaba a mantener en calma mis pensamientos. Me agarré a ambas reflexiones y así conseguí dormir.

A la mañana siguiente, me desperté un poco antes de que viniera el enfermero a hacerme la primera cura del día. Lamentablemente, el estado de mi pierna no parecía mejorar. Al menos, tampoco empeoraba. Me conformé con eso.

—Tessa, ¿quieres ir ahora a la playa? Quizás un paseo matutino te venga bien —dijo Adriana. Entró en la habitación con una carpeta bajo el brazo.

—Me apunto. —Sonreí sin dudarlo.

En el tiempo que estuve sola antes de la visita del enfermero, me conciencié tanto de que estaría ahí encerrada hasta el paseo de la tarde que salir por la mañana me pareció un regalo casi divino. El chico se dispuso a vendarme antes de salir, pero la doctora se lo impidió.

—Creo que será mejor que le dé un poco el aire. Puede que el salitre del ambiente ayude a cicatrizar la herida —le dijo y se quedó mirándolo pensativa.

—Claro, como usted mande, doctora.

La silla se me antojaba un poco menos lamentable que la tarde anterior. Solo pensaba en llegar a la arena y respirar ese inconfundible olor a mar, en sentirme libre por unos momentos. Nunca me había dado cuenta de lo mucho que adoraba esa sensación.

Llevábamos apenas unos minutos sobre la arena cuando Adriana dijo que tenía que hacer una llamada urgente. Se retiró unos pocos metros de mí para atender esa llamada, dejándome sola en mi pequeño oasis de serenidad matutina. Cerré los ojos y respiré. Entraba el aire limpio, salía turbio. Entraba limpio, salía turbio. Bendita sensación de paz.

En la cuarta respiración volví a escuchar el chapoteo que había asustado a la doctora la tarde anterior. Al acordarme sonreí sin querer. Enseguida sentí curiosidad. Se suponía que estaba en una zona reservada, y no vi toallas o bolsos sobre la arena que indicaran la presencia de alguien más. ¿Quién estaba nadando en la zona entonces? Puse las manos sobre las ruedas y me acerqué un poco más a la izquierda, donde había un saliente que se metía en el agua. Era una roca plana enorme a la que se accedía subiendo por una rampa natural. La inclinación era mínima, así que hice fuerza con los brazos sobre las ruedas, subí y me coloqué sobre el saliente. Escuché otra vez el chapoteo. Busqué de dónde venía. No vi nada más que el movimiento de las olas. Avancé unos centímetros más, intentando no resbalar.

—Si sigues avanzando te caerás —dijo una voz suave a mis espaldas.

—¡Joder! —grité sin querer. Del respingo moví la silla hacia delante. Por el impulso, resbalé y empecé a deslizarme cada vez más al filo, casi a punto de caer al agua si no hubiese sido por los reflejos del chico, que sacó medio cuerpo del agua, agarró la silla por ambas ruedas y las atrajo hacia él en un rápido movimiento, impidiéndome caer hacia delante. Mi corazón bombeaba tan rápido que oía mis propios latidos.

En un abrir y cerrar de ojos, él volvió a meterse casi por completo en el agua. Se pegó todo lo que pudo a las rocas dejando al descubierto solo la cabeza y las manos. No sabía cuál de nosotros dos estaba más sobresaltado.

—Siento haberte asustado. —A pesar de su remordimiento, que parecía sincero, también reconocí en su voz una pincelada de diversión.

—No, no pasa nada. —Mis latidos seguían martilleándome el pecho.

—Pretendía ayudar y casi soy la causa de tu caída. De veras lo lamento.

—He sido yo, que he reaccionado de golpe. Tú solo has evitado que me cayera —le aseguré—. No sé cómo lo has hecho tan rápido, pero gracias.

Guardó silencio unos instantes y cambió su preocupación por una pequeña sonrisa.

—De nada.

Buscaba una forma de no sonar grosera, pero tenía que preguntárselo.

—Perdona, ¿cómo es que estás nadando por aquí? —Cambió su gesto de nuevo—. Según tengo entendido, esta zona está reservada para pacientes de la clínica y personas con sillas de ruedas o muletas. A juzgar por tus reflejos no parece que tengas problemas para mover las piernas.

—Intenté sonar graciosa. Él no lo entendió así.

—Sí… —Meditó bien sus palabras antes de hablar—. Tienes razón. No debería estar aquí —dijo cada vez más bajo.

Se sumergió entero y desapareció antes de darme la oportunidad de responder.

—¡No, espera! —Cuando le grité ya ni su pelo sobresalía del agua.

Me quedé ensimismada mirando la roca en la que estuvo apoyado escasos segundos antes. Me incliné un poco por si alcanzaba a verlo. Solo había ondas en el agua. Todo pasó muy deprisa, como si hubiera sido una ensoñación.

Me planteé si no había sido demasiado arisca con el pobre chico. Él me había salvado de caerme y lo primero que había hecho era acusarle de estar en una zona restringida, antes incluso de preguntarle su nombre. Qué mal se me daba socializar a veces…

Una ola me sacó de mis pensamientos cuando rompió contra la roca, mojándome parte de la herida. Sentí ardor en la pierna e instintivamente solté un quejido, que se pudo oír en media playa.

—¡Tessa! —gritó Adriana. Guardó el teléfono y corrió hacia mí—. No deberías haberte acercado tanto al agua.

Me arrastró rápido hacia atrás, hasta volver a poner las ruedas sobre la arena.

—Estoy bien, Adriana. De verdad. Solo quería…

—Ha sido error mío, por haberte dejado sola. Lo siento mucho —dijo alterada sin dejarme terminar la frase—. Será mejor que volvamos ya y limpiemos esa herida.

Nos dirigimos a la clínica de vuelta sin perder tiempo. No me atreví a rebatirle nada.

Al llegar, me ayudaron a subir a la cama rápidamente para desinfectar y cubrir la herida. Aún me escocía, aunque remitía con el paso de los minutos. Cuando el enfermero estuvo por empezar, llamó a la doctora para que no se fuera. Ambos se quedaron gratamente sorprendidos al ver el estado de mi pierna.

Adriana tenía razón, el salitre del mar me había venido muy bien. La infección parecía mejorar por fin. Sonreí. Lo sentía como una pequeña victoria.

Me pasé el resto del día pensando en ese chico que había visto en la playa. ¿De dónde salió? ¿Cómo se fue tan rápido? ¿Volvería a verle algún día? Entre el tiempo libre del que disponía y los pocos entretenimientos que encontraba, me obsesioné con esas preguntas. Al menos hasta la visita de mi familia, que logró despejarme.

Al contarles la mejoría, surgió sobre nosotros una nube de positividad maravillosa. Sabíamos que no era más que un pequeño avance y que, ni mucho menos, era la solución completa, pero nos bastaba. Teníamos esperanza de que volvería a casa pronto.

A la mañana siguiente, aguardé expectante el momento en el que Adriana me propusiera pasear por la playa. Desgraciadamente, este parecía no llegar. La veía, carpeta en mano, de aquí para allá, bastante más ocupada que el día anterior. No pasó mucho tiempo hasta que mis nervios hablaron por mí.

—Adriana, por favor, ¿podríamos ir a la playa ahora? Me gustaría mucho tomar el aire —dije. Yo misma me notaba ansiosa, cosa que ella percibió enseguida.

—Dame un momento, Tessa. Estoy con un caso urgente.

Desapareció de la sala a paso rápido.

Aguardé un minuto, que se convirtió en dos minutos. Y esos dos, en cuatro, y esos cuatro siguieron sumando hasta que el enfermero entró y se acercó a mí.

—La doctora está ocupada ahora en el centro de salud. Si quieres puedes esperar a que termine o puedo ir yo contigo. Como tú prefieras —dijo con una sonrisa amable. Tenía demasiadas ganas de salir de allí, así que sin dudarlo acepté.

Cuando pisamos la playa, aspiré el aire como si llevase horas aguantando la respiración. Ya no sabía si era la necesidad de salir de esas cuatro paredes, la curiosidad de volver a ver a ese chico o la paz que me transmitía la naturaleza marina. Me incliné para tomar un poco de arena entre los dedos y la acaricié con mucho mimo. Aunque deseé tener bolsillos para guardarla, solo me pude guardar el recuerdo de sentirla. Al menos eso no me lo quitaba nadie.

Sonó una melodía del bolsillo del enfermero. Sacó un pequeño aparatito. Parecía uno de esos «busca» antiguos. ¿Aún se usaban esas cosas?

—Tenemos que volver, Teresa. Lo siento.

Guardó ese aparato de nuevo y agarró los manillares de la silla.

—¡No, por favor! —supliqué de inmediato. El corazón se me aceleró. Puse las manos en las ruedas para impedir el avance—. Necesito esto, no soportaría estar el resto del día allí metida si no tengo al menos unos minutos de libertad aquí. —El chico paró—. Déjame solo un rato más, te lo ruego.

Se hizo el silencio.

—No puedo dejarte aquí sola. —Se le notaba incómodo con la idea de no cumplir con lo que le pedía, así que insistí.

—Me quedaré aquí quieta, prometo no acercarme al agua ni nada. Solo estar aquí, sentir la brisa, la arena… —le dije con mirada suplicante—. No me moveré hasta que podáis venir a recogerme. Seré una estatua. —Veía dudas en su mirada—. Son muchas horas las que paso quieta en esa cama. Necesito esto, por favor… —De nuevo esa melodía. Él se estaba agobiando y yo no quería ceder—. Al mínimo problema puedo volver yo sola. Iría despacio, pero puedo hacerlo. —Sonreí. Noté su «sí» un poco más cerca.

—En menos de diez minutos vendré yo o mandaré a un compañero para llevarte de vuelta. Hasta entonces, por favor, que las ruedas no se muevan de aquí. —Señaló el último tablón de madera del pasillo, justo sobre el que nos encontrábamos.

Asentí enérgicamente. Él suspiró y se fue a paso ligero. Cuando me quedé sola sonreí de oreja a oreja y respiré hondo. Una sensación maravillosa me recorrió el cuerpo entero, desde la punta de los pies hasta la parte más alta de la cabeza, sintiéndola por cada célula de mi piel. Hasta entonces, no sabía cuánto amaba el mar, la libertad que me transmitía.

Escuché de nuevo ese chapoteo que me resultaba familiar. Giré la cabeza hacia la roca del día anterior esperando ver al mismo chico. Nada. Deseaba acercarme, pero no quería desobedecer las condiciones de mi libertad. Sonó un segundo chapoteo. Coloqué las manos sobre las ruedas, dudosa de si avanzar o quedarme en el sitio. ¿Eso que veía asomarse tras la roca era su melena?

Me fastidiaba la idea de perder la oportunidad de hablar con él, a la par que no quería faltar a mi promesa de quedarme quieta. El enfermero dijo que las ruedas no debían moverse de su sitio. Así que... no las moví.

Fui yo la que se levantó con sumo cuidado y cojeando me acerqué al saliente de roca. La curiosidad me invadió en forma de adrenalina.

—¿Eres el chico de ayer? —pregunté sin saber si era él—. Perdona si fui arisca contigo, no era mi intención. —Avancé muy despacio, focalizada en mantenerme de pie y evitar cubrir la herida de arena—. Solo quiero hablar. Paso mucho tiempo sola estos días y me hace bien ver una cara nueva.

Poco a poco, su melena comenzó a emerger. Después vinieron sus ojos grises, algo recelosos, pero con tanta curiosidad como la que sentía yo. Nos miramos un instante. Sonreí.

—Me alegra volver a verte —dije. Él terminó de sacar la cabeza a la superficie y me respondió a la sonrisa con una más tímida, en silencio—. Bueno, yo me llamo Tessa —dije esperando tener como respuesta su nombre. No se le veía muy dispuesto a hablar—. ¿Te comió la lengua el gato? —Me reí.

Me miró sin entender. Quizás era extranjero y le costaba comprender bien el idioma, aunque el día anterior no me había dado esa sensación. Por si acaso, traté de explicarme con claridad hablando despacio:

—Me gustaría saber cuál es tu nombre. —Gesticulé con las manos para darme a entender mejor. Lo señalé a él—. ¿Cómo te llamas?

Se quedó pensativo, mirándome extrañado.

—¿Por qué hablas así? —respondió al fin. Su acento sonaba incluso autóctono. Solté una risotada, me sentí ridícula. Él subió un poco más y sacó las manos para apoyarse en la roca, dejando el mentón sobre sus brazos cruzados. Sonrió ampliamente hasta unirse a mi risa y añadió—: Me llamo Mel.

—Encantada de conocerte, Mel. —Ambos mantuvimos la sonrisa—. Me encantaría darte la mano, pero soy capaz de caerme al agua y ya sería lo único que faltaría para que el enfermero se negase a traerme de nuevo aquí.

Me agarré como pude a las rocas para no resbalar, dejando una distancia prudente con el borde.

—¿Puedo preguntarte qué te ha pasado? —preguntó sin salir del agua.

—Si te soy sincera, no lo tengo muy claro —respondí con franqueza. Levanté levemente la bata que llevaba para enseñarle la herida. Yo misma me quedé mirándola, agradecida de verla un poco mejor que los días anteriores—. Según la doctora, hay un alga venenosa que hace estos estropicios, cosa que te aconsejo tener en cuenta si vas a nadar por aquí. Yo estaba por la costa de La Isleta cuando me lo hice. —Me miró apenado. Yo le sonreí—. No pongas esa cara, no es tan doloroso como aparenta. Es verdad que escuece, pero sentir el mar me ayuda mucho. El salitre del agua acelera la cicatrización, ¿lo sabías?

Volví a dejar la bata en su sitio.

Él se quedó callado, sin dejar de mirar la tela que cubría el corte de mi pierna. Me fijé en sus ojos, de un color gris azulado que nunca había visto en otra persona. Era realmente guapo. Sus rasgos eran afilados, delicados. Sobre él flotaba una sensación de candidez. ¿Cuántos años tendría? Era de esas personas que podía tener desde dieciocho y estar muy desarrollado hasta veintiocho y ser muy ingenuo. Desde luego su belleza no se asemejaba a ninguna otra. Aun así, su mirada parecía esconder algo fuerte y profundo.

—¿Por qué no te bañas? —Su voz me sacó de mis pensamientos—. Si el agua te viene bien, puede que te ayude a recuperarte antes.

Sonaba como si me estuviera proponiendo algo insensato y, a la vez, que merecía mucho la pena. Como hacer novillos en clase para ir a un concierto de tu grupo favorito: sabías que no estaba bien, pero preferías aguantar el castigo con tal de haberlo vivido.

—Qué más quisiera yo. —Reí—. Si soy incapaz de caminar sola en tierra, no puedo arriesgarme a acabar ahogada en apenas los metros de agua que habrá aquí. No, no puedo.

El tono travieso con el que empezó a hablar cambió a uno más serio, casi hipnótico.

—Yo puedo ayudarte. —Conectó su mirada con la mía. Me hizo un gesto con la mano sobre la roca en la que él estaba apoyado—. Si te metes lo suficiente para que tu pierna esté bajo el agua, me encargaré de no dejarte caer.

Me extrañaba un poco su ahínco en que me metiera en el agua, aunque era cierto que la idea me llamaba mucho. El agua del mar es curativa, así que mal no me podía venir. Además, fue por haber mojado la herida el día anterior por lo que mejoró. No tuvo que insistirme mucho para que yo empezase a moverme hacia él.

Me acerqué poco a poco, poniendo mucho cuidado en no resbalar. Él no dijo nada mientras me aproximaba. Me agaché de forma casi automática, levanté levemente la tela para no mojarla y me senté sobre la roca. Primero metí un pie, despacio, sintiendo un escalofrío de placer recorrerme el cuerpo en cuanto toqué el agua. Sonreí instantáneamente. Podía ser una idea terrible, pero, a esas alturas, me daba igual.

Terminé por meter el pie entero y luego seguí con parte de la pierna. Metí el otro pie y dejé que me cubriera hasta las rodillas. Cerré los ojos y me reí sin querer. Me sentía nerviosa por la trastada y encantada con el resultado. Era una sensación maravillosa.

Me quedé sentada con los ojos cerrados, moviendo lentamente los pies en el agua.

—Parece incluso medicinal. —Me mordí el labio aún sonriente. Abrí los ojos—. Gracias por… ¿Mel?

No estaba.

Lo busqué con la mirada. Solo conseguí ver una nube de arena bajo el agua. Me quedé desconcertada. ¿Otra vez desaparecía sin decir adiós? Su faceta amable se tambaleaba. Era un chico un poco raro, inestable quizás. Aunque, claro, quién era yo para juzgar la estabilidad mental de nadie.

Me agaché para mojarme la mano. Cogí un poco de agua y decidí dejarla caer sobre la herida para comprobar mi teoría. Apreté la mandíbula con fuerza. Ardía mucho, pero mucho, pero notaba que mi piel la recibía con gusto. Volví a coger otro poco y la dejé caer de nuevo sobre mi muslo. Escocía igual que la primera vez, y me importaba menos el dolor. Necesitaba sentirla. A la sexta vez que la mojé ya no me supo suficiente. Deseé tenerla sumergida. Sentí la necesidad vital de estar completamente bajo el agua.

Apoyé las manos sobre la roca. Me incorporé despacio, acercándome un poco más al borde. Notaba el agua un poco más arriba de la rodilla. Un poco más arriba, casi tocaba ya el inicio del corte. Lo rozó levemente. Qué sensación de alivio…

—¡Teresa! —gritó el enfermero. Echó a correr en cuanto me vio—. ¿¿Se puede saber qué estás haciendo??

Volví a la realidad de golpe, aún desubicada por lo que acababa de pasar. Miré mis piernas todavía en el agua, mi bata mojada, mis manos a punto de resbalar por la roca. Me quedé paralizada. Sentía que la fuerza de mis manos disminuía. Era muy probable que acabaran fallando y terminase en el agua. Cuando el enfermero llegó hasta mí, me cogió rápidamente por debajo de los brazos y me arrastró para atrás, pocos segundos antes de que mis fuerzas flaquearan del todo.

En el camino de vuelta no dejé de oír reproches y advertencias de no volver a pisar la playa mientras estuviera ingresada. Me quedé sin argumentos para discutirle. ¿En qué diablos estaba pensando? De haber caído al agua con la pierna herida, realmente me podría haber ahogado. Mi agobio desmesurado ante cualquier peligro quería volver a tomar protagonismo y echar por tierra el trabajo de relajación que llevaba haciendo los últimos días. Me negaba a permitirlo, a sentir ese miedo absurdo por situaciones que no habían ocurrido. Agarré la ansiedad con fuerza y la empujé hacia abajo todo lo que pude, hasta volver a colocarla en su sitio, entre los dedos de los pies.

El enfermero puso al día a Adriana mientras buscaba una bata seca para cambiarme. La doctora me miró con más compasión de la que cabía esperar. Eso no evitó la reprimenda que me tocó escuchar de su parte también.

El resto del día lo pasé en silencio. A ratos leía, a ratos veía la televisión, a ratos recapacitaba sobre mis actos. La visita de Río y de mis padres me alegró mucho y me ayudó a desconectar por un rato. En cuanto se fueron, volví a mi estado silencioso. La cura de la noche fue bastante bien. La herida seguía mejorando, y con esa mejoría venía la esperanza de regresar pronto a casa.

En cuanto desperté, deseé con todas mis fuerzas que Adriana, o cualquier otro sanitario, se apiadara de mí y me acompañara a pasear por la playa. No ocurrió. Lo pedí, lo supliqué y lo rogué, pero no hubo manera. En realidad, lo entendía. Yo tampoco me habría fiado de mí misma después del último episodio, aunque eso no aplacase la necesidad de volver a notar el agua salada en mi piel. Me sentía como una fumadora a la que le han arrebatado su dosis de nicotina. Realmente lo necesitaba y no me lo querían dar. Iba a perder la cabeza.

La visita de mis padres no me alegró tanto como los días anteriores. Ellos lo notaron, y yo supe que lo notaron. Lo llevaba escrito en la frente. Esa noche tampoco la pasé especialmente bien. La herida me dolía más de lo habitual, lo que me impidió dormir con tranquilidad.

Mi nueva obsesión marina me ocupó el pensamiento toda la noche, y todo el día siguiente, en el que tampoco me dejaron consumir mi dosis de nicotina. Era muy muy desesperante. Con la llegada de la hora de visitas, mi hermano habló con la doctora para pedirle por favor si podían hacer algo para cumplir mi ruego. Adriana me miró, luego a mi pierna y luego a mí. Suspiró. Entonces prometió llevarme ella misma a la mañana siguiente a la playa.

La sonrisa que se me quedó me dejó agujetas en la cara por la noche. ¡Bendito hermano mío! Le debía la vida más de lo que comprendí en su momento. Mi humor cambió al instante y mi familia se fue más tranquila a casa.

La cura de ese día confirmó la falta de algo que me ayudaba a mejorar, algo que tuve los primeros días y en los últimos dos faltó. Se veía reseca de nuevo, purpúrea, con una línea blanca en medio. Estaba claro que el agua de mar era mejor desinfectante y analgésico que cualquier pastilla o crema. Ellos también lo comprendieron, lo que me aseguró un paseo por la playa al día siguiente.

No me importó pasar otra mala noche por la quemazón de mi piel. Solo pensé en el sonido de las olas al romper, en el de la arena al moverse, en las gaviotas al pasar, la brisa susurrando. Esa nana mental me arrulló y me dejó descansar las horas necesarias para afrontar el siguiente día con suficiente energía.

Cuando amaneció, parecía una niña pequeña en la mañana del seis de enero. Nerviosa, ansiosa, con unas ganas inconmensurables de salir y volver a respirar ese aire tan vital para mis pulmones. Adriana me aseguró que me llevaría, aunque tenía que esperar a que se liberase del resto de compromisos que tenía en el trabajo. Conté los minutos hasta sentarme en esa vieja silla, los segundos hasta atravesar la puerta, las milésimas hasta oler la sal del ambiente. Se me antojó eterno, pero el momento llegó y la sonrisa volvió a dibujarse en mi cara. Divina brisa marina en mi piel.

—Tessa… —empezó Adriana mientras avanzábamos por los tablones de madera. Imaginé lo que iba a decir y traté de evitar oír el mismo discurso de nuevo.

—Ya, ya. No me moveré de aquí, lo prometo. Solo quiero sentir esto, Adriana, por favor. No sabes lo bien que me sienta. —La interrumpí hablando rápido, casi atropelladamente. Debía hacérselo entender.

Ella guardó silencio un momento. De nuevo esa sonrisa amarga suya.

—Tranquila, lo sé —contestó. Mi cara de sorpresa ya se la esperaba—. Solo quería decirte que siento mucho lo que estás pasando y que, si no te he traído aquí los últimos dos días, ha sido por tu bien. Créeme. —Pausó—. ¿Sabes cuál fue la emergencia por la que no te acompañé yo la última vez? —Aguardé su respuesta en silencio mientras parábamos justo al lado del saliente de roca—. El padre de Enzo se presentó borracho y con treinta y dos analgésicos en el estómago. Su mujer lo trajo en coche. Para cuando pudimos dejar estable a su marido, tuvimos que atenderla a ella por un ataque de ansiedad.

La sangre se me heló. Enzo… Me había olvidado de él en esos días. Estaba tan pendiente de mí, de mis problemas y de mis necesidades que olvidé por completo su desaparición. Ni mis padres ni mi hermano me comentaron información nueva relativa a su caso. Quizás, porque no la había o porque no me la querían contar. ¿Y si…? Tuve que preguntar:

—¿Enzo está…? —Intenté terminar la pregunta, pero me daba náuseas pronunciar la palabra «muerto».

—No, no está muerto —contestó. Respiré aliviada—. Al menos, que se sepa. Sigue sin haber noticias sobre su paradero. —Adiós al alivio. Silencio—. No debería decirte esto Tessa, pero…

Más silencio. Me habría encantado darle tiempo y espacio, pero necesitaba saber.

—¿Pero…? —Me angustiaban las decenas de posibles malas noticias que se agolpaban en mi cerebro.

Le costó hablar.

—Lo único que saben es que tú fuiste la última en verle con vida y que tu testimonio ante la policía no se sostiene. Necesitan encontrar un culpable. Y tú… —Reformuló mentalmente su siguiente frase—. Bueno, creen que tú mataste a Enzo.

—Eso es… —El ambiente salino me tranquilizaba, pero no era milagroso. Empezaba a costarme respirar—. Yo no he hecho nada, Adriana, lo juro. Cuando me fui de La Isleta, él todavía estaba allí, de verdad.

—Tus asuntos con la policía no son de mi incumbencia, Tessa. Como tampoco puedo evitar que estés en el punto de mira policial. —Se acuclilló junto a mí, apoyándose en el reposabrazos—. No te juzgo por las sospechas ni por lo que haya podido pasar. Solo te lo he contado porque me parece justo que sepas lo que está ocurriendo fuera de las paredes de la clínica. —Sus ojos parecían sinceros—. Lo único que puedo asegurarte es que, mientras estés en nuestro centro, tu salud será mi prioridad.

Me mantuvo fija la mirada, triste… Intuí sus ganas de seguir hablando, pero solo suspiró. Se incorporó poco a poco. Parecía aguantarse las ganas de llorar. Yo me quedé en silencio, respirando.

Entra limpio, sale muy turbio. Entra limpio, aún sale igual de turbio. Entra limpio…

Inspiré más rápido. Empecé a hiperventilar. Me llevé las manos al pecho, quería descender el ritmo sin saber cómo. Seguía muy agitada, notaba la humedad del ambiente en la garganta. Eso me hizo toser. Tosí y respiré rápido. Adriana me dijo que no me moviera de allí, que iba a por un tranquilizante. Yo continué hiperventilando. La silla me impedía respirar bien y no tuve más remedio que incorporarme un poco. Entonces, vi una melena muy familiar emerger del agua.

Mel se acercó hasta el borde de la roca y se apoyó con los brazos, tal como hizo la última vez que nos vimos. No dijo nada, solo extendió su mano sobre el saliente e hizo gestos para que me acercara. Me quedé quieta por un breve momento, normalizando la respiración. Antes de conseguir relajarla del todo, ya empecé a avanzar hacia la mano de Mel. La situación volvía a ser hipnótica. En ese momento desconocía si era hacia él o hacia el agua, pero me sentía atraída como por un imán.

Sin importarme el dolor de la herida me agaché, me senté y metí las piernas hasta que el agua me llegó por encima de las rodillas. Entonces mi respiración volvió a ser normal. Una enorme sonrisa se me dibujó en la cara. Cerré los ojos y respiré hondo.

Al abrirlos de nuevo, vi a Mel muy tenso. Ni rastro del chico inocente y misterioso que creí haber conocido. Yo no podía dejar de sonreír, aunque él no mostrara atisbo alguno de simpatía.

Leí en sus labios un «lo siento» mientras me miraba. Sus pupilas se dilataron monstruosamente antes de salir del agua de forma repentina para atraparme entre sus brazos y arrastrarme mar adentro.

Lo último que recuerdo de la playa es ver a Adriana tirando de la silla hacia atrás mientras se limpiaba una lágrima con rabia.

2 de agosto de 2019

Han pasado veintidós días desde la desaparición de Tessa. Todos aseguran seguir buscándola, pero yo sé que esa preocupación es fingida. Muchos creen que ella es la responsable de lo de Enzo, que por eso se fue. ¿Quién en su sano juicio podría pensar que mi hermana sería capaz de hacer algo así? Asesinato, encubrimiento, huida… Es una locura pensarlo.

Soy consciente de que la historia que sabemos está incompleta y que, con el tiempo, la han teñido con más celos y más venganza, pero me da igual lo que digan. Si ella es culpable o cómplice de lo que pasó, no me importa. Yo solo quiero que vuelva.

Annie me acaricia el pelo y me pasa el pulgar por la mejilla, recogiendo así mi enésima lágrima. Es mi ángel. Desde que la conocí, su tez clara, sus ojos azules y sus rasgos redondeados y delicados me parecieron de otro mundo. Su corazón y su pureza me hicieron enamorarme de ella en cuestión de un chasquido. No hay un día de los últimos tres años que no agradezca tenerla a mi lado. Más aún en las últimas semanas.

Me escuecen los ojos y me duele la cabeza. El silencio reina en mi casa desde que Tessa no está, sobre todo en su cuarto. Paso la mano por la colcha, donde estamos sentados. Annie aún me acaricia el pelo. Yo aún acaricio la colcha.

—Río, ¿por qué no damos un paseo? Te vendrá bien despejarte, salir un rato. —Annie habla suave, como si tuviera miedo de romper con su voz el cristal más fino.

Me cuesta coger fuerzas para hablar.

—Todavía tengo la esperanza de verla cruzar esa puerta en cualquier momento, ¿sabes? De abrazarla y de volver a oír su risa —contesto. De nuevo silencio—. Quiero que vuelva, Annie. Quiero que vuelva ya.

Mi voz se quiebra.

—Lo sé, cariño… —responde, y me abraza con delicadeza.

Yo vuelvo a llorar en su pecho, como llevo haciendo casi todos los días en las últimas semanas. Mi hermana es mi templo más sagrado, mi refugio de miedos y de enfados. No puedo soportar la idea de no tenerla conmigo, de no saber dónde está o si se encuentra bien. Maldita naturaleza humana, que nos impide valorar lo que tenemos hasta que se nos arrebata.

En silencio reviso mentalmente todos los pasos que seguí cuando le hice la cura de la pierna. Quizás hice algo mal, quizás fui yo el responsable de que empeorara y por eso la ingresaron. Si hubiera hecho bien la cura y se hubiera podido quedar en casa, quizás nunca habría desaparecido. Me atormenta pensar que yo pude tener algo que ver.

—Río, vámonos. —Annie se incorpora y tira delicadamente de mí—. No pienso seguir viendo cómo te hundes por algo que no puedes cambiar.

Seca sus propias lágrimas y me ayuda a levantarme. Me deja en la puerta del cuarto de Tessa mientras avisa a mis padres. Echo un último vistazo antes de irnos. Sobre la cómoda veo su colgante, el gemelo del mío. Hace años que ninguno de los dos lo usa, me sorprende verlo ahí. Nuestros padres nos los regalaron el primer verano que vinimos aquí, en un intento de unirnos más durante un tiempo de muchas discusiones. Me acerco a cogerlo. Lo acaricio con la yema de los dedos lentamente. Lo beso y me lo guardo en el bolsillo. Voy a mi cuarto para buscar el mío. Me cuesta encontrarlo, pero al verlo en el fondo del cajón de la mesilla de noche me lo guardo en el bolsillo del pantalón, junto al de Tessa.

Cuando Annie me ve, no dice nada. Simplemente me agarra del brazo y bajamos juntos las escaleras.

La playa está llena de turistas que toman el sol, juegan a las palas y se bañan. Se nota que no son familiares ni conocidos de Enzo o Tessa. Ninguno de nosotros ha podido disfrutar de un solo día de calor desde que desaparecieron. O eso creía yo.

Bajo una sombrilla verde ajada veo a una pareja que se parece sospechosamente a Mery y Toni. Focalizo un poco más en ellos. No puedo creerlo… ¿De veras son capaces de tomar el sol entre arrumacos mientras dos de sus amigos están desaparecidos? Annie nota mi rabia y me abraza desde atrás, me sujeta fuerte.

—Río, no merece la pena —me dice intentando relajarme. Sé que ella entiende mi rabia, que lo dice de corazón y no solo por evitar una situación incómoda. Eso me anima a hacerle caso—. Conozco una zona más apartada. Justo allí. —Cambia de tema y señala un camino de tablones de madera cerca de una zona rocosa—. Mi tía me la enseñó una vez que estuve en su trabajo. ¿Quieres que vayamos allí? Seguramente será más tranquila. Puede incluso que esté vacía.

Me sonríe como solo ella sabe.

Asiento sin decir palabra, observando por última vez a esos dos. La miro de nuevo a ella e, inconscientemente, relajo el gesto. Me besa la mano antes de entrelazarla con la suya. Nos dirigimos entonces hacia la zona que ha dicho, sin prisa.

Me alegra saber que tenía razón. Esta parte de la playa en la que nunca he estado es un remanso de paz. Está alejada del bullicio de los bañistas, sin sombrillas ni pelotas. Cuánto agradezco ahora este silencio.

Miro el horizonte. Cielo y mar están perfectamente sincronizados en un tono azul celeste con reflejos dorados por la luz del sol. Miro a Annie. Veo su rostro cansado sonriéndome. Me acaricia la mejilla. Cierro los ojos y disfruto del tacto de sus dedos. Lo siento como una caricia sanadora. Antes de abrirlos, pienso en el calvario que está sufriendo al estar conmigo, en lo fácil que sería para ella huir de la situación y disfrutar del verano sin una constante nube negra sobre su cabeza. En cómo no me abandona ni se rinde. Cuando los abro de nuevo, la beso. Despacio, con todo el amor que puedo darle. La rodeo con mis brazos y pego su cuerpo al mío. Hace tiempo que no estamos así: nosotros dos solos, sintiendo calma a nuestro alrededor.

—Te quiero —susurro sobre sus labios.

Noto su sonrisa aun sin verla. Coloco mi cabeza en su hombro y escucho su «yo más» bajito en mi oído. La estrecho un poco más fuerte, a lo que ella me responde con sus brazos en mi cintura y gira la cabeza para encontrar su sitio en mi pecho.

Siento que somos dos piezas de puzle que encajan de manera perfecta, hechas la una para la otra. Pasan los minutos y nosotros seguimos unidos, sin importarnos el tiempo. El sol aprieta con fuerza, lo que nos hace estar cada vez más acalorados. Nos escuchamos sin romper el silencio y comenzamos a separarnos poco a poco. Nos miramos y vemos que estamos sudando. Sonreímos.

—¿Quieres que tomemos un helado? Este calor no perdona —me dice.

Annie me aparta el pelo de la cara sin perder la sonrisa con la que intenta disimular la tristeza de sus ojos.

—Como quieras.

No dejo de mirarla un solo instante. Me pierdo en el azul de sus ojos. Mi punto de luz, mi salvación.

Espero a que ella inicie la marcha hacia el puesto de helados, pero en cuanto se da la vuelta detiene el paso. Tarda unos segundos y se gira de nuevo hacia mí.

—Creo que es mejor que vaya yo —comenta. Mi gesto le da a entender que no la comprendo. Ella me habla con ternura—. Te vendrá bien pasar un rato a solas, ¿no crees? Parar, escucharte, reordenar tus pensamientos… Encontrarte a ti mismo.

Por un momento creo que esa es una forma de empezar un discurso que acabará en ruptura. Annie parece leerme el pensamiento. Se acerca a mí y me agarra suavemente la cara. Me besa en la frente y junta su nariz con la mía. Ambos cerramos los ojos.

—¿Vas a tardar mucho? —pregunto temeroso.

—Estaré de vuelta antes de que te des cuenta.

Descarto la ruptura y suspiro aliviado. Respiramos de forma acompasada antes de abrir los ojos y mirarnos fijamente. Guardo un momento de silencio antes de hablar.

—Sé que entiendes lo difícil que es esto para mi familia, y me siento muy… Bueno, sé que…, pero… Me siento incapaz de… —No encuentro las palabras. Tomo aire y lleno mis pulmones todo lo que puedo. Lo expulso poco a poco, noto los ojos llorosos—. Estoy muerto de miedo, Annie, y sé que te arrastro conmigo a dondequiera que me esté metiendo, y eso no es justo para ti. No… No tengo palabras suficientes para agradecerte todo lo que haces por mí. —Vuelvo a tomar aire, como si llevase tiempo sin respirar. Veo su intención de contradecirme, pero cambio de tema antes de darle tiempo a replicar—. Ve a por esos helados, yo te espero aquí. Podrías también visitar a tu tía en la clínica si te apetece. Aprovecharé el rato para relajarme. Para «encontrarme» como tú dices.

Finalmente, me sonríe de vuelta. Me besa con fuerza y me abraza de nuevo.

—Estoy muy orgullosa de ti, cariño —me susurra antes de irse.

Ya está casi a mitad de camino cuando se da la vuelta de nuevo y me regala una última sonrisa.

En apenas dos minutos que pueden haber pasado desde que se ha ido, entiendo que Annie está en lo cierto. Me estoy perdiendo en mis propios miedos. Necesito desembarazarme de ellos si pretendo no acabar completamente perdido.

Miro a mi alrededor. Veo un saliente de roca con un poco de sombra donde rompen lentamente las olas. Me parece el lugar idóneo para relajarme. Paso por encima de un camino de madera, que me sorprende encontrar ahí. Sigo con la vista la ristra de tablones hasta una puerta que da a la clínica en la que Tessa estuvo ingresada antes de que todo esto pasara. Ato cabos y comprendo que la zona restringida de la que me habló mi hermana cuando me pidió que convenciera a Adriana de dejarla volver es la misma en la que me encuentro yo ahora. Ella pisó esta misma arena, notó la misma brisa, escuchó las mismas gaviotas.

Con eso en mente, siento que tengo dos opciones: la primera es echarme a llorar de nuevo y seguir pasando los días lamentándome por no saber dónde está, por no saber cómo se encuentra ni cuándo va a volver; la segunda es dejar todo eso fuera y afrontar las cosas como están —jodidas, pero no perdidas—. Tessa no está conmigo, eso es un hecho, pero nadie puede asegurarme que sea imposible tenerla de vuelta algún día, ¿no? Quizás ese día está más cerca de lo que parece. A lo mejor pronto vuelvo a verla.

Es absurdo mantener esa positividad. Pensarlo me hace más daño que otra cosa.

Me dirijo a esa gran roca plana que toca el agua y apoyo las manos para sentarme. Aparto una piedra que hay encima y la tiro al agua. Me quito las deportivas, las dejo a un lado y meto los pies en el mar. Respiro profundo e intento vaciar mi mente de cualquier pensamiento.

Recuerdo la vez que Tessa me enseñó una de sus técnicas de relajación. Al respirar, tenías que notar que el aire entraba y arrastraba todo lo malo a su paso; y al expulsarlo, salía con él lo que querías vaciar de tu mente. Decía algo así como: «Entra limpio, sale turbio». Pruebo a hacerlo.

Inspiro lentamente, lleno mis pulmones al máximo. Retengo el aire unos segundos y lo suelto igual de lento, imaginando que se lleva consigo los malos pensamientos. Lo hago de nuevo, y una tercera vez. No sé si es por la respiración o por su recuerdo, pero casi puedo sentirla a mi lado. Sigo inhalando y, entonces, caigo en la cuenta. Me saco del bolsillo el colgante que cogí de su cuarto. Lo miro detenidamente y lo acaricio. Con la otra mano acaricio el mío. Los aprieto fuerte entre los dedos, como si de algún modo pudiera conectarlos así, conectarme yo con ella, saber cómo está.

Noto que algo me toca el tobillo y del susto lo saco rápidamente del agua. Miro en busca de lo que puede haberme tocado, pero no encuentro nada extraño. Supongo que ha sido una simple alga o quizás un pequeño pez. Se me escapa una sonrisa por la ridiculez del momento. Vuelvo a meter ambos pies y retomo las respiraciones mientras sostengo nuestros colgantes. Un momento… ¿Dónde está el suyo?

Busco en el pantalón, sobre la roca, en las zapatillas. No está. Debe de haberse caído al agua con el sobresalto. Me quito la camiseta, dispuesto a tirarme al mar a por él cuando una mano lo deja en la punta del saliente. Me quedo perplejo un instante. Rápidamente, me acerco a recogerlo. Lo beso, lo dejo a salvo en mi bolsillo y me asomo al borde para darle las gracias a quien lo ha recuperado.

Entonces la veo, y no puedo creer lo que mis ojos me dicen. Me niego a pensar que estoy desvariando hasta tal punto, hasta creer que veo a mi hermana bajo el agua. Me echo hacia atrás mientras no paro de negar en voz alta. Es imposible, debe haber sido una alucinación. Pero ¿y si…?

¿Y si no estoy alucinando? ¿Y si es ella de verdad? Vuelvo a apoyar las manos en la roca y miro hacia abajo con miedo. Me asomo poco a poco. Ahí está de nuevo, es ella de verdad. Tessa está ahí. Me mira a los ojos y sonríe. En sus labios leo un «ven conmigo».

Segundos después, una nube de arena se levanta en el fondo y Tessa desaparece en ella.

Yo me quedo quieto, miro el agua turbia debajo de mí. ¿Está pasando de verdad o he perdido el juicio? Levanto la cabeza y veo un rastro de ondas en el mar, como el que dejan los barcos a su paso. Va directo a La Isleta. Podría delirar con el rostro de mi hermana, con su sonrisa, pero no con el movimiento del agua. Esas ondulaciones son verdaderas. Y si lo son, mi hermana también.

Me lanzo al agua sin tener del todo claro lo que está pasando. Aunque al final resulte ser solo una alucinación, no puedo perder la oportunidad de volver a verla.

Nado tan rápido como mis músculos me lo permiten. Después de semanas sin apenas moverme, noto la falta de ejercicio, al que tan acostumbrado he estado siempre. Mis brazos no tienen tanta fuerza y mis piernas han perdido rapidez, pero la adrenalina se encarga de dejarme sobre La Isleta mucho antes de lo que pensaba.

Subo por un montículo de piedras y me sitúo en mitad de la orilla. Giro sobre mí mismo varias veces, la busco con la mirada y grito su nombre. Alguien me chista.

—No pueden saber que estoy aquí. —Es su voz, pero no sé desde dónde.

—Tessa, ¿dónde estás? —pregunto desesperado por verla.

—Estoy aquí, Río. —Su melena mojada surge entre unas rocas. Me mira con los ojos vidriosos—. Ven.

Me acerco rápidamente, casi tropezando sobre ella. Me agacho y la abrazo como puedo. Aún tiene medio cuerpo metido en el mar, pero me rodea con sus brazos como yo hago con ella. La aprieto fuerte contra mí, incapaz de retener las lágrimas. ¡Es mi hermana! ¡Está ahí de verdad! Me alegra tanto saber que no he perdido la cabeza, que es ella en cuerpo y alma.

Seguimos abrazados hasta acompasar nuestras respiraciones. Hablo sin separarnos.

—Tessa, ¿dónde has estado? ¿Estás bien? No sabes lo preocupados que estábamos… Mamá y papá se van a volver locos de alegría al verte de nuevo. —Con la emoción me tiembla la voz.

—Río… —Tessa deshace el abrazo y me mira fijamente. Espera largos segundos para hablar—. No puedo volver.

—¿Cómo que no puedes volver? Por supuesto que puedes. —Entonces, pienso en las sospechas que aún se ciernen sobre ella—. Escúchame, me da exactamente igual lo que digan de ti. Sé que tú no fuiste la responsable de la desaparición de Enzo. Aunque aún no se sepa bien lo que pasó, al final, la verdad saldrá a la luz y…

—No, Río, para. Escúchame tú a mí. —Pone su mano en mi boca, sin dejarme terminar. Guardo silencio—. Realmente, no puedo volver, hay algo mucho más grave que eso. Enzo… —Suspira y deja caer dos lágrimas—. Pronto sabréis dónde está y, entonces, las acusaciones serán peores. —No entiendo de qué está hablando—. Sé que la verdad te resultará tan inverosímil que las palabras no servirán de nada, así que… —Me mira a los ojos sin pestañear. Me tiende una mano—. Coge aire y confía en mí.

Miro su mano desconcertado. No tengo ni idea de qué me está contando. Dudo por un momento, pero decido dar un salto de fe y confiar. Al fin y al cabo, es mi hermana. ¿Qué podría pasar?

Respiro hondo, cojo aire y agarro su mano. Ella sonríe y me aprieta la mano con fuerza justo antes de meterme en el agua. En cuanto nos sumergimos, escucho un grito desde la playa. Nada más verla, entiendo el porqué de sus palabras.

Esa no es mi hermana.

11 de julio de 2019

Lo último que recuerdo de la playa es ver a Adriana tirando de la silla hacia atrás mientras se limpiaba una lágrima con rabia.

CAPÍTULO 4

Punta Javana

Mantuve el oxígeno en los pulmones todo el tiempo que pude. Mel avanzaba a gran velocidad y, a cada segundo que pasaba, se me hacía más y más difícil contener la respiración. Luché por mantener los ojos abiertos y ver qué demonios estaba pasando, pero el agua se movía tan rápido a nuestro alrededor que era inútil intentarlo. Pataleé para liberarme de su agarre. Moví enérgicamente las manos para soltarme del brazo con el que me retenía, pero era demasiado fuerte. Los pulmones me pedían desesperadamente coger aire nuevo. Mi corazón bombeaba desbocado. Resistí todo lo que pude, más incluso de lo que creí ser capaz de aguantar. Aun así, no fue suficiente. Terminé por abrir la boca y aspirar, lo que me hizo tragar agua y toser al mismo tiempo.

Pensé en mi hermano, en mis padres, en Susi y Mery, en Enzo. Pensé en el vóley-playa, en La Isleta, en la Pincoya y en mi cama. Los macarrones de mi abuela, mi amigo de la infancia, mi canción favorita, mi primera regla… Un despliegue de recuerdos explotó en mi cabeza en milésimas de segundo. Imágenes que ya no importaban. No me quedaban fuerzas.

Bajamos la velocidad y entramos en el recoveco que había entre unas rocas. Era una pequeña cueva submarina. Al entrar todo se volvió oscuro. No había apenas luz ni tampoco aire. No había nada. Solo Mel y yo. Me tumbó sobre un lecho de plantas. Yo le miré a los ojos, suplicante. Él me mantuvo la mirada. Pronunció un segundo «lo siento» sin sonido y me dejó morir.

No sabría describir lo que pasó. Una mezcla entre todo y nada. Un vacío, un sueño profundo. Al principio me sentía dormida, como si estuviera descansando tras un extraño día. Flotaba en el aire de una tierra sin dueño, en un limbo. Pronto ese aire empezó a cambiar y tuve la sensación de estar donde no pertenecía, de necesitar irme a otro lugar. No de mi alrededor, ni de mi ciudad o incluso de mi continente. Era el sentimiento de pertenecer a otro mundo, a un lugar desconocido para mí, uno completamente nuevo.

Mi cuerpo estaba inmóvil, muerto. Por dentro, sin embargo, el corazón me latía sin control. Como una parálisis del sueño multiplicada de forma exponencial.

Poco a poco volví a tomar conciencia de mi cuerpo, de mi ser. Escuché ruidos cerca, ruidos que me resultaban extraños, nuevos. Notaba los oídos diferentes, como si estuvieran tapados con algo que me impedía identificar con exactitud qué oía. No sabía qué eran esos ruidos, pero sí de dónde procedían. En mi mente se forjó una imagen difusa de líneas parpadeantes que representaban un escenario. El sonido que percibía venía del fondo de dicho lugar. Abrí los ojos lentamente, con dificultad. Quería comprobar si realmente estaba en la extraña habitación que mi mente había dibujado para mí.

Aunque al principio no podía ver con claridad, con el paso de los segundos conseguí enfocar mejor. A pesar de la oscuridad, logré vislumbrar lo que había a mi alrededor con bastante precisión, algo que no sabía que era capaz de hacer con tan poca luz. Me vi sentada con la espalda pegada a lo que parecía ser una viga de hierro oxidada y cubierta de algo gelatinoso.

Me asusté e intenté incorporarme para irme de allí, quería volver a casa a toda prisa. Entonces me di cuenta de que tenía las manos atadas a la espalda, detrás de la viga. La histeria por liberarme me llevó hasta mi último recuerdo: la sensación de ahogo, el agua encharcándome los pulmones, la nube de oscuridad antes de perder el conocimiento.

Con horror, me di cuenta de que estaba bajo el agua. A mi alrededor, la luz se doblaba en formas imposibles.

Ay, Dios mío.

Bloqueé la respiración y recé porque mi cuerpo fuera capaz de aguantar el oxígeno restante el tiempo suficiente para subir a la superficie y volver a respirar. Me moví angustiada para liberarme las manos.

Busqué a mi alrededor algo con lo que quitarme la cuerda. Mis pulmones ardían demandando aire y yo me desesperaba por salir de allí. Los segundos pasaban y necesitaba respirar cada vez con más violencia. Empecé a rendirme cuando tuve una pequeña convulsión que me hizo abrir la boca.

Ya estaba. Ese era mi fin. Iba a morir ahogada y no podría hacer nada por impedirlo. Con la segunda contracción de mi cuerpo fue inevitable abrir aún más la boca y dejar entrar el agua.

Me imaginé muchas cosas en muy poco tiempo. Me visualicé muerta flotando en el agua, como alimento para las criaturas marinas, apareciendo en las costas del norte de África o reencarnada en escarabajo pelotero. Pensé muchos escenarios, pero ninguno en el que fuera capaz de respirar agua y no ahogarme. No sabía cómo ni por qué, pero el agua entraba y salía de mi tráquea sin problema. No tosía, no me asfixiaba y, definitivamente, no me estaba muriendo. ¿Qué pasaba?

Me intenté incorporar, pero, para colmo, tenía las piernas atadas y cubiertas de una extraña manta de escamas. ¿Eso era acaso el cadáver de una criatura marina abierta en canal y enrollada alrededor de mi cuerpo? Tenían distintas tonalidades entre el azul y el verde, se tornaban moradas conforme llegaban a la zona de los pies, y terminaban casi negras al llegar al inicio de una gran aleta verde turquesa. ¿Qué clase de animal tenía un cuerpo así?

Me sacudí con asco. Probé a moverme rápido y luego lento, a dar sacudidas o mantener un movimiento fluido, pero aquello no se desprendía de mis piernas. Gruñí con desesperación. Mis gruñidos se convirtieron en gritos, y con los gritos alguien apareció a mi lado. Chillé de nuevo del susto.

—Tranquila, estás a salvo —dijo. Su voz sonaba adormilada, aunque eso no me impidió reconocerle.

Era Mel. Mientras yo me debatía entre la vida y la muerte, él aparentemente había estado dormitando con toda la tranquilidad del mundo sobre un lecho de plantas trenzadas.

—¿Has sido tú? —pronuncié casi sin reconocer mi voz.

Su mirada era triste, temerosa, pero su actitud era vigilante. Su cuerpo estaba alerta y también cubierto por la misma piel de escamas de cintura para abajo. ¿Por qué llevaba eso? ¿Por qué podía respirar y hablar bajo el agua como yo? ¿Por qué podía hacerlo yo?

—Supongo que tendrás cientos de preguntas. —Mel se adelantó a mi falta de elocuencia—. Adelante.

Lo miré sin dar crédito. ¿Estaba muerta y eso era parte del proceso? ¿Estaba soñando o inconsciente? ¿Estaba aún en la camilla de la clínica? ¿Tuve una caída en aquella roca resbaladiza y me golpeé la cabeza?

Mel aguardó pacientemente hasta que fui capaz de articular palabra.

—¿Estoy muerta? —acerté a pronunciar.

Añadió una dosis más de pena a su mirada y respondió firme.

—No.

—Yo creo que sí. Yo creo que estoy muerta —rebatí.

—Tessa, escucha…

—O no, creo que, en realidad, estoy en coma y esto es una alucinación. Eso es. —Mis pensamientos parecían haber dado con una explicación razonable—. Seguramente me resbalé por la roca y me golpeé la cabeza y ahora estoy en la camilla de la clínica inconsciente. Mis padres deben de estar asustadísimos, tengo que encontrar la forma de…

Mel habló por encima de mi tono de voz.

—Tessa, para. No estás muerta, ni tampoco en coma. Esto es real. —Me cogió de la cara suavemente y me obligó a mirarlo—. Ahora estás confusa, asustada, y es normal, pero te aseguro que te encuentras perfectamente.

Me quedé hipnotizada por el gris azulado de sus ojos. ¿Realmente mi mente era tan increíble como para crear un sueño en el que existía alguien con unos ojos tan bonitos?

Me dio por reír.

—Dios, qué capacidad de imaginación tengo… —dije controlando la risa—. Pocas veces voy a soñar siendo consciente de que es un sueño, así que tengo que aprovecharlo bien.

Volví a mi labor de tratar de liberarme. El chico suspiró y me atrapó las manos, poniendo su cara muy cerca de la mía. Se mantuvo en silencio, mirándome. Sus ojos no solo eran bonitos, susurraban una historia que aún estaba por contar. Mi curiosidad me pedía averiguarla, conocer cuál era el dolor que apagaba ese brillo que estaba segura de que había tenido en un tiempo anterior.

—Necesito que contemples la posibilidad de que esto no sea un sueño —dijo con tono tranquilo.

Por un instante, un breve instante, me dejé llevar por sus palabras y permití que una parte de mí albergara la posibilidad de que toda esa locura fuera real. Me visualicé con un cuerpo que no era el mío, con unas capacidades que no eran las mías. ¿En qué clase de Biología se daba la transformación del cuerpo? ¿Qué parte del temario hablaba del cambio de las funciones vitales? Era tan imposible… Pero ¿y si…? ¿Y si había una explicación razonable para ese cambio? ¿Y si la naturaleza realmente era capaz de llevar a cabo una transformación semejante? Que una larva se convirtiera en mariposa también parecía imposible si lo pensaba fríamente.

—No tiene sentido que esto sea real. Una persona no puede cambiar de cuerpo… —pensé en voz alta.

Mi mirada se quedó perdida en algún punto. El chico dejó un poco de espacio entre nosotros antes de hablar.

—¿Recuerdas la herida que tenías en la pierna? —No respondí—. La primera vez que te vi ya no la tenías, pero cuando te la hiciste estaba cubierta por una sustancia viscosa, ¿verdad? —Seguí sin hacer movimiento alguno ni emitir palabra. Lo tomó como un sí—. Eso era el tósigo. Ese fue el causante de tu conversión.

Me vino el recuerdo de Adriana diciéndonos el primer día en la clínica que mi herida se debía a «un tipo de planta venenosa submarina aún desconocida». ¿Se refería a eso?

—¿La planta venenosa? —hablé con tono neutro.

Mel cambió su gesto triste por uno más confundido.

—¿Planta? No hay ninguna planta que haga eso. El tósigo es nuestro veneno.

¿«Nuestro» veneno? ¿A quién se refería con ese «nosotros»? Porque, hasta donde yo sabía, los humanos no poseíamos veneno alguno. Humanos… ¿Realmente seguía siendo humana? Si mis piernas ya no eran mis piernas y las escamas de veras formaban parte de mi cuerpo, ¿podría aún considerarme humana? Y Mel, ¿lo era? Lo miré de arriba abajo. No, claramente, Mel no era humano.

Fuera lo que fuese, ese chico que me pareció tan guapo y amable la primera vez que lo vi, me había arrastrado mar adentro y me había dejado ahogarme ante sus ojos sin mover un dedo. De eso sí que estaba segura.

—Verás, si hago lo que me dices, si me permito creer que algo de esto es real, entonces debo entender que tú eres un hijo de puta —pronuncié sin pena.

Le cambió el gesto de golpe.

—No, Tessa, por favor. Necesito que me escuches… —Empezó a alterarse.

—Me atrapaste en esa roca, me trajiste hasta aquí y esperaste a que muriera ahogada. Tú me secuestraste y me mataste, ¡maldito cabr…! —dije cogiendo cada vez más enfado.

—¡No! —gritó—. Yo no… Es decir, sí, pero no era… —Estaba más y más nervioso, se enredó al hablar—. Te prometo que no es como piensas. Yo lo que hice fue salvarte. —Quise interrumpirlo para soltar toda clase de insultos que se me ocurrían, pero me tapó la boca antes de que pudiera hacerlo—. De no haberte llenado los pulmones de agua marina, la infección de tu herida habría ido a peor hasta matarte. Cada vez que ibas a la playa tenías la sensación de recuperar parte de tu fuerza y tu energía, ¿verdad? Sentías que podías respirar más hondo, te calmabas al tener contacto con el agua y con su sal. En cambio, cuando te alejabas, te notabas irritable, enfadada o triste. Como si necesitases el mar de forma vital, ¿a que sí? —Me miró implorante. ¿Cómo sabía eso…?—. Era por el tósigo. Desde el momento en el que entró en tu torrente sanguíneo, te hizo necesitar tu nuevo medio. Cuando vi tu herida lo supe, tu conversión estaba próxima. Te aseguro que todo esto no empezó cuando te secuestré. —Noté que pronunciar esa última palabra le raspó la garganta—. Empezó con tu herida. De no haber entrado el agua en tu organismo, esa herida te habría matado.

Le mantuve la mirada en silencio. Todavía tenía la esperanza de que todo fuera producto de un mal sueño, aunque a una parte de mí le fastidiaba admitir que su discurso tenía sentido.

—Es que no… No puede ser. Es imposible. Tiene que ser una broma. Tiene que ser una jodida broma… —Mi cerebro trabajaba a mil por hora intentando encontrar una incongruencia a su historia, una señal del estado de coma en el que estaba segura de que me encontraba.

—Entiendo que no debe de ser fácil vivir algo así —dijo con tristeza, más sosegado—. Ojalá pudiera hacer algo para cambiar lo que te ha pasado.

—Pero esto se puede revertir, ¿no? Tiene que poder revertirse. Es decir, yo tengo otro cuerpo diferente a este que no puede haberse evaporado así porque sí. Estará escondido de alguna forma. A lo mejor si dejo de respirar y me vuelvo a morir me despierto con mi cuerpo de antes —propuse desesperada.

Negó lentamente.

—Lo siento…

Era una locura. Estábamos hablando de una transformación absoluta de cuerpo, de órganos, de piel, de funciones. Era algo tan descabellado que empecé a dudar de mi existencia y de mi propio pensamiento. ¿Quién era yo entonces?

Sentía dentro de mí una bola de ira, de angustia, de miedo, de tristeza. Me sentía perdida, sola. Me sentía vulnerable. No sabía qué creer, no sabía qué hacer. Quería volver a casa, despertar de esa horrible ensoñación y encontrarme de nuevo a salvo en mi cama. Quería a mi hermano, a mis padres. Quería mis piernas, mi aire. Quería mi vida de vuelta.

Quería cualquier cosa que no fuera estar ahí.

—Vete…

Él no se movió. Balbuceó hasta encontrar las palabras adecuadas:

—Entiendo que necesitas tiempo para asimilar todo esto, pero no es seguro que te quedes aquí sola. No sabes las…

—¡¡Que te vayas!!

Mi grito le hizo reaccionar por fin. Se movió lentamente hacia la salida. No lo miré a la cara, pero intuí sus ganas de decir algo más. Afortunadamente supo callarse e irse sin más.

Me es difícil saber con exactitud cuánto tiempo pasó desde que Mel abandonó la estancia en la que estaba, pero notaba las manos entumecidas de tenerlas atadas en la espalda tanto tiempo. Quizás fueron horas. Tuve tiempo de llorar, de gritar, de patalear (si podía llamarlo así) y de lamentarme por el giro radical que mi vida había dado. Dejé que mi parte más vulnerable se descargara de toda la frustración y la tristeza que sentía dentro de mí. Busqué culpables y busqué víctimas. Tuve el ataque de ansiedad más grande que había sentido en toda mi vida, pero de algo me sirvió.

Entendí que, ante la remota posibilidad de que ese nuevo cuerpo fuera real, debía encontrar la forma de salir de allí. Ese loco que se hacía llamar Mel me había secuestrado y atado a una viga. Fuese resultado de mi imaginación o no, necesitaba alejarme de él.

Intenté liberarme de todas las maneras posibles, pero no fui capaz. Me cansé de llorar y de frustrarme, así que no me quedó más remedio que esperar a que volviera, si es que lo hacía.

Cuando empezaba a cabecear de sueño, una cabellera se asomó por el hueco de entrada a la pequeña cueva en la que me mantenía cautiva. Me despejé de golpe y me puse alerta. Mel entró con las manos levantadas.

—Solo venía a comprobar que estabas bien —se excusó con voz tranquila.

Recordé mi plan de mostrarme serena y cooperadora para lograr que me desatara y así poder huir en busca de respuestas en otro sitio o en otra criatura como él, si es que había más. Cualquier opción era mejor que estar secuestrada.

—Espera —pronuncié antes de darme tiempo a pensar más. Mel se dio la vuelta y me miró con esperanza—. P-perdona por haberme puesto así antes. Todo esto es nuevo para mí y no sé... Necesito tiempo.

Si por mí hubiese sido, no me habría creído una sola de las falsas palabras que dije, pero ese chico parecía desesperado por creerme. Un atisbo de sonrisa apareció en sus labios.

—No pidas perdón por eso. Si me hubiera pasado a mí no sé si hubiese sido capaz de acabar aceptándolo. —Se acercó un poco más—. Entiendo que es tremendamente difícil para ti. No te culpo por rebelarte.

Asentí y relajé el gesto todo lo que pude. Debía creerse mi máscara a toda costa.

—Voy a necesitar algunas respuestas —pedí sin mentir.

—Por supuesto —contestó con cierto entusiasmo.

—¿Quién eres y cómo he acabado aquí?

Se acercó aún más, hasta quedarse a mi lado.

—Por dónde empiezo… —Se tomó un momento más antes de seguir—. Verás, los humanos no son los únicos con una estructura social compleja. A pesar de que nuestro sistema es menos elaborado que el suyo, las nereidas también tenemos normas y obligaciones que debemos cumplir si queremos seguir perteneciendo al clan. Cada miembro de la comunidad sigue esas normas de forma individual, aunque, según la jerarquía establecida, siempre debe haber quien se encargue de asegurar su cumplimiento. En nuestro clan son los Píamus quienes lo hacen, una familia que generación tras generación se ha encargado de…

—Guau, para el carro ahí. No estoy entendiendo nada de lo que dices. —Mi cerebro estaba por colapsar.

Una cosa era hacerme la inocente para salir de ahí y otra era no obtener una sola respuesta. Si podía conseguir algunas, estaba claro que me interesaba entender de qué hablaba.

—Perdona, sé que es mucha información de golpe, pero es importante que lo sepas. —Rebajó la velocidad de su discurso—. Debes conocer en qué aguas estás viviendo ahora, Tessa. No todas las zonas son seguras.

Lo miré desconcertada.

—Hablas de clan, de nereidas, de jerarquía… Es que no entiendo qué tiene eso que ver conmigo. —Soné más antipática de lo que pretendía. Me forcé a sonreír y aflojar el tono de voz—. ¿Algo de eso da sentido a lo de mi herida? ¿O a que esté aquí, y aún atada? —Sonreí con fingida complicidad.

—Claro, perdona.

Se incorporó para buscar algo con lo que desatarme. Su torso desnudo no me llamó la atención, pero me fue difícil evitar fijarme en cómo era su cuerpo de cintura para abajo.

Sus escamas tenían tonos anaranjados, pero se tornaban amarillentas por el centro y llegaban a ser casi marrones en la parte más baja. Una línea negra bordeaba su gran aleta naranja, que se veía translúcida, con un pequeño agujero en el lado derecho y algunas roturas en el borde. Regresó con un objeto cortante bastante primario, que me recordaba a una punta de lanza. Se colocó detrás de mí, se agachó y empezó a trabajar con sus manos entre las mías.

—Entonces, ¿esos Píamus son los culpables de mi transformación? —pregunté celebrando internamente haber recordado el nombre.

—Son la máxima autoridad en nuestro clan. Lo más probable es que estén detrás de tu conversión —respondió con un ligero temblor en la voz.

Aproveché que no me veía la cara para analizar el espacio sin tener que mantener la máscara. Mi mente estaba demasiado ocupada en encontrar la ruta de huida que tomaría en cuanto me soltara.

—¿Qué te hace pensar eso? —dije disimulando mi desinterés.

Tras observar bien el lugar, entendí que el único punto de entrada y salida era por el hueco de la izquierda. Por ahí debía escapar, no había otra forma. Me preparé mentalmente para incorporarme y huir en tiempo récord en cuanto notase mis manos liberadas.

—Que no hay nada que ocurra en estas aguas de lo que ellos no tengan constancia —contestó.

Cada vez me costaba más mantenerme serena.

—Ahá… —respondí sin pensar. Era cuestión de unos pocos segundos más.

—Incluyendo el paradero del humano desaparecido.

Me quedé congelada. Enzo…

Si su misteriosa desaparición tenía que ver con esas criaturas, con las «nereidas», como las había llamado, por muy descabellado que pudiera parecer, sería la primera vez que algo de lo ocurrido tendría sentido. Renació en mí la esperanza de encontrarlo.

Me volví y lo miré fijamente.

—¿Cómo sabes lo de Enzo?

Mel quería parecer firme, pero se entreveía fácilmente la inseguridad oculta tras esa fachada.

—Los Píamus no son los únicos que tienen ojos y oídos en todas partes.

Si bien solía ser muy hábil en calar a la gente nada más conocerla, ese chico me desconcertaba de todas las maneras posibles. Parecía tener dos personalidades enfrentadas y no sabía a qué atenerme con él. A pesar de la primera impresión amable y tímida que me dio, en ese momento no podía ver en él nada más que las palabras «secuestrador» y «mentiroso» escritas en su frente. Estaba claro que sabía mucho más de lo que aparentaba.

Por un último instante pensé que todo podía ser un sueño, que nada de lo que había pasado en las últimas horas de mi vida era real. Pensé que no estaba del todo segura de eso, ni de lo contrario. Pensé que, en el remoto caso de que eso fuera real, ¿podría dormir tranquila por la noche sabiendo que pude hacer algo por Enzo y no lo hice? ¿Y si esa era la realidad y tenía posibilidades de encontrarlo y llevarlo de vuelta a Punta Javana?

—Tú sabes dónde está —afirmé—, y me vas a llevar hasta él.

—No es tan sencillo. —Cada vez ocultaba peor su miedo.

—Sí, lo es. Tú me dices dónde está y yo me encargo de que vuelva a su vida normal —dije de forma imperiosa, como si ese chico fuera a hacerme más caso. Entonces, en mi mente se cruzó la idea de que quizás…—. Porque él ¿sigue siendo él?

Mel asintió.

—Estoy seguro de que sí. No es común que se opere un cambio como el tuyo.

No me quedaba otra que creerle.

—Si tú lo dices… —Me dirigí hacia la salida, dispuesta a ir en su busca.

Él me cogió del brazo y me retuvo.

—He dicho que no es tan sencillo. —Se interpuso entre la salida y yo, algo más autoritario que antes—. No podemos ir a por los Píamus sin pensar.

—Me niego a quedarme quieta sabiendo que una persona que conozco está desaparecida y que yo puedo hacer algo para encontrarla. Si tú no me ayudas, lo haré yo sola. —Lo miré desafiante—. Apártate.

A pesar de sus actos, sus ojos no denotaban ni un atisbo de ira. Solo encontré desesperación.

—No puedes ir tú sola, Tessa. No tienes ni idea de lo crueles que pueden llegar a ser —dijo con una voz ligeramente quebrada.

A pesar de verlo así, vulnerable, el enfado que notaba crecer dentro de mí seguía latente. Me prohibí tener piedad con él.

—Ahí arriba me consideran una asesina por ser la última que vio a Enzo antes de que el mar se lo tragase. Llevo días atormentada pensando que yo tuve que ver con su desaparición y que, de alguna forma, tengo la culpa de todo. ¿Te haces una idea de lo que es eso? —Mi voz tampoco se mantuvo perfecta. Aun así, no rebajé en determinación—. Si tengo aunque sea una mínima posibilidad de llevarlo de vuelta a casa sano y salvo, lo voy a hacer. No lo dudes.

En cuanto hube pronunciado mi última palabra, salí de allí a la mayor velocidad que supe sacar de mi nuevo cuerpo. Me encontré en medio de una enorme explanada, que no reconocí. Analicé el espacio en cuestión de milésimas de segundo en busca de posibles rutas de huida, pero nada de lo que veía me resultaba ni vagamente familiar. Entendí que no sabría llegar a ningún lugar si solo veía el fondo. Debía subir a la superficie para ubicarme mejor.

Oí a Mel llamarme mientras salía de la cueva. Empecé a ascender sin pensarlo, avanzando con rapidez. Se acercaba y no tardaría en alcanzarme. Solo un poco más. Ya casi estoy.

Logré sacar la cabeza al fin para comprobar que estaba en mitad de la nada más absoluta y que no se veía otra cosa que no fuera cielo o mar. Ni rastro de Punta Javana, ni de playa o de rocas. Solo agua. Me quedé quieta sin saber qué hacer. ¿Cómo iba a ubicarme así? Mel salió también, quedándose a mi lado.

—Si viviéramos cerca de la costa, los humanos podrían descubrirnos —explicó, como si me hubiera leído la mente.

No me giré a mirarlo.

—Aléjate de mí.

Antes de darme una oportunidad de poner distancia entre nosotros, me sujetó sin mucha fuerza de la muñeca. Forcejeé como pude y le empujé para alejarme. Me rodeó con los brazos un poco más fuerte y me llevó de nuevo abajo.

«No, por favor. Otra vez no…».

Quise gritar, pedir ayuda, pero ¿quién me escucharía? Estaba sola, en medio de un mundo desconocido. Dejé de pelear cuando entramos de nuevo en la cueva.

—Lo que te ha pasado es injusto y no voy a intentar convencerte de lo contrario. Ojalá pudiera decirte que entiendo por lo que estás pasando, pero no quiero mentirte. Al fin y al cabo, yo nací nereida y moriré como tal. —Mis ganas de huir no remitían pese a que mis fuerzas no acompañaban. Solo escuché—. Lo único que puedo ofrecerte es mi ayuda para encontrar a ese chico y, para eso, necesito que confíes en mí o tú sola no tendrás oportunidad de salvarlo. Si los Píamus te encuentran, no dudarán. Te matarán.

El mundo se me venía encima. Sentía que estaba viviendo una pesadilla. Ya ni siquiera sabía quién o qué era. Deseaba huir, cerrar los ojos y que todo eso desapareciera. Abandoné la fuerza que me quedaba mientras notaba la mano de Mel soltarme del todo. Mi voz no salió enfadada, solo abatida.

—¿Pero a ti qué te importa lo que le pase a Enzo? ¿O a mí? ¿Por qué ibas a ayudarme? No me conoces de nada. No me debes nada… —nuevas lágrimas se fundieron con el medio—, y yo no quiero nada de ti.

—Quizás no pueda entenderte con la conversión, pero te aseguro que conozco muy de cerca el dolor que te causa la pérdida de un ser querido —dijo despacio. Seguía sin poder mirarlo a la cara—. No eres la única que quiere recuperar algo de las manos de esa horrible familia.

Entonces, entendí muchas cosas. Fuera más verdadera su parte amable o su parte cruel, Mel no se preocupaba genuinamente por mí o por Enzo. Se preocupaba por sí mismo y por recuperar a quien él había perdido. Lejos de provocarme más desconfianza, me pareció lo más sincero que había dicho hasta entonces. Tenía sus propios motivos para hacer lo que hacía, y eso me daba la extraña tranquilidad de saber que sus intenciones no tenían que ver conmigo.

¿Podía juzgarlo por ello? ¿Por tener sus motivaciones egoístas? Yo quería encontrar a Enzo, aunque, siendo sincera conmigo misma, no tenía claro si lo que realmente me empujaba a desear tenerlo de vuelta era la pura voluntad de ponerlo a salvo, o la necesidad de eliminar cualquier duda que hubiera sobre mí acerca de su desaparición. Supongo que una suma de ambas, lo que no me dejaba en una mejor posición frente a él si hablábamos de egoísmo.

—Solo quiero encontrarlo y volver a casa —dije camuflando mis ganas de romperme.

—Yo puedo ayudarte, pero necesito que confíes en…

Me enfrenté a él.

—No me quieras hacer creer que lo haces por mí cuando lo único que buscas es que yo te ayude a ti.

Nuestras miradas se encontraron largo rato, en silencio. Sus ojos me transmitían mucho. Aunque desconfiaba de él, había algo en su voz que me parecía sincero. Notaba que quería hablar, pero no se atrevía a romper el silencio. Fui yo la que respiró hondo y habló primero.

—Habría sido más fácil si me lo hubieras explicado todo desde el principio, ¿sabes? Si al verme la herida por primera vez, me hubieses dado las respuestas que nadie me daba. —A pesar de empezar sosegada, con cada palabra perdí un poco más la calma—. Si me hubieras dicho que sabías dónde está Enzo, si me hubieses dado la oportunidad de despedirme de mi familia antes de cambiar de vida… Habría sido todo más fácil si hubieras mostrado un mínimo de humanidad. Aunque, claro, qué vas a saber tú de eso si ni siquiera eres humano. —Escupí las últimas palabras como si fueran veneno.

Me volvió el enfado de manera repentina, y el único culpable que encontraba era el que tenía enfrente. Tuviera más o menos razón para odiarlo, era lo único que sabía y necesitaba hacer en ese momento. Era consciente de que mis emociones estaban disparadas, que perdía el control. Ya encontraría la forma de calmarme. En ese momento solo era capaz de pensar en matarlo. Ver los ojos enrojecidos de Mel me confirmó que, se pudieran o no distinguir las lágrimas bajo el agua, la tristeza no se confundía. Una punzada de arrepentimiento me cruzó por dentro.

—Si te hubiera contado todo al conocerte, ¿me habrías creído? ¿Acaso mis palabras te habrían convencido de algo que ni viéndolo con tus propios ojos consigues aceptar? —Mel hablaba dolido. No le faltaba razón—. Entiendo tu dolor Tessa, de verdad lo hago. Es solo que... no creo que tú comprendas el mío.

Ira, miedo y compasión danzaban a su antojo en mi interior. Mi voz seguía sonando hostil, aunque, en el fondo, empezaba a querer saber la verdad.

—Cuéntamelo entonces. Convénceme de tu dolor, Mel. Haz que confíe en ti. —Mi orgullo solo me permitió preguntar desde la altanería.

Él tardó en responder:

—Los Píamus tienen a mi madre.

CAPÍTULO 5

El plan

Tratar conmigo cuando la ira se apodera de mí es tarea difícil. Soy muy consciente de ello y del esfuerzo que hacen los demás para no mandarme a la mierda a la primera voz que doy. Por eso le di a Mel la oportunidad de explicarse después de todo. Porque, aunque mis recuerdos de morir ahogada entre sus brazos eran reales, saber que encontrar a su madre era la motivación que le llevaba a actuar así me hizo rebajar considerablemente la ira ciega que empezaba a volcar sobre él.

—Ocurrió antes de que las aguas se volvieran cálidas. Una guardiana vino a buscarla, decía que los líderes deseaban tener una audiencia con ella. Ambos sabíamos que podía ser peligroso, pero faltar a la cita habría sido aún peor. Esa fue la última vez que la vi. Pregunté a nuestros amigos, a los que vivían cerca de nosotros, a los que vivían lejos... Nadie sabía nada. Cuando me atreví a preguntar a los Píamus, me dijeron que ahora reside junto a ellos. Que la reunión fue para proponerle vivir bajo su protección y que ella había accedido. Eso... Eso no tiene ningún sentido. Mi madre jamás se habría ido a vivir a la Guarida a voluntad.

Aunque su discurso tenía sentido, no dejaba de hacerme la misma pregunta en bucle:

—¿Por qué iba a creerte?

Mel me dedicó la mirada más sincera que le había visto hasta entonces.

—Porque esa es la verdad.

La honestidad con la que hablaba me parecía difícil de fingir, pero en ese momento mi necesidad de respuestas era superior a mi empatía.

—Me resulta difícil de creer que unos líderes se tomen tantas molestias para retener a una donnadie, sin ofender. —Quería descifrar la verdadera razón que sabía que escondía. Solo obtuve silencio por su parte.

Sentía que tenía la respuesta delante de mí, solo debía buscarla un poco más. De repente tuve una idea—. A no ser que no sea una donnadie... —No dijo nada. Solo me mantuvo la mirada. Notaba que estaba dando con la tecla correcta—. No solo eso, es que es alguien bastante importante, ¿o me equivoco? —Los ojos de Mel se enrojecían por las lágrimas—. Alguien que rechaza el mandato de sus líderes hasta llamar su atención y convertirse en una amenaza tiene un nombre muy claro en mi mundo. Una líder rebelde.

Seguí sin más respuesta que su silencio y sus lágrimas. Era todo lo que necesitaba.

De entre todas las posibilidades, me había tocado el hijo de la líder de los insurgentes, la que probablemente sería más difícil de rescatar. Perfecto. Mi nueva vida iba de mal en peor.

Necesité lamentarme, llorar y descargar mi ira un poco más antes de retomar mi habitual forma de enfrentarme a situaciones estresantes. Aunque pareciera una pesadilla, si esa era la nueva realidad de la que formaba parte, más me valía empezar a encontrar soluciones. Dejé los lamentos en un segundo plano y analicé los hechos contrastables para basar mis decisiones en realidades y no en deseos imposibles.

Hecho número uno: ya no era humana. Mis piernas formaban parte de mi pasado y cuanto antes lo aceptase, más fácil sería adaptarme a mi nuevo cuerpo y mi nueva vida.

Hecho número dos: la desaparición de Enzo tenía que ver con las criaturas que habitaban bajo las aguas de Punta Javana. Fuera cual fuese el grado de participación de esos Píamus en su desaparición, estaba más cerca de encontrarlo, devolverlo a casa y limpiar mi nombre.

Hecho número tres: Mel realmente quería recuperar a su madre. Eso me daba la seguridad de que no me dejaría tirada para tener que buscar a Enzo yo sola. Por separado parecía imposible que consiguiéramos algo, así que debíamos unir fuerzas. Eso nos forzaba a comprometernos y a colaborar.

Decidí entonces que lo mejor era aceptar.

Saber lo de su madre no me hacía olvidar todo lo demás, pero decidí darle un voto de confianza. Al fin y al cabo, ¿qué otras opciones me quedaban? Fuera malo conocido y no bueno por conocer, Mel era lo único que tenía.

Lo primero que hicimos al cerrar la promesa de ayudarnos mutuamente fue coger esa punta de lanza con la que me soltó el agarre de las manos. Buscó también entre sus cosas una especie de bolsa de red hecha a mano y con ambos utensilios salimos a cazar. Mel me aseguró que debíamos alimentarnos bien antes de meternos de lleno en lo que sería mi instrucción sobre la vida de su clan y las costumbres de los Píamus.

—Tenemos que pensar bien lo que vamos a hacer. Lanzarnos contra ellos sin pensar sería un suicidio, son muy peligrosos. Aun así, no son impenetrables. Encontraremos la forma de llegar hasta ellos —aseguró.

Yo hubiera matado por una pizza, un antojo que, dadas las circunstancias, sería un tanto complicado de conseguir. Sin ningún modo de cocinar nada, solo tenía la opción de abrir la mente a nuevas experiencias gastronómicas. Pensar que iba a tener que comer pescado crudo me revolvía las tripas, no lo niego. Rescaté entonces de entre mis recuerdos la enseñanza de cierta película de dibujos animados: probar alimentos nuevos podía ser desagradable, pero no tenía por qué ser malo. Me aferré a ese pensamiento con uñas y dientes.

En cuanto abandonamos el único sitio que conocía bajo el agua, Mel tuvo que aguantar la risa al verme nadar. Al moverme con calma y no desesperada por huir, se notó que no tenía ni idea de cómo utilizar mi sustituto de las piernas.

—Para aprender es mejor si pones los brazos por delante y te ayudas de ellos para avanzar. —De nuevo, el «Mel simpático». Lo prefería así.

—Me encantaría verte a ti con pies por primera vez, a ver si eres capaz de caminar y no tropezar contigo mismo. —Le sonreí con sorna.

No íbamos a ser amigos, pero eso no impedía que nos tratáramos con respeto y amabilidad. Algo así como compañeros de trabajo. Compañeros de objetivo, más bien.

Conforme entendía mi nuevo cuerpo y su funcionamiento, avanzamos hacia esa zona de la que me habló. Un sitio en el que solía cazar y encontrar buen alimento. Imaginé que iríamos a un lugar colorido lleno de coral, peces de toda clase y aguas transparentes. Qué equivocada estaba… Llegando, nos adentramos en un pequeño bosque submarino donde la vegetación, bastante alta, cubría el fondo casi por completo. Prácticamente, todo eran rocas, algas y agua medio turbia. Miré a Mel con incredulidad.

—Confía —dijo con una sonrisa.

Hizo gestos para que me agachara y me metiera entre las algas junto a él. Nos mantuvimos en silencio unos momentos. Poco a poco, vimos distintas criaturas marinas. Casi todos los peces que aparecieron eran de tonos grises o marrones. También había moluscos pegados a las rocas, híbridos entre pez y serpiente que nadaban a sus anchas, extrañas orugas enormes que reptaban por la arena, incluso un pequeño pulpo pasó por nuestro lado. Me quedé embobada admirando el paisaje. Había nadado en este mar tantas veces sin tener la menor idea de lo que escondía…

Tras unos segundos de estupefacción, busqué la mirada de Mel, quien aguardaba muy quieto y concentrado su momento para atacar. Actuaba como las leonas que se agachan entre la maleza y acechan a su presa hasta que la tienen suficientemente cerca para atraparla entre sus garras. Aunque, en nuestro caso, era cosa de esperar y calcular bien la distancia y la ligereza a la que debíamos movernos para meter esos peces en la red y atravesarlos con la lanza para matarlos instantáneamente. «Rápido e indoloro», susurró Mel. Me recordó al momento previo antes de atraparme en la playa. Pupilas dilatadas, posición de ataque y mucha mucha rapidez.

Verlo cazar fue toda una lección de fuerza y velocidad, fusionado con una gran compasión por la vida ajena. Yo me dediqué a mirar, perpleja, no solo por la forma tan espectacular que tuvo de capturarlos, sino por el gran respeto que mostraba hacia ellos. Seleccionaba una víctima, la acechaba, la atrapaba y la mataba en un abrir y cerrar de ojos. Una vez sin vida, la colocaba sobre la palma de su mano, ponía su otra mano encima, cerraba los ojos y mascullaba algo entre dientes. Acto seguido la dejaba en la red para irse a por la siguiente. Fue muy exacto en el número de peces que debíamos llevarnos. No debíamos atrapar más de los que necesitáramos comer.

Antes de irnos recogimos algunas de las plantas que encontramos por el camino. En el trayecto tuve que preguntar:

—¿Qué es lo que susurras cuando atrapas un pez y lo pones entre tus manos?

Mel me miró un poco sorprendido.

—Bueno, cada uno dice lo que cree conveniente. No obstante, aunque utilicemos palabras distintas, tenemos un mismo mensaje, ¿no? —Mi cara de desconocimiento le sorprendió—. ¿Acaso los cazadores humanos no lo hacen?

—Creo que no —dije sin saber cómo explicarle lo que era un supermercado.

—Es curioso, pensé que se hacía en todas las comunidades… —Se mostró confundido. Me miró y continuó hablando—. Cuando damos caza a una víctima le dedicamos unas palabras al quitarle la vida. En mi caso, yo pido disculpas por el sufrimiento causado y agradezco que me sirva de alimento.

Cuando llegamos, dejó la punta de lanza donde estaba la primera vez que la vi. Abrió la red y sacó de ella cuatro de los cinco peces que había atrapado. Repartió parte de las algas con la carne en dos cuencos medio rotos, que se parecían sospechosamente a unos tápers de playa, mientras yo me quedaba en medio de la cueva, sin saber muy bien qué hacer.

Me fijé en ella. Estaba medio oculta, con poca luz, aunque suficiente para mis nuevos ojos. A la izquierda, estaba el lecho de vegetación que Mel usaba como cama, donde había plantas que podía reconocer y otras que no había visto en mi vida. Justo enfrente, en la parte derecha, había un rincón con armas rudimentarias que debía usar para cazar. Conté tres puntas de lanza, una piedra bastante grande, un palo alargado y una segunda red que hacía la función de bolsa, la cual estaba un poco más desgastada y rota que la que habíamos utilizado nosotros. La viga oxidada en la que me mantuvo atada actuaba como columna en medio del lugar. Me acerqué a ella y vi que la sustancia viscosa que la recubría era una especie de musgo marino. Me recordó al tacto de las medusas por lo gelatinoso. Resultó ser bastante pegajosa. Quise quitarme esa cosa de los dedos agitando la mano en cuanto lo toqué, pero no había manera. Lo dejé pegado sobre una de las plantas del lecho y seguí con la ronda de reconocimiento del sitio.

—Ya está listo —dijo Mel de repente. Sostenía dos cuencos desiguales.

Se aproximó a la viga, se agachó y enrolló su cola a ella. Copié sus acciones. Me tendió uno de los cuencos. Había desmenuzado el pescado, le había quitado la cabeza, la raspa central y lo había mezclado con algunas algas hasta hacer con ello una plasta que quedaba pegada al fondo del plato. Me quedé con cara de circunstancias.

—He pensado que te sería más sencillo si no veías la forma de la criatura —dijo sonriendo levemente.

Le hice un gesto de agradecimiento. Hice tiempo para coger fuerzas apretándome la cola y arreglándome lo que quedaba de la bata de la clínica. Me la anudé bajo el pecho, haciendo de ella un top veraniego. Suspiré, no podía seguir alargando la situación.

Ni siquiera me permití una cuenta regresiva, directamente cogí parte de esa plasta con la mano y me la metí en la boca.

Me encantaría decir que me sorprendió el sabor, que me fascinó lo bueno que estaba, que lo devoré con ganas por el hambre que tenía. Estaría mintiendo descaradamente. A cada bocado que tomaba, me daban arcadas. Era horrible el sabor, la textura, el color y, sobre todo, los trocitos que se quedaban flotando a mi alrededor cuando abría la boca para meter otra porción de esa cosa. «Al menos no está soso», pensé. No sabía si reír o llorar.

Lo que sí me sorprendió fue lo que descubrí al rozar mi lengua con la mano. La sentía áspera, como si estuviera recubierta de pequeños pinchos. Si había sido así desde que desperté, no me había dado cuenta. Tenía una extraña sensación de lija. Mel soltó una risita al verme inmersa en mi nuevo descubrimiento, tratando de entenderlo con movimientos dentro y fuera de la boca.

—¿Qué haces? —dijo divertido.

Paré de inmediato y lo miré un poco avergonzada.

—Es que antes no era así —me justifiqué con una sonrisa.

Miré de nuevo el cuenco. Aún quedaba más de medio plato. Se me escapó un suspiro abatido.

—Si quieres podemos dejarlo ahora y terminarlo más tarde, cuando tengas hambre.

Lo miré y asentí agradecida. Recogió ambos cuencos, los dejó apartados y regresó a mi lado. Hubo un momento de silencio, luego fue directo al grano.

—Las nereidas tenemos dos principios que siempre debemos cumplir sea cual sea nuestro clan. —Escuché atentamente—. Por un lado, se prohíbe la caza descontrolada y cualquier acción que pueda perjudicar nuestro entorno o las criaturas que habitan en él, ya que eso alteraría el equilibrio de la madre naturaleza. Por otro lado, más importante incluso, debemos mantener nuestra existencia absolutamente oculta para los humanos. Estas dos normas las acatamos casi por instinto, sin necesidad de recordarlas o incidir en ellas. —Asentí—. Además de eso, en nuestro clan tenemos una jerarquía establecida y normas instauradas por una misma familia.

—Los Píamus —respondí.

—Exacto. Ellos deciden quién realiza qué trabajo, y de qué manera es recompensado. Nos aseguran amparo, refugio y comida si no lo conseguimos por nuestra cuenta. Lo que no te dicen es que el precio a pagar por ello es extremadamente alto. Si les pides ayuda y no tienes cómo pagar, saldas la deuda con tu propio ser. Pasas a pertenecerles durante el tiempo que ellos estimen conveniente. Muchos son los que están a su servicio de por vida. Algunos incluso viven y trabajan con los propios Píamus y ejercen su influencia en la toma de decisiones. Esos son los confidentes, la parte más alta de la pirámide jerárquica, justo por debajo de Tadd y Briseida Píamus, y Parténope, su hija. Todos ellos conforman la Orden. También están los que, aun viviendo con ellos, no tienen lazos con la familia y se dedican exclusivamente a servirles en lo personal y en lo doméstico, son el servicio. Por último, están los que no viven con ellos, pero sí trabajan a sus órdenes en las labores más básicas, como cazar o informar de posibles altercados en la comunidad.

Interrumpí a Mel para aclarar mis ideas.

—Entonces, ¿los Píamus no trabajan solos? —pregunté.

—No, claro que no. Aunque son los que tienen la última palabra siempre. Los confidentes pueden llegar a ser, incluso, más despiadados que ellos, pero nunca actuarían sin el permiso de Tadd o Briseida.

—¿Y la hija?

—¿Parténope?

—Sí.

—Algún día ocupará el lugar de sus padres, pero, por ahora, no es una gran amenaza.

Necesité hacer un repaso mental en voz alta:

—Así que tenemos a papá, mamá e hija, que gobiernan junto a unos subordinados potencialmente peligrosos y que conviven con un personal a su servicio.

—Además de las cazadoras y los informantes que, aun viviendo con el resto del clan, son sus súbditos. Y de las guardianas, las nereidas que protegen su territorio y su guarida —añadió Mel.

Guardé un momento de silencio.

—¿Sabemos dónde viven? —proseguí.

—Sospecho de una zona —dijo Mel mientras pensaba.

La quietud volvió a invadirnos por unos instantes. Me mantuve pensativa antes de hablar de nuevo.

—¿Nunca ha habido algún altercado con ellos o un intento de derrocarlos? Quiero decir, según lo que me cuentas, su forma de gobernar es absolutamente déspota. —Mel no pareció comprenderme—. Imponen su pensamiento sin importar la opinión de los demás y frente a su clan lo disfrazan de supuesta protección. Me sorprendería no encontrar a alguien a quien eso no le parezca bien.

Las injusticias me quemaban por dentro y ese era el fuego más arrasador que me había encontrado en mucho tiempo. Esa familia era una mafia submarina.

—La mayoría vive conforme a esas condiciones, bien porque no ven la verdad, bien porque prefieren ignorarla. En sus apariciones públicas siempre se muestran de lo más amigables y serviciales. Casi nadie sabe lo que realmente pasa en la Orden. Los que han vivido con ellos y han terminado de pagar su penitencia casi nunca regresan con sus familias, y los pocos que lo consiguen rechazan hablar de cualquier detalle sobre su estancia en la Guarida. —Hizo una pausa. Sus ojos se tornaron vidriosos—. En una ocasión les preguntaron por ellos, por los que no volvían. Los Píamus alegaron que les gusta tanto cómo viven en la Guarida que prefieren seguir desempeñando sus labores para la familia a volver a su vida anterior, que quienes regresaban al clan lo hacían por no ser aptos para las necesidades de la familia y su servicio. Todos aparecieron con heridas, cicatrices, incluso mutilaciones. Accidentes del día a día lo llamaron. —Resopló—. Hay que ser muy cobarde para creerse eso.

El sufrimiento de Mel era más que evidente. Pensé en su madre, en cuánto tiempo había pasado sin poder verla, sin darle un abrazo o decirle que la quería. En el miedo que debía de sentir si creía que podía correr la misma suerte que los mutilados. Fuera verdad o no la historia que me contó sobre ella, estaba claro que se moría de ganas de rescatarla.

—Muy bien, entonces ¿cuál es el plan?

Mel me sonrió por un momento. Enseguida recuperó el gesto serio.

—Lo primero es averiguar dónde se encuentra exactamente la Guarida, su lugar de residencia. Después, uno de nosotros se infiltra en el servicio para buscarlos y el que se haya quedado fuera los ayuda a escapar.

—¿Y si no están allí? —pregunté.

—Al menos podremos descartarlo —respondió no muy contento.

Medité las opciones y las posibles respuestas. De momento, era el mejor plan que teníamos, por no decir el único.

—Me parece bien.

—El problema es entrar allí —comentó ofuscado—. Tienen demasiado control sobre el clan. Conocen los nombres y puestos de cada uno de los miembros. Saben exactamente quiénes somos, a qué nos dedicamos y cuáles son nuestros puntos débiles. No son los más poderosos porque sí, Tessa. Aquí la información es la moneda de cambio más cara.

Hubo un momento de silencio. De nuevo ese gris clavado en mi mirada. Bufé cuando llegué a la misma conclusión a la que él había llegado hacía rato.

—Yo no soy del clan —dije poniendo voz al pensamiento obvio de ambos—. Ignoran mi existencia. No saben quién soy, ni qué aspecto tengo. Está claro que, de seguir ese plan, debo ser yo la que se infiltre en su guarida.

De alguna forma pensaba que sería él quien lo haría, y yo quien le ayudaría a salir, que esa era la clase de ayuda que necesitaba de mí. Qué inocente. Su silencio me confesó que era consciente de estar asignándome el papel más peliagudo del plan.

—Hace tiempo que yo no puedo acercarme a esa familia. A nadie de la comunidad, en realidad. —Lo miré interrogante ante su forma de excusarse. Suspiró—. Saben que nunca me creí esa historia que me contaron sobre mi madre. Si descubren que sigo por aquí, y sabiendo lo que sé...

Mi respuesta fue tenderle una mano. No iba a pelearme con él, empezaba a hartarme de coleccionar problemas. Quería encontrar soluciones.

Él me sostuvo la mirada, alargó la mano y buscó el contacto de la mía. Pasó de largo de mi palma y me agarró de la muñeca guiándome con la otra mano para poner mis dedos sobre la suya. Nos quedamos unidos en un agarre mucho más fuerte que un simple apretón de manos. Sin perder nuestro contacto visual, me dejé llevar cuando Mel giró el agarre haciendo que, por un momento, mi mano quedara encima para luego invertir las posiciones.

—Será peligroso —dijo mientras estábamos aún conectados.

Noté su mano aflojarse levemente y lo aproveché.

—Puedo hacerlo —dije, y me solté del todo.

—¿Estarías dispuesta a correr ese riesgo por él?

Su pregunta me cogió por sorpresa y me hizo dudar. Lo más lógico sería que continuara con mi vida y dejara que su familia lo buscara por su cuenta, ¿no? Sobre todo después de mi último encuentro con él... Apareció entonces en mi mente la imagen de sus padres saliendo de la comisaría, sus rostros abatidos... Que se hubiese comportado como un imbécil no quitaba que mereciera volver con su familia. Pero ¿cómo?

¿Cómo iban a encontrarlo si lo más probable era que su desaparición tuviera una explicación no humana?

Tal vez consiguiera salvar a una persona, a dos o a ninguna, pero el caso era que debía intentarlo. No hacerlo me dejaría con un cargo de conciencia que me impediría volver a dormir tranquila. Eso, posiblemente, reafirmaba aún más mi teoría de que lo hacía más por mí que por él, pero el resultado era el mismo.

—Sí —contesté decidida.

Silencio.

—No lo entiendo —dijo Mel tan bajo que casi no lo oí.

Lo miré sorprendida.

—Todos merecemos la oportunidad de ser rescatados cuando lo necesitamos, ¿no crees? —respondí. Su gesto de desaprobación me desconcertó. El «Mel simpático» se escondió para dar paso al «Mel inquietante»—. ¿Qué problema tienes?

Vi sus dos personalidades luchando por tomar el mando de sus palabras.

—Admito que tu ayuda me es muy valiosa para recuperar a mi madre, lo que no comprendo son tus motivaciones para hacerlo. —Zanjó el asunto y continuó sin darme tiempo a replicar—: Mañana comenzaremos la búsqueda de la Guarida de los Píamus con los primeros rayos de luz. Lo mejor que podemos hacer ahora es descansar y coger fuerzas. Mañana será un día duro. —Se dio la vuelta y comenzó a trastear donde momentos antes había preparado nuestro almuerzo.

Me dejó con la palabra en la boca y con la mente a punto de explotar. Una parte de mí de veras quería confiar en él, pero me lo hacía tremendamente difícil con esos cambios de actitud. Además, todo lo que me había contado no dejaba de ser la historia que él había vivido, las cosas bajo su punto de vista.

Quizás los Píamus no eran tan perversos, o quizás eran aún peor. Quizás lo de su madre era una excusa para conseguir otra cosa, o quizás se moría de ganas de volver a verla. Quizás yo no pintaba nada en ese plan y tenía segundas intenciones, o quizás, sin mí, él nunca la vería de nuevo. Imaginé decenas de posibilidades en las que nuestro plan de rescate salía bien, y cientos de ellas en las que salía mal. Preguntas y más preguntas, posibilidades infinitas, desconocimiento y desconcierto. Me agobié al pensarlo.

Era demasiada información para procesarla en un solo día como para poner en entredicho lo único que se presentaba como estable en mi nueva vida. Aunque tenía que andarme con ojo con Mel, necesitaba darle un voto de confianza si no quería perder la cabeza.

Él seguía en su labor con los cuencos de nuestro almuerzo. Creí que volvería con ellos para terminar lo que quedaba. Se me cerró el estómago. Debía pasar mucho más tiempo y que el hambre me consumiera para saborear de nuevo una porción de esa plasta. Cuando se dio la vuelta abrí la boca para decirle que no pretendía terminarme esa cosa asquerosa, pero entonces se fue al fondo de la cueva, donde, al principio, pensaba que íbamos a comer. Lo observé sin entender. Dejó el cuenco encajado en una grieta del suelo, aplastó un poco más la mezcla en el fondo del plato y volvió al lado de la viga. Sus ojos se encontraron con la incertidumbre de los míos.

—¿Dejas ahí la cena para después?

—No. —Mel se mostró extrañado—. Es para las criaturas que lo necesiten.

Enarqué una ceja sin poder evitarlo. Ese chico era una caja de sorpresas. A veces tan cálido, otras veces tan oscuro y enigmático y, de repente, caritativo. No sabía por dónde empezar a conocerlo.

—¿Me ayudas?

Busqué su voz y miré hacia la entrada. Una punta de su aleta asomaba. Me acerqué. Estaba tratando de colocar unas algas muy largas justo delante del acceso a la cueva. Imaginé que para taparlo. Me uní a su labor y empecé a arrastrar las plantas, que nacían en un saliente que había sobre la entrada, para dejarlas caer por delante y atarlas al otro lado. Estaba claro que quien se acercara sabría que eso era un escondite. Confié en que él tenía bastante más idea que yo de cómo sobrevivir ahí y oculté todo lo bien que pude la risa que me provocó lo absurdo de su plan.

Esas algas me llevaron, inevitablemente, a las cortinas tan horribles que mi madre se había empeñado en colocar en la puerta que daba a la cocina desde el patio trasero. «Para que no entren tan fácilmente», dijo. Por supuesto, pensé, unas espirales de plástico disuadirán a cualquier ladrón, pero ella estaba convencida. Sonreí al recordarlo. Mel se adentró de nuevo, yo le seguí de forma automática.

Él comenzó a hablar sobre los Píamus:

—Lo más importante es que no subestimes su poder de manipulación, ni la crueldad de sus confidentes. La familia jamás se mancharía las manos, pero cada acción que se toma contra alguien siempre está aprobada por alguno de ellos.

—¿Cómo sabré quiénes son? ¿Llevan coronas o algo?

Mel sonrió.

—No, nunca han llevado coronas, aunque suelen mostrarse en público con un distintivo. Tadd se adorna el cuello, Briseida los brazos y Parténope las manos. Puede que no los lleven dentro de la Guarida, así que no te centres en eso para distinguirlos.

—¿Entonces? —pregunté confundida.

—Llegado el momento sabrás quiénes son, te lo aseguro. Es imposible que los confundas con alguien del servicio.

Seguramente tenía razón. Si tantos alardes se daban de líderes, no podía ser muy difícil adivinar quiénes eran.

—Háblame de tu madre entonces. Necesitaré distinguirla para sacarla de allí.

Su gesto cambió radicalmente.

—Se llama Galena. Es menuda, de cabello castaño y ojos cálidos. Sus escamas son amarillas y marrones mayormente. Es muy observadora, callada, no le gusta ser el centro de atención. Suele decir «con cuidado» a cada cosa que haga alguien a su alrededor. Siempre «con cuidado»…

Me la describió tan exhaustivamente que casi creí que la conocía de toda la vida. Su tono de voz, su forma de moverse, sus pequeñas manías… No tenía idea de cómo podía terminar todo aquello, pero cada vez tenía más claro que, si algo nos unía de verdad, era el dolor de la soledad.

Mel continuó hablando y hablando, aunque, para entonces, yo solo podía pensar en mi propia madre y en las espirales de colores de la entrada. Divagaba sobre cuánto tardarían en saber que yo también había desaparecido de Punta Javana. En si ya lo sabían, en si me estarían buscando, en cómo se sentirían al no saber nada de mí, en la incertidumbre. Necesitaba parar, salir corriendo, pero no podía: ni estaba allí con ellos ni tenía piernas para echar a correr; así que hice mi mejor actuación y fingí estar muy atenta a su explicación mientras retenía las lágrimas. La noche cada vez era más pronunciada y la clase sobre los Píamus y el clan llegó a su fin. Mel me quiso ceder su lecho de plantas para dormir. Le dije que necesitaba tiempo para asentar todo lo que me estaba ocurriendo, que lo más probable era que pasase gran parte de la noche dando vueltas, así que sería una pena que él durmiera en un sitio incómodo mientras yo no era capaz de conciliar el sueño. Sorprendido y agradecido por mi sinceridad, Mel me ofreció parte de esos helechos igualmente y los dispuso en el recoveco de la izquierda de la entrada, haciendo de ellos mi almohada. Le di las gracias y me recosté. Contaba los segundos para poder darme la vuelta y llorar en silencio.

Escuchaba a Mel respirar cada vez más lento hasta entrar en un ritmo hipnótico y constante que me anunciaba que estaba en un sueño profundo. Mis lágrimas no serían visibles, pero el dolor me impedía respirar bien. Mi armadura solo era capaz de protegerme durante el día frente a los demás, pero la soledad seguía siendo mi mayor enemiga. Ahí nadie podía hacerme daño, al menos no más que yo misma. Era entonces cuando mi armadura se venía abajo.

Tal como predije, me fue imposible dormir en toda la noche. Tuve algún momento de sueño, pero fueron tan escasos que, más que darme fuerzas, me quitaron las pocas que tenía. Mel aún respiraba lento mientras yo miraba la pared de roca intentando encontrar ahí las respuestas que no me dejaban descansar. Veía el rostro de Enzo en mi mente una y otra vez. Su sonrisa de medio lado, su actitud chulesca… Repetía en bucle los últimos momentos que pasamos en La Isleta. Después siempre irrumpían en mi mente los rostros preocupados de sus padres. El ajetreo de la comisaría y las caras de mis amigos. Esos amigos que, aunque intentaban descartar la idea, no podían evitar dudar de mí. ¿Y cómo no hacerlo? La única explicación que entenderían sería una que tuviera fundamento humano. No podía culparlos por eso.

Unos pequeños rayos de claridad empezaban a asomarse en las oscuras aguas de fuera de la cueva. Miré a Mel, que estaba aún dormido. Medité por un momento y salí de la cueva para dejarme envolver por la inmensidad del Mediterráneo.

Nadé sin pensarlo, para encontrar en ello la liberación de mi mente. Nadé y nadé, cada vez más rápido. Sentía la adrenalina correr por mis venas, la corriente del agua acariciar mi piel. Los cambios de temperatura, el roce de las plantas, la arena suspendida… Era adictivo. Cuanta más velocidad alcanzaba, más rápido quería ir. Buscaba encontrar mis límites, pero parecían no tener fin. Tracé un círculo imaginario alrededor de la cueva de Mel, que cada vez se hacía más ancho. Lo que menos deseaba era perderme, pero necesitaba desfogar toda la ansiedad que me asaltaba.

Perdí la cuenta de las vueltas que di cuando decidí detenerme. Para entonces, el sol iluminaba mucho más terreno del que se veía cuando empecé a moverme.

Cavilé y entendí que mis nervios e inseguridades no salvarían a nadie, solo me condenarían a mí. Tenía que dejar de dudar tanto. Era demasiado arriesgado perder un solo segundo más si queríamos encontrarlos. Debíamos empezar a buscarlos de inmediato o después sería demasiado tarde.

Mel aún dormía, y yo estaba que no cabía en mí de energía. No podía esperar. Necesitaba comenzar con la búsqueda de la Guarida de los Píamus en ese preciso instante, sin demorarme más. El muro invisible que mi mente había trazado en torno a la cueva de Mel, que tanto pavor me había dado atravesar, desapareció. Ante mí tenía el mar abierto y un sinfín de posibilidades. Sin pensarlo, me puse en marcha.

Yo solo tenía en mente hallar su ilocalizable escondite. Lo que no sabía era que, sin ni siquiera acercarme a mi objetivo, acabaría encontrando algo mucho más interesante.

CAPÍTULO 6

El encuentro

Mi cuerpo y mi mente parecían sincronizados como nunca. Mis músculos estaban a pleno rendimiento; iban cogiendo cada vez más velocidad y agilidad. Me sentía eufórica. Atravesé el fondo marino con gran rapidez sin perder de vista ni un solo detalle. Bancos de peces que se movían a mi alrededor, algas que bailaban con la corriente que yo creaba, el suelo arenoso que se arremolinaba a mi paso, posibles cuevas que por su diminuto tamaño descartaba…

Mi pelo, siempre recogido en una coleta alta, se me antojaba falto de libertad. La última vez que apreté la goma aún era una humana normal, pero habían pasado tantas cosas desde entonces… Sin perder el ritmo, me decidí a hacer algo que llevaba mucho tiempo sin disfrutar. Me quité el coletero y dejé que mi melena se entremezclara con las ondas que mi cuerpo formaba en el agua. Solté una carcajada. Notaba un frenesí en mi interior que aumentaba mi temperatura y me hacía buscar cada vez más velocidad.

No sabría decir cuánto tiempo estuve así, sin parar de avanzar. Quizás fueron solo unos minutos o quizás pasé así unas cuantas horas. Me sentía en mi versión más animal. Escuchaba únicamente los instintos primarios de mi cuerpo para guiarme. Pasaba entre las rocas y la vegetación como una flecha, poniendo especial cuidado en no chocar con nada ni herir ninguna criatura a mi paso.

Me encontré con un hermoso delfín a mi izquierda y tuve que reducir la velocidad para admirarlo. Me parecía increíble tener la oportunidad de ver uno tan de cerca. Se lo veía tranquilo, exploraba su alrededor sin prisa, disfrutando del simple hecho de existir. No sabía por qué eso me provocaba risa, pero reí. Esa extraña sensación de libertad y euforia me recorría todo el cuerpo, desde lo alto de la coronilla hasta la parte más azul de mi nueva y translúcida aleta.

Me sentía plena, sí, pero también extraña, fuera de mí. Nunca había sentido algo así. Era como si estuviera en un estado de embriaguez absoluta sin perder las habilidades físicas. De hecho, las sentía potenciadas.

Estaba borracha de energía. Mi cuerpo rendía al doscientos por ciento y mis procesos mentales se aturullaban por la velocidad a la que se sucedían. Sentir que empezaba a perder el dominio de mí misma dejó de hacerme gracia. Me obligué a bajar la velocidad. ¿Qué me estaba pasando?

Para cuando quise darme cuenta, ya estaba demasiado lejos de la cueva de Mel y sin tener la más remota idea de cómo volver. La embriaguez física y mental dio paso a una resaca igual de potente. De repente, me dolía la cabeza y sentía mi cuerpo pesado. Un súbito e intenso cansancio me asaltó y me hizo pensar que sí era posible que hubiera pasado horas así. Fuese el tiempo que fuese, necesitaba descansar, reordenar mis pensamientos. Busqué un lugar en el que relajarme.

Vi un montículo de roca con un musgo tan verde y viscoso como el que rodeaba la viga en la que desperté atada. Viéndolo más de cerca, aprecié lo asqueroso que resultaba. Eso me recordó a la plasta horrible que tuve que comer el día anterior. Yo tenía claro que esa comida era repugnante, pero mi estómago no pensaba igual. Rugió con fuerza. El cansancio pasó a un segundo plano sin quererlo, y solo pude pensar en el hambre que tenía. Realmente, necesitaba alimentarme de alguna manera, aunque fuera así de repulsiva.

Puse mi teoría en práctica. Acerqué los dedos a esa gelatina verdosa y la acaricié para comprobar su textura antes de consumirla. Si había podido comer pescado crudo, podía hacer eso también. Conté hasta tres mentalmente y me llevé los dedos llenos de musgo a la boca.

Comprobé que esa no iba a ser la base de mi alimentación a partir de entonces. Era tan desagradable como la plasta del día anterior. Escupí lo poco que puse sobre mi rasposa lengua mientras sentía que un escalofrío me recorría la espina dorsal. Bufé, pero no perdí la esperanza.

Descartar el musgo no significaba que ninguna planta pudiera servirme de alimento. Seguí convencida con mi idea, así que busqué nuevas especies para probar.

Fui de aquí para allá, observando lo que el resto de las criaturas marinas comían. Antes de volver a experimentar con algo nuevo, quería comprobar los efectos que producían en los demás. La mayoría de los peces simplemente surcaban el fondo en busca de algo que les sirviera entre tanta arena, otros se alimentaban de lo que crecía entre las grietas de las rocas. Algunos ni siquiera se detenían a comer y seguían avanzando en grupo. El resto de los seres marinos que alcancé a ver se alimentaban de los propios peces, lo que me dejaba una única conclusión: no había fórmula exacta, debía ser prueba y error.

Decidida a no morir de hambre, probé, una por una, todas las opciones que me planteé al ver a los demás. Me acerqué al montículo de roca donde estaban la mayoría y comencé a buscar entre la vegetación. Me parecía que aquella era la sección que más me podía interesar, y ahí me centré en lo que menos aversión me provocaba. La mayoría de los colores se situaban entre el verde y el pardo. Había poca variedad, así que no tardé en probar todas las opciones posibles. Cuenta regresiva de tres, y a la boca.

Siendo completamente sincera, no fue tan mal la cosa. Si bien no todos fueron un acierto, sí puedo decir que encontré algunas algas que me llegaron incluso a gustar. Conforme probaba, descubría mis gustos y seleccionaba mentalmente las cosas que, desde luego, debía encontrar de nuevo la próxima vez. Avancé sobre la roca en busca de algún vegetal que me quedara por catar. Encontré un alga un tanto extraña, de color rosáceo y con las hojas en forma de tubo. Se balanceaba de forma hipnótica con el movimiento de la corriente. ¿Era eso una anémona? ¿Sería comestible con mi nuevo cuerpo? La observé unos segundos fascinada con «la madre naturaleza», como Mel la había llamado. Me aproximé para cogerla cuando una voz me asustó.

—Yo que tú no tocaría eso.

Me giré de golpe. A pocos metros de mí, había una chica de tez muy clara y cabello largo y oscuro recogido en un peinado demasiado elaborado como para entenderlo con un solo vistazo. Sus ojos parecían castaño claro al principio. Cuando los mirabas con más atención, descubrías un tono verde encantador.

—¿De dónde has salido? —pregunté, con un tono más agudo de lo que me hubiera gustado.

La nereida me observó como si yo fuera un producto que pensaba comprar.

—La pregunta es: ¿de dónde has salido tú? Nunca te había visto por aquí.

Me rodeó despacio, lo que me dio la oportunidad de mirarla más detenidamente. Sus escamas eran principalmente moradas, aunque se volvían ligeramente fucsias al llegar a las líneas negras que le decoraban los costados, y también al llegar abajo del todo. Al igual que Mel, tenía una línea negra bordeando su aleta, aunque ella tenía más trazos negros, con una base violeta que se volvía blanca al final. Vestía una prenda compuesta por algo parecido a un top de color oscuro, hecho de un material que no identifiqué, y unas mangas finas semitransparentes que le cubrían los brazos.

Ella también me analizó de arriba abajo. No saber quién era o qué intenciones tenía empezó a ponerme nerviosa.

—¿Acaso conoces a todos los que pasan por aquí? —pregunté, molesta por su actitud.

—Podría decirse que sí. —Me miró sin vacilar—. ¿Eres una forastera de paso?

Dejé unos segundos de silencio antes de contestar.

—Podría decirse que sí.

De nuevo silencio, acompañado de una mirada intensa. A lo mejor había entrado en su territorio. Ser tan ignorante de ese mundo me ponía nerviosa, pero me focalicé en que no lo notara. Al final, soltó una risotada.

—¿Cómo te llamas? —No perdía la actitud arrogante.

—¿Y tú? —contraataqué.

Nuestro pulso de preguntas sin respuesta se ponía interesante. Ella me miró de forma extraña, como si no entendiera mis palabras y quisiera leerme el pensamiento. Se mostraba desconfiada, deseosa de saber. Yo me mantuve a la defensiva. Su segundo bufido con más risa que el anterior, acompañado de una media sonrisa, rompió el silencio entre nosotras.

—Me llamo Helena —dijo mientras su mirada se tornaba un ápice más calmada.

—Tessa —pronuncié llevándome una mano al pecho a modo de presentación.

—Encantada, Tessa. ¿Me dirás ahora qué haces por aquí?

Me reí.

—Sinceramente, no creo que deba dar explicaciones a nadie sobre lo que hago o dejo de hacer, y menos a una desconocida como tú. Sin ofender. —Me puse en marcha de nuevo en busca de más provisiones.

Aunque seguí alerta, me divertía su conducta tan imperativa. Me siguió unos metros por detrás.

—Solo lo preguntaba porque es extraño ver a alguien aquí. Esta pradera siempre está desierta.

—¿Y eso por qué? —pregunté albergando aún la idea de que ese fuera su territorio. O tal vez era por el alimento de la zona. Puede que alguna de las plantas que ahí había fuera venenosa. ¿Sabría reconocer cada una de las especies que había consumido? Si alguna era tóxica, ¿estaba a tiempo de echarla de mi cuerpo y sobrevivir?

—Demasiado cerca de la superficie —dijo, y yo me alegré de oír eso y descartar lo del veneno. Mi gesto de alivio la desconcertó—. La distancia con la costa no lo es todo. Si una navegación humana pasara por aquí, podrían vernos a simple vista —contestó como si fuera algo obvio, extrañada porque yo no supiera la respuesta.

Mel me advirtió de lo básico e instintivo que era cumplir con el equilibrio natural y el secreto de su existencia. Si no podía actuar con normalidad delante de esa chica, difícilmente lo conseguiría frente al resto del clan. O peor aún, frente a los Píamus. Decidí empezar a practicar y la miré con sorna.

—Me refiero a que no sé por qué les da miedo venir aquí. Los humanos son lentos, torpes. Bastaría un abrir y cerrar de ojos para huir rápidamente antes de que tuvieran la oportunidad de darse cuenta de que hay algo frente a sus narices. —Hablé con fingida soberbia. Ella pareció creer mi interpretación—. Las vistas merecen la pena, y el alimento también. ¿No crees?

Ella rio ante mi apreciación.

—He estado en sitios mejores. Aunque es cierto que este tiene un encanto particular.

—Entonces, ¿este territorio es tuyo? —pregunté inmersa en mi búsqueda de esa cosita verde de textura ligeramente rígida que tanto me había gustado.

—Podría decirse que sí.

Me di la vuelta para mirarla. Intentaba recuperar la actitud intimidante de antes con una sonrisa ladeada, pero me eché a reír.

—¿Alguna vez respondes a una pregunta sin evasivas?

Helena se unió a mi risa y se encogió de hombros.

—Instinto de supervivencia, supongo.

—Mmm… —Mi sonrisa seguía ahí, aunque se suavizó poco a poco—. Te entiendo.

Por un momento nos quedamos mirando la una a la otra, sin hablar. Su actitud pretenciosa se veía demasiado arraigada en ella como para mantenerla completamente oculta, pero parecía haberse relajado. A mí me alegró encontrar a alguien con quien conversar.

—Se nota mucho que no eres de por aquí. Aún me pregunto de dónde vendrás. —De nuevo esa mirada interrogante que pretendía leerme el pensamiento.

—Te sorprendería si lo supieras —respondí con ironía.

Me alejé de ella con la excusa de seguir con mi rastreo de comida. En realidad, necesitaba relajar mi expresión de indiferencia. A pesar de las veces que desconecté de la charla que Mel me dio, hubo algo que sí retuve a fuego en mi cabeza: los Píamus tenían espías por todas partes.

Los confidentes, las cazadoras o los informantes podían esconderse en los sitios menos pensados. Debía huir de ellos, vigilar muy bien por dónde me movía, con quién hablaba y, sobre todo, evitar parlotear más de lo que debiera. Era posible que esa tal Helena estuviera a su servicio. Opté por guardar las distancias y disimular mi preocupación.

—¿Jónica? —preguntó curiosa.

—¿Perdón?

—Entonces, tampoco levantina. —Arrugó sus gruesos labios.

No tenía ni idea de qué me estaba preguntando. ¿Acaso nombraba columnas de la antigua Grecia?

—¿Tirrena, quizás?

—Creo que no... —respondí con un desinterés pésimamente fingido.

Parecía desconcertada, aunque no mucho más que yo. ¿De qué diablos me estaba hablando? Me era imposible ocultar mi absoluta ignorancia sobre sus preguntas. Me limité a mantenerme de espaldas a ella.

—Entonces atlántica del este, no puedes ser de otro sitio.

Fue entonces cuando comprendí que me preguntaba por mi lugar de origen. ¿Había un mar llamado Tirreno? Debí haber prestado más atención en clase de Geografía.

Le seguí el juego enmascarando mi extraña respuesta corporal con un falso disimulo. Me giré para mirarla con una ceja alzada y una sonrisa, aparentando un «me has pillado». Su altanería la cegó y se recreó en su victoria.

—Lo sabía —dijo con una gran sonrisa.

Yo suspiré internamente aliviada de haber salido ilesa de ahí, pero preocupada por si me metía en un embrollo peor. Era el momento de marcharme. Había conseguido paliar el hambre lo suficiente como para recuperar las fuerzas que necesitaba para emprender la búsqueda de vuelta a la guarida de Mel, así que me despedí.

—Un gusto haberte conocido, Helena, pero debo irme.

Su expresión cambió una vez más a la actitud altiva y desconfiada del principio, con un toque de preocupación que antes no había percibido.

—En realidad la que se va soy yo.

La miré en tono escéptico y burlón. Sus cambios de comportamiento me habían dejado claro que esa era solo una fachada. Que intentara de nuevo quedar por encima de mí me despertaba cierta ternura.

—Conmigo no tienes que fingir, te he caído mejor de lo que te gustaría admitir. —Me reí, y vi cierta duda en la firmeza de su resolución—. Tú también me has gustado.

Por un solo instante me pareció ver una emoción que no supe comprender en el verde de sus ojos. Mostró una vulnerabilidad que no tardó en disfrazar de desdén con un leve gruñido. Yo puse los ojos en blanco y solté una carcajada mientras me marchaba.

—Hasta la próxima, Helena.

Nada más irme, levanté tras de mí una nube de arena que me ayudó a desaparecer de su vista con más rapidez. Cuando comencé a nadar, continuaba sin tener clara la dirección que iba a tomar. Solo me fui de allí y así seguí durante un rato. Con una velocidad más relajada que la de la mañana, avancé a un ritmo rápido y constante.

En el trayecto mantuve mi mente ocupada con el rostro de esa chica. Repasé nuestra conversación una y otra vez. Analicé sus cambios repentinos de actitud, su latente instinto de supervivencia. ¿Serían todos los habitantes de ese sitio así? Tan desconfiados y recelosos… Sería una pena, la verdad, aunque entendía las razones. Vivir bajo el mandato de una familia tan tirana debía de ser complicado.

Seguramente faltaban unas cuantas horas para oscurecer, pero me decidí a dejar de explorar lo desconocido y buscar de nuevo la cueva de Mel. Detestaba la idea de quedarme sola cuando llegase la noche, y mucho más a la intemperie. Siempre me dio miedo la profundidad del océano, no saber qué había en la oscuridad. A pesar de que mis ojos veían mucho mejor ahora en la distancia e incluso con falta de luz, aún me daba vértigo la idea de encontrarme sola flotando en medio de la nada.

Hice un repaso mental de lo que podía haber visto cuando me fui para establecer así el camino de vuelta. Rocas y más rocas; algas, arena y seres marinos que cambiaban de rumbo. Recordé al delfín, tan despreocupado y tranquilo. Qué envidia… Intenté concentrarme de nuevo en el recorrido, en hallar algún indicio que me confirmase que iba por buen camino.

Las horas pasaban y yo seguía sin encontrarme a mí misma. La idea de estar perdida me abrumaba y sentía ganas de dejarme vencer por el pánico. Antes de darme cuenta, ya me estaba pasando otra vez la goma de pelo por la muñeca para hacerme una coleta bien alta de nuevo. La apreté tanto como pude, descargando en esa fuerza la frustración que sentía.

Pensé en Helena, en la forma en que me habló y me miró. Esa soberbia me dio a entender que tenía miedo, que se quería defender ante posibles amenazas. Tal vez sobrevivía sola la mayor parte del tiempo, en ese prado o sus alrededores, y eso le hacía ser tan desconfiada. Si ella lo lograba, si subsistía sin la ayuda de nadie, yo también podía hacerlo. Mantuve ese pensamiento en mi mente y seguí buscando.

El tiempo pasaba y la oscuridad se cernió sobre el terreno. La vida animal de mi alrededor cada vez era más pausada. Las criaturas buscaban un refugio en el que pasar la noche, se ocultaban tras sus caparazones, entre la arena, la vegetación o las grietas de piedra. Todos sabían cómo protegerse. Todos menos yo. Acabé por desistir en mi búsqueda y conformarme con encontrar un lugar suficientemente seguro en el que pudiera pasar esa noche. Con la luz del sol, volvería a intentarlo.

Vi un montículo de roca, con un hueco lo bastante grande como para poder pasar por él; parecía un buen sitio en el que descansar. La entrada era algo estrecha, pero me empeñé en atravesarla. Forcejeé hasta conseguir meter medio cuerpo. Poco después, como era de esperar, me atasqué. La desesperación por sentirme segura en algún maldito lugar me llevó a arañarme con la piedra cuando empujé mi cuerpo con fuerza hacia dentro. Choqué con el fondo y solté un quejido. Un pequeño corte en la parte derecha de la cadera dejó flotando unas escamas y un fino hilo de sangre. «Otra vez…», pensé.

Me llevé las manos a la herida. Al tocarla sentí una baba alrededor, como la de la herida con la que comenzó todo. Esa vez no era de un tono azul verdoso, sino violeta. La miré ensimismada mientras se extendía por todo el corte impidiendo la salida de más sangre. Al final, la tapó al completo, como una tirita natural. ¿Sería eso el tósigo?

Me obligué a dejar de pensar en ello, necesitaba descansar. Me acurruqué en el fondo, enrosqué mi cola sobre mí misma y me dispuse a dormir.

Al igual que la noche anterior, esa tampoco pude pegar ojo. El resto de mis sentidos se agudizaron al perder la visión, alcanzando así a escuchar unos alaridos no muy lejos de mí. Sonaban como delfines, quizás orcas. Abrí los ojos de golpe. ¿Había orcas en la zona? Esperaba que no.

Lo poco que conocía de esos animales era la ferocidad de sus mandíbulas. Los berridos se escuchaban más fuertes y constantes. Parecía que aquello iba a durar. Me concentré en intentar dormir. Cerré los ojos más fuerte. Entonces volvieron a mi cabeza las líneas parpadeantes. Creí que serían parte del proceso de transformación, que era la forma que tenía mi cerebro de adecuarse al nuevo espacio y que, por lo tanto, no volverían a repetirse. Pero ahí estaban.

Podía controlar, en cierta medida, el flujo de recuerdos y el desasosiego que me impidieron descansar la primera vez —si eran producto de mi mente y yo los creaba, también podía destruirlos—, pero, en ese momento, el problema eran los aullidos, que se sucedían sin parar, además de los flashes de luz, que me invadían cuando cerraba los párpados. Solo quería dormir, joder. Algo tan básico como dormir. Grité de desesperación mientras me abrazaba.

Me esforcé en vaciar mi mente y retomar lo que Helena dijo: «Instinto de supervivencia, supongo». Podía sobrevivir una noche sola. Podía hacerlo, y lo iba a hacer.

La noche fue un tormento que parecía no acabar nunca. Logré caer dormida en alguna ocasión por agotamiento mental, aunque apenas recuperé energía. Cuando la oscuridad se desvaneció para dar paso a un nuevo día, por muy exhausta que me sintiera, saldría de aquel hueco decidida a no pasar un solo segundo más ahí metida.

Me desperecé como pude en esa estrecha cavidad de roca. Al hacerlo noté cierta tirantez en la cadera. Era la herida. Al mirarla me sorprendió la capacidad de regeneración que había tenido durante la noche, pues apenas quedaba rastro de ella. De hecho, de no ser por esa sensación al estirarme, me habría olvidado de su existencia. Salí por la grieta intentando no rasguñarme por segunda vez. Despacio, poco a poco. Ya casi… ¡Por fin!

Notar la cálida luz del sol en la piel me sentó de maravilla. Inspiré hondo y vacié los pulmones lentamente. Entra limpio, sale turbio…

«Bueno, ahora sería entra limpia, sale turbia», pensé. Sonreí de forma irónica.

Me puse en marcha enseguida. Si el descanso no lo había conseguido, entonces me alimentaría bien para coger fuerzas. A pesar de lo poco que comí el día anterior, lo cierto era que no tenía demasiada hambre. Aun así, pensé que sería buena idea llenar el estómago. Siempre se me dio mejor pensar con la tripa llena que vacía.

Iría primero al mismo lugar del día anterior, y luego seguiría buscando la guarida de Mel. Puede incluso que volviera a ver a Helena allí. La idea de un segundo encuentro con ella me producía... curiosidad, se podría decir.

Después de un par de intentos fallidos, hallar el prado que buscaba no fue tan difícil. Lo complicado fue mantener a raya la ilusión de ver de nuevo a esa chica. Era consciente de que el encuentro que tuvimos no fue especialmente agradable. Es más, posiblemente fuera la persona más antipática y desagradable que había conocido en mucho tiempo. ¿Por qué me importaba tanto? Había algo en ella que me llamaba... Quizás su halo misterioso o su forma directa de decir lo que pensaba. Ese breve instante en el que vislumbré su fragilidad interna se me había quedado grabado en la retina.

Seguía teniendo en cuenta la posibilidad de que trabajara para los malos, de que fuera una de esas numerosas espías de las que hablaba Mel. Aun así, me costaba mucho sacármela de la cabeza. Lo peor era que, cuando me despedí de ella, seguí mi camino sin inconvenientes. ¿Entonces? ¿A qué venía ese murmullo repetitivo en mi mente? Ni siquiera la conocía.

Probablemente se debía a la falta de sueño y al cansancio acumulado, unidos también a la satisfacción de encontrar compañía después de tantas horas sola, supuse. El miedo y la soledad hacían mella en mí. Debía ser eso, seguro.

Me golpeé suavemente las sienes con los dedos y después los moví en círculos, masajeando la zona. Inspiré y espiré con los ojos cerrados. Seguí masajeando y me concentré en mi objetivo: alimentarme un poco más y encontrar la ruta de vuelta a la cueva de Mel. Alimento y cueva, alimento y cueva, alimento y...

—¿Tessa? —pronunció una voz a mi espalda.

Mis ojos se abrieron de par en par en busca del origen del sonido. Me giré y allí estaba Mel. En cuanto me reconoció, vino hacia mí.

—Pensé que te habían capturado a ti también. —El abrazo que me dio me habría tirado al suelo de haber estado en tierra.

—No, no. Yo estaba… —Callé al no saber ni qué quería decir.

Mel interpretó mi quietud como un rechazo a su entusiasmo. Deshizo el abrazo enseguida.

—Perdona. —Se separó unos centímetros de mí—. ¿Dónde has estado? Cuando desperté, ya no estabas —dijo muy angustiado.

—Necesitaba salir, despejarme —admití con sinceridad—. Empecé a nadar sin pensarlo demasiado y me alejé tanto que ya no supe volver —continué mientras una parte de mi mente seguía pensando en Helena y en el deseo de oír su voz.

Mel negaba con la cabeza.

—Entiendo perfectamente que todo esto te sobrepase, es lo normal. Es solo que… —calló un segundo— estaba preocupado.

Se hizo el silencio entre nosotros. Sus palabras me sorprendieron y me produjeron una bonita sensación de protección. Haber pactado un acuerdo por intereses comunes no incluía una preocupación tan sincera por su parte.

—¿Cómo me has encontrado? —pregunté para aligerar el ambiente.

—Seguí tu olor —respondió con simpleza—. Al principio, fue confuso. Estaba por todos lados y no conseguí encontrar una ruta concreta. —Se mostró desconcertado. Pensé en el juego de vueltas que me entretuve en hacer esa mañana alrededor de la cueva—. Al final, se hizo demasiado tarde y tuve que dejar la salida hasta esta mañana, cuando al fin he encontrado tu rastro y he podido seguirlo hasta aquí.

A pesar de lo siniestro que sonaba eso de seguir mi olor, él estaba tan tranquilo. Le sonreí, disimulando.

—Te agradezco mucho que hayas venido a por mí. Sería horrible tener que volver a pasar una noche como la de hoy —confesé.

Me miró apenado. Maldije haber dicho eso en voz alta. Admitir mis debilidades frente a los demás era una pésima estrategia de supervivencia.

Silencio.

—¿Volvemos? —preguntó con voz insegura.

Me quedé mirándolo por un momento y sentí que se refería a algo más que al hecho literal de volver a la cueva. Quise meditar bien mi respuesta antes de hablar.

Seguía sin calar a Mel. No acababa de fiarme de él y, por lo tanto, tampoco de su historia. Pero aunque solo una parte de ella fuese real, me estaría jugando la vida. Desconfianza o miedo, ¿qué elegir?

Si lo pensaba bien, la conclusión era siempre la misma: ya no tenía nada que perder. Eso me hacía muy peligrosa.

—Volvemos.

CAPÍTULO 7

Estrategia

En el trayecto de vuelta fui observando cada detalle para registrarlo en mi memoria. Quería aprender todos los caminos posibles y así evitar perderme de nuevo. Memorizar ese, aunque fuera uno solo por el momento, era una manera de empezar. Una muy buena manera, de hecho, ya que aprendería a ir al prado sin extraviarme y así volver a ver a…

No, no podía ser. No era el momento de pensar en ella. Rememorar nuestro fugaz encuentro de nuevo solo me distraía de los planes que debía seguir. Tenía que sacármela de la cabeza. Me di el permiso de evocar su recuerdo una sola vez más: sus ojos verdes, sus labios curvados en una media sonrisa, el brillo de su piel bajo la ropa, las manchitas negras sobre el fucsia de sus costados… Visualicé su cuerpo y su energía desconfiada. La imaginé tan detalladamente como pude y después le dije adiós.

Mel me notó distraída.

—¿Estás bien? —preguntó.

Escuchar su voz me dio el punto final que necesitaba para deshacerme del recuerdo de Helena. Lo miré a los ojos y no le mentí.

—Todo lo bien que se puede estar después de no dormir apenas en los últimos dos días.

Me miró compasivo.

—¿Lo has pasado muy mal?

De haber tenido fuerzas para ello habría fingido más entereza. Estaba demasiado cansada.

—Un poco —admití—. No contaba con pasar la noche escuchando los berridos de unas orcas, ballenas o lo que fueran. Ha sido terrorífico y agotador.

—Sí, es muy común, sobre todo en un terreno como este, en el que no suele haber presencia de los nuestros.

—Ya... —respondí desganada.

Mel volvía a hablar con ese tono formador. Como un maestro o un mentor.

Me repateaba estar en una posición inferior a él, pero mi falta de conocimiento y experiencia pesaban más que mi orgullo. Tenía que aprender a aceptar e incluso pedir la ayuda de Mel. Eso me recordó la herida que me hice al acceder por la grieta y cómo se había curado casi completamente.

—Ayer para entrar en el refugio en el que he pasado la noche tuve que atravesar una entrada bastante estrecha. Me raspé justo aquí. —Señalé la inexistente cicatriz—. Nada más hacerme la herida empezó a cubrirse de algo gelatinoso y de color violeta. Esta mañana apenas quedaba rastro, como si nunca hubiera estado ahí. ¿Es eso normal?

Mel respondió con seriedad.

—Es por el tósigo —contestó. Me agradó confirmar mis sospechas—. Es algo parecido a la adrenalina humana, aunque es más potente y valioso. No solo altera nuestros sentidos para hacernos más rápidos y fuertes, también nos ayuda a recuperarnos de nuestras heridas y nos avisa en caso de peligro. A veces, se extiende por todo el cuerpo sin avisar y produce una repentina subida de energía. Algo muy común entre las crías, cuando aún desconocen su cuerpo. Suelen descontrolarse física y mentalmente. —Algo así debió de pasarme la mañana anterior. La necesidad de nadar a máxima velocidad, la energía desorbitada que ardía dentro de mí...—. Con el tiempo aprendes a calmarlo y focalizarlo en su verdadero propósito: la caza. Cuando cazamos, el tósigo actúa magnificando las capacidades de nuestro propio sistema. Si lo usamos como arma contra otras especies, puede ser incluso mortal.

Me tomó un momento hacerle la pregunta.

—Si la herida de mi pierna estaba cubierta de tósigo cuando salí del agua, ¿quiere decir eso que me estaban dando caza?

El escalofrío que me recorrió la espalda me entretuvo el tiempo que Mel tardó en responder.

—Está prohibido acercarse a los humanos. Resultaría difícil darles caza desde lejos. —Forzó una sonrisa.

—No sé si eso termina de responder a mi pregunta… —Entorné los ojos—. Además, tú te acercaste a mí en la playa de la clínica.

Silencio.

—Sí, me he saltado unas cuantas reglas contigo.

No supe qué responder.

Avanzamos en silencio hasta llegar finalmente a su cueva. Al entrar, yo seguía perdida en mis pensamientos cuando Mel habló.

—Cuando desapareciste pensé que los Píamus te habían encontrado. —Su voz sonaba temblorosa—. Creí que te habían llevado a su guarida a ti también y… me planteé ir yo solo en vuestra busca. Sabía que era un plan suicida, pero estaba dispuesto a intentarlo. —Dejó el puñal que llevaba encima sobre la montaña de armas de la derecha de la entrada—. Ahora que estás aquí, me doy cuenta de que es igual de imprudente y temerario que lo haga uno o que lo hagamos los dos. —Se giró para mirarme—. Tenemos que pensar muy bien qué vamos a hacer, Tessa, porque solo vamos a tener una oportunidad. Si nos ven a cualquiera de los dos merodeando en los alrededores de la Guarida, se acabó. Ellos no son de los que preguntan antes de atacar.

Ordené mis pensamientos.

—Fuiste tú quien sugirió la posibilidad de infiltrarnos —dije desconcertada.

—Lo sé. Por eso te digo que es una estupidez creer que lo vamos a conseguir así. —Se paseaba de un lado a otro—. Lo he estado pensando mucho y creo que ir de frente no servirá de nada. Debemos ser más sutiles, ir poco a poco. —Terminó de decir en un tono bajo, como dejándose llevar por sus propios pensamientos.

—No te entiendo —interrumpí.

—¿Qué no entiendes? —Levantó la vista del suelo y me miró con detenimiento.

—No entiendo por qué quieres cambiar el plan.

—Porque es muy peligroso y no creo que sirva de nada arriesgarnos de esa manera, sobre todo si no estamos seguros completamente de la ubicación de la Guarida. Nos encontrarían merodeando y solo conseguiríamos darles dos sirvientes más —reiteró con su explicación.

—¿Acaso no eras consciente antes del riesgo que suponía? —pregunté extrañada.

—Creía que sí, pero supongo que me cegué demasiado. No analicé lo peligroso que sería para ti. Me niego a perderte otra vez.

Sus palabras me provocaron un nudo en el estómago. Tardé unos segundos en responder.

—Gracias por tu preocupación, pero sé cuidar de mí misma —dije algo cohibida.

Pareció avergonzarse de lo que había dicho.

—Quiero decir que… —Buscó las palabras—. No dudo de tus capacidades de supervivencia en tierra, pero estoy seguro de que las cosas aquí son distintas. —Recuperó la compostura—. La noche antes de desaparecer te hablé de ellos. Tienes que comprender lo arriesgado que es plantarles cara.

—¿Y cómo quieres que lo haga? Todo lo que sé de esa familia es lo que me has contado tú —dije siendo realista—. Me pides que confíe en ti sobre ellos, pero ni siquiera sé quiénes son. Para mí no son más que palabras.

Mel se quedó callado.

—Tienes razón —dijo al cabo de un rato. Me sorprendió lo fácil que fue hacérselo entender—. Deberías conocerlos para entender de lo que hablo.

Eso me pilló por sorpresa.

—Lo veo difícil —dije con una sonrisa irónica.

Lo observé pasearse de nuevo con la mirada perdida. Tardó menos de un minuto en caer en la cuenta de algo. Se giró de golpe hacia mí.

—En el Festival del Mensis. —Antes de darme tiempo a preguntar qué era, siguió con su explicación—. Un evento que hacen cada vez que la luna está en su posición más alta y en el que dan alimento a toda la comunidad. Muchos creen que ese es el único motivo del festival, alimentar al clan. No son pocos los que saben que la prioridad de ese día para los Píamus es hablar con los informantes. Su gente se alimenta y la familia se asegura de su poder. Es perfecto para ellos. —Habría jurado que en su discurso se consideró externo al clan—. Ahí podrás conocerlos. Escucharás los discursos de Tadd, verás la impecabilidad de Parténope, incluso podrás hablar con Briseida, si lo deseas.

Estaba perpleja.

—¿Presentarme ante ellos? ¿Así, sin más?

—Delante de los demás se comportarán bien contigo. Son expertos en ocultar su oscuridad. De eso viven.

Sopesé las opciones. Seguía sin verlo del todo claro.

—Este nuevo plan me parece mucho más peligroso que el de buscar su guarida para sacar a Enzo y a tu madre de allí —comenté desconcertada.

—Si lo hacemos a través del festival, tendremos más posibilidades de salir vivos de ahí. —Volvió a pasear nerviosamente mientras hablaba—. Entrar por la fuerza sería inútil. Tenemos que engañarlos nosotros a ellos. Necesitamos una historia. Necesitamos que traigas un pasado que te lleve hasta el Mensis —dijo cogiendo velocidad al hablar—. En cuanto vean que eres nueva, Briseida querrá hablar contigo. Cuando lo haga, te preguntará quién eres, de dónde vienes y cómo has llegado hasta ellos. Deberás mostrar absoluta seguridad en tus palabras o sabrán que es una trampa.

Mel estaba tan nervioso como emocionado. Habría jurado que esa era la primera vez que concebía la posibilidad real de recuperar a su madre. Yo estaba reorganizando mis pensamientos.

—Lo que no sé es cómo me voy a acercar a ellos. ¿Qué hago? ¿Me cuelo en su fiesta y me presento como si nada? Eso sí que sería sospechoso.

Levantó la vista por un momento y luego volvió a mirar al suelo.

—Tengo una amiga. —Una pequeñísima sonrisa asomó en sus labios—. Podría pedirle que te acompañara.

¿Una amiga? Alcé las cejas con sorpresa y reprimí las ganas de hacerle preguntas indiscretas.

—¿Haría eso por mí? Bueno, por ti —rectifiqué sin dejar de mirarlo a los ojos.

—Sin duda. —Calmó su leve alegría y volvió a observarme serio—. Debemos incluirla en tu historia para que sea ella la que te presente ante los Píamus.

—Muy bien. —Volví a poner mi mente en funcionamiento—. ¿Podría hacerse pasar por una prima mía quizás?

Mel negó con la cabeza.

—Imposible. Conocen a nuestras familias.

—¿Y una amiga?

—Tú no has estado aquí antes ni ella ha viajado fuera del clan. ¿Qué clase de amistad sería si nunca os habéis visto? Descartado.

—¿Saben incluso quién viaja fuera y a dónde va? —Su risotada me anticipó la respuesta.

—Todo, Tessa. Lo saben todo. —Se llevó las manos a la cara y cerró los ojos.

Hubo un largo momento de silencio.

—¿Y si digo que soy amiga tuya? —Su mirada de incredulidad no necesitaba palabras—. Lo digo de veras. Puedo decir que soy amiga tuya, que vivo en otra comunidad y que me ha sido imposible contactar contigo desde hace un tiempo. Por eso estoy aquí, porque he venido a buscarte. —Mel asintió lentamente, meditando la posibilidad de esa historia—. Tu amiga se entera de que te busco y es ella la que me pone al día de tu situación: tu madre ya no vive con el clan —dije recordando lo que él me había contado— y, al no haber podido contactar contigo, suponemos que te has ido con ella. —La idea tomaba forma. Seguí inventando—. Además, le cuento que necesito un lugar nuevo en el que vivir y, como tú siempre me hablaste muy bien de tu clan, decido dar el paso de vivir bajo la protección de los Píamus. Así que tu amiga me lleva a esa fiesta para conocer al que será mi nuevo clan y la maravillosa familia que me ayudará a seguir adelante —terminé de hablar rápido y chasqueé los dedos a modo de victoria. ¡Era la historia perfecta!

Mel se mantuvo pensativo en silencio. Yo esperaba el momento en el que entendiera la perfección de mi plan.

—¿De dónde vienes y por qué necesitas un nuevo hogar? —preguntó serio.

Solté un bufido.

—¡Ay, no lo sé!

—Tiene que ser un pasado completo y perfecto, Tessa. Sin fisuras. —Mel siguió pensando—. Porque tus padres han muerto.

—¿Tiene que ser tan macabro? —Lo miré sobrecogida.

—Tiene que ser de mucha importancia. Cambiar de clan es algo muy serio, no se hace por cualquier razón.

—En ese caso, prefiero entonces que hubieran muerto hace ya tiempo. Si sus muertes fueran recientes, lo que menos me apetecería sería ir a una fiesta.

Asintió.

—¿De dónde vienes?

Vino a mi mente un recuerdo fugaz.

—Del Atlántico este.

—¿Por qué mudarte ahora y no cuando murieron?

Lo miré desafiante. ¿Nada le valía?

—Porque soy muy pero que muy cabezota. He intentado sobrevivir por mis medios todo lo que he podido, pero, al final, la situación me ha sobrepasado y he necesitado huir de mi hogar para poder avanzar. Si me quedaba ahí un solo día más sentía que iba a morir de rabia y de pena. Así que, sin coger nada de mi vida pasada, he venido en busca de mi gran amigo Mel para ver si él consigue sacar de mí las ganas de vivir, porque yo estoy que no puedo más —dije con rabia.

Él me mantuvo la mirada, casi sin pestañear. Poco a poco se dibujó en su rostro una sonrisa y asintió lentamente.

—Tenemos la historia.

Resoplé sin pronunciar el «¡menos mal!» que me ardía por dentro.

—Ahora solo falta decírselo a tu amiga —dije a modo de conclusión—. ¿Cómo podemos contactar con ella si descartamos acercarnos al clan?

—Lo que tengo vetado es acercarme al ágora, que es donde vive la gran mayoría. Allí se celebran los eventos, se juntan para realizar las labores… Es el centro de todo —dijo «Mel el Mentor»—. Existen otros métodos para comunicarme con ella.

La curiosidad me carcomía y quería preguntar. El sonido de mi estómago rugiendo de hambre nos cortó la conversación.

—¿No has comido nada desde que saliste? —preguntó preocupado.

—Cogí algunas plantas que vi por el camino —respondí rápido—, pero no me atreví a cazar.

Me miró compasivo.

—Debes comer pulpa si quieres mantener el hambre calmada durante más tiempo.

—Eso es discutible. ¿Sabes lo que es la dieta vegetariana?

Mel rio.

—Sí, pero para nosotros no es suficiente. Digerimos la vegetación mucho más rápido que la carne de otras criaturas. Si aprendes a cazar bien, pasarás días sin necesitarlo de nuevo.

Su explicación tenía sentido, pero me costaba mantener la atención. Un bostezo incontrolable me atravesó la garganta. Después de dos días casi sin dormir ni comer bien, mi cuerpo pedía tiempo muerto.

—Sí, bueno. Algún día aprenderé —dije restándole importancia.

Me miró fijamente.

—Puedes dormir un rato si quieres. —Señaló su lecho de plantas—. Te vendrá bien reponer el sueño perdido.

Mi orgullo quería negarse, pero tenía razón. Estaba exhausta.

—Está bien. Dormiré. Solo un poco. —Me acerqué al lecho y me tumbé.

En las últimas noches me había acostumbrado a no dormir bien y tener pesadillas. Ya fuera en la superficie o bajo ella, hacía días que me faltaba un momento de verdadera relajación. Estaba tan cansada que no me di cuenta de haberme quedado dormida. No fue hasta que Mel me meció el hombro, poco a poco, que logré despertarme.

—¿Tessa?

—Hmmm… —Aún estaba medio dormida.

—Debemos irnos.

—¿A dónde? —Abrí un solo ojo.

—La amiga de la que te hablé ayer y yo tenemos una roca de encuentro para comunicarnos. Tenemos que ir allí para pedirle que se reúna con nosotros y…

—¿Has dicho ayer? —No lo dejé terminar. Mel asintió—. ¿Cuánto tiempo he dormido? —Me incorporé.

—Necesitabas descansar —respondió evasivo.

—¿Cuánto tiempo? —insistí.

Suspiró.

—Empezaste a dormir ayer por la tarde. Estamos a media mañana. Me llevé las manos a la cara.

—Maldita sea. —Me incorporé rápido—. Vámonos antes de que se haga más tarde —dije mientras me dirigía a la salida, pero Mel se interpuso.

—Primero debes alimentarte. —Fue a por uno de sus dos cuencos. Tenía de nuevo esa plasta, la pulpa.

—¿Cuándo…?

—He salido esta mañana a cazar —respondió a mi pregunta sin que apenas la pronunciara—. Sé que no te gusta, pero te prometo que te vendrá bien.

Me lo tendió con una sonrisa triste. Lo miré y le sonreí.

—Gracias —respondí con sincero agradecimiento.

Repetí los mismos pasos de la otra vez enroscando mi cola a la viga del medio. Mel se quedó en el mismo lugar.

—¿Y tú? —Cogí parte de la pulpa con la mano.

Negó con la cabeza.

—Yo no lo necesitaré hasta dentro de unos días.

Había cazado solo para mí.

Me reconfortó tanto la idea de haberme evitado tener que matar yo a la pobre criatura que tenía en el plato que pasé por alto el asco que me daba comérmela. Se sumaba también saber a lo que me enfrentaba, lo que lo hizo un poco menos repulsivo que la primera vez.

Casi me acabé el plato. Solo dejé una pequeña porción, que guardé para colocarla en el mismo sitio donde Mel puso lo que nos sobró la vez anterior.

—Para las criaturas que lo necesiten —dije repitiendo su frase.

Él sonrió con ganas.

—Aprendes rápido.

—Mucho —respondí con una sonrisa fanfarrona—. ¿Nos vamos?

La roca de la que hablaba quedaba medianamente cerca de su cueva, pero el paisaje cambiaba tanto que parecía pertenecer a la otra punta del mundo. En el camino, Mel me habló de Dahiria, su amiga. Su cara lo delataba, y yo no podía contener más mis ganas de saberlo.

—¿Es solo una amiga? —pregunté divertida.

Mel soltó una risita y se ruborizó ligeramente.

—Sí, es solo una amiga.

Cambié de pregunta.

—¿Ha sido siempre solo una amiga? —enfaticé levantando una ceja.

Rio con más ganas.

—Eso no debería ser de tu incumbencia.

—No lo es, por eso quiero saberlo. —Me uní a su risa—. Además, así sé cómo dirigirme a ella cuando lleguemos.

Mel recuperó la serenidad poco a poco.

— —No vamos a verla ahora. Solo voy a dejarle un mensaje. —Señaló una roca puntiaguda que destacaba ligeramente del resto—. Allí.

Con la punta de lanza que cogió de sus armas antes de salir, dejó grabados unos símbolos en la roca. Tres, para ser exactos. Alineados verticalmente. Dos triángulos juntos, una onda horizontal y un círculo.

—¿Qué significan? —pregunté curiosa.

Mel los señaló uno a uno.

—Reunión. Mañana. Al salir el sol.

Terminó la línea ondulada del último símbolo y se colocó de nuevo junto a mí.

—¿Vendrá seguro? —pregunté.

—Eso espero —respondió meditabundo.

Volvía a no contestar directamente mis preguntas. Silencio.

—¿Cuándo es el Mensis? —pregunté calculando el margen que teníamos.

Mel me miró preocupado.

—Mañana al caer la noche —dijo. Lo observé sin ocultar la sorpresa—. Si no ve el mensaje a tiempo, tendremos que esperarnos al siguiente festival.

—¿Cuándo se celebra el próximo? —pregunté temerosa.

Respondió con tristeza:

—Con el siguiente ciclo lunar. Dentro de treinta días.

CAPÍTULO 8

La roca

Volvimos a la cueva bastante preocupados. Si Dahiria no se presentaba al día siguiente, las esperanzas de encontrarlos a tiempo se esfumaban por completo. Un mes era mucho tiempo.

Propuse a Mel idear un plan B por si su amiga no aparecía, pero él insistió en confiar. Supuse que la única idea que teníamos, aparte de la de colarme en esa fiesta, era la de irrumpir en su guarida por la fuerza. «Suicida» fue el término que usó para describirla. Nada más. Todo dependía de Dahiria.

Al llegar, seguía dándole vueltas y más vueltas a la cabeza. Mel me lo notó.

—Si Dahiria no se presenta mañana, no será culpa tuya ni mía, Tessa. Preocuparte tanto ahora no solucionará nada. Es mejor que intentes relajarte.

Dudaba de si lo decía por mí o por sí mismo, pero no le faltaba razón.

Lo mejor era relajarse y dejar que las cosas ocurrieran como debieran ocurrir. Eso sí, si no quería volverme loca, necesitaba distraerme con urgencia. Sin móvil para revisar redes sociales, sin piernas para pasar el rato jugando a vóley, sin televisión para ver alguna película y sin libros en los que sumergirme, no tenía idea de cómo hacerlo. Todos esos recursos pertenecían a mi vida pasada. Necesitaba encontrar nuevos pasatiempos.

—¿Qué sueles hacer cuando quieres despejarte? —pregunté curiosa.

Mel me miró sorprendido y respondió:

—Salir a explorar, supongo. Es muy entretenido, nunca es igual que el día anterior —contestó y me miró pensativo—. Aunque no sé si esa es una buena idea para ti…

Después de la huida que me marqué un par de días atrás y mi consecuente desaparición, entendí su desconfianza. En realidad, yo misma rechazaba la idea de irme sola a ningún sitio. Si iba acompañada, la sugerencia de salir a dar una vuelta me gustaba.

—En realidad me vendría bien conocer un poco más la zona. Apenas sé dónde estamos ahora, a la mínima que me aleje volvería a perderme seguro —dije con timidez. Mel iba a replicar, pero me adelanté—. ¿Podríamos dar un paseo y así me enseñas los alrededores?

Al entender que mi plan lo incluía a él, se relajó.

—Claro —respondió sonriente y agradecido.

Tomamos un camino diferente esa vez. Íbamos en una dirección distinta al punto de encuentro con su amiga, al prado en el que encontré a Helena e incluso al terreno al que fuimos a cazar juntos la primera vez. Me sorprendí a mí misma al recordar todos esos trayectos, o sus puntos de inicio al menos.

Dijo que las nereidas no están realmente en la cúspide de la cadena alimenticia, pero pocas especies tienen más fuerza, destreza o inteligencia. Aunque eso no quitaba que debía tomar precauciones con muchas de esas criaturas.

—¿Ves eso que hay ahí? —Señaló un montículo de roca.

Seguí lo que su dedo apuntaba. No logré encontrar nada destacable.

—Creo que no —confesé.

Mel se colocó detrás de mí. Puso una mano en mi hombro derecho y con su mano izquierda sobre mi otro hombro señaló de nuevo.

—Justo ahí —dijo cerca de mi oído.

Agucé la vista y con ello logré ver una forma extraña en la roca. Distinguí unos pequeños ojos naranjas que sobresalían. Jadeé.

—Camuflaje —dijo.

Mel me mostraba los distintos comportamientos que tenían las especies que nos encontrábamos a nuestro paso. Camuflaje, ataque, defensa, huida… Todo valía con tal de sobrevivir.

También me avisó de evitar ciertas conductas si pretendía que no usaran esos métodos contra mí.

—La mayoría viven sin buscar el mal ajeno. Aun así, debes tener cuidado de no invadir su espacio si quieres evitar que lo tomen como un ataque o un desafío —explicó mientras seguíamos parados—. Uno de los errores más comunes es mantener la aleta en contacto con el fondo demasiado tiempo. Si te despistas, podrían pinzarte.

Con la mano me señaló la arena sobre la que estábamos. Se inclinó un poco. Lo imité, quedándome muy quieta. Poco a poco vi algunos puntos del fondo moverse, remover los granos de arena.

—Son inofensivos, aunque bastante molestos —dijo Mel en voz baja.

Los pequeños cangrejos seguían su ruta bajo la arena rodeando los peces planos que se mantenían totalmente estáticos. La naturaleza era asombrosa.

—De hecho, una buena forma de identificar a una cazadora es por sus heridas y cicatrices. Aunque no todas, la mayoría tienen el borde de la aleta marcada. —Levantó su propia cola y señaló las marcas. Tenía algunos cortes ya cicatrizados, pero tenía el borde de su aleta bastante castigado—. Aunque no soy cazadora, debo buscar mi propio alimento y eso tiene sus consecuencias. —Se encogió de hombros.

Me fijé en el pequeño agujero que tenía en la parte derecha. Lo señalé.

—¿Qué clase de criatura deja ese tipo de marca? —pregunté.

Mel enmudeció unos segundos. Sus ojos se ensombrecieron sin perder la sonrisa.

—Una que es mejor no encontrarse nunca.

Comprendí que no era una marca de caza común. Me callé de forma inmediata y lo seguí cuando reanudó la marcha.

—Dices que no eres «cazadora». ¿Se dice siempre así, independientemente de a quién se refiera? —pregunté cambiando de tema.

—Sí. El término correcto sería «nereida cazadora», pero nadie lo dice completo, en realidad. Pasa lo mismo con las guardianas. Es una de las pocas cosas en las que hemos evolucionado, supongo. —Se encogió de hombros.

Continuamos nuestro paseo a buen ritmo, hasta que Mel se detuvo repentinamente. Me hizo señas para ocultarme tras una fila de rocas. Fui hasta su lado y lo miré desconcertada. Más que asustado, parecía en guardia.

—Estamos muy cerca del ágora —comenzó hablando hacia el frente. Pasados unos segundos me miró a los ojos—. ¿Quieres acercarte?

Sentí un relámpago de adrenalina en mi interior. Por un lado, me moría de ganas por ver cualquier prueba física que me indicara que Mel no estaba loco de remate y se había inventado toda la historia de los Píamus y el clan. Por otro lado, si la historia era cierta, deambular por ahí sin ser parte de la misma comunidad pondría en grave peligro mi vida.

Con un repaso mental de posibilidades y consecuencias, llegué a la misma conclusión que la última vez: no tenía nada que perder.

—Sí —respondí, agitada.

Salió de donde estábamos. Se instaló detrás de un montículo más cercano, puso un dedo sobre sus labios indicándome guardar silencio y se asomó lentamente. Copié sus movimientos y me mantuve lo más calmada y silenciosa posible.

—Como la noche de mañana es el Festival del Mensis, hoy apenas hay movimiento —susurró—. Casi todas las guardianas están con la Orden ayudando con los preparativos y asegurándose de que nadie consuma nada antes de tiempo. En un día normal hay personal de los Píamus por todas partes, pero el día de la preparación provocan una brecha en su seguridad sin ni siquiera darse cuenta. Su soberbia los ciega. Necios. —El «Mel formador» y el «Mel misterioso» volvían a entrar en conflicto.

Observé sin mediar palabra. Entre las rocas y las altas algas que tapaban parte de nuestra vista distinguí, al menos, dos miembros del clan yendo de un lado a otro. Me agaché instintivamente. A los pocos segundos, volví a alzar la mirada y peleé con la vegetación para poder ver algo más.

Tres grandes arcos de piedra y flora, uno central enorme y dos pequeños a cada lado, daban la bienvenida a una explanada amplia y perfectamente plana que guardaba una estatua al fondo. Me costaba distinguir un monolito simple de una figura específica de dicha escultura. Fuera lo que fuese, se veía imponente.

Montañas de roca rodeaban el sitio delimitándolo con lo demás. La explanada central era bastante grande. Intuía que lo que había tras esas montañas era algo más desordenado y natural, un terreno que se regía por el libre albedrío.

Me quedé embobada sin darme cuenta de los ruidos que se acercaban cada vez más a nosotros. Por suerte, Mel sí los escuchó. Me agarró de la mano y tiró fuertemente de mí en la misma dirección por la que habíamos venido. Mi cabeza no tuvo tiempo de procesar lo que había ocurrido, al menos hasta que paramos una vez que pusimos suficiente distancia con el ágora.

—¿Qué ha pasado? —pregunté desubicada.

—Escuché que alguien venía. Creo que era una guardiana —dijo Mel aún con el susto en el cuerpo—. Siento mucho haberte arrastrado sin avisar. ¿Te he hecho daño?

—No te preocupes. —Le resté importancia al círculo rojo que se me había formado en la muñeca—. Tengo la piel sensible y me salen marcas muy fácilmente. Además, mejor un tirón del brazo que el ataque de una guardiana, ¿no? —Sonreí.

—Sí, desde luego. —Me devolvió la sonrisa.

Pusimos rumbo de vuelta a su refugio y aproveché el camino para seguir resolviendo dudas.

—¿Todos los miembros del clan viven alrededor del ágora?

—Casi todos. Algunos se instalan en sitios más apartados, pero mantienen siempre la comunicación con el ágora central.

Busqué otra forma de preguntarlo.

—Tú vives alejado de ellos —dije siguiendo su tono informal.

Mel me miró.

—Por obligación, no por voluntad —respondió con simpleza.

—Ya… —Guardé silencio por un momento—. ¿Y eres el único en esa situación? Es decir, es posible que haya más como tú, ¿no? Quizás hay más solitarios que tienen prohibido vivir donde el resto. O solitarias. —Esos ojos verdes oscuros palpitaban en mi mente.

Redujo la velocidad y habló lentamente.

—Puede ser... —Su mirada se perdió en el fondo. Sacudió la cabeza y volvió a la velocidad anterior—. En caso de que haya otros, deben de ser una minoría. Que los Píamus dejen cabos sueltos es bastante inusual.

Asentí. Tenía muchas ganas de conocer la historia de Helena. ¿Cómo había llegado hasta ese prado? ¿Acaso vivía cerca de ahí? ¿Tampoco podía ella acercarse al resto del clan? Me imaginé los motivos por los que esa cara tan linda podía estar en problemas. Posiblemente, su actitud altiva y desconfiada tendría algo que ver.

Recordé también las posibilidades de que estuviera a las órdenes de la familia y que paseara por allí para cumplir con su trabajo. Según mi recuerdo, su aleta carecía de cualquier rasguño, así que, seguramente, no sería cazadora. ¿Una informante quizás? Eso tendría más sentido. Noté una punzada de dolor en el pecho al pensarlo.

Para cuando volvimos a la cueva, apenas quedaban un par de horas de luz antes de caer definitivamente la noche. Ocultamos la entrada como hicimos los últimos días y nos quedamos charlando hasta que el sueño nos venció.

Sin olvidar que Mel me inspiró bastante desconfianza al principio, tenía claro que no era mala persona. Me había demostrado en varias ocasiones que se preocupaba genuinamente por mí. Su instinto de protección y cuidado me mantenían lo suficientemente tranquila a su lado como para no querer huir de nuevo. Además, compartir momentos de charla con él me hacía sentir bien, como si mis barreras se volvieran cada vez más tenues. ¿Quién sabía? Quizás algún día derribase todos los muros que tenía a su alrededor.

Mel estaba sacando el táper medio roto de la grieta del fondo cuando desperté. Por un segundo pensé que iba a llenarlo de nuevo, que tendría que alimentarme otra vez, pero solo lo estaba recogiendo. Lo cierto era que no tenía ni pizca de hambre. Haber comido esa plasta, la pulpa, me dio la suficiente energía como para prescindir de alimento durante bastante tiempo, tal como él predijo. Suerte la mía por no tener que comer esa cosa de nuevo.

En el camino a la roca de encuentro con Dahiria, apenas mediamos palabra. Tampoco nos hacía falta hablar para notar que los nervios se podían masticar a nuestro alrededor.

Antes siquiera de llegar, ya me puse a buscar alguna figura entre las rocas.

—Es temprano aún —dijo en un tono bajo.

Asentí sin dejar de examinar el terreno.

Nos instalamos entre rocas lo suficientemente escondidos para no ser descubiertos a simple vista, pero con la certeza de ver si alguien se acercaba. Pasaron lentos los minutos hasta que noté que Mel se tensaba ligeramente. Alcé la mirada y, efectivamente, había una nereida aproximándose a la roca.

Su figura estaba oculta tras una especie de capa o túnica hecha de un material que no se parecía en nada a la ropa común que conocía. Se movía lenta, miraba a todos lados. Llegó al lado de la roca puntiaguda en la que Mel había grabado esos símbolos la tarde anterior y aguardó pacientemente. Yo lo observé esperando una señal por su parte para salir al encuentro de la chica. Él me indicó que guardara silencio y estuviese quieta.

—*Ta próta ekató chrónia…* —habló Mel en alto, aún escondido.

Escasos segundos pasaron hasta que la chica respondió.

—*… eínai ta dýskola.*

Él se separó de la roca sin dejarse ver aún. En sus labios se formó una sonrisa sincera.

—¿Dahiria? —preguntó.

—Melicertes —dijo ella buscándonos con la mirada.

A pesar de la extrañeza que me provocó escuchar su nombre completo, enseguida imité su sonrisa de alivio. Cuando la joven finalmente se dejó ver, se fundieron en un bonito abrazo. Yo me quedé detrás de Mel, manteniendo una distancia prudencial.

—Te he echado de menos, Dai —dijo Mel contra su hombro.

—Y yo a ti. —Su voz sonaba suave, ligeramente aguda—. Me quedé muy preocupada cuando… —Cortó su frase en cuanto se dio cuenta de mi presencia.

Sus ojos eran muy parecidos a los de Mel, aunque su azul era más pronunciado y oscuro. Su nariz alargada era lo que más llamaba la atención en su rostro, sin perder la armonía con el resto de sus rasgos finos y delicados. El pelo le llegaba a los hombros. Lo tenía claro y lo llevaba recogido en una coleta baja simple. El azul celeste era el color que predominaba en sus escamas, junto con un rosa claro en la base de la cintura y en el inicio de su aleta. Era preciosa.

Quiso separarse de Mel en cuanto dejó de hablar. Él la agarró con suavidad de la mano, impidiendo su huida.

—Tranquila, es de confianza. Es por ella que te pedí que nos encontráramos hoy.

Me acerqué a ella y le tendí la mano a modo de saludo.

—Me llamo Tessa. Es un placer conocerte —dije, sonriente.

No supe por qué, pero me daba la impresión de que esa chica me iba a caer bien. Ella me respondió con una sonrisa tímida, extrañada ante mi gesto de saludo.

Se acercó a mí poco a poco. Con su mano izquierda giró la mía para dejar la palma hacia arriba. Extendió su brazo derecho y me lo acercó a la cara, poniendo su muñeca bajo mi nariz, mientras aproximaba su nariz a la base de mi mano. Miré a Mel sin entender qué hacía. Él me respondió con gestos, animándome a que oliera su muñeca. Lo hice a pesar de lo ridícula que me sentía. Dahiria olía fresco, ligeramente dulce. Me recordaba a las margaritas.

¿Qué olor desprendía yo? ¿Tendría uno agradable? Esperaba que sí.

—Dahiria —dijo ella antes de separarnos—. Si Mel confía en ti, también lo haré yo.

Ser desconfiados por naturaleza era un rasgo tristemente habitual entre los de mi nueva especie, no cabía duda. Suerte que tenía a Mel como garantía de confianza.

—De donde ella viene, es costumbre tocarse las manos antes de presentar el olor —dijo Mel excusando mi gesto inicial.

Yo asentí. Dahiria pareció creernos. Dejó de mirarme para hablar con Mel.

—¿Va a quedarse aquí? —preguntó.

—Posiblemente. —Me lanzó él un vistazo rápido.

—Entonces deberá aprender nuestras costumbres —sentenció, preocupada.

A pesar del tono serio de su voz, la dulzura seguía presente en su forma de hablar. Él asintió.

—Dai, necesito de ti un favor que no puede esperar —dijo sin rodeos.

—Hablemos entonces.

—Aquí no.

Ambas seguimos a Mel hasta un pequeño recoveco que quedaba entre los montículos de roca.

—¿Tiene esto que ver con tu madre y los Píamus? —preguntó Dahiria en cuanto entramos. Él tardó en asentir—. Sabes que haría cualquier cosa por ti, Mel, pero no me puedes pedir que me enfrente a la familia, ni a la Orden…

—Jamás te pediría eso —interrumpió él—. Es algo mucho más sencillo.

—Está bien. —Se relajó—. ¿Qué necesitas entonces?

Mel me miró. Yo no me atrevía a decir nada, solo observaba y callaba.

—Que la presentes esta noche en el Festival del Mensis.

Su expresión era de duda, pero dispuesta a escuchar.

Mel la puso al corriente de la historia que pensábamos contar ante los Píamus para que me aceptaran en su comunidad; su madre, Galena, cambió de destino por trabajo, Mel la acompañó y yo, al quedarme sola, he buscado a la amiga de mi amigo para que me incluya en su clan.

Como los propios Píamus fueron los que anunciaron el supuesto cambio de trabajo de Galena, a Dahiria le encajó perfectamente nuestra historia. Solo tuvimos que mentirle sobre mi origen humano.

—¿Es cierto, Tessa? ¿Eres huérfana?

—Se podría decir que sí —dije.

No podía volver con mi familia. Eso contaba como tal, ¿no?

—¿Cómo conociste a Mel? —preguntó algo confusa.

Me quedé sin argumentos y sin imaginación para inventarlos. Mel tuvo que intervenir.

—Es difícil de explicar. —Nos miramos con una complicidad nada divertida. Suspiró—. Cuanto menos sepas, más a salvo estarás.

De las opciones que se me ocurrían, decirle una verdad a medias era de las peores. Confesarle que había algo que le estábamos ocultando me parecía una pésima estrategia para conseguir su apoyo.

Por suerte Dahiria no pensaba como yo, ya que aceptó nuestro plan sin ningún «pero».

Barajamos la opción de irme directamente con ella al ágora. Así evitábamos tener que escapar de nuevo de las guardianas, una tarea para nada sencilla. Si me iba con ella, aunque me vieran algunos miembros del clan, nadie se quejaría sin la presencia de los Píamus. Ellos me conocerían formalmente por la noche y, a partir de entonces, pasaría a formar parte de la comunidad de manera oficial. Me pareció precipitado hacer las cosas así. Además, aún tenía unas cuantas preguntas para Mel.

No es que me diese miedo pensar en ir hacia allá, ni que necesitase un tiempo para procesarlo y no dejarme vencer por la angustia de sentirme sola de nuevo, sin Mel a mi lado. Era una cuestión práctica. Tenía que aprender más sobre ellos antes de enfrentarme al Mensis. Definitivamente, era por eso.

Quedamos en reunirnos en ese mismo lugar al atardecer, antes de llegar la noche. A partir de ahí, Mel permanecería en su guarida y yo pasaría a vivir con Dahiria el tiempo necesario para, una vez empezase a trabajar para los Píamus, descubrir la manera de rescatar a Galena y a Enzo. Mantendríamos el mismo punto en el que estábamos como lugar de encuentro y comunicación entre los tres, pero solo lo usaríamos en caso de verdadera necesidad. Cuanto menos nos arriesgáramos, mejor para todos.

Se dieron un sentido abrazo como despedida. Antes de irse, Dahiria me agarró de la mano acariciándola con una sonrisa.

—Sé que es difícil salir de tu hogar. Tener que olvidar tu vida anterior, adaptarte a un nuevo ambiente… —Miró nuestras manos entrelazadas y vi que con ello quería cumplir con la supuesta costumbre de mi clan de tocarnos las manos—. Solo espero que puedas tener la mejor vida posible a partir de ahora. Prometo hacer lo que esté en mi mano para ayudarte a conseguirlo.

Me dieron ganas de abrazarla. En lugar de eso, me mantuve en mi sitio y respondí suavemente a su caricia.

—Gracias.

Su gesto me llevó a pensar que tender la mano como saludo era algo desconocido en el clan, que debía tener cuidado para no repetirlo con otra de las nereidas que conociese. Esa chica tenía mucha razón al decir que tenía que aprender todas las costumbres posibles para que mi falso pasado tuviera sentido.

—¿Cuáles son las costumbres y tradiciones que tenéis? —le pregunté a Mel en cuanto entramos en su cueva—. Si vuelvo a fallar en eso, nadie creerá mi historia.

Él parecía esperar mi pregunta.

—Son demasiadas como para que las aprendas todas antes de esta noche —dijo apenado.

—Enséñame las esenciales entonces. —Lo animé. No había tiempo que perder—. Los saludos, por ejemplo. ¿Cuál es la forma exacta?

Sonrió ante mi tozudez.

—Depende del grado de confianza y del estatus que se cumpla en la comunidad hay un protocolo u otro de saludo. —Notaba como si fuera a empezar una clase—. Entre desconocidos de la misma línea jerárquica lo normal es mostrar las muñecas para presentar tu olor. Así identificas a esa nereida igual que harías con su nombre. Eso es solo la primera vez, después suele ser un saludo de palabra o una inclinación de cabeza. Cuando es un familiar o una amistad, se suele dar un abrazo. Así tienes contacto físico y acercas tu olor a la otra persona. Aunque si es por amistad, el vínculo debe ser bastante fuerte como para permitir ese acercamiento. Es algo íntimo, no se hace con cualquiera.

—¿Y cuándo es algo más que una amistad? —pregunté divertida.

Mel enarcó una ceja y sonrió.

—Sueles olfatear detrás de la oreja, o en el pelo. Ahí nuestro olor es más intenso. Es algo que hacen las parejas exclusivamente —dijo remarcando la última palabra.

—Juraría que durante vuestro abrazo hubo algún olfateo que...

No me dejó terminar.

—Y cuando es de distinta línea jerárquica el de menor rango expone su muñeca, mientras que el superior solo asiente con la cabeza —interrumpió hablando rápido.

Me reí ante su actitud, pero tomé nota mental de todo.

—Así que cuando conozca a los Píamus debo ofrecerles mi olor sin esperar el suyo a cambio, ¿cierto?

Las risas menguaron poco a poco.

—Por nada del mundo creas que te permitirán olfatearlos. Lo mejor que puedes esperar de ellos es que acepten olerte a ti.

Asentí. No me sorprendía que así fuera.

Seguí preguntando sobre los distintos aspectos del clan que debía tener presente para mezclarme bien entre la multitud esa noche. Mel elaboró una larga lista de cosas que tenía que aprender. Algunas eran solo una recomendación. Otras, un aviso. Y unas cuantas eran normas que debía recordar siempre, en cualquier situación.

Me avisó del tipo de vestimenta que llevarían, los abalorios y complementos que los distinguirían del resto de los miembros del clan. El comportamiento que debía mantener con los Píamus y con el resto de la Orden. También las posibles respuestas por su parte, el protocolo de actuación en el Festival del Mensis y el nivel de sinceridad y confianza que podía tener con los demás, incluyendo a Dahiria.

Me dio mucha información nueva, como ya estaba acostumbrada a recibir en esos últimos días. A pesar de todo, por muchas cosas que me dijera o me avisara, ninguna de esas advertencias me preparó realmente para lo que iba a vivir esa noche.

CAPÍTULO 9

El festival

La oscuridad llegó antes de sentirme preparada para ello. Aunque, siendo sincera, era una de esas cosas para las que nunca terminaría de estar preparada.

De camino al punto de encuentro con Dahiria, repasé mentalmente todas las tradiciones que me había enseñado horas atrás: los saludos, la forma de comunicarse entre miembros del clan, acciones o frases prohibidas para que no sospecharan de mi origen humano, formas de actuar según el rango social… Retuve ese conocimiento en mi cerebro como si fuera a presentarme a un examen en el instituto.

Sonreí para mis adentros. Ojalá hubiese sido un suspenso y no mi vida lo que estaba en juego.

Rememoré las últimas palabras de Mel antes de salir:

—Si te sientes extraña o crees que has actuado diferente a los demás, puedes excusarte en tu supuesto pueblo anterior, pero intenta que eso no sea muy a menudo o acabarán sospechando.

—¿Qué costumbres son iguales de un clan a otro y cuáles son diferentes? —pregunté.

—Supongo que la mayoría son comunes, aunque no he conocido otros pueblos o comunidades como para poder confirmarlo.

—¿Cuántos existen? —seguí indagando, curiosa.

Mel se detuvo a pensar.

—No lo sé.

Cuando llegamos, Dahiria ya nos esperaba allí. A pesar de todo lo que me enseñó, se le olvidó decirme cómo debíamos despedirnos. No éramos desconocidos, tampoco amigos íntimos y mucho menos pareja. ¿Un abrazo? ¿Una inclinación de cabeza? ¿Un olfateo? Como venía siendo costumbre, él se adelantó a mi respuesta tendiéndome la mano.

—Deja que Dai te enseñe todo lo que necesitas saber a partir de ahora. —Me sonrió con la misma complicidad de la mañana.

Correspondí a su sonrisa y le estreché la mano como despedida. En realidad, era cierto que en mi pueblo anterior nos saludábamos y despedíamos con la mano.

Cuando Mel se fue, no me avergüenza admitir que me acobardé descaradamente. Ya no había marcha atrás porque, incluso con Dahiria, tenía que fingir ser algo que no era. Eso suponía estar las veinticuatro horas del día en guardia, sin flaquear en ningún momento. La situación era más que propensa para dejarme llevar por el agobio y la ansiedad. Solo me permití unas cuantas respiraciones profundas para calmarme antes de irnos.

«Entra limpia, sale turbia. Entra limpia, sale turbia», me repetía a mí misma.

—¿Todo bien? —preguntó Dahiria con dulzura.

Asentí aún con los ojos cerrados.

—Solo un poco nerviosa —respondí antes de abrirlos.

—No estás sola, Tessa. —Me mostró una sonrisa compasiva—. Prometo cuidar de ti todo el tiempo que estés conmigo. Si Mel confía en ti, confía tú en él y en su criterio. Estás preparada para esto, seguro.

Supe ver el cariño y la admiración que sentía por él. Eso avivaba mucho mi curiosidad por saber. Tampoco me atreví a preguntar. Me limité a asentir y emprender el camino con ella hacia el ágora.

Según avanzábamos, la noche caía cada vez más, y mi ansiedad aumentaba. Dahiria me habló en alguna ocasión, pero supo ver que el silencio me gustaba y me venía bien, así que no insistió demasiado. Lo agradecí infinitamente.

—Estaré pendiente de ti siempre que pueda, pero si sientes que te quedas sola, no tengas reparo en venir a buscarme. Te ayudaré en todo lo que sea posible, te lo prometo —dijo casi ya en nuestro destino.

—Gracias, Dahiria —respondí bajito.

—Puedes llamarme Dai —dijo amablemente justo antes de atravesar los arcos de la entrada.

Verlos por la mañana de lejos no se parecía en absoluto a estar bajo su estructura. Su enormidad imponía mucho, y de una manera nada reconfortante. La vegetación que salía de ellos era ciertamente sobria, pero le sumaba un toque acogedor. La explanada a la que daban los arcos era incluso más extensa de lo que recordaba. Para entonces estaba tapada en su mayoría por las montañas de animales muertos que se apilaban en forma de U, y la estatua del fondo parecía un punto sobre ella.

No era tan ingenua como para pensar que la comida que servirían en el festival me iba a agradar, aunque ver a esa cantidad de animales muertos, unos encima de otros como si fueran cualquier cosa y no vidas arrebatadas, me revolvió el alma y el estómago. Peces de toda clase y tamaño, delfines, pulpos, moluscos, cangrejos, morenas, estrellas de mar… ¿Dónde quedaba el amor por la naturaleza que tanto admiraba en Mel? ¿No era acaso una norma básica respetar al resto de criaturas, incluso a la hora de su muerte? No sabía que me iba a impresionar tanto, pero me dieron ganas de vomitar.

Me controlé como pude y seguí examinando el lugar en el que me encontraba. A ambos lados de la estatua se veían dos filas de piedras altas y planas, que parecían hacer la función de mesas. Sobre estas, había unos recipientes dispuestos de forma equitativa tanto en un lado como en el otro. Aunque no era capaz de ver lo que contenían, era fácil adivinarlo.

—Allí se sientan las cazadoras y los miembros de la Orden —susurró Dai a mi lado, señalando las mesas de piedra—. Ellos serán los primeros en alimentarse. Cuando los Píamus aparezcan, Tadd pronunciará su discurso y dará comienzo oficial al festival. Es muy importante que, aunque veas a los demás comer, tú no lo hagas hasta que Tadd te lo permita, o estarás cometiendo una ofensa muy grave hacia la familia.

Dai se fue al lateral de la explanada y la bordeó para seguir avanzando hacia la derecha. Yo pensaba que nos quedaríamos allí directamente, lo que hizo que me despistara apenas un segundo. En cuanto la vi pasar de largo, fui tras ella.

Cuando dejamos atrás la planicie, atravesamos una zona llena de montículos de roca y puntos abultados de arena con grandes agujeros. La idea que tenía de encontrarme un terreno más natural tras los muros del ágora era bastante acertada. Una madriguera de conejos o un hormiguero bien grande sería la comparación más adecuada. Todo estaba bastante tranquilo. Apenas conté tres caras curiosas, que me vieron merodear por allí. Debíamos de estar en la parte residencial del territorio.

Tardamos poco en llegar a un hueco sobre el suelo por el que Dai se metió rápidamente. Unos segundos después de desaparecer ante mis ojos, entré detrás suyo.

Era un espacio más o menos igual de grande que la cueva de Mel. Suficientemente espacioso para caber dos sin problemas, aunque no demasiado amplio. Tenía pequeños agujeros en el techo, por los que se filtraba la luz y una tira de plantas que caía hasta el suelo señalaba el centro del sitio. Al fondo se veía un lecho muy parecido al de Mel y, donde él tenía esas armas rudimentarias con las que salía a cazar, Dai guardaba algunas prendas de vestir.

—Será mejor que te cambies antes de que te vea alguien más —dijo mientras trasteaba entre su ropa.

Aún llevaba la bata de la clínica, o lo que quedaba de ella, atada al pecho. No tenía otra cosa con la que taparme. Me pareció muy buena idea cambiar esa tela medio rota por algo más decente.

Dai se acercó a mí con una prenda verde oscura hecha de algún tipo de alga o vegetal duro confeccionado como un chaleco y del que le colgaban dos adornos amarillos en cada extremo. Me pareció bastante mono.

Se quedó frente a mí y me miró expectante.

—Si no te quitas lo que llevas, no podrás ponértelo —dijo señalando el chaleco.

La vergüenza no era algo que me caracterizase, pero desnudarme frente a una completa desconocida me parecía, cuando menos, incómodo. Ella me lo leyó en la cara antes de poder decir nada.

—¿Acaso en tu pueblo os tratabais con pudor? —preguntó extrañada. Me quedé con cara de circunstancia como respuesta—. No pensé que siguiesen existiendo culturas así… —dijo en voz baja. Relajó su ceño fruncido y me respondió con una sonrisa—. En nuestro pueblo se adorna el cuerpo quien quiere, no es obligatorio. Es muy común encontrar varones y hembras sin nada que los cubra. Deberías tenerlo en cuenta para esta noche.

Mi cara de asombro le causaba gracia.

—Gracias por el aviso —respondí algo aturdida.

—Deberíamos darnos prisa, o el festival comenzará antes de que lleguemos —dijo con una sonrisa.

Asentí. Llevé mis manos a la bata para desatarla mientras Dai me daba un poco de espacio para quitármela. En cuanto la tuve fuera, se aproximó de nuevo y me ayudó a ponerme el chaleco. Ató los extremos en el centro de mi pecho, asegurándose de dejar los adornos amarillos a la vista.

—Esta prenda les indicará que tienes un contacto en el clan. De ser una forastera, te harían despojarte de todo lo que te cubre para asegurarse de que no ocultas un arma o cualquier otro objeto peligroso bajo la ropa —comentó como si tal cosa.

Tragué saliva audiblemente.

—¿Cuándo comienza el festival? —pregunté para cambiar de tema.

Un sonido grave y prolongado se escuchó no muy lejos de donde estábamos, como un siniestro trombón que marcaba el inicio de una batalla a muerte.

—Ya ha empezado —respondió Dahiria.

Nos colocamos entre la multitud que se iba acercando a la pila de comida dispuesta en U en la explanada central. Yo estaba más que nerviosa, pero saber que Dai se mantendría a mi lado en todo momento ayudaba a tranquilizarme. A mi alrededor notaba miradas, susurros y manos que me señalaban disimuladamente. Les hice el menor caso posible. Al fin y al cabo, la única opinión que realmente importaba era la de esa familia. Debía gustarles como fuera, convencerlos de mi historia.

Mientras los demás se dedicaban a cotillear sobre mi presencia allí, yo solo pensaba en el pasado que nos inventamos Mel y yo para ocultarles mi origen humano: el cambio de residencia de Galena, el paradero desconocido de Mel, suponer que estaba con su madre, el encuentro fortuito con Dahiria, mi necesidad de sobreponerme a la muerte de mis padres… Lo repasé una y otra vez, hasta que un segundo ruido igual de grave y largo que el primero me sacó de mis pensamientos.

Una fila de al menos quince o veinte de esas nereidas entró en el lugar y se colocó muy ordenadamente tras las rocas planas que quedaban a la izquierda de la estatua central. A continuación, otro grupo de más de veinte se dispuso de igual forma en la parte derecha. Todos guardaron silencio.

Miré a Dai en busca de respuestas. Ella miraba al frente como todos los demás, impasible. Copié su gesto.

Un tipo de aspecto solemne hizo su aparición en la explanada. Se colocó justo enfrente de la gran estatua y alzó la mano. Inmediatamente, todos hicieron una reverencia desde su sitio. No me dio tiempo a fijarme más en él antes de inclinar el cuerpo yo también. Aguardé pacientemente hasta que por el rabillo del ojo vi a Dai enderezarse. Entonces pude seguir analizándolo con la mirada.

Era enorme. De hombros anchos, brazos fuertes y aleta amplia. La tonalidad de sus escamas variaba entre el rojo oscuro y el negro, con algunas zonas de un rojo más intenso. Una larga aleta dorsal le cubría casi al completo de cintura para abajo. Tenía el pelo muy corto, oscuro. Su cuello estaba adornado por una gargantilla ancha, negra, con un dije redondo en el centro que parecía de acero. Su figura imponía como la de pocos. Ese debía de ser Tadd.

—Por fin ha llegado este día tan esperado para muchos. —Su voz sonaba tan regia como me imaginaba—. Los dioses han querido bendecirnos con su alimento una vez más, algo que anhelábamos compartir con quienes no tienen esa suerte. Para nosotros siempre es un honor, un privilegio, ser quienes protegen y cuidan de este clan. Compartir nuestra riqueza con los demás no es un sacrificio: es un regalo. Gracias por dejarnos ser vuestra guía. —Hizo una pausa antes de continuar—. Gracias también a nuestras cazadoras por tan espléndido alimento. Sin vuestra labor, estaríamos perdidos. Sois nuestro pilar, nuestra salvación. —Se giró hacia la mesa de la izquierda, donde aguardaba el primer grupo que entró. Extendió la mano hacia ellos—. Gracias.

Todos inclinaron la cabeza como signo de respeto y pronunciaron un sonoro «gracias».

—Nuestra adorada Orden también está aquí con nosotros, mostrando su cercanía al ofrecer hoy su ayuda a quien la necesite. Lo más importante para nosotros es y será servir a nuestro pueblo, siempre. Quien quiera pronunciarse ante ellos esta noche, será bienvenido. Refugio, sanación, alimento, consejo. Si es preciso, acudiré personalmente a vuestra llamada. Nadie quedará desamparado mientras mi apellido lidere este pueblo.

De nuevo una inclinación de cabeza conjunta y un agradecimiento en voz alta. Todos los nombrados por Tadd empezaron a comer de los recipientes que tenían delante. Uno de los del lado derecho, de los de la Orden, me llamó la atención porque seguía quieto, mientras que los de su mesa ya comían.

En su cara se leía una expresión seria, demasiado formal; sombría incluso. La punta de la aleta que le asomaba por el lado izquierdo de la mesa dejaba ver el negro fundido con naranja que la bañaba. Sus rasgos puntiagudos complementaban a la perfección esa imagen de perro de presa a la espera de las órdenes de su amo. Una cicatriz le dividía el labio superior en dos partes desiguales. Me dieron escalofríos.

—Sed bienvenidos a un nuevo Mensis. Que el alimento os sea propicio —sentenció Tadd.

En cuanto terminó de hablar, la multitud restante se abalanzó sobre la comida. Los animales más grandes fueron los primeros en ser devorados. Se escuchaban chasquidos, desgarros de piel y fuertes mordiscos. Alguien a mi derecha rompió la aleta del delfín sin vida tendido frente a nosotros y la masticó sin vacilar. A su lado, una joven despedazó y engulló sin apenas masticar los brazos de una estrella de mar. Animales sin cabeza, sangrantes, abiertos en canal eran consumidos con brutalidad y desesperación. El estómago se me subió a la garganta.

—Si no aceptas el alimento que te ofrecen, lo tomarán como un rechazo a su gratitud —susurró Dai cerca de mi oído.

Tenía intención de responder algo, lo que fuera. Quería decirle que no pretendía ofender a nadie, que simplemente era incapaz de comer algo sin vomitarlo en cuanto lo tragara, pero no podía hablar. Mi garganta estaba completamente cerrada, ya fuera para comer o para emitir cualquier sonido.

A pesar de ello, puse todo mi empeño y esfuerzo en, al menos, intentarlo. Pensar en cómo Mel se las había apañado para hacérmelo más fácil las veces anteriores me parecía tan lejano… Me apoyé en ese recuerdo y en el de las veces que me había advertido sobre las consecuencias de disgustar a la familia. Escogí el pez más pequeño que vi, le quité las escamas, la cola y lo desmenucé para llevármelo rápidamente a la boca.

Me concentré tanto en comer sin demostrar repulsión que casi no advertí la nueva figura que se acercaba cada vez más a nosotras. Cuando alcé la vista ya estaba a escasos metros, observando a la multitud.

Pelo rubio recogido en lo alto y adornado con abalorios. Muñecas vestidas con pulseras de distinto tamaño. Top oscuro ceñido al pecho y unido a una larga tela, que flotaba detrás como una capa sin capucha. Su color predominante era el negro y plateado, acompañado por el azul oscuro de la aleta y el tono blanquecino del final de las dos aletas laterales que le surgían de la cadera. Su majestuosidad era evidente y su elegancia, innegable. Aquella era Briseida.

Avanzó un poco entablando conversación con alguien de mi derecha. Yo miré a Dai y ella me devolvió una mirada cargada de fuerza. El momento se acercaba, lo podíamos notar.

Briseida hablaba con unos y con otros, hasta que, finalmente, se posicionó delante de nosotras con una evidente expresión de querer recibir explicaciones. Me miró fijamente antes de hablar.

—Querida Dahiria, ¿hay algo que me quieras contar? —preguntó dirigiendo su mirada a los ojos de Dai.

Su voz era aguda, demandante, muy calmada.

—Esperaba el momento adecuado para presentarla, señora —contestó ella igual de tranquila—. Ella es Tessa, una amiga que busca un clan en el que comenzar una nueva vida.

Sus ojos casi blancos se posaron de nuevo en mí. Repasé mentalmente todo lo aprendido sobre protocolo en cuestión de milésimas de segundo. Extendí lentamente mi muñeca para acercarla a su nariz. Suficientemente cerca como para que pudiera identificar mi olor, pero no tanto como para invadir su espacio personal. La distancia perfecta era muy específica.

—Es un placer conocerla —dije antes de inclinar la cabeza.

A pesar de los incómodos segundos de silencio, mantuve la mirada baja hasta que noté su mano bajo la mía. Su tacto era frío, no muy agradable. Acercó mi muñeca a su nariz un poco más, la olfateó ligeramente y luego la dejó caer. Una sonrisa suave se dibujó en sus labios.

—No es desagrado por tu presencia, sino interés por tu historia —habló sin perder la sonrisa—. ¿Cuáles son los motivos que te llevan a estar hoy aquí, querida Tessa?

Era el momento, había llegado. Me sentía preparada. Lo había repasado en mi memoria infinitas veces y estaba muy segura de todo lo que inventamos. Tres, dos, uno...

—Hace unos meses mis padres fallecieron en una trágica expedición mientras buscaban un nuevo lugar en el que cazar. Yo intenté sobrevivir por mis medios, pero, tras muchos fracasos, entendí que no lo lograría sola. Así que quise contactar con Melicertes, un buen amigo mío que tenía entendido que pertenecía a este clan. —Si su nombre la incomodaba, Briseida lo supo disimular muy bien—. Cuando vine a buscarlo, fui incapaz de dar con él. No recibí noticias por su parte y no tenía idea de dónde podía estar. Por suerte, en mi intento de localizarlo encontré a Dahiria. Fue ella quien me comentó que su madre Galena ya no vivía en el mismo lugar, así que supongo que Melicertes estará con ella. Mis intenciones no son otras que encontrar un nuevo hogar en el que vivir sin la preocupación constante del peligro, el hambre o la soledad.

Mi discurso salió redondo, perfecto. Sin errores ni momentos de duda. Fui capaz de decirlo todo sin olvidar nada y sonando muy segura de mis palabras. Me enorgullecí enormemente de mí misma.

—¿Cuál fue tu comunidad anterior? —preguntó Briseida.

—Atlántico del Este, señora —respondí sin dudar.

Ella se mantuvo pensativa.

—Me extraña que Ahnlua se negara a prestar ayuda a alguien de su pueblo.

Oh, no… No se nos había ocurrido que pudieran ser amigos de los líderes de otras comunidades. ¿Tanto se conocían? ¿Tenía sentido seguir con la misma mentira? Se me secó la boca de pronto. Busqué la mejor excusa que se me ocurrió.

—Me acobardé. Mis padres y yo siempre habíamos vivido separados de los demás. No tenía la relación ni la confianza suficiente como para pedir semejante ayuda por su parte. —¿Tenía sentido lo que había dicho? Esperaba que sí.

—¿Qué te hace pensar que nosotros sí cumpliríamos dicho favor contigo? Apenas llevamos un instante conversando. ¿Es esa suficiente confianza para pedirlo? —preguntó con una voz igual de sosegada que al principio. Esa calma me ponía mucho más nerviosa que si me hubiese gritado.

—No pretendo pedir favores, señora —respondí enseguida—. Estoy dispuesta a cumplir un acuerdo en el que yo pueda pagar por los beneficios que se me ofrezcan. Melicertes siempre me habló muy bien de su familia y de cómo cuidan a su pueblo. Por eso he tenido el atrevimiento de venir hasta aquí, como medida desesperada de supervivencia.

Briseida pareció dudar. Se mantuvo quieta, meditando mis palabras en silencio.

—¿Cuáles son tus habilidades? —preguntó.

Eso parecía el inicio de una negociación. Tenía que jugar bien mis cartas.

—Sé cazar —dije sin mentir. Mel me había enseñado lo básico.

De nuevo, su mirada penetrante sobre mí y su silencio pensativo.

—Muy bien —habló finalmente—. Colaborarás en la caza para el siguiente Mensis con nuestro equipo de cazadoras. Si resultas ser apta para ello, serás bienvenida en nuestro clan. De no cumplir con las expectativas, te reubicaremos en otra labor. Hasta entonces, Dahiria será tu instructora. Aprenderás de ella todo lo que estime necesario. Confío en que sabrá enseñarte las obligaciones y derechos de los miembros de nuestro pueblo.

—Así lo haré, señora —contestó Dai rápidamente.

Lo había conseguido… ¡Lo había conseguido! Briseida me creyó y me dio la oportunidad de trabajar para ellos. No tenía muy claro el siguiente paso que debía dar, ni cómo iba a lograr infiltrarme en su guarida, pero, al menos, la primera parte de nuestro plan ya estaba en marcha. Sentí la euforia apoderarse de mí. El tósigo me recorrió las venas como un relámpago.

—Me alegra que te emocione la idea, querida —dijo Briseida arrugando la nariz, con una mueca parecida a una sonrisa.

Esa reacción… ¿El perfume que desprendíamos se alteraba según nuestro estado emocional? ¿Acaso había podido oler mi efusividad? Recordé mi conversación con Mel acerca del tema.

«Las palabras e incluso los actos pueden mentir, nuestro aroma no. Por eso es tan importante para nosotros reconocernos así. Lo que identificamos con el olfato es la mayor verdad que podemos obtener del otro», dijo.

Aunque no me especificó que nuestro olor pudiera cambiar según lo que sintiéramos, sabiéndolo entonces, su discurso cobraba aún más sentido. Maldije mentalmente no haber caído en la cuenta antes.

Briseida se giró cuando una segunda figura se acercaba a nosotras desde su espalda.

—Una nueva hembra se presenta a cazadora. Ven a conocerla.

Supuse que sería Parténope, su hija. Aproveché que Briseida estaba de espaldas para mirar a Dai un segundo, quien me indicó en un rápido movimiento que debía relajarme o mi olor me delataría. Asentí y me giré de nuevo hacia delante.

—Su nombre es Tessa. —La joven se puso al lado de su madre mientras esta seguía hablando—. Ella es mi hija, Parténope.

La vestimenta larga que llevaba tapaba casi todo su cuerpo. Eso no impidió que viera perfectamente el color violáceo de sus escamas, los laterales color fucsia y también las líneas negras sobre su aleta. Llevaba el cabello oscuro recogido en un peinado bajo. Tenía la tez clara como la nieve y sus carnosos labios torcidos en una sonrisa.

Me estremecí.

No era la primera vez que veía esos ojos jade.

CAPÍTULO 10

La confusión

Me quedé mirándola atónita. No podía disimular mi asombro, mi absoluto desconcierto. ¿Cómo era posible que…? Recordé nuestro primer encuentro. Su actitud altiva, su conocimiento del espacio, conocer los nombres y ubicaciones de otras comunidades. Esa vestimenta cuidada, el peinado tan elaborado que llevaba, el aspecto impecable que lucía. Era pura lógica pensar que pertenecía a un alto cargo del clan. Pensar que formaba parte de la Orden no me habría sorprendido, pero eso… Eso sí que no me lo esperaba.

Mis ojos seguían fijos en los suyos, aunque estos solo me devolvían simpatía y dulzura.

—Me alegra saber que las líneas podrían aumentar. Sería un honor tener una cazadora más en nuestro clan —dijo. Su voz sonaba más dulce y amigable de lo que la recordaba.

Ella me observaba tranquila, como si realmente me acabara de conocer. Yo no podía decir lo mismo de mi manera de mirarla.

—¿Hay algo que necesites decirle a mi hija, querida Tessa? ¿O a mí? —preguntó Briseida con ese suave tono que me erizaba la piel.

Negué con la cabeza intentando olvidar el ridículo que había hecho al quedarme prendada del inolvidable verde de sus ojos. Me concentré en ocultar mis emociones para camuflar mi olor.

—Lo siento mucho, no suelo comportarme así. —Parténope me miraba extrañada, sin saber el porqué de mi actitud. Conecté una última vez con su mirada para enseguida bajarla de nuevo—. De dónde yo vengo no hay criaturas tan hermosas —dije sin pensar.

De todas las respuestas que me podía inventar, solo se me ocurrió decir que me había quedado cautivada con su belleza. A eso se le llamaba empezar con buen pie. Bravo, Tessa.

Parténope mostró una ligera sonrisa, sin ruborizarse. Briseida no perdió su siniestra calma. Me daba la impresión de que se debatía entre agradecerme el cumplido o lanzarme a los tiburones por el atrevimiento. Respiré tranquila cuando se unió a la sonrisa de su hija.

—Esperemos que mañana seas capaz de sobreponerte a tu admiración y logres entender sus palabras. Será ella quien te guíe y te enseñe nuestro territorio.

Nos dedicó un asentimiento de cabeza y siguió su camino para hablar con el resto de los miembros del clan antes de volver al lado del varón que parecía un perro de presa entrenado para matar. Parténope se quedó un momento más frente a nosotras.

—Un halago siempre es de agradecer, mas debo advertirte sobre mi madre, ¿Tessa? —preguntó dudando de mi nombre.

Asentí sin tener del todo claro si realmente era la misma chica del prado o me había confundido ante un parecido asombroso. Desde luego, era muy diferente a la que yo recordaba. Esta era más dulce, amable y cordial, nada que ver con la altanería de la otra. ¿Sería posible que realmente no fuera ella? Que se pareciera, y mucho, pero que fuera alguien completamente diferente.

—Yo que tú no abusaría de la adulación. Podrías ganarte su rechazo. Nos vemos mañana a primera hora. Una guardiana pasará a buscarte —dijo antes de seguir sin prisa por el mismo camino que su madre.

No, no. Debía ser la misma. Incluso había hablado como ella. Era una posibilidad remota, pero no encontraba una explicación lógica en la que Parténope y Helena no fueran la misma persona.

Lo que más me hacía dudar era que actuaba como si de verdad me acabara de conocer. Quizás veía muchos rostros a lo largo del día y el mío se le pudo perder entre sus recuerdos, aunque eso era incompatible con la idea de que tenían perfectamente controlados a todos los miembros del clan. Una cara nueva debía destacar como para acordarse de ella, ¿no? Era eso o que se acordaba perfectamente y era la reina del disimulo; una habilidad que, desde luego, yo necesitaba mejorar.

Cuando volvimos a quedarnos solas entre la multitud, Dai habló:

—Ha funcionado —dijo tan bajito que casi me lo pierdo.

Asentí suavizando mi entusiasmo para no delatarme. Manipulé lo que me quedaba de comida en las manos y simulé comerlo, sin ingerir nada más. Estaba nerviosa. ¿Briseida se había creído mi historia? ¿Tenía posibilidades de infiltrarme entre los Píamus? ¿Era buena idea todo lo que estábamos tramando? ¿Helena y Parténope eran la misma persona? ¿Conseguiría sacarle algo de información cuando me enseñara el territorio a la mañana siguiente? Sentía muchas cosas a la vez y todas potenciadas por el tósigo que me recorría el cuerpo. Necesitaba parar y asimilarlo todo porque iba a explotar.

—¿Cuánto dura el festival? —Deseaba irme y relajarme en ese hueco que Dai tenía por casa.

—Hasta que los Píamus así lo decidan. Suelen ponerle fin cuando todos han terminado de comer.

Me distraje observando mi alrededor. Tal como Dahiria me advirtió, algunos de los presentes estaban completamente desnudos. Algo que solo a mí me sorprendía, ya que no parecía importarle a nadie más. Varones y hembras, como ellos se denominaban, comían y charlaban entre sí sin prestar mayor atención a la vestimenta que llevaban. Su tranquilidad y su naturalidad frente a la situación me recondujeron el pensamiento hacia un camino distinto.

Cuando Mel me relató todo lo que ocurría en el clan, la maldad de los Píamus, las estrictas normas que debían seguir, las prohibiciones y manipulaciones que sufrían a diario… No imaginé que el resultado sería lo que estaba presenciando. Sus rostros relajados distaban mucho del miedo y la zozobra que pensaba que se respiraría en el ambiente. Parecían tranquilos, conformes con la vida que llevaban.

Si era sincera conmigo misma, la información que estaba recibiendo del clan, de la Orden y de los Píamus no parecía corroborar la versión de Mel. Tadd era un claro líder, Briseida se preocupó por saber de mí y me dio la oportunidad de entrar en su clan y Parténope —o Helena— se mostró dulce y educada ante una extraña como yo, además de ofrecerse a enseñarme el terreno. Claramente, todo estaba acompañado con un manto de absoluto respeto hacia esa familia, pero ¿solo por eso debía suponer que era malo? Todos allí parecían felices.

Para cuando sosegué mis pensamientos y volví a la realidad, casi todo el clan permanecía quieto después de haber comido hasta reventar. Apenas dos o tres de ellos sacaban los últimos resquicios aprovechables de las raspas que quedaban del banquete. Miré a Dahiria. Ella me hizo un leve asentimiento. Por fin el festival terminaba y podíamos guarecernos en su pequeña cueva. Llegando al fin de mi cuenta atrás mental, Tadd volvió a ocupar el centro del lugar frente a su pueblo.

—Los dioses nos han honrado y nosotros hemos cumplido con su honor. —De haber estado en una iglesia, su voz habría retumbado con un largo eco—. El alimento del Festival del Mensis ha terminado, mas, no por ello, nuestra generosidad y compasión llega a su fin. Fuera de este día también podéis contar con nuestra ayuda. Cuando la necesitéis, no tengáis reparo en hacérselo saber a una de nuestras guardianas. Ellas nos harán llegar vuestras peticiones y nosotros actuaremos. Siempre buscaremos el bienestar de nuestro pueblo, pues ese y no otro es nuestro cometido. No lo olvidéis.

Como al inicio del evento, todos hicieron una reverencia hacia Tadd. Cuando levantamos la cabeza de nuevo, los tres Píamus se juntaron y fueron escoltados en primer lugar por ese tipo tan sombrío que parecía un perro de presa. Por su comportamiento y su posición, parecía ser la mano derecha de la familia. Después de él, el resto de la Orden se perdió en la lejanía mientras el clan permanecía inmóvil.

Una vez que no quedó rastro de ellos, la multitud se dispersó. Pensé que todos volverían a sus hogares y, sin embargo, aunque algunos sí que se marcharon del ágora, me sorprendió comprobar que otros muchos permanecieron en la explanada y se agruparon en distintos núcleos para charlar. La idea de que reinaba más la conformidad que el miedo era cada vez más sólida.

Un varón con cierto aire parecido a Dahiria se acercó a nosotras.

—¡Dai! Te vi antes de empezar, pero ya no podía acercarme. —La abrazó desde atrás.

Ella se giró sobre sí misma y le devolvió el abrazo con alegría.

—Dudaba de si iba a poder asistir finalmente, por eso no te dije nada —contestó ella contra su cuello.

Esperé en mi sitio el momento adecuado para presentarme sin interrumpir. Poco a poco se separaron. Dai me invitó a acercarme.

—Tessa, este es mi hermano —dijo—. Alyrr, te presento a Tessa. Es una nueva amiga.

Presenté mi muñeca a la vez que él la suya. Al mirar hacia abajo para olfatearla vi el color dorado que cubría sus escamas. Estaba salpicado por pequeños lunares rojos salvo en la aleta, que mantenía un mismo tono amarillento. Alyrr olía fresco como su hermana, aunque no tenía el mismo toque dulzón. Más bien tiraba a cítrico, como una lima recién exprimida. Al levantar la vista me fijé en el rubio oscuro de su corta melena, un tono nada parecido al de Dai.

—Me alegra conocerte, Tessa —respondió sonriente.

—Igualmente, Alyrr. No sabía que tenías un hermano, Dahiria —comenté sincera.

—Admito que desde que me trasladé a mi propia madriguera hemos perdido un poco el contacto, pero sigo siendo su hermano, aunque ya no me nombre —dijo mirando divertido a su hermana.

—Apenas hemos tenido momentos de descanso. No ha habido ocasión para comentárselo —refutó Dahiria en el mismo tono divertido.

—Es cierto —intervine—. Además, en su defensa diré que ha tenido muy buena voluntad al acogerme cuando Mel no apareció —mencioné de nuevo parte de mi supuesto pasado—. La conocí cuando al llegar a la…

—¿Melicertes, el hijo de Galena? —me interrumpió Alyrr.

Me quedé helada por un momento. Me aterrorizó pensar que había dicho algo que no debiera. Apreté los labios un segundo y me esforcé en calmar mi olor.

—Sí, ¿lo conoces? —pregunté queriendo sonar casual.

El oscuro azul de sus ojos se volvió tenso, nada parecido a la dulzura de su hermana.

—Si me permites el consejo, es mejor que te alejes de él. —Acortó la distancia entre los dos—. Es perverso.

Dahiria puso los ojos en blanco cuando yo no podía ni parpadear.

—Hermano, la acabarás asustando. Mel es un buen amigo, lo sabes. Si sigues encerrado en el pasado, enfermarás.

—No quiero que vuelva a herirte, Dai. Ni a ti ni a nadie. Perdóname si quiero protegerte.

—Nadie va a hacerme daño —dijo ella con tono cansado, como si hubieran hablado de lo mismo decenas de veces.

—Alguien se moría de ganas de saludarte —comentó una voz femenina detrás de Alyrr.

Una hembra de cabello corto, rostro con rasgos redondeados y delicados y una sonrisa cansada se acercó con su bebé en los brazos. Dahiria fue rápidamente hacia ella. Le dio un sentido abrazo para después hacerle carantoñas al pequeño, que no dejaba de sonreír y balbucear. Se giró hacia mí y me indicó que me acercara.

—Ella es Tessa, una nueva amiga. Tessa, ella es Naiala, la pareja de mi hermano.

Por un momento dudé si en estos casos también debía ofrecer mi muñeca para ser olfateada y esperar a cambio la suya. ¿Cuando había bebés por medio se hacía igual? Levanté poco a poco el brazo, con margen para bajarlo sin quedar en ridículo en caso de error. La hembra aceptó gustosa mi aroma y me tendió su brazo libre.

Su olor era similar al de Alyrr, aunque no por naturaleza. Se notaba que estaban combinados. Supe entonces que las notas cítricas que había percibido en él no eran propias, sino el resultado de la combinación de ambos.

Una vez nos presentamos, me alejé para dejarles espacio suficiente a ella y al bebé.

—Él es Milas, nuestra cría —dijo Naiala cuando tomé distancia.

El pequeño se movía en los brazos de su madre mientras se metía un puñito en la boca. Era adorable.

—Es precioso —admití inconscientemente.

Durante un instante nos quedamos en silencio los cuatro, admirando la dulzura de esa cría y la sonrisa que nos brindaba al mirarnos. Inspiré el agradable aroma que flotaba en el ambiente y sonreí. Olían a familia, a protección, a serenidad.

Alyrr fue el primero en romper el silencio.

—Deberíamos irnos ya, es tarde —susurró antes de posar un beso en la frente de Naiala. Ella asintió y se cubrió el bostezo con una mano.

—Mañana pasaré por vuestra madriguera a visitaros —comentó Dai mientras los abrazaba.

—Encantado de conocerte, Tessa —dijo Alyrr.

Hizo una breve inclinación de cabeza, a la que respondí de igual manera.

—¿Vendrás mañana con Dai? —preguntó amable Naiala.

—Pasaré la mañana con Parténope, que me ha citado para enseñarme el territorio, pero estaré encantada de veros cuando termine —respondí sonriente.

Ambos congelaron su gesto por un instante. La hembra estrechó a su pequeño entre sus brazos inconscientemente.

—Cuando quieras. —La hembra forzó una sonrisa.

Inclinó la cabeza como despedida y ambos se marcharon.

—Nosotras también deberíamos volver. —Dahiria me sacó de mis pensamientos.

Asentí y la seguí.

El trayecto fue silencioso. No dejaba de darle vueltas a las reacciones que tuvieron, aunque de alguna forma conseguía una explicación si pensaba en el respeto que mostraban hacia sus líderes. La forma que tuvo Alyrr de hablar de Mel antes, en cambio… ¿Y si mis dudas sobre él tenían más sentido que el temor hacia los Píamus?

Cuando estuvimos refugiadas por las paredes arenosas de su cueva me atreví a indagar.

—¿Sería muy descortés preguntar por lo que tu hermano dijo antes? La forma en la que habló de Mel… —comenté nerviosa.

Dai mostró una media sonrisa coqueta, dulce.

—No, está bien. —Suspiró y comenzó—: Mi hermano es muy protector conmigo. Nuestros padres también murieron hace tiempo y fue él quien se ocupó de mí desde entonces. —Se me formó un nudo en la garganta al mencionar la supuesta muerte de mis padres. Mentir a alguien como Dahiria me hacía sentir una persona horrible—. Mel y yo hemos sido amigos desde antes de tener memoria. Siempre hemos estado el uno al lado del otro y nos hemos apoyado en cada momento de nuestra vida. Fue cuando teníamos unas ciento setenta lunas que nuestra relación cambió.

»Yo estaba profundamente enamorada de él. Lo sabía desde hacía tiempo, pero nunca me atreví a confesarle mis verdaderos sentimientos. Un día, simplemente, no pude aguantarlo más y se lo confesé. Estaba tan aterrada por si lo perdía… Pero resultó que él sentía lo mismo por mí. —Sonrió como Mel lo hacía al pensar en ella—. El tiempo que estuvimos juntos fue uno de los más dichosos que he vivido hasta ahora, sin duda. Posiblemente, el que más. Por desgracia mis miedos tenían razón y nuestra amistad empezó a verse perjudicada. —Su sonrisa se borró—. Cada vez nos costaba más encontrar un equilibrio entre nuestras vidas. Fue Mel el primero en verlo. Entendió que, de continuar así, podríamos llegar a hacernos mucho daño, e incluso acabar odiándonos. Escuchar de sus labios que lo mejor era separarnos fue duro, aunque lo peor fue admitir que, en el fondo de mi corazón, yo pensaba lo mismo.

Evitó mi mirada, como si estuviera hablando consigo misma y no conmigo. Me sentía una fisgona que cotilleaba dentro de su alma mientras ella abría su corazón de par en par.

—Mel se atrevió a anteponer nuestra amistad a todo lo demás y le estaré eternamente agradecida por eso. Aunque el dolor de nuestra separación fue muy real, al final mereció la pena. Los buenos momentos ganaron con creces cualquier sufrimiento que hubiera ocurrido después, a pesar de que mi hermano no lo vea así. Yo solo deseaba seguir teniendo a Mel a mi lado, de la manera que fuera, aun cuando eso me supusiese llamarlo amigo.

Me quedé en completo silencio, conmovida por su historia. Un amor tambaleante, imposible en ese momento. Puede que ocurriera siendo demasiado jóvenes y que para entonces su historia tomara un camino distinto. ¿Cuánto tiempo eran ciento setenta lunas?

—Quizás erais demasiado jóvenes. Habéis crecido desde entonces y sois más conscientes de la situación. Podría ser diferente ahora —dije queriendo saber su edad actual para hacer mis cuentas.

Dai soltó una risita cargada de nostalgia.

—Ahora sería aún más improbable que antes. Él debe permanecer alejado y yo tengo mi hogar aquí, nos debemos conformar con vernos a escondidas cada tanto. Si ese es el precio que tengo que pagar por mantenerlo en mi vida, entonces está bien. Así será hasta que los dioses decidan cambiar nuestra suerte.

A pesar de no conocer demasiado a Dai, el lenguaje corporal la delataba. Se había dado la vuelta para trastear en su lecho y se las apañaba para no mostrarme la cara. Respeté su espacio sin decir nada más.

Quitó algunas de las plantas y me las ofreció para apañarme una cama. Se lo agradecí con un suave apretón de manos y me tumbé en el otro lado de la cueva.

Dai no fue la única en acostarse con la mente revuelta. No podía relajarme con todo el ajetreo que había tenido, y más con el que tendría a partir del día siguiente. Pensar que Parténope iba a guiarme me provocaba demasiados nervios. Era tan distinta a la Helena del prado… ¿Y si Helena era su hermana gemela repudiada por la familia? ¿Era posible que fuera una rebelde? Los recuerdos que tenía de ella estaban llenos de clase, elegancia, altanería. Una rebelde no podía ser así, no tendría sentido.

También me rondaba la mente la historia que Dahiria me contó. Pensar en Mel tal como ella lo veía era realmente fácil: un chico alegre, preocupado por el bienestar de los demás, empático, cariñoso… Era agradable estar con él y había demostrado tener verdadera preocupación por mi seguridad y mi salud. Realmente, no dudaba de sus actos, pero siempre acababa pensando que sus verdaderas intenciones aún eran algo misteriosas.

¡Dios! Dudar todo el tiempo de todo el mundo era tremendamente agotador. Si días atrás decidí confiar plenamente en él, así lo seguiría haciendo. Estaba harta de tener que mantener la alerta encendida y a todo volumen en mi cabeza. Además, a pesar de tener la sensación de que el Festival del Mensis era distinto a como lo imaginaba, si lo meditaba bien, no estaba tan alejado de cómo él me lo describió. Lo que hizo fue advertirme de su doble cara; que hasta entonces solo hubiese conocido la cara agradable no tenía por qué desmentir la maldad que existía en ellos.

¿Y si le pedía una reunión en la roca de encuentro? Hablar con Mel me podría ayudar mucho a disipar dudas. Confesarle mis primeras impresiones y observar su reacción al oírme. La idea me atraía. Se lo comentaría a Dahiria a la mañana siguiente.

Al amanecer, Dai estaba amontonando varias prendas de vestir en sus brazos. Cuando me escuchó desperezarme, me miró preocupada.

—¿Te he despertado?

Negué lentamente mientras me incorporaba.

—No.

Su gesto se relajó. Dejó las prendas sobre su lecho y se acercó.

—Has estado muy inquieta toda la noche. Quería ayudarte, pero no sabía cómo. ¿Has podido descansar bien?

Me acarició el dorso de la mano.

—Más o menos. —Me encogí de hombros—. Siento haberte preocupado.

—No, no pasa nada. Estoy aquí para eso. —Me sonrió amable—. Un cambio de hogar nunca es fácil.

Inspiré profundamente un par de veces y le sonreí de vuelta, con la mente un poco más despejada.

—Gracias, Dai. Eres un ángel. —La miré a los ojos y ensanché mi sonrisa.

Ella me miró extrañada.

—¿Qué es un ángel?

«Ups…».

—Es una palabra que tenía con mi familia. Es… es algo positivo. Quiere decir que eres una persona muy buena —me justifiqué rápidamente.

—Oh… Gracias. —Me devolvió una sonrisa sincera.

Estaba claro que teníamos vocabulario diferente. Más me valía tener cuidado con lo que decía si no quería desentonar en esa nueva sociedad.

—Tengo que irme. Aynza espera estas vestiduras. —Dai recogió las prendas que había dejado y se acercó a la salida. Me fijé en el aro de algas trenzadas que esa mañana le decoraba el inicio de la aleta—. Si no me encuentras aquí cuando vuelvas, seguramente estaré en la madriguera de mi hermano. Nos vemos luego, Tessa. Suerte.

Me dedicó una última sonrisa antes de irse. Cuando lo hizo, necesité tomarme un momento antes de marcharme.

«Entra limpia, sale turbia. Entra limpia, sale turbia».

En cuanto la claridad del sol bañó mi piel fuera de la cueva, la guardiana que parecía estar custodiando la entrada desde hacía rato me invitó a acompañarla. No dijo nada. Yo tampoco.

Me guio hasta los arcos de entrada del ágora, me indicó que esperase ahí y se alejó para volver a la zona residencial. Estaba sola en medio de una plaza llena de hembras y varones que paseaban despreocupadamente. Ni rastro de Parténope, ni de Dahiria, ni de la guardiana.

«Entra limpia, sale turbia. Entra limpia, sale turbia».

Cuando respiré hondo tantas veces que empezaba a marearme, Parténope apareció acompañada de dos guardianas.

Su apariencia era más informal que la noche anterior. Vestía un top rosa que le dejaba los brazos y la cintura al descubierto, tenía el pelo recogido de forma más casual y su aleta estaba decorada por un aro verde con florecillas blancas.

Se acercó y me sonrió.

—¿Lista para conocer a nuestro clan?

CAPÍTULO 11

El clan

Parténope cogió la delantera y avanzó unos pocos metros.

—Como pudiste ver ayer en el Festival del Mensis, este es el ágora, el epicentro de nuestro territorio, lugar de reuniones, de placer y de labores. Es nuestro centro neurálgico.

Me estaba fijando más en su tono de voz que en sus palabras. Me costaba concentrarme en lo que decía cuando solo pensaba en averiguar su verdadera identidad. La forma de sus labios, el timbre de su voz, el inconfundible color de sus ojos… ¿Podía haber dos personas tan parecidas? ¿Podía tener un mismo individuo dos personalidades tan diferentes? No sabía qué pensar.

Me miró expectante.

—¿Algo que quieras preguntar? —dijo con voz suave.

Salí de mi sopor mental y pregunté lo primero que se me vino a la cabeza.

—¿Cuántas labores hay?

—Las principales son la caza, la seguridad, la crianza y la comunicación con la Orden. También tenemos vestiduras, decoraciones, consejo y medicina, aunque esta última solo se desarrolla en la Guarida —dijo de carrerilla, como un discurso aprendido de memoria—. Si alguna vez necesitas algún ungüento, no tienes más que comunicarte con una guardiana. Ellas se encargarán de hacértelo llegar.

Asentí y le seguí el paso cuando avanzó por la explanada.

Observé un corro de unas seis o siete nereidas adultas a nuestra derecha, que charlaban animadamente mientras los más pequeños jugaban a su alrededor. Había bebés que aún se alimentaban del pecho de sus madres, pequeños que rehusaban abandonar los brazos de sus padres y otros más crecidos que atravesaban el corro de un lado a otro jugando y riendo entre ellos. Parecía una guardería, o un campamento de verano para pequeños. Era enternecedor.

—Aquí están los que cuidan de las crías y se ocupan de sus primeros años de vida. Se encargan del cuidado, la seguridad y la alimentación de todas las crías del clan. Siempre se mantienen en grupo con, al menos, dos guardianas cerca —explicó en el mismo tono formador que antes.

Una de las hembras advirtió nuestra presencia y dedicó una inclinación de cabeza a Parténope. Ella asintió en respuesta. Después, el resto del grupo la miró y se desencadenaron dos tipos de reacciones. La mitad sonrió e inclinó la cabeza con suavidad, mientras que los otros se tensionaron y la inclinaron con más ahínco. La joven Píamus mantuvo su sonrisa protocolaria y me señaló el extremo contrario de la explanada.

Sus manos, sus anillos, la forma de moverse…

—Allí, los ancianos se reúnen para compartir historias, hablar de tradiciones y discutir sobre las nuevas costumbres. Son los eruditos del clan, muy queridos y respetados.

Esa vez se acercó a ellos.

—Buenos días, mi señora —habló uno.

Todos se giraron y le dedicaron una inclinación.

—Buenos días, Hertis. ¿Todo bien?

—Todo magnífico, mi señora. Como siempre —respondió el mismo varón.

El grupo asintió de acuerdo. Parecían tranquilos con su presencia. Todos, menos una hembra de pelo corto y escamas de color añil apagado, que se petrificó en cuanto la vio. El varón de su izquierda quiso ser disimulado cuando le agarró la mano para reconfortarla, pero era demasiado evidente. Se movió para esconder la aleta detrás del cuerpo. Antes de que lo hiciera logré ver que le faltaba la mitad de su parte izquierda: lo que debía ser una esquina bien delimitada, era una forma redonda y deshilachada.

El corazón se me paró un instante. Eso no era una herida cualquiera, era una cicatriz muy mal curada. ¿Qué clase de accidente tuvo para acabar así? ¿Acaso Mel tenía razón cuando habló de mutilaciones…?

Parténope se despidió de ellos y siguió el camino hacia la zona residencial. Antes de llegar, se desvió a la derecha.

Me moría de ganas de hacerle preguntas por las que temía perder media aleta. El deseo que tenía de obtener respuestas se tradujo en un espesor en mi aroma, podía sentirlo. Las dos guardianas que la acompañaban nos seguían muy de cerca, lo que no ayudaba mucho a mi ansiedad. Me conformé con relajarme lo suficiente como para seguirle el ritmo sin exponer mis nervios.

Llegamos a un extenso y bajo monte de roca porosa que tenía varios puntos de entrada. La vegetación que lo decoraba me daba a entender que estaba puesta ahí por decisión y no por azar de la naturaleza. Una hembra de aspecto instruido y sabio salió por uno de los huecos.

—Aynza es la encargada principal de las vestiduras. Es quien supervisa y decide qué prendas se aceptan. Las perfecciona, las clasifica y después las pone a disposición del pueblo.

Ese debía de ser el lugar de trabajo de Dai. Me sorprendió ver que la jefa de las labores de vestuario iba totalmente desnuda. Se apartó de la entrada para dejar pasar a tres varones muy jóvenes que salían con las manos llenas de pequeños objetos.

—También se ocupan de las manualidades y los pequeños enseres. Crean decoraciones para el cuerpo y para las vestiduras, además de utensilios variados.

—¿Son ellos los que crean las armas para cazar?

Me costaba estar pendiente de su charla cuando seguía focalizada en encontrar el momento idóneo para preguntarle sobre Helena, pero me esforzaba por parecer interesada en la labor que me asignaron como cazadora.

Parténope me miró con un toque de alerta.

—Por supuesto que no. Las cazadoras son provistas de lo necesario los días previos al Festival del Mensis, luego devuelven todo a la Guarida. Solo las guardianas tienen permitido llevar armas el resto del tiempo.

—Claro, claro —respondí asustada por si la había pifiado.

Parténope cambió el gesto a uno más relajado, eso me tranquilizó.

Dai salió de la roca porosa junto con otra hembra, con la que iba charlando animadamente. En las manos llevaba una de las tres prendas con las que salió de la cueva por la mañana. Los tres jóvenes de delante se pararon a despedirse de ella antes de marcharse. La encargada, Aynza, también le dedicó una sonrisa antes de volver a entrar. Cuando advirtió nuestra presencia, nos miró con gesto amable e inclinó la cabeza.

—Solo te queda por conocer el lugar de culto a los Dioses. —Reanudó la marcha.

El precioso color de sus escamas, la forma de su cintura, su posición natural…

No aguantaba más, tenía que averiguarlo. Buscaba la mejor estrategia para llegar a la pregunta que realmente quería hacerle, pero no sabía cómo empezar. Nos estábamos acercando al último destino de la visita y empecé a desesperarme.

—¿Puedo hacerte una pregunta? —No fue la mejor forma, pero así ganaba tiempo para encontrar las palabras.

Me miró y me dedicó una de esas sonrisas protocolarias que parecían vacías.

—Claro.

Estábamos pasando por la zona más residencial, donde se encontraban casi todas las guaridas.

—¿Siempre haces tú las visitas a los nuevos integrantes?

Su sonrisa parecía un poco más natural.

—Es bastante inusual tener incorporaciones al clan. Eres la primera en mucho tiempo que viene de fuera y me pareció correcto ser yo quien te enseñara nuestro territorio —respondió tranquila.

Mi cabeza explotaba. ¿Cómo podía ser esa chica amable y servicial la misma que vi en el prado? Era cierto que tenían un increíble parecido, y que las dos hablaban con una soberanía muy poco común, pero eran tan distintas… Helena era desconfiada, altanera y competitiva. Parténope denotaba aplomo, tranquilidad, cortesía. Además, si tenía algo que ocultar, ¿qué sentido tendría que se hubiera ofrecido a hacerme ese tour? Era ilógico.

Dejamos las guaridas y las madrigueras atrás y avanzamos hacia una zona más despoblada.

Seguía sin encontrar la forma ni la valentía de preguntar.

—De camino a encontrarme con Dahiria para el festival, pasé por un prado que parecía inhabitado. Era bastante extenso y cercano a la superficie. ¿Ese sitio forma parte también de vuestro territorio? —dije mientras llegábamos.

Un enorme surco en el fondo suponía el perímetro delimitado de un espacio que parecía dedicado a la oración, como un anfiteatro natural.

Parténope pareció pensárselo bien antes de responder en voz baja.

—Nunca he estado en un sitio así, pero creo saber a cuál te refieres. Mi familia lidera toda la zona mediterránea, incluida Liguria. Si no me equivoco, hay una pradera así pasado el ágora.

Un murmullo suave y casi hipnótico rellenaba el silencio del lugar. Ancianos, mayores y jóvenes estaban dispuestos de forma alterna susurrando sus oraciones con los ojos cerrados.

«… ahora que mi hermana está curada hago la promesa de…», «… y por tan atentos líderes que nos cuidan y nos protegen…», «Queridos dioses, quiero empezar agradeciendo la comida que…», «… proteged y velad por mi familia, que se mantenga unida y no…», «… gracias por salvarlo, gracias por permitir que volviera…».

Parténope los observaba pensativa. Pasado un rato me miró y cambió la seriedad por la sonrisa formal. Con un movimiento de cabeza me indicó que la siguiera. Nos alejamos de allí para volver sobre nuestros pasos. En mi cabeza escuché el tictac de una cuenta atrás. Gasté la última bala que se me ocurrió.

—Gracias por tomarte la molestia de enseñarme todo. Eres muy amable, Helena.

Se acabó, ya estaba dicho. Si perdía mi aleta o mi dignidad por ello, me lo habría ganado a pulso, pero al menos así obtendría mi ansiada respuesta.

Contrario a lo que me esperaba, no hubo enfado, amenazas ni mutilaciones. Reaccionó apenas con una mueca de confusión.

—¿Helena?

Aunque la inocencia de su gesto me daba a entender que me había equivocado sin duda alguna, no me di por vencida. Total, ya me había condenado yo solita.

—Quiero decir, Parténope. Es que en ese prado conocí a tu hermana y sois tan parecidas que me he enredado con los nombres, perdona.

El corazón se me quería salir del pecho. Mi olor debía de estar delatándome a gritos a esas alturas, pero no sabía cómo detenerlo. A pesar de mi claro estado de nerviosismo, su expresión relajada no cambiaba. Su desconcierto ganó incluso un toque de diversión.

—Te has debido confundir. Yo no tengo ninguna hermana.

Reanudó la marcha y se aproximó al centro del ágora a paso lento. Parecía que me iba a dar algo, mientras que esa chica guardaba toda la calma del mundo. ¿Y si realmente me había confundido? ¿Y si no era más que un parecido asombroso con una rebelde que vivía de forma aislada? O quizás sí eran hermanas, pero ni ella misma lo sabía. A lo mejor me había metido en un asunto familiar delicado sin darme cuenta.

Suponiendo que la joven Píamus y la solitaria realmente no tuvieran conexión alguna, ¿de dónde salía ese parecido entonces?

Cuando empecé a dudar de mi propia memoria y barajé la posibilidad de haberme inventado la existencia de esa chica, Parténope se detuvo en los arcos de entrada.

—Ha sido un placer acompañarte, Tessa. Espero que logres encontrar entre nosotros un nuevo hogar. Si necesitas algo, le puedes pedir a una guardiana o a un informante que nos haga llegar tu petición. —Las guardianas que nos acompañaron todo el camino se posicionaron detrás de ella—. Nos vemos en el siguiente Festival del Mensis.

Me sonrió por última vez y desapareció junto a sus guardaespaldas a través de los arcos de entrada.

—¿Tú qué opinas? —pregunté mirándola a los ojos—. ¿Crees en su inocencia y buena fe o sospechas de un lado oculto?

Dahiria y yo estábamos hablando en su guarida, a salvo de oídos indeseados. Parténope se había ido hacía ya un buen rato. La obsesión por entender de dónde salió Helena me hizo perder la noción del tiempo. Solo despejé la mente cuando Dai regresó al terminar sus labores del día.

Se quedó callada unos segundos antes de contestar a mi pregunta. Meditó bien qué decir.

—Creo que es difícil sospechar de algo que no ves. Briseida puede parecer un poco arisca, pero se preocupa por nosotros, y Tadd es muy querido. Siempre tiene buenas palabras y consejos para quien se lo pide. Imagino que Mel te habrá contado las cosas horribles que cree que han hecho, que algo muy oscuro se esconde tras ellos. Pero es su odio quien habla, y así es difícil que sea objetivo —respondió sincera, sin inquina. Paró de trenzar una de las esquinas de la prenda que tenía en las manos y se mantuvo pensativa—. Además, aunque así fuera, es cierto que la vida en el clan es segura y tranquila. Las cosas nunca son blancas o negras.

Si algo me había propuesto a lo largo de mi vida, era no tomar por verdad absoluta un único punto de vista. A pesar de que encontrarme con una realidad diferente lo complicaba, de veras deseaba confiar en Mel. Su discurso sonaba algo retorcido, sí, pero también podía comprenderlo. Al fin y al cabo, los Píamus le habían arrebatado a su madre, era lógico que los tuviera crucificados. Además, yo misma pude comprobar que, aunque la mayoría parecía de acuerdo con su forma de vivir, los que tenían miedo no eran casos aislados. Pensar que tenían una parte sanguinaria oculta no me parecía tanta locura después de ver la aleta mal cicatrizada de esa anciana.

Mutilaciones, miedo, clan, desconfianza, Orden, Píamus, Helena…

—Necesito dar un paseo —pedí suplicante.

Dahiria me miró apenada.

—Debo entregar esta prenda arreglada mañana a primera hora, y tengo aún bastante trabajo por hacer. Lo siento.

—No te preocupes, tampoco quiero distraerte de tus labores —respondí desanimada.

Me habría encantado tener la templanza de aceptarlo y quedarme, pero me conocía lo suficiente como para saber que eso solo me llevaría a irritarme y acabar en un ataque de ira ante la primera tontería que pasase. Era solo cuestión de tiempo que ocurriera. Necesitaba despejarme sí o sí.

Me incorporé y me acerqué a la salida.

—Me vendrá bien salir un rato, no quiero pasar otra noche despertándote por mis preocupaciones. Estaré de vuelta antes de que anochezca del todo, lo prometo —dije sin darle mucho tiempo a replicar.

Estaba ya saliendo cuando habló por última vez.

—Ten cuidado, Tessa. No te alejes del ágora.

A pesar de mantener la suavidad en el tono de voz, sonó a una seria advertencia. Sin decir nada más, salí de ahí.

Empecé visitando la explanada central. Apenas había ya presencia del clan, casi todo el mundo estaba recogido en sus respectivas cuevas y guaridas. Me gustaba el término «madriguera» para referirse a un hogar con crías. Sonaba protector, familiar. Pensé en el bebé del hermano de Dahiria, el pequeño Milas, con su mirada inocente y su aroma fresco. Si se atrevían a traer crías al clan, sería porque la vida tenía sentido bajo el mandato de los Píamus, ¿no?

Mel y su odio, Dahiria y su confianza. ¿Quién tenía razón de los dos? ¿Ambos?

Por mucho que lo intenté evitar, los ojos del verde más bonito que había visto en mi vida acabaron colándose entre las rendijas de mi muro mental para ocupar mi pensamiento durante largo rato. No tenía suficiente con volverme loca de incertidumbre, también tenía que recordar la belleza inhumana que tenía esa chica. Las dos, en realidad.

Pasé de pensar en su hermosura a hacerlo en su forma protocolaria de actuar, de ahí a las reacciones temerosas ante su presencia y terminé en el murmullo de oraciones del anfiteatro. Yo no tenía dioses a los que rezar, pero sí buscaba esa serenidad de los devotos. A lo mejor allí lograba encontrar algo de paz.

Atravesé la zona residencial y seguí hasta encontrar ese enorme surco en la arena que en ese momento se encontraba vacío. Me alegró comprobar que estaba sola.

Me acomodé en un lateral, llené hondo los pulmones y los vacié poco a poco. Lo hice varias veces, hasta notar que mi cuerpo empezaba a relajarse. Dejé de pensar por un instante, solo respiré. Escuchaba ruidos a lo lejos, notaba diferentes olores en el ambiente, sentía la arena bajo mis escamas. Seguí respirando hondo. A mi izquierda vi una roca saliente. Me acerqué y apoyé la espalda ahí. Eché la cabeza hacia atrás y volví a inspirar profundo. Comenzaba a calmarme cuando percibí un fuerte aroma. Era un olor intenso, intencionalmente suavizado. Como un café endulzado con miel y vainilla. Embriagador, hipnótico, penetrante. Habría jurado haberlo olido antes.

Sin darme tiempo a abrir los ojos, alguien me estampó contra la roca que tenía detrás y me aprisionó poniéndome el brazo debajo del cuello. No tenía escapatoria. Abrí los ojos de golpe. Acercó su rostro al mío hasta que sentí su aliento sobre mis labios.

—Si hablas, estás muerta. —Masticó cada sílaba.

Parténope me miraba con rabia, convirtiendo el penetrante verdor de sus ojos en una amenaza, que me hizo temblar. Su voz era grave, desesperada. Un escalofrío me recorrió el cuerpo.

Me mantuvo la mirada un solo instante. Tan rápido como apareció se dio la vuelta y se perdió en la lejanía. Me quedé petrificada de todas las formas posibles.

Si albergaba dudas de su auténtica identidad, ella misma las había confirmado.

Parténope era Helena, Helena era Parténope.

Si no hubiese sido por la parte enrojecida de mi cuello, habría pensado que ese abordaje había sido producto de mi imaginación. Me pasé la mano por encima del pecho, acariciando la zona afectada. Helena me había considerado una amenaza.

Tardé unos cuantos segundos en recuperar el sentido de la realidad. Era tarde y le había prometido a Dahiria que volvería antes del anochecer. Me puse en marcha antes de dejarme consumir más por el miedo.

Estaba dudosa de si contarle o no a Dai lo sucedido. Si se lo decía, corría el riesgo de que me creyera y alterase su vida en el clan, pero si no me creía me tomaría por loca y no confiaría en mí. Las dudas se me despejaron al entrar y ver su gesto de preocupación.

—Tessa, ¿estás bien?

Vino hacia mí y me acarició suavemente debajo del cuello. La marca que me había dejado Helena era cada vez más visible.

—Sí, es que me he raspado con una roca viniendo hacia aquí. Con la oscuridad no la he visto y me he chocado de frente —mentí con naturalidad.

Las palabras salieron solas de mi boca, como si algo dentro de mí necesitase callarse esa información y no me hubiera dado la opción de confesar.

Dahiria rebuscó entre sus cosas y sacó una bolsa hecha de algas trenzadas que contenía un emplasto verdoso. Lo abrió y me esparció un poco de ese potingue sobre la piel dañada.

—Mañana estarás mejor, ya verás.

Me sonrió y guardó la bolsa.

Mi instinto me pidió de alguna forma no hablar con Dai sobre Helena, pero mis dudas me estaban asfixiando. Si no podía hablar con ella sobre eso, lo haría con quien sabía que me creería.

—Dai, ¿sería posible vernos con Mel?

Se lo pensó un segundo, pero no tardó en mostrarse reacia ante la idea.

—Salir del ágora sin ser vistas por las guardianas es complicado. Si nos descubren podrían llevarnos ante la Orden. Es arriesgado.

—Lo sé —contesté, mostrándole mi determinación.

Me repateaba presionarla, pero de verdad que tenía que contarle a alguien lo que me había pasado. La oscuridad de los Píamus era más real de lo que esperaba. Nuestra idea de infiltrarnos, buscarlos y huir ganó mucho más apremio ahora que conocía el secreto de Parténope. Necesitábamos encontrar con urgencia la forma de poner en práctica nuestro plan.

—Si lo deseas puedo ir yo —dijo dubitativa—. Estoy más acostumbrada y puedo pasar desapercibida más fácilmente. Le dejaré un mensaje para vernos mañana.

La idea de quedarme sola y arriesgarme a toparme con quien no debía, la de agobiarme y perderme al salir en su búsqueda y la posibilidad de encontrarnos a Mel directamente allí sumaron puntos hasta hacerme negar su propuesta.

—Si te soy sincera, Dai, prefiero que vayamos las dos.

Suspiró.

—No es tarea fácil, Tessa.

—Lo sé —repetí un poco más desanimada.

Nos miramos preocupadas, conscientes de las inquietudes de la otra, analizando los riesgos que correríamos. Al final, su corazón fue más grande que sus reservas.

—Saldremos mañana antes del amanecer.

Helena protagonizó mis sueños esa noche. Soñé con su mirada penetrante, su piel de porcelana, sus labios carnosos, su aroma embriagador, su voz hipnótica. Reviví su amenaza, su miedo, el lado altivo con el que la conocí y el lado dulce que fingió tras el Festival. Ella me miraba con rabia. Cada vez que parpadeaba, más lágrimas aparecían en las comisuras de sus ojos. La sentí vulnerable, como si necesitara algo de mí.

Dahiria me despertó zarandeándome suavemente. Estaba a punto de amanecer y debíamos darnos prisa. Conecté con la realidad lo más rápido que pude y me incorporé.

Tenía mucha razón cuando dijo que sería tremendamente difícil evitar a las guardianas. Tuvimos que probar cruzando el ágora, volvimos sobre el camino, pasamos por la zona residencial un par de veces y, luego, lo intentamos de nuevo por el anfiteatro de culto a los dioses. Nos costó unos seis intentos por seis sitios distintos asegurarnos de no ser vistas saliendo sin permiso para ir al punto de encuentro con Mel.

Mis esperanzas de verlo allí eran pequeñas, pero latían con fuerza. Esperé impaciente mientras Dai pintaba los símbolos. Miré a todos lados, buscando a Mel o cualquier amenaza. Cuando el mensaje estuvo escrito, le pedí esperar unos instantes más a ver si él venía, pero fue inútil.

—Mañana nos reuniremos con él, no te preocupes. —Dai mantenía la sonrisa que tanto la caracterizaba—. Deberíamos volver al ágora antes de que sea más tarde. Alguien podría notar nuestra ausencia.

Asentí, convenciéndome de que era lo mejor. Permanecer allí era peligroso. Cuanto más tiempo esperásemos, más posibilidades teníamos de encontrarnos a Mel, pero también de que una guardiana nos viese e informara a los Píamus de nuestra falta.

Sin perder más tiempo nos pusimos en marcha y retrocedimos por el mismo camino que hicimos a la ida. Apenas estaba amaneciendo cuando una guardiana se puso frente a nosotras para impedirnos el paso antes de llegar al ágora. Bastó una sola frase por su parte para darnos cuenta de que sí habíamos sido vistas.

—Briseida quiere veros.

CAPÍTULO 12

Los Píamus

Nos quisieron convencer de que ponernos una especie de pañuelo para taparnos los ojos y la nariz era cuestión de seguridad, aunque no se molestaron en aclarar que no era por la nuestra, sino por la de la Orden.

Nos echamos una última mirada angustiada antes de ser privadas de nuestros sentidos. No podía ver a Dahiria, tampoco olerla. Pensar que estaba a mi lado durante el camino que nos hicieron recorrer era una cuestión de fe.

Tardamos lo que me pareció una eternidad en llegar. El agarre sobre mis hombros cedió y me bajaron la venda hasta la nariz, privándome aún del olfato. Me tranquilizó comprobar que Dai estaba a mi lado. Poco me duró la calma, pues enseguida apareció Briseida frente a nosotras con esa expresión serena que tanto me erizaba la piel.

—Querida Tessa, esta mañana mandé llamarte para preguntar por tu estado después de vivir tu primer Mensis con nosotros. Quería saber si pasaste buena noche, si te estabas adaptando bien a nuestras costumbres, si mi hija te había resuelto las dudas. Si Dahiria te estaba instruyendo correctamente. —Se paseó muy lentamente delante de nosotras—. Sorpresa la mía cuando recibo de mis guardianas la noticia de que no estabais en la morada de Dahiria, ni tampoco en el ágora o sus alrededores.

—Señora, yo… —empecé a hablar. Su expresión me hizo callar de golpe.

—No he terminado. —Sus ojos níveos se posaron sobre los míos—. Mi problema no es contigo, querida Tessa. Entiendo que eres nueva. De ti no espero que conozcas nuestras normas y responsabilidades como podría hacerlo alguien que pertenece a este clan desde su nacimiento. —Dirigió su mirada hacia Dahiria—. Creí que pondrías al tanto a la nueva cazadora de los peligros que supone explorar sin supervisión. Nuestro territorio es seguro, aquí gozáis de protección. Fuera de nuestras fronteras no podemos asegurar vuestra supervivencia. Por eso resulta de vital importancia pedir la asistencia de una guardiana cada vez que se desee visitar lugares nuevos. Dahiria, tú lo sabes. Me consterna comprobar que no te importa la vida de Tessa. Arriesgar su seguridad así... —Hablaba lento, completamente segura de sí misma, sin alterarse—. ¿Puedo saber cuáles eran vuestros propósitos para encontraros fuera del territorio seguro?

Me adelanté a Dai.

—Fue por mi culpa, señora. Yo le pedí a Dahiria salir a examinar el terreno de las afueras. —Vi en sus ojos que quería rebatir mi discurso y echarse la culpa a sí misma. No lo permití—. Estaba tan agradecida por la oportunidad que me disteis de ser una nueva cazadora para el clan que no pude esperar a encontrar una buena pieza que traeros para demostraros mi gratitud. —Mi capacidad de improvisación me sorprendió—. Al poco de despertar quise hacerlo, y Dahiria me advirtió del posible peligro, pero estaba tan obstinada en cumplir con el honor que me habíais concedido que quise salir sola. Ella no lo aceptó y por eso acabó acompañándome. Es por mí y no por ella que salimos, señora. Lo lamento.

Se quedó largo rato mirándome sin demostrar ninguna emoción. Respiré todo lo lento que pude para ocultar mis nervios.

—¿Es eso cierto, Dahiria? —preguntó sin alzar la voz.

Dai me miró y supo que no tenía otra opción. Era preferible que corroborara mi historia a admitir que habíamos mentido.

—Sí, señora.

De nuevo, silencio. De nuevo, el blanco de sus ojos sobre mí.

—Debo deducir entonces que el problema reside en la falta de comprensión de Tessa. —¿Me acababa de llamar tonta?—. Dahiria intentó avisarte, mas tú no quisiste escuchar. Por fortuna para las dos, nada malo os ha ocurrido. Puede que la próxima vez no tengáis esa suerte. —Su voz sonó un poco más comprensiva, amable. Se mantuvo pensativa unos instantes antes de continuar—. Lo mejor será que vengas con nosotros, Tessa. Me encargaré personalmente de tu instrucción.

La sangre se me congeló. Era toda una declaración de intenciones. Iban a llevarme a la Guarida y retenerme allí a saber cuánto tiempo. Estaba a punto de pasar por la misma suerte que Galena. No podía ser, no...

—Con todo el respeto, señora, pero no quisiera molestar. Dahiria ha hecho un buen trabajo. He sido yo la que no ha sabido entender la importancia de sus palabras. No volverá a ocurrir.

Temí que mi olor me delatara, pero estaba desesperada. Briseida se limitó a sonreír.

—No era una sugerencia.

Cuando volvieron a quitarme la venda de los ojos para dejarla sobre mi nariz, lo primero que vi fue el rostro de Helena. Dai ya no estaba a mi lado y me acompañaban dos guardianas, una a cada lado. Briseida estaba delante de mí. Ella seguía avanzando cuando nos paramos.

—Madre, ¿qué hace la nueva cazadora aquí? —preguntó. Si quería ocultar su nerviosismo, no estaba haciendo muy buen trabajo.

Ella ignoró a su hija.

—Quitadle la bandana y limpiadla.

Las guardianas de mi lado asintieron. El varón se quedó conmigo y la hembra se fue a por algo para quitarme la capa viscosa con la que me habían cubierto antes de entrar a la enorme cueva de los Píamus.

—No —ordenó Parténope—. Antes necesito hablar con mi madre —dijo alzando la mano para detener al varón.

Briseida miró a su hija con un indicio de ira. Ella no se lo pensó y tiró de su madre para llevarla a otro recoveco en el que poder hablar con ella sin que yo oyese nada. Mis lágrimas seguían mezclándose con el ambiente. Nadie parecía darse cuenta de ello, menos mal.

Cuando la hembra guardiana volvió, el que permaneció a mi lado le indicó que esperase para actuar, tal como pidió Helena. Me mantuve quieta, agradecida de estar cubierta de algo que tapaba mi olor. Así nadie sabría del pánico que me recorría el cuerpo. En el silencio se oyeron dos gritos:

—¡La quiero fuera de aquí! —chilló ella.

—Soy yo quien decide —respondió Briseida.

El varón tan siniestro que acompañó a la familia durante el Mensis apareció frente a nosotros. Al volver, Helena se quedó detrás de su madre. La rabia de su mirada no me resultaba desconocida. Sus ojos eran iguales que la noche anterior, llenos de cólera desesperada. El varón la miró fijamente.

—¿Todo bien, mi señora? —preguntó en voz baja y mirando a Briseida.

Esta asintió e hizo un movimiento con la mano hacia las guardianas. Ellas me quitaron la venda y me pasaron una esponja por el cuerpo. La delicadeza brillaba por su ausencia. La esponja rascaba mucho y la venda me había dejado marca de haber estado tan apretada. Me sentí manoseada, sin voluntad, sin opinión. Como un objeto que hay que poner a punto para una exposición. Lo peor de todo fue sentir la rabia de Helena mientras yo no podía hacer otra cosa que esperar a que las guardianas acabasen.

Su cara de porcelana se me antojaba la menos cruel de las que veía a mi alrededor, pero recibir ese rechazo me provocó un latigazo en el corazón. Suficiente rabia y miedo tenía en mi cuerpo, no necesitaba su odio también. Yo solo quería pasar por esa situación lo más rápido posible, dejar de sentirme tan miserable.

Una vez estuve limpia y con la cara despejada, las guardianas volvieron a agarrarme de los hombros para llevarme a otro lugar. Pasamos al lado de Helena. No apartó la mirada de mí, ni yo de ella.

En el trayecto pensé en mil maneras distintas de escapar. Físicamente me veía incapaz de reducir a nadie. Las guardianas que me custodiaban daban miedo, y ese tipo tan siniestro que no se separaba de Briseida era incluso peor. Por la fuerza sería imposible. Tampoco conocía la Guarida como para saber sus recovecos y escondrijos, así que, por muy sigilosa que pudiera ser, la estrategia no me serviría de nada. Solo me quedaba la inteligencia, la labia. Debía encontrar la manera de persuadir a Briseida para que me dejase marchar. Pensé entonces en mi primer encuentro con Helena —o Parténope—. Quizás, si le prometía información sobre su hija, si jugaba bien mis cartas y le confesaba que la vi fuera del territorio de su familia quebrantando las mismas normas que yo, me dejaría ir.

«Aquí la información es la moneda de cambio más cara». Las palabras de Mel retumbaban en mi conciencia. Sería vender total y absolutamente a Helena a sus padres, dejarla a merced de las represalias que pudieran tomar contra ella. La desesperación en su mirada cuando me amenazó si hablaba era prueba suficiente para saber que nada bueno le esperaba si ellos se enteraban. Imaginarla sufriendo cualquier tipo de castigo, físico o psicológico me sacudió por dentro como un relámpago. No me vi capaz de hacerlo, ni tan siquiera de pensarlo seriamente. Algo dentro de mí se quería morir solo por haberlo imaginado.

Llegamos a una zona amplia en la que decenas de hembras y varones se movían de un lado para otro sin parar. Algunos transportaban las prendas, otros llevaban pergaminos enrollados bajo el brazo, había quienes llevaban sacos llenos de algo que no se veía y unos pocos paseaban sin prisa entre todos los demás. La mayoría iban cubiertos de cintura para arriba, y los colores de sus prendas eran apagados. Algunos de ellos mostraban heridas o cicatrices mal curadas. Cuellos enrojecidos, brazos con marcas lineales, aletas deshilachadas… Sus pieles eran más blancas de lo normal y sus ojeras, más marcadas. Era una versión más lúgubre y silenciosa del ágora. Ese debía de ser el centro del servicio de los Píamus.

Inconscientemente, busqué entre todas esas nereidas a la que más se podía adecuar a la descripción que Mel me hizo de Galena. Al fin y al cabo, ese era el plan inicial que teníamos, ¿no? Infiltrarme, buscar a Galena y a Enzo y escapar de allí los tres. No iba a venirme abajo por haber sido capturada. Estaba allí, era un hecho que no podía cambiar. Lo que sí podía hacer era retomar nuestra idea inicial y buscar la manera de huir con ellos.

Antes de irse, las guardianas me dejaron al lado de una nereida que tenía un aspecto especialmente cansado, como si llevara años y años trabajando allí abajo sin apenas ver la luz del sol. Vestía de color verde y aparentaba tener unos cuarenta y tantos. Me era difícil distinguir si era hembra o varón.

—No hay órdenes específicas. Que empiece por lo más básico —dijo una de ellas.

La nereida asintió y ellos se fueron. Pensé que tendríamos una presentación como me habían enseñado, pero al mostrarle mi muñeca me miró sin moverse.

—Aquí da igual tu aroma y tu nombre. Todos estamos aquí por lo mismo, chiquilla. Cuanto antes te acostumbres, mejor para ti.

Era una versión miserable de Briseida. Hablaba sin emoción, sin alterarse. Contraria a la severidad de la Píamus, esa criatura no parecía tener maldad, solo vacío.

Asentí y me dejé guiar. Me condujo a un nuevo lugar un poco más apartado. Era un sitio diáfano, apenas decorado con vegetación en el suelo. No había separación ni delimitación entre un lecho u otro. Tenía toda la pinta de ser el lugar en el que dormía el servicio.

—Quédate aquí. Voy a traer tu vestimenta.

Me quedé sola por un momento.

Reorganicé mi cabeza y convertí el batiburrillo de mis pensamientos en una lista coherente ordenada por prioridades. Lo más importante era pasar desapercibida, no destacar ni para bien ni para mal. Así, llegado el momento, conseguiría escapar sin que me echasen de menos. En segundo lugar, estaba identificar a Galena y convencerla de que venir conmigo era una buena opción. Por supuesto, y a la par de importante, estaba encontrar a Enzo sano y salvo, y escapar con él también. Aunque si lo pensaba… Si realmente seguía siendo humano, era imposible que estuviera allí. Necesitaría un sitio con aire para respirar. Quizás sí que sufrió el mismo cambio que yo y estaba condenado al servicio de los Píamus como Galena. Fuera como fuese, las opciones aún eran las mismas: juntarnos y huir.

La nereida sin nombre entró de vuelta y me tendió una prenda sencilla de color ocre.

—Cámbiate y acompáñame —dijo.

Acaté su orden con rapidez. Dejé el chaleco verde que Dai me había prestado y me puse con dificultad la camiseta sin mangas que me dio. No era de un tacto agradable como el chaleco. Esa prenda arañaba.

Cuando llegamos al que sería mi nuevo puesto de trabajo, sobraba preguntar de qué se trataba. Todos los que allí estaban, unos quince conté a ojo, vestían la misma prenda ocre tipo top que llevaba yo y tenían el cabello recogido en un moño mientras desmenuzaban distintos tipos de peces y los aplastaban contra los cuencos que estaban apilados en las estanterías de los laterales. Contaban con vajilla verdadera y elaborada, vajilla humana. Parecía sacada de un naufragio.

Mi guía se dio la vuelta para marcharse. Antes de irse alcancé a preguntarle:

—¿Conoces a Galena? ¿Sabes si está aquí?

Su rostro carecía totalmente de expresión.

—No sé qué parte no entendiste de que aquí los nombres no importan, chiquilla. —Sin más, se giró y se marchó por donde vino.

Briseida iba a tener razón y todo… Me di la vuelta y me puse al lado de un varón que se mantenía en estricto silencio mientras maniobraba con la comida.

Al principio, copié sus gestos para aprender cómo hacerlo. No tardé en cogerle el truco para que me diera el menor asco posible y ser lo más eficiente que mis manos me permitían. ¿Sería esa la comida para los Píamus? ¿Cada cuánto se alimentaban?

Retrocediendo en mi memoria, no recordaba haber visto a ninguno de los tres probar bocado durante el Festival del Mensis. Se limitaron a observar. A lo mejor ellos no se alimentaban solo una vez al mes, sino que lo hacían más seguido, aunque la cantidad de comida que allí estábamos preparando parecía ser para muchos más que solo tres. Llegué a la conclusión de que esa comida no era para ellos, sino para el servicio. Ninguno de los que allí vivían había salido para el festival, así que, de una u otra forma, debían alimentarse. Ellos consumían piezas pequeñas, ninguna más grande que una mano humana, lo que les haría necesitar alimento más continuo. Era una condena sin fin, dependían eternamente de los Píamus. Su crueldad parecía no tener límites.

Estuve toda la mañana en lo que se podría considerar «las cocinas». Tras unas cuantas horas, sin tener referencia real del paso del tiempo, me llevaron a una segunda estancia muy parecida a la que estuve cuando me cambié de ropa. Me tendieron una esponja atada a un palo. Primero tenía que dar de comer al servicio, y luego limpiar sus habitaciones. Era el peor trabajo que había tenido en mi vida.

Llevaba un rato sola limpiando de aquí para allá cuando escuché que alguien entraba. Pensé que venían a buscarme para llevarme a otra labor, pero no fue la nereida sin nombre quien entró. Era Helena.

—Tengo que hablar contigo —dijo.

Saqué paciencia de donde no me quedaba y respondí:

—Si vas a volver a amenazarme, no te molestes, Parténope. No diré nada. —Enfaticé su nombre.

—No sé qué crees que no puedes decir, pero lo que necesito de ti es otra cosa —dijo en voz especialmente alta para que cualquiera que pasase por fuera del espacio en el que estábamos escuchase su voz. Luego, se llevó el dedo índice a la boca indicándome guardar silencio.

Llevaba todo el día faenando y lo que menos me interesaba para entonces era aguantar las rabietas de una niña consentida que creía poder hacer conmigo lo que le diera la gana. Yo ya estaba condenada, no podía perder nada más. Solo me interesaba lograr escapar de allí cuanto antes, salvar a Enzo y a Galena y no volver a ese sitio nunca más.

—Repito que no voy a hablar. Solo déjame en paz.

Cuando la sobrepasé para continuar con lo que estaba haciendo, ella me retuvo con suavidad de la mano. Su delicadeza al rozarme me alteró la respiración. Me miró suplicante y bajó la voz.

—Por favor…

Conecté mis ojos con los suyos y vi la desesperación en ellos. Me recordó a la mirada que tuvo en mi sueño. Vulnerabilidad, tristeza, miedo… Suspiré. Ese verde esmeralda podría parar guerras si quisiera.

—Está bien.

Una fugaz sonrisa apareció en sus labios. La borró y frunció el ceño antes de girarse y salir. Alcé las cejas incrédula. Igual que en el prado, se empeñó en aparentar soberanía y autoridad por encima de su natural dulzura. Me resultó aún más tierno que la última vez.

La seguí como un perrito faldero sin saber a dónde nos dirigíamos. Por mi mente pasaron miles de ideas, cada cual más aterradora. ¿Y si me llevaba ante sus padres? ¿Y si me dejaba encerrada en algún sitio? ¿Y si me mutilaba como a esa anciana? ¿Y si me desmembraba y me hacía desaparecer…?

Aunque una tenue voz dentro de mí me decía que con ella estaba a salvo, mi raciocinio me insultaba por ser tan ingenua.

Llegamos a una estancia bastante apartada, donde no había presencia del servicio, de la Orden o de sus padres. Avanzó hasta el fondo, donde la claridad era aún más escasa. Mi respiración y mi aroma se alteraban por momentos.

—Acércate —dijo desde la oscuridad.

Mi cuerpo empezó a temblar.

—Prefiero quedarme aquí. —Me esforcé porque mi voz saliera entera.

Helena volvió lentamente y se acercó a mí. Llevaba algo en las manos. Abrió el pequeño cofre que manejaba y cogió un buen pellizco del ungüento que contenía.

—Esto puede que te duela.

En una fracción de segundo pensé en huir, gritar, agacharme, abalanzarme sobre ella, quedarme quieta, fingir un desmayo o pedir auxilio. Tuve tal mezcla de ideas y tanto miedo que solo acerté a pegar mi espalda con la roca, paralizarme y esperar mi final.

La última esperanza de salir con vida de allí se rompió cuando su mano me tapó la boca y me impidió gritar al contacto de ese emplasto con mi piel. Lo había repartido en un ágil movimiento por mis clavículas, justo por encima del pecho. Cerré los ojos con fuerza al sentir el ardor.

La sensación de consumirme en el fuego fue tan intensa como corta. Un rápido alivio sustituyó el dolor inicial. Abrí los ojos y me encontré con la mirada arrepentida de Helena.

—Esto sanará la herida que te hice.

La piel enrojecida que aún tenía por su abordaje ya no picaba ni la notaba tirante. Lo que Dai me echó la noche anterior me alivió de forma ligera. Eso, en cambio, funcionó instantáneamente.

Deslizó la mano lentamente por mis labios, hasta retirarla del todo.

—No fue culpa tuya. Me salen marcas muy fácilmente —hablé de forma automática, hipnotizada por su mirada.

Ella negó sin deshacer la conexión.

—Debí tener más cuidado.

Se retiró despacio, perdiendo todo contacto con mi piel.

—Creí que…

Me daba vergüenza admitirlo. Ella me leyó el pensamiento.

—Jamás te haría daño a propósito.

Parecía estar a punto de decir algo más, pero optó por guardarse el cofre entre la ropa y marcharse de allí.

Me miré el pecho y pasé la mano para inspeccionar lo que me había echado. Era una sustancia pegajosa que olía fuerte, como si llevara vinagre en su composición. La piel reaccionó borrando los restos de la rojez hasta el punto de hacerla desaparecer por completo.

Me sentí una persona horrible por haber creído que me haría daño. Quería curarme, no matarme.

Regresé a mi puesto de trabajo agradecida de recordar el camino de vuelta. Me sumí tanto en mis pensamientos mientras limpiaba que me sobresalté cuando la nereida anónima vino a decirme que había terminado mis labores de ese día.

Entonces, entraron en la estancia un grupo de unos diez o doce varones y hembras con prendas parecidas a la mía, aunque de tonos plateados. Se repartieron el espacio de forma autómata y ordenada y se tumbaron sobre las plantas. Salí de allí para dejarlos descansar.

Aunque imaginé que no me respondería, no pude reprimir la curiosidad.

—¿Por qué la vestimenta de ellos es de otro color? ¿Es distintivo?

Como era de esperar ni me miró.

—Claro que es distintivo, chiquilla, pero eso a ti no te interesa ahora. Seguirás vistiendo la prenda que llevas durante mucho tiempo.

Así que el color ocre era el de más bajo rango. El color plateado debía estar en un nivel bajo también, aunque no tanto como el nuestro.

Llegamos a nuestra «habitación» y mi guía se colocó directamente en la parte de más al fondo de la derecha. Esperé a que todo el mundo se ubicara en su sitio habitual y me tumbé en el único hueco libre que quedó, en la esquina más cercana a la entrada.

Me acurruqué, cerré los ojos y traté de no pensar en Helena.

Volver a soñar con ella me corroboró que fracasé en mi intento de olvidarla. Reviví su roce en mi piel tantas veces que empecé a creer que había venido a acariciarme durante la noche.

No dejaba de preguntarme que quizás ella no era tan… ¿Cómo decirlo? ¿Tan «Píamus»? Conocer el clan fuera y dentro de la Guarida, ver el miedo instalado en la mayoría de ellos y vivir en mis propias carnes las consecuencias de un mandato tan bárbaro eran motivos suficientes para creer y corroborar la versión de Mel sobre esa familia. La crueldad de los Píamus era evidente, sí, pero algo en ella me hacía creer que era diferente a sus padres. ¿Por qué se había preocupado por mí? ¿Quién era yo para ella?

La nereida sin género ni nombre fue la primera en levantarse. Tras ella, fueron todas las demás. Me incorporé junto al resto y esperé órdenes. Qué inocente fui al pensar que las cosas no podrían ser peores que el día anterior.

Mi guía me llevó a una estancia nueva y me explicó que mi labor consistía en despellejar tortugas. Me enseñó cómo quitarles el caparazón, despegar la piel del resto del cuerpo y escurrir la capa de grasa que tenían para guardarla en unos botes del tamaño de una cantimplora.

Me aparté un momento, cogí del montón de desechos un caparazón vacío, vomité dentro el inexistente contenido de mi estómago y volví a su lado.

—Prefiero limpiar… —supliqué.

La nereida me miró y se fue sin darme respuesta. Me tapé la cara y me di unos minutos para mentalizarme. Tomé varias inspiraciones profundas, bajé las manos y me dispuse a empezar. Me coloqué al lado de un varón al que le faltaban varias escamas en el lateral y me fijé bien en cómo lo hacía él. Antes de conseguir quitar el primer caparazón, Helena apareció por el pasillo.

Se quedó un instante mirándome para después pasar de largo inexpresiva. La seguía un varón que vestía una prenda azul.

Al empezar a caer la luz, me derivaron a la limpieza del suelo, las paredes y el techo de los pasillos que daban a las «habitaciones». Agradecí inmensamente el cambio.

Lo que no agradecí tanto fue que Helena deambulara varias veces por el pasillo. Cada vez que la veía, su mirada se cargaba con más indiferencia, si es que la dirigía a mí. A ratos parecía importarle y a ratos me hacía sentir la última mierda del universo. ¿A qué jugaba?

Hembras y varones de vestimenta azul o torso al descubierto se paseaban con un aire mucho más tranquilo que los que conocí esa mañana o la anterior. Supuse que el pasillo que estaba limpiando tenía conexión con alguna estancia para nereidas de mayor rango.

Cuando cayó la noche y el servicio comenzó a ocupar los lechos, me dirigí a mi esquina y me tumbé soltando un largo suspiro. Froté las manos con la base del camastro en un desesperado intento de deshacerme del terrible olor de la mañana. Funcionó, más o menos. Arranqué las algas pringadas de grasa, las empujé hacia fuera y me giré en busca de una posición cómoda en la que dormir.

Una piedra envuelta en un trozo de pergamino apareció al lado de mi cabeza. Estaba muy segura de no haberla visto cuando me tumbé. ¿De dónde había salido?

Desaté el hilo, quité la piedra y desenrollé el pergamino tratando de hacer el menor ruido posible.

«Antes de que amanezca. H».

Eché la cabeza hacia atrás y resoplé. Mi tripa insistía en dar volteretas de alegría y mi cerebro en mantenerse alerta ante la idea de encontrarme con Helena. No entendía qué sentido tenía ignorarme todo el día o, peor, mirarme con arrogancia, y luego querer encontrarse conmigo a escondidas. ¿Se arrepentía de haberme curado? ¿Quería dejar claro que ella era superior a mí y que no debía confundir su puntual benevolencia con simpatía? ¿O volvería a sorprenderme con otro acto inesperado de generosidad?

Entre las dudas y el miedo a quedarme dormida y no verla, decidí que era mejor levantarme.

Esperé a que las respiraciones se relajaran hasta formar un ruido de fondo monótono.

Me incorporé lentamente y eché un vistazo rápido, nadie pareció notarlo. Me aproximé a la entrada, me quedé en un recoveco entre un lado y otro de la roca en el que no se me veía tan fácilmente y esperé a Helena en silencio.

El tiempo pasaba y ella no aparecía. Llegué a quedarme dormida de pie incluso, vencida por el cansancio de todo el día. Empecé a pensar que había sido un juego para ella. Que su forma de divertirse era a costa de crear expectativas y destruirlas solo por el placer de regocijarse en el sufrimiento ajeno. Algo que seguramente habría aprendido de sus padres. El agotamiento físico y mental, el silencio absoluto, la oscuridad y mi mente inquieta eran una mezcla muy peligrosa.

Ya me había rendido y decidido aprovechar los últimos momentos de la noche para descansar sobre el lecho cuando Helena apareció de forma acelerada. Se detuvo de golpe en la entrada, buscándome con la mirada.

—Aquí —respondí en un susurro.

Se asustó al verme ahí escondida, pero no dudó en cogerme del brazo y tirar de mí para llevarme a otro lugar bastante más apartado. La Guarida ya me parecía grande, pero de la mano de alguien que la conocía bien y me llevaba cueva a través durante largo rato me di cuenta de que tenía muchos más espacios y lugares escondidos de los que imaginaba. Terminamos metidas en un hueco bastante pequeño en medio de dos paredes de piedra que ni siquiera parecían tener una separación. Era el escondite perfecto.

—Tienes que irte, Tessa —dijo. Escuchar mi nombre en sus labios de esa manera me causó un agradable escalofrío.

—Ya sé que no me quieres aquí. Yo tampoco quiero esto, ¿sabes? Llámame loca, pero prefiero la libertad a la esclavitud.

Me miró entre confundida y apenada. ¿Había dicho algo humano que ellos no entendían? Bueno, visto lo visto, ofenderla era la menor de mis preocupaciones.

—No lo entiendes. —Más que a reproche, sonaba a conclusión.

—Entiendo perfectamente lo que pasa, Parténope —dije molesta—. Cuando alguien no os gusta simplemente...

—No —me interrumpió.

—Claro que sí. Solo queréis... —Volvió a impedirme terminar colocando su índice sobre mis labios. Mi estómago dio un salto mortal hacia atrás tras su contacto.

—No, no me llames Parténope. Tú no —habló aún más bajo de lo que ya lo estábamos haciendo.

Le hice la pregunta que llevaba mucho tiempo queriendo saber:

—¿Cómo quieres que te llame si ni siquiera sé quién eres? Helena o Parténope. ¿Quién eres en realidad?

Me miró con la misma fragilidad que en mis sueños. Estaba distinta. Tal como pasaba con Mel, era como si dos personas convivieran en su mismo cuerpo. Una que era caprichosa, soberbia y dictatorial, y otra que se mostraba mucho más vulnerable. Estaba asustada. Algo que no se atrevía a decir en voz alta la atormentaba por dentro.

—Parténope fue la líder más longeva de mis antecesoras. Mis padres me pusieron ese segundo nombre para honrar su memoria, como un intento de hacerme a su imagen y semejanza, pero yo... —Se me quedó mirando unos instantes. Sacudió la cabeza y respondió—. Eso ahora no importa, Tessa. Tienes que irte, ya.

De su voz se habían esfumado la rabia, el enfado y el rechazo. No era una demanda, era una súplica.

—No puedo irme. Tú mejor que nadie deberías saberlo. Estoy condenada —dije como si fuera obvio, extrañada de que ella no pensara así.

Negó suavemente con la cabeza.

—Confía en mí.

¿Confiar en ella? ¿Cómo? Era alguien que se mostraba distinta cada vez que la veía, que me curaba y me miraba con arrepentimiento para luego ignorarme y hacerme sentir una fracasada. Durante el día paseaba sin mirarme y por la noche me citaba a escondidas. Sin olvidar, claro, la amenaza y la falsedad de toda su familia.

Me pedía confiar en alguien que apenas conocía y que se dedicaba a romperme todos los esquemas y, aun así, algo dentro de mí se moría por decirle que sí y complacer sus expectativas. ¿Me estaba volviendo loca?

—Me parece una broma que me pidas eso, Helena. Es imposible saber cuál va a ser tu siguiente paso o tu siguiente discurso. Desde que te conozco te has comportado como una imbécil, y ahora parece que te preocupas por mí. Te agradezco que te tomaras las molestias de curarme, en serio, pero eso no me hace olvidar cómo acabé herida. Prefiero que te olvides de que existo antes que vivir expectante por recibir un trato decente por tu parte —dije cansada, dándome igual si la ofendía o no por lo que había dicho—. Te aseguro que me callaré haberte visto fuera del territorio de tu familia. No me interesa tener problemas con tus padres, ni con nadie en general. Si tú me dejas en paz, yo haré lo mismo contigo.

Antes de poder moverme para salir de allí, Helena se lanzó a abrazarme. Apretó suavemente sus brazos alrededor de mi cuello y hundió su nariz detrás de mi oreja. Yo me quedé quieta, sin saber cómo reaccionar. Conseguí no corresponderle el gesto, pero fui incapaz de evitar inspirar su aroma también. Su esencia era más suave que la última vez. Predominaba la vainilla sobre el amargo del café.

—Si tanteas la roca con la mano encontrarás una rendija detrás de ti —susurró en mi oído—. Entra y sigue el camino que te marcan las paredes. La gruta está desprovista completamente de luz, no te asustes. Continúa todo recto hasta que te topes con una columna de algas frondosas y atraviésalas. Pasar por ahí hará que te pique el cuerpo.

Aguántalo. Cuando consigas dejarlas atrás, estarás fuera. Una vez hayas salido, no dudes y huye.

Se separó de mí y me permitió ver su gesto apenado. Dejó una breve y superficial caricia en mi mejilla y me empujó con suavidad hacia atrás.

En mi espalda noté la rendija de la que hablaba. Siguió empujándome con cuidado hasta que la atravesé por completo. Perdí el contacto con su mano.

—No vuelvas, Tessa. Pase lo que pase, no vuelvas —dijo antes de irse.

Fue la vez que más dolor escuché en su voz.

Me encontraba confundida y aturdida hasta el punto de no saber qué acababa de pasar. El fantasma de sus dedos sobre mi mejilla seguía alimentando la calidez de mi corazón y los posos de su aroma en mis pulmones se negaban a desaparecer. ¿Esa cara era la verdadera? ¿«Parténope» era solo una fachada y «Helena» su identidad real? ¿Yo le importaba hasta el punto de arriesgarse por salvarme? La tristeza de sus ojos y de su voz no podía ser fingida…

Antes de quedarme más tiempo ahogada en mis pensamientos, me di la vuelta y comencé a tantear las paredes tal como me había dicho que hiciera. Realmente, había oscuridad total ahí dentro.

Seguí y seguí hasta que ya no supe de dónde venía o a dónde me dirigía. Cometí el grave error de mirar hacia atrás y girar sobre mí misma hasta perder la orientación. El corazón se me aceleró. Cerré los ojos con fuerza y me concentré al máximo en recordar cuánto había girado para ubicarme de nuevo en el espacio. Afortunadamente, el tósigo consiguió de nuevo sacar lo mejor de mí.

Las líneas parpadeantes que había visto en otras ocasiones volvieron a mi mente. Cuanto más fuerte cerraba los ojos, más intensas se hacían. Respiré profundo unas cuantas veces, me focalicé en visualizarlas y entenderlas, y seguí lo que dibujaron para mí. Si estas no me engañaban, debía girar hacia mi izquierda y, en cuestión de pocos minutos, encontraría el banco de algas que tapaban la salida. Desesperada como estaba, confié a ciegas en mi instinto avanzando hacia allí sin pensarlo.

Cuando me acerqué lo suficiente como para ver los primeros rayos de luz de la mañana, supe que las líneas decían la verdad. Ahí estaban las columnas. Probé a tocarlas con la mano antes de atravesarlas. Decir que picaban se quedaba corto. Como si fueran tentáculos gigantes de medusa y no algas, esas cosas abrasaban la piel al tacto. Resoplé. Eso no me iba a parar.

Inspiré, tomé impulso y me metí de lleno en el banco de la forma más rápida que pude. No me paré a pensar en lo tremendamente doloroso que me resultaba estar en contacto con esas algas. Avancé aguantando el dolor. Un poco más, un poco más. Largos segundos pasaron hasta conseguir salir. ¡Lo logré!

Lo peor venía entonces, cuando tenía que escapar de las guardianas que custodiaban la Guarida. Sin pararme a comprobar cuántas había, llevé mis músculos a su más alto potencial y salí a toda velocidad de allí.

CAPÍTULO 13

La huida

Si me daba la vuelta o miraba hacia atrás, perdería unas preciadas milésimas de segundo que necesitaba para conseguir huir; así que me pasé todo el camino avanzando sin parar, con el miedo constante a que me persiguieran. O peor, me alcanzaran.

El tósigo aún me quemaba las venas. Debía aminorar el ritmo si quería conservar los pulmones en su sitio. Esa increíble velocidad que conseguí me recordó a la de Mel cuando me llevó al fondo siendo aún humana. Nunca se me dieron bien los números, pero si me dijeran que alcancé los cien kilómetros por hora no me habría parecido descabellado.

Fue cuando llegué a un banco de algas altas cuando decidí parar del todo. Me escondí entre la vegetación, me forcé a ralentizar mi respiración y aguardé muy quieta a la presencia de cualquiera que me estuviera persiguiendo.

Pasaron los minutos y nadie llegó. Dos lágrimas de felicidad se me escaparon cuando comprendí que estaba a salvo. Respiré profundo y me reí de puro nerviosismo. Estaba fuera… ¡Estaba fuera! ¡Había conseguido escapar de la mismísima guarida de la familia Píamus! Si se lo contaba a Mel, no se lo iba a creer.

Un momento… ¡La reunión! La mañana antes de que entrase en la Guarida le dejamos escrito que estaríamos allí al amanecer del día siguiente; es decir, dos jornadas atrás. Después del susto que nos llevamos, lo lógico sería que Dai hubiera faltado al encuentro, y yo tampoco fui… Mel se habría puesto en lo peor y quién sabía qué era capaz de hacer.

Yo ya no podía volver al ágora, ni contactar de nuevo con Dahiria. Solo me quedaba Mel, por mucho riesgo que me supusiera ir en su busca. Cuando descansé lo suficiente como para reanudar la marcha, me incorporé con cuidado y agudicé mi olfato.

Me estaba acostumbrando a eso de dejar que mi olfato prevaleciera sobre el resto de mis sentidos. Era francamente útil, más incluso que mis ojos. En el tiempo que pasé con Mel no nos paramos a olfatearnos, por lo que no sabía identificar con exactitud su olor, aunque sí podría identificar el de Dahiria. Las horas habrían hecho mella en su rastro, pero era mi única baza para hallar la roca de encuentro.

Primero indagué dónde estaba. Un olor ligerísimamente parecido al de Dai me indicaba que empezar pasado el arco de piedra que quedaba a mi derecha era una buena opción. Fui hacia allí sin dudarlo.

Su aroma aún era muy débil, pero estaba casi segura de que era el suyo y el de nadie más. Al poco tiempo, me empezó a sonar el paisaje que veía. La disposición y el tamaño de las rocas, el tono pardo de la vegetación, las líneas serpenteantes del suelo arenoso... Era una buena señal, una muy buena señal. Continué la ruta que estaba siguiendo, cada vez más agitada. Casi entré en pánico cuando noté un cambio. Un olor que se alejaba mucho de las dulces y frescas margaritas que caracterizaban a Dai. Me detuve en seco y corrí a esconderme detrás de lo primero que vi.

Refugiada entre rocas y plantas de un color verde intenso, me esforcé en clasificar de alguna manera ese olor. Era dulzón, aunque no tan suave como el de ella. Era un dulce más presente que se inclinaba hacia algo cítrico, como una naranja madura. Tenía notas de algo más que no lograba identificar. De alguna forma, me resultaba familiar. ¿Sería el de Mel? Confié en las escasas posibilidades que había y salí de mi escondrijo.

Ese nuevo olor cubría casi por completo el de Dai. Lo seguí aún con miedo. Entonces, reconocí su melena castaña ocultándose en el mismo sitio en el que conocí a Dahiria. No me lo pensé cuando salí disparada hacia allí y lo abordé con un abrazo, que lo desplazó un par de metros.

Mel se asustó considerablemente nada más notarme. En cuanto me reconoció, se relajó y me correspondió con fuerza. Instintivamente, hundí mi nariz en su pelo. El matiz que antes no identificaba se volvió más intenso. Era tremendamente parecido a la canela. Mel olía a eso, a naranja con canela.

—Nunca pensé que me alegraría tanto de verte. Y de olerte —solté sin pensar, acompañándolo con una risa nerviosa.

Él me respondió con una carcajada igual de agitada.

—Lo mismo digo. —Se quedó quieto un momento y se separó levemente—. Qué raro…

—¿El qué? —pregunté extrañada.

Mel me cogió la mano y me olfateó la muñeca. Me miró tan extrañado como yo a él.

—¿Cómo es posible? —preguntó por lo bajo, de forma casi retórica, como hablando para él.

—No sé a qué te refieres —contesté. Él no respondió—. ¿Qué pasa? —Empezaba a asustarme.

—Tu aroma. Es diferente en tu cuello que en tu muñeca. Donde debería ser más intenso, apenas se puede notar. Es como si estuviera camuflado.

Me llevé la mano al cuello.

El abrazo que Helena me dio no fue por cualquier cosa. Debió de aprovechar el contacto para cubrirme el cuello con la misma sustancia que me echaron al entrar en la Guarida. Esa cosa viscosa que se pegaba a la piel y neutralizaba los olores. Me cubrió el rastro para que pudiese huir sin ser seguida.

Mel se me quedó mirando preocupado.

—¿Qué te ha pasado? ¿Tiene algo que ver con que ayer no vinierais al encuentro?

Al detenerme a mirarme el cuerpo me di cuenta de lo magullado que lo tenía. Decenas de líneas y puntitos rojos me decoraban tanto la piel como las escamas. Llevaban un rato picándome, pero con la agitación que llevaba ni me paré a pensarlo. Estaba cubierta de esas heridas por todo el cuerpo, salvo en el cuello.

Levanté la mirada y conecté con sus ojos.

—Mel, no te vas a creer lo que he descubierto.

Terminó de cubrirme la última picadura con el emplasto verde que había hecho a base de plantas y dejó el cuenco al lado del rincón de sus armas para cazar.

—¿Cuánto tiempo has pasado allí? —Mel volvió a agacharse frente a mí.

—Solo un par de días. Ha sido esta noche cuando Helena me ha ayudado a escapar. —Me recoloqué en el lecho, buscando la posición más cómoda.

—¿Quién es Helena?

Hasta ese momento la había llamado Parténope para explicarle lo sucedido. Además, seguía sin saber del primer encuentro que tuvimos en aquel prado. Aunque al principio quise contactar con él para contarle la amenaza en el anfiteatro, después de lo que pasó en la Guarida sentía que por el momento no debía contarlo. Quería aclararme antes de hablar con nadie sobre la verdadera identidad de Parténope.

—Helena es Parténope. Es su segundo nombre, por así decirlo —concluí tras la explicación que ella misma me dio.

Mel se tomó un momento para procesar toda la nueva información que le había dado: mi llegada al ágora, el Festival del Mensis, la buena relación que había creado con Dahiria, la mañana de la captura, mis labores en la Guarida… Le conté todo. Todo, excepto lo relacionado con Helena. Solo nombré su ayuda para escapar, pues era imposible pensar que podría haberlo hecho sola.

—Así que conseguiste entrar, aunque no haya servido de nada —dijo disgustado.

Haberle dicho que no vi a su madre en la Guarida lo dejó abatido.

—No ha sido en vano, Mel. Conseguí averiguar el sistema de trabajo que tienen y cómo se organizan. —Lo miré con entusiasmo, queriendo animarlo—. No solo tienen confidentes y servicio. Dentro de esas mismas categorías hay rangos. Por lo que pude intuir hay, al menos, tres tipos de servicio y dos tipos de confidentes. Nos hacían llevar vestimenta distinta para identificarnos entre nosotros. Según el color, perteneces a un rango u otro. Por lo que me has contado que sabe hacer, Galena debe de ser de las plateadas como mínimo, puede que incluso verde. —Mel no terminaba

de entenderme, pero para mí tenía todo el sentido—. Y por otro lado…
Cada vez dudo más que Enzo siga siendo humano. ¿Dónde lo esconderían
si no? ¿Y para qué querrían mantenerlo así? Sería mucho más lógico con-
vertirlo y obligarlo a servirles, aunque tampoco lo vi allí abajo.

Si ni siquiera sabíamos si se había convertido o aún era humano, era
muy difícil saber por dónde empezar a buscarlo, lo que me dejaba aún
más preocupada. Él negó con la cabeza.

—Tessa, no porque el tósigo entre en el torrente sanguíneo humano
significa que vaya a funcionar la transformación. Lo único que conozco
de estos casos son las habladurías de los ancianos, historias que no sabía
que podían ser reales hasta que te conocí. Cuando vi cómo necesitabas
el contacto con el agua aun siendo humana pensé en esas historias y
sospeché que estabas mutando poco a poco, aunque no fueras consciente
de ello. Lo que sí sabía era que, si no lo intentaba, morirías por la infección, así que tuve que arriesgarme a llenar tus pulmones de agua marina
y comprobar la teoría. Supongo que funcionó por los días que pasaste
conviviendo con el tósigo en tu cuerpo porque el proceso fue gradual.
Enzo, en cambio, desapareció de un día para otro. No creo que lograse
convertirse tan rápidamente. —Dejó unos segundos de silencio para
pensar—. Deben de haberlo escondido en algún lugar lo bastante alejado como para que nadie lo encuentre. Con aire para los pulmones, pero
con acceso exclusivo por mar.

—¿Conoces algún sitio así? —pregunté notando el agotamiento por
haber pasado la noche en vela.

Bajó de su nube de pensamientos y me miró de nuevo.

—Realmente no, nunca he visto algo así. Aunque creo saber quién
puede ayudarnos.

Cerré los ojos unos segundos y suspiré.

—No creo que podamos volver a contactar con Dahiria. Al menos
no en un tiempo. —Volví a abrirlos.

—No hablo de ella —respondió aún pensativo.

Bostecé sin querer y luché por no parpadear demasiado lento.

—Tú dirás.

Mel sonrió ante mi cansancio.

—Descansa, Tessa. Aquí estás a salvo —dijo. Iba a replicar cuando él continuó—: Me mantendré a tu lado hasta que despiertes.

Sonreí.

—Gracias, Mel. Por todo. —Se me fue apagando la voz—. Has demostrado ser un buen amigo, y lamento haber dudado de ti... —Caí rendida antes de terminar la frase.

Me encontraba borracha de cansancio y, posiblemente, olvidaría mis propias palabras al despertar. Antes de cerrar los ojos, vi a Mel cambiar el gesto a uno más serio, más triste.

Esa vez no soñé con Helena, o al menos no tan claramente. Se fusionaban mis recuerdos con ella con imágenes al azar. Un batiburrillo carente de sentido que mezclaba recuerdos reales con colores, formas y sensaciones. A pesar de estar inquieta, conseguí no despertarme antes de haber descansado lo suficiente.

—¿He dormido mucho? —pregunté con la voz un poco ronca.

Mel se giró para mirarme.

—Aún es de día —me contestó con una sonrisa suave—. ¿Tienes hambre?

—No mucha. Puedo aguantar. —Me incorporé.

—Tenemos tiempo de salir a cazar antes de que anochezca.

Me paré a pensar que realmente desconocía cuándo volvería a tener un momento de tranquilidad para alimentarme. Era mejor aprovechar ya que podía y evitar el riesgo después.

—Está bien, vamos. —Me levanté del todo y sin pedir permiso fui a por una punta de lanza y una red de las que había en el rincón—. Esta vez cazo yo —continué sin atisbo de duda.

Después de haber pasado horas destripando pescado y otras tantas sin saber si volvería a ver la luz del sol, tener que pasar por el trago de cazar no me parecía tan malo. Además, cuanto antes aprendiera a hacerlo sola, antes ganaría independencia.

Él me miró sorprendido y me siguió al salir.

Fue más fácil de lo que en un principio pensé. Copié los gestos que Mel hizo cuando lo vi cazar por primera vez. Me agazapé, esperé muy quieta, utilicé el olfato y fui tan rápida y precisa como mis manos me lo permitieron. Con solo dos piezas para cada uno tendríamos suficiente para más de una semana. Eso sí, no me quedé corta respecto al tamaño.

Cuando llegamos de vuelta a la cueva, no esperé a que Mel hiciera el trabajo por mí. Cogí los dos cuencos, desmenucé el pescado como aprendí en la Guarida y le tendí uno a él. Su cara no tenía precio.

—No estoy seguro de que seas la misma Tessa de la que me despedí hace unos días —dijo con los ojos como platos, aceptando el cuenco que le tendía.

—Créeme, no lo soy. —Le sonreí.

Comimos en un silencio agradable. Me sentí muy afortunada por poder almorzar en un lugar seguro, alejado del ágora, de la Guarida y de sus peligros. Era un regalo.

—¿Cuánto son ciento setenta lunas en tiempo humano? —pregunté recordando la edad que me nombró Dai.

Mel se detuvo, descolocado.

—Desconozco exactamente el equivalente humano, nunca aprendí vuestro sistema. —Terminó de tragar antes de continuar—. Nosotros contamos el tiempo por el paso de las lunas. Cada ciclo lunar se compone de dos etapas: luna nueva y luna llena. Cada luna llena se celebra un Festival del Mensis, y cada luna nueva completa el ciclo lunar. Entre una y otra pasan catorce o quince días, no siempre es igual. Yo, por ejemplo, tengo doscientas sesenta y ocho lunas. —Cogió una porción de comida sin llevársela a la boca aún—. ¿Resuelve eso tu duda?

Calculando que cada luna eran dos fases y cada fase quince días más o menos, una luna completa correspondería a un mes. Si los cálculos no me fallaban, Mel tenía unos veintidós años humanos. ¿Y yo? Veintitrés por doce, darían… Sacudí la cabeza. Muchas lunas, eso seguro; algunas más que él.

—Sí, creo que sí —contesté. Retomamos el agradable silencio por un momento.

Me dieron ganas de preguntarle por el hermano de Dai, pero no me atreví a romper el buen ambiente que teníamos solo por saciar mi curiosidad morbosa. Estaba segura de que el rechazo que Alyrr sentía por él no era más que amor de hermano e instinto de protección. Era absurdo juzgarlo por querer proteger a su hermana.

Al terminar junté lo poco que sobró en un solo cuenco y lo dejé en la grieta del fondo. Mel me habló desde atrás.

—Mientras dormías he estado pensando en dónde es posible que tengan oculto a Enzo. Un lugar que debe tener aire y agua al mismo tiempo. —Sonaba un poco nervioso—. Creo saber qué tenemos que buscar.

Lo miré expectante. Mel pareció dudar.

—¿Y bien? —pregunté confusa.

—Hay… Hay una isla pequeña lejos de la costa donde nunca hay presencia humana. Es posible que lo tengan allí.

Que lo tuvieran en una isla era algo que no se me habría ocurrido. ¿Realmente existía algún sitio donde la humanidad no hubiera puesto los pies? A priori, sonaba a locura, pero era lo mejor que teníamos hasta el momento. Por un segundo pensé en La Isleta frente a Punta Javana. La descarté por la cercanía a la costa.

—¿Dónde está esa isla? —pregunté.

Silencio.

—No lo sé —admitió Mel.

Lo miré confundida.

—¿Cómo sabes entonces que puede estar allí? —Intentaba encontrarle sentido a su discurso.

—Porque sé que existe, aunque nunca he estado allí. —Sonrió nervioso—. Sé que es una locura, y admito no saber ni por dónde empezar a buscar, pero es lo único que se me ocurre por ahora.

Decir que estábamos como al principio no era del todo cierto. Aun así, era poco alentador saber que teníamos que encontrar una aguja en un pajar sin saber la forma de la aguja ni dónde estaba el pajar.

—Es tarde, Mel, deberías ir a dormir. —Me separé de la pared en la que me apoyaba.

Me dirigí a la entrada para cubrirla con la vegetación que colgaba desde fuera. Él me siguió con la mirada.

—¿Tú no duermes?

Cubrí la entrada con las plantas. Me fijé más detenidamente en la tira trenzada que hacía juego con la pulsera que Dai llevaba al inicio de su aleta. Seguramente, la colocó allí para que solo ella pudiera identificarla y supiera cuál era su escondite o, quizás, solo la conservaba como una forma de tenerla siempre presente. Sonreí fugazmente.

—He dormido hace muy poco, apenas tengo sueño. Aun así, intentaré descansar, te lo prometo. —Suavicé mi sonrisa, terminé la labor y volví al lado de Mel—. Mañana cuando salga el sol empezaremos a buscar esa isla.

Su mirada era de descoloque total, y lo entendía. Los primeros días que estuve con él, lo único que hice fue frustrarme, pelearme con la vida y angustiarme por no saber hacer nada. Pero en ese momento en mi mente solo había espacio para el deseo de sobrevivir. Mis ganas de cumplir con el rescate planeado aún eran inmensas, pero lo haría con cabeza, no dejándome llevar por los impulsos que tantas otras veces me habían conducido al fracaso absoluto. Me sentía diferente y actuaba en consecuencia.

Mientras Mel dormía, yo le daba más vueltas a mi último encuentro con Helena. Quería olvidarme de ella. Olvidarme de sus ojos verdes, de su piel pálida, de su figura altiva. Olvidarme de su forma de mirarme, de su fragilidad escondida y del roce de su nariz en mi cuello. Quería, de veras que sí.

Mi voluntad de hacerlo quedó reducida a cenizas cuando admití que bastó una mirada para recordarla, una sonrisa para grabarla a fuego en mi mente y un roce para necesitar verla de nuevo. Sabía que no iba a ser capaz de olvidarme de esa hembra ni en tres vidas, y eso me mataba por dentro. «No vuelvas, Tessa. Pase lo que pase, no vuelvas», dijo.

¿A qué se refería con eso? Estaba claro que nadie en su sano juicio querría volver a un lugar en el que te esclavizan y te obligan a olvidarte

192

de tu dignidad. Por supuesto que no quería volver a la Guarida. Aunque… quizás se refería a algo más. Porque ya no era solo una cuestión de la Guarida, es que no podría acercarme de nuevo al ágora, ni a cualquier territorio que perteneciera a esa familia, si quería que Briseida y Tadd continuaran sin saber que había huido. ¿Significaba eso que nunca más volvería a verla?

«Pase lo que pase…», seguían retumbando sus palabras en mi cabeza.

Tal como planeamos, al salir el sol, dejamos la cueva de Mel para explorar los alrededores en busca de una isla lo suficientemente pequeña y apartada de la costa como para evitar la presencia humana. Sabíamos que sería difícil ubicarla si no teníamos ni idea de por dónde empezar a buscar, así que no nos frustramos demasiado cuando anocheció el primer día sin encontrarla. El segundo día sin tener ni rastro de la isla fue un poco más agobiante. El tercero, un suplicio.

Tres malditos días yendo de aquí para allá, perdidos entre tanta masa de agua simple sin tener ni siquiera una pista de por dónde continuar la búsqueda. Mel conocía las aguas como nadie; sin embargo, era sacarlo a la superficie y no saber ubicarse. Tampoco lo culpaba por ello. Demasiado hacía ya al mantenerse entero sin derrumbarse sabiendo que, aun si encontrábamos la dichosa isla, eso nos podría acercar más a Enzo, pero no a su madre.

Después de pasar la mañana del tercer día buscando, cuando empezábamos a hartarnos de más, Mel refunfuñó por lo bajo:

—Ni siquiera me dijo por dónde buscar. Esto es una pérdida de tiempo…

—¿Alguien te dio la idea de la isla? —pregunté confundida. Según me dijo fue algo que se le ocurrió a él.

Soltó un suspiro y giró sobre sí para encontrar un sitio discreto, invitándome a seguirlo. Acepté aún sin entender.

Cuando estuvimos a salvo, se acercó a mí. Me mantuvo la mirada unos segundos, pero acabó bajándola.

—¿Recuerdas que te dije que los Píamus tenían ojos y oídos en todas partes? —preguntó con voz serena.

—Lo tengo bastante presente.

—¿Y que yo tenía mis propios métodos para saber lo que ocurre en estas aguas? —Asentí. Él me seguía esquivando la mirada—. Pues debes saber que nuestros métodos no son tan distintos. De hecho, compartimos una misma fuente de información en la superficie.

Esperé su respuesta mientras se me generaban más y más dudas.

—¿También tenéis contactos en tierra? —pregunté asombrada.

Mel soltó un bufido a modo de risa. Una que no contenía la más mínima diversión. Esperó unos segundos antes de hablar.

—¿Recuerdas a tu doctora de la clínica, Adriana?

CAPÍTULO 14

Confesiones

Que Adriana estuviera metida en el ajo me parecía una auténtica locura. Aunque, pensándolo bien… La última imagen que tenía de ella me dejó una curiosa puerta abierta. Se mostró rabiosa cuando no me encontró en esa silla de ruedas. No mostró sorpresa ni hizo amago de buscarme. Como si supiera cuál era mi destino, como si supiera que no podía haber hecho nada para evitarlo. ¿Era posible que supiera de la existencia de las nereidas que habitaban las aguas mediterráneas?

Mel evitó ser demasiado explícito. Se limitó a decirme que Adriana estaba atada a los Píamus como su contacto en tierra desde hacía ya unos cuantos años. Eso me generaba dudas, muchas dudas. No solo acerca de la doctora, sino también acerca de Mel. ¿Por qué sabía que la tía de Annie era el nexo entre la superficie y los Píamus? Y, más desconcertante aún, ¿cómo podía ser también el suyo?

Caí en la cuenta de algo que me parecía increíble no haber pensado antes.

Mel me dijo que Galena estaba secuestrada, pero no me explicó los motivos, fui yo la que rellené los huecos en blanco que me había dejado y la única confirmación que me dio fue su silencio. ¿Y si yo no tenía razón y él se calló por no atreverse a decirme la verdad? También insistió mucho en esa doble cara de los Píamus que la mayoría del clan ignoraba o prefería callar. ¿Por qué él tenía la seguridad de su oscuridad si en teoría nunca había estado en la Guarida? ¿Por qué estaba tan seguro de que Enzo estaba en manos de esa familia? Las piezas empezaron a encajar una tras otra.

Lo único que me negaba a aceptar era que haber decidido confiar en él fuese un error, después de todo. Si me propuse creer en su palabra, si estaba decidida a frenar mis dudas con él, no iba a dejarme llevar por la ira a la primera.

Inspiré profundamente tres veces. Volví a mirarlo a los ojos y me atreví a pronunciar lo que me daba pánico confirmar.

—Trabajas para los Píamus.

Siempre había intentado hacer solo aquellas preguntas cuya respuesta estuviera preparada para escuchar. Querer saber algo que podría no ser lo que esperaba era peligroso. Si me respondía lo que no quería oír, si Mel realmente trabajaba para los que tanto empeño había puesto en que temiese y odiase, tiraría por tierra mis esquemas. El miedo me empezó a subir por las entrañas.

Mel seguía sereno. Se esperaba mi pregunta.

—No —contestó serio, contenido.

Una parte de mí respiró aliviada. Sonaba verdadero y costaba no creerlo. Nuevo oxígeno me limpió las venas del atasco de tósigo que me estaba ahogando. Aun así, no me conformé. Sabía que había algo más.

—Entonces, trabajabas.

Silencio.

—Sí.

«No saques conclusiones erróneas, dale la oportunidad de explicarse». Me lo repetí mentalmente como un mantra hasta que fui capaz de hablar sin querer arrancarle la cabeza de cuajo. Después de todo, había aprendido a ser inconformista con él, a buscar más allá de lo que en la superficie pudiera parecer.

—Explícate —dije con los dientes apretados.

Mel parecía haberse preparado para ese momento. Seguramente se llevaba mentalizando de que llegaría esa pregunta desde el mismo día que me conoció. Inspiró antes de hablar.

—Mi madre no es una rebelde, ni una líder, es una informante. Desde que tengo uso de razón ha sido así. Según me contó, fue mi padre quien adquirió la deuda con ellos. Necesitaban refugio cuando se quedó embarazada de mí, y pactaron ese precio por obtener un nuevo hogar. Cuando mi padre murió, ella tuvo que asumir sus obligaciones. Todos estos años ha estado a su servicio cumpliendo cada encargo que le pedían. Jamás les dio problemas. —Su voz peleaba con el nudo que se le había formado en la garganta—. Pero entonces, vinieron a buscarla a nuestra guarida.

»Todo lo que te dije al conocernos era cierto. Una guardiana vino porque los Píamus pidieron audiencia con ella y desde entonces no he vuelto a verla. Nunca supe el verdadero motivo y no sé si mi madre lo sabía antes de ir. Solo sé que al preguntar por ella aseguraban que… —su voz se quebraba un poco más a cada palabra— que estaba bien, que se quedaba con ellos por su propia voluntad y que próximamente la destinarían a otra labor dentro de la Guarida, una que se adecuaba mejor a sus capacidades. ¿Cómo esperaban que me creyera eso? ¿Cómo iba a creerme que mi madre decidió libremente irse a vivir a la misma guarida que ellos? Que decidió alejarse de mí sin ni siquiera despedirse… —Sus ojos gritaban lo que su voz se empeñaba en suavizar. Se tomó un momento antes de seguir. Controló el temblor de sus manos, carraspeó y continuó—: Lo último que me dijeron fue que, con el cambio de labores, su puesto como informante quedaba vacío. Aunque no usaran esas palabras, sus intenciones estaban claras. Cuando me negué, Briseida me dijo: «No es una sugerencia» —pronunció esas palabras con gran odio. Fue lo mismo que me había dicho a mí—. Comprendí que no era una oportunidad, sino una amenaza: o trabajaba para ellos o no volvería al clan.

—Así que empezaste a trabajar para ellos —confirmé sonando un poco más suave que antes.

Seguía tremendamente enfadada y confusa, pero ya no era tan insensible como para pasar por alto el dolor de Mel.

—Te aseguro que era mi único camino. Tuve que aceptar. Estaba desesperado por recuperar a mi madre y creí que así lo conseguiría. Poco tiempo después, hui. Me vi incapaz de cumplir con sus horribles encargos. —Consiguió mirarme varios segundos seguidos, ignorando el temblor de su labio inferior—. Me pedían traicionar a quienes amaba, entregar a inocentes. Secuestrar, coaccionar, engañar. Son perversos, Tessa. Y yo… —Inspiró con dificultad antes de continuar—. Yo deseaba recuperarla, pero no quería ser como ellos. No quería. No podía…

Se echó a llorar sin contención.

Los primeros días desconfiaba de cualquier cosa que dijera o hiciera. Pensar que había acabado con mi vida me impedía deliberadamente confiar en él. Tardé en estar dispuesta a escuchar su versión. Haber podido ver su dolor, su angustia infinita, confirmaba lo que en su momento ya sospechaba: Mel no era más que un niño asustado al que habían separado de su madre.

Me fue sorprendentemente fácil aplacar mi enfado y sustituirlo por las ganas de consolarlo. Lo rodeé con los brazos y apreté fuerte su cuerpo contra mí. Quería apagar su tristeza, hacerle olvidar todo lo que le hicieron pasar. Él reaccionó con quietud al principio, impactado por mi abrazo. Apenas unos segundos después ya me estaba respondiendo con más fuerza y más lágrimas.

—Eres un superviviente, Mel. No debes sentirte mal por ello —dije en voz baja, cerca de su oído—. Muchos no habrían sido capaces de negarse por miedo. Tú lo hiciste a pesar de las consecuencias, y hay que ser muy valiente para hacerlo.

—O muy cobarde —respondió entre hipidos.

No le respondí. Cualquier cosa que dijese no iba a consolarlo, estaba claro. Me limité a seguir en contacto con su piel.

El abrazo duró lo que Mel necesitó. Me mantuve quieta en el sitio hasta que, poco a poco, su llanto se apagó y consiguió normalizar su respiración. Una vez relajado, aflojé mi agarre sin soltarlo del todo.

—Encontraremos a tu madre y encontraremos a Enzo. Cueste lo que cueste —dije convencida, totalmente determinada a conseguirlo.

Lo noté asentir en mi cuello. Se despegó con lentitud, permitiéndome verle los ojos enrojecidos. Al conectar mi mirada con la suya sentí caer el último ladrillo de la barrera que levanté cuando lo conocí. Ya no había desconfianza, no había reproche. Solo afecto y solidaridad. Apoyé mi frente sobre la suya. Él cerró los ojos y soltó un largo suspiro.

—Debemos hablar con Adriana —dijo casi en un susurro.

—Vamos. —No había tiempo que perder.

Le ofrecí la mano. En cuanto la agarró, salimos de allí en dirección a Punta Javana.

Sentía los nervios en la boca del estómago. Realmente, había creído que nunca más volvería a ver a una persona humana y, aunque fuera Adriana y no alguien de mi familia o mis amigos, me alegraba enormemente la idea.

Salimos a la superficie un par de veces para comprobar que nadie pasaba cerca con una embarcación. A pesar de haber tomado yo la delantera para salir de la cueva, fue Mel quien me guio todo el camino. Él sabía llegar a la playa de la clínica sin ser visto.

En el trayecto me dijo que lo poco que pudo hacer como informante para los Píamus fue establecer contacto con Adriana por ser su fuente en tierra. También que, desde que huyó de sus obligaciones, consiguió mantener la comunicación con ella sin que la familia lo supiera.

Cuando vimos la costa por fin, los nervios afloraron en mí sin remedio. Aminoramos el ritmo y acortamos la distancia entre los dos.

—¿Cómo sabrá ella que estamos aquí? —pregunté.

Mel hablaba mientras rebuscaba algo en el fondo arenoso.

—Cuando necesito hablar con ella, dejo una piedra anaranjada sobre la roca de arriba. —Siguió su búsqueda, concentrado—. Es algo que para otros humanos no tiene importancia, la superficie está llena de ellas. —Pareció encontrar la indicada—. Pero para ella es la señal de aviso. Después, espero pacientemente a que la vea. Cuando se acerca, hago sonar mi aleta sobre el agua para confirmar que estoy ahí.

Por eso la doctora reaccionaba así cada vez que sonaba un chapoteo en el agua en mis visitas a la playa. Y me resultaba gracioso ver su cara de susto…

Nos acercamos poco a poco, rodeando la playa. Suerte la nuestra de poder ver y escuchar con claridad a tanta distancia y así saber dónde se ubicaban los humanos para poder evitarlos.

Un momento… ¿Acababa de pensar en la raza humana en tercera persona? ¿Cuándo dejé de considerarme parte de ella?

Mel aprovechó para colocar la pequeña piedra sobre la roca sin ser visto. Después se acercó, me agarró de la mano y tiró de mí. Nos ocultamos debajo de la larga roca plana en la que me resbalé con la silla. Los recuerdos brotaban inevitablemente. La herida, la satisfacción del salitre, sus pupilas dilatadas. Olvidé ese pasado que ya de nada me valía y copié su gesto cuando se empezó a cubrir de arena.

Esperamos pacientemente, en silencio. Pudo pasar más de una hora hasta que escuchamos una voz cerca de la roca, en la superficie. Parecía la de Adriana hablando por teléfono, aunque por el cambio de medio la escuchaba distorsionada. Mel me miró y asintió. Se sacudió la arena de sus escamas y subió lentamente, indicándome esperar ahí por el momento. Sacó la cabeza, miró a todos lados e hizo sonar su aleta en un suave chapoteo. Volvió a meterse en el agua casi del todo, dejando visible solo su melena y sus ojos. A los pocos segundos escuché más claramente la voz de la doctora.

—Hola, Melicertes. ¿Hay novedades?

—No consigo encontrar la isla de la que me hablaste. Necesito que seas más específica con su ubicación.

Ambos sonaban serios, como si se tratase de una reunión de trabajo en la que se decidía el futuro de la empresa.

—Imposible. Ya me estoy arriesgando demasiado al descubrirte siquiera la existencia de esa isla. Si se enteran de que sigo hablando contigo tomarán represalias contra mí o contra mi familia. Tienes que entenderlo. —Escuché un par de pasos, que la alejaban de la roca.

—No eres la única que corre peligro por esto, y lo sabes. —Mel aflojó el tono tan sobrio. Los pasos cesaron—. Además, ya no se trata solo de mí.

Me indicó con la mano que era el momento de unirme a él. Después del bombeo repentino de tósigo que noté en el pecho, salí del fondo y me puse a su lado sin terminar de sacar la cabeza del agua.

—Tessa… —habló sin creerse lo que veía.

—Hola, Adriana —respondí neutral.

Tenía muchos sentimientos encontrados y no sabía si pesaba más la alegría de ver a una persona, la emoción de estar de nuevo en Punta Javana, el miedo a ser descubiertos por los humanos o el pánico a ser interceptados por la guardia de los Píamus.

—La conversión funcionó —dijo Mel.

—Pero tú… —La doctora aún no daba crédito.

—Lo sé, pero así son las cosas ahora —interrumpió él—. Debemos encontrar esa isla con urgencia o no tendremos oportunidad de salvar a ninguno de los dos. Dependemos de ti, Adriana. Por favor.

El Mel triste y abatido de hacía unas horas desapareció por completo. Se mostraba entero, seguro de sí mismo. Llegaba incluso a sonar amenazante.

—Os entiendo, de verdad que sí, pero no puedo hacer nada. Tienen amenazada a mi familia.

—Recuerdo que me dijiste que la policía me consideraba la principal responsable de la desaparición de Enzo —intervine—. ¿Sigue siendo así?

Me miró con pena y asintió.

—Desde que tú también desapareciste, las sospechas han aumentado. El padre de Enzo está perdiendo el juicio. Está moviendo cielo y tierra para encontrarte y hacerte pagar por ello. No atiende a razones.

—La doctora era lista, sospechaba el porqué de mi pregunta.

—Tú sabes la verdad, Adriana. —Conecté con sus ojos y la miré casi sin pestañear mientras hablaba—. No es justo que yo cargue con una culpa que no es mía. No es justo para mí ni para mis seres queridos. Si no lo haces por Mel, hazlo por tus propios principios. Eres médico, sé que llevas en la sangre ayudar a los demás cuando puedes hacerlo. Tienes la oportunidad de hacerlo ahora. Ayúdame a limpiar mi nombre.

Vi en su cara un debate interior, que empezaba a sobrepasarla. Sentía que quería rebatirme, seguir defendiéndose, pero no encontraba las palabras. En su silencio intuí que me daba la razón.

Cuando iba a insistir, habló:

—Si esto salpica a mi familia, si Annie se ve perjudicada de alguna forma, debes saber que lucharé por ella sin importarme nada ni nadie más, Tessa. Sean cuales sean las consecuencias. —Se le saltaron un par de lágrimas sin dejar de mirarme. Asentí—. Tú conoces la costa. Debéis bordearla por mi derecha. Cuando encontréis el puerto de Adra, id en línea recta mar adentro. A unos cuantos kilómetros os encontraréis dos islas juntas, una de ellas tiene un faro abandonado y otra es apenas un islote. La que os interesa es la más pequeña, olvidaos de la grande.

Se secó las dos lágrimas y se giró para marcharse.

—Gracias —dije antes de sumergirnos.

Nos pusimos en marcha en segundos. Primero tomamos suficiente distancia con la costa y después la bordeamos por la derecha, tal como dijo. Íbamos a bastante velocidad, lo que nos supuso llegar rápidamente al puerto de Adra. Advertimos varios barcos maniobrando para entrar o salir de allí, así que descendimos todo lo que pudimos hasta seguir nuestro camino paralelos al fondo. En cuanto nos situamos en el punto correcto, empezamos el trayecto a mar abierto.

Tardamos casi otra hora en ver frente a nosotros una enorme torre de roca y arena con salida a la superficie. Era ancha, de color oscuro y de apariencia bastante salvaje. Nos miramos con emoción. Habíamos llegado a la isla.

Con sumo cuidado y precaución emergimos hasta sacar la cabeza del agua. Era muy acorde a lo que Adriana dijo: una isla de forma triangular que tenía a un lado un edificio, del que sobresalía una enorme columna. Ese debía ser el faro que describió. A pocos metros de dicha construcción, en el centro del terreno, había una pista de aterrizaje bastante descuidada. Eso me hacía pensar que, en algún momento, tuvo actividad humana, pero, por el aspecto que en ese momento tenía, hacía ya bastante tiempo de la última vez que hubo personas allí.

Siguiendo la forma del triángulo, la esquina más alargada llevaba al inicio de una segunda porción de tierra mucho más pequeña. Más aún que La Isleta de Punta Javana. Ese pequeño islote era más un peñasco que una isla en sí y, en teoría, lo que estábamos buscando. Nos acercamos aún dudosos, en constante alerta por ser descubiertos o por haber sido víctimas de una trampa.

—Si es este el sitio que buscamos, Enzo no puede estar muy lejos —dijo Mel.

Rodeamos la zona y llegamos al peñasco sin saber ni por dónde buscar. Era una enorme roca puntiaguda, en la que una persona no podría ni mantenerse de pie. ¿Se habría equivocado Adriana? Fue bastante específica al decir que no era la isla grande la que interesaba, sino el islote de al lado, pero no parecía haber nada ahí.

Nos pasamos la tarde dando vueltas, revisamos lo que ya habíamos visto y cuestionamos las indicaciones de la doctora. Incluso pensamos en entrar e inspeccionar el edificio de la isla triangular, aunque fuera a rastras. Nuestra búsqueda no dio frutos, ni nuestras teorías ridículas de cómo podrían haberlo escondido en el faro o en cualquier otro recoveco de la isla.

—Aquí no hay nada, Tessa. Lo hemos escrutado hasta la saciedad y no hemos encontrado ningún indicio de que pueda estar aquí.

—No hace falta que me expliques lo obvio. He estado contigo en todo momento y he podido comprobar que no hay ni rastro de él, gracias —solté sin pensar.

Estaba cansada y enfadada. Hablé sin meditarlo. Mel me miró apenado.

—Lo siento —dijo.

Me arrepentí al instante de haberle hablado así.

—Soy yo la que lo siente, Mel. Estoy al borde de un ataque de nervios y no sé ni lo que digo, perdóname. —Mostré una pequeña sonrisa para aliviar el ambiente—. Lo mejor será que vayamos a descansar. Mañana volvemos y buscamos de nuevo con otros ojos.

Mel me dio la razón.

La vuelta a la cueva nos costó más tiempo que la ida, ya que no llevábamos la velocidad de la mañana. En cuanto llegamos, me acomodé en mi lecho de plantas rendida. Agradecía haber fabricado uno nuevo junto a Mel en esos días. Así no tenía que dormir otra vez entre cuatro algas mal unidas, ni tampoco arañarme con la rugosidad de la roca.

Esa noche volví a soñar con imágenes inciertas, flashes que venían a mi mente y me asaltaban sin avisar. Cada día que pasaba eran más concretas, aunque seguía sin entenderlas. Un par de noches atrás, soñé que lloraba y no fue hasta despertar cuando entendí que las lágrimas solo formaban parte del sueño.

Esa vez no fue llanto, sino desesperación. Sentí la necesidad absoluta de algo. Como si tuviera mucha hambre y no hubiera nada para comer, como si hubiera pasado días sin dormir y no tuviera momento para descansar. Sentía que me habían arrebatado algo esencial para mi subsistencia. Algo que, de no recuperarlo pronto, podría suponerme la muerte.

Al despertar sobresaltada, me convencí de que había sido solo una pesadilla, que enseguida se irían todas esas sensaciones tal como había pasado los últimos días y me podría relajar. No ocurrió. Por primera vez, me sentí igual estando despierta que en mis sueños y eso me hizo dudar de mi propio estado de conciencia. Logré destensarme con el paso de los minutos, cuando comprobé que esa mala sensación, en lugar de permanecer conmigo el resto del día, simplemente me había durado más que las veces anteriores.

Mel aún dormía cuando amaneció. El día anterior fue agotador y, de no ser por mis extraños sueños, estaba segura de que yo también habría estado aún durmiendo. Tenía más confianza en mí misma, en mis instintos y en lo que aprendí las últimas semanas, así que me tomé la libertad de salir a pasear para despejarme.

Me habría encantado acercarme de nuevo a Punta Javana y cotillear cerca de la costa por si encontraba a mis padres, a Río o a cualquiera de mis amigos. Sabía que era una muy mala idea. Me convencí rápidamente de quedarme quietecita.

Aun así, salí a explorar los alrededores. Empezaba a conocer bien la zona y no me daba miedo alejarme un poco. Además, sabría cómo esconderme o huir si algún peligro acechaba.

Estaba observando el comportamiento de limpieza compulsiva de unas criaturas alargadas muy curiosas cuando percibí su aroma. Olía más a café que a vainilla, así que estaba preocupada por algo. ¿Cómo supe eso? Algo dentro de mí se activó, me nubló el juicio y me hizo salir a toda prisa en su busca.

Su aroma me embotó los sentidos. Me sentía incapaz de pensar en otra cosa que no fuera ir hacia ella, encontrarla, abrazarla, protegerla.

Mis ojos necesitaban verla; mis oídos, deleitarse con su voz; mis manos, comprobar la suavidad de su piel.

Desconocía qué me estaba pasando, solo sabía que debía ir en esa dirección. Mis instintos me dominaron cuando fui capaz de olerla a kilómetros de distancia y aumentaban su intensidad conforme su aroma se acercaba. Seguí y seguí, alcanzando más velocidad. Llegué sin darme cuenta al prado en el que nos vimos por primera vez.

—Helena —alcé la voz sin gritar.

Consideré haber perdido la cabeza hasta que la vi aparecer a lo lejos. Mi corazón se paró por un instante. Nos mantuvimos la mirada largo rato en la distancia, sin movernos ni decir una sola palabra. Veía en ella la misma confusión y desesperación que tenía yo.

Estaba vestida con un atuendo diferente al que llevaba la última vez que la vi, y llevaba el pelo en un recogido muy suave, casi suelto. Estaba radiante, como siempre. Podía ponerse una bolsa de basura sobre la cabeza que me seguiría pareciendo la criatura más hermosa que había visto en mis dos vidas.

Una parte de mí me exigía que fuera hacia ella, que la abrazase hasta fusionarnos en una sola. Otra me repetía que era una estúpida y que me diera la vuelta. Jamás me había sentido así, tan desesperada, tan necesitada. No era atracción, no era amor, era cuestión de vida o muerte. Su presencia era mi oxígeno.

Sin darnos cuenta avanzamos la una hacia la otra, como atraídas por un imán. Cuando nos encontramos frente a frente, levantó la mano y la acercó a mi cara, dejando una suave caricia sobre mi mejilla. Cerré los ojos a su tacto.

—Lo he querido evitar, Tessa, te prometo que he luchado con todas mis fuerzas. —Nunca había escuchado su voz tan suave como entonces—. Me resulta tan difícil…

Abrí los ojos y me conecté con los suyos.

—¿Qué me has hecho? —pregunté sin reproche.

Ella sonrió de forma sincera.

—La culpa de lo que nos pasa no recae sobre nuestras decisiones. Es algo inevitable, y tremendamente inoportuno —dijo con una risita final. Su alegría se disipó con un suspiro—. Si nos hemos encontrado aquí es porque aún somos muy débiles, Tessa, y no nos lo podemos permitir. Me niego a asumir las consecuencias. —Su voz acabó sonando seria, más parecida a la de Parténope.

¿Hablaba de estar enamoradas? ¿Era posible en tan poco tiempo? Mi corazón y mi cerebro estaban colapsando. No era capaz de identificar con claridad lo que me pasaba. Sentía como si, aparte de mis ideas y sentimientos, se hubiera creado un nuevo espacio reservado para otro tipo de emociones. Unas que no eran mías propias.

—Helena, ¿qué está pasando…? —pregunté poco más alto que un susurro.

—Pasa que los dioses son caprichosos y parecen querer nuestro sufrimiento. —El brillo de sus ojos cambió, su gesto era compungido.

Abrir mi corazón sin reservas nunca fue mi fuerte. Siempre preferí callar a confesar, pero con ella me sentía a salvo. Era inexplicablemente placentero notar su presencia, me calmaba.

—Mi cabeza me dice que esto no tiene lógica y, a la vez, hay algo dentro de mí que me pide a gritos no dejarte marchar nunca. No sé qué es lo que me está ocurriendo… —La miré asustada—. Tengo miedo de lo que esto pueda significar —confesé sin pensar.

Helena no se sorprendió por mis palabras.

—Lo sé —aseveró con tristeza.

Juntó su frente con la mía y, sin haber despegado su mano de mi mejilla, me acunó el rostro. Sentía su aliento sobre mis labios, como en la noche del Mensis. Solo que no acabó con una amenaza.

Esa vez acabó con sus labios sobre los míos.

CAPÍTULO 15

La isla

Una corriente eléctrica me recorrió entera de arriba abajo. Cada célula de mi cuerpo se alineó con la siguiente y todo mi ser se focalizó en un mismo y único pensamiento: ella. Sentía que nada había tenido sentido antes de ese momento. Fue un despertar, un momento de revelación. Lo único de lo que podía tener certeza era de la humedad de sus labios y de su respiración sobre mi piel, y podría morir en paz. Es lo que había esperado toda mi vida sin saber siquiera que existía. Sentí el calor de sus mejillas y sus dedos deslizándose por detrás de mi cuello.

Rodeé su cintura con mis brazos de forma inconsciente y enrosqué mi cola a la suya, queriendo eliminar así cualquier distancia que nos pudiera separar. Junté nuestros cuerpos y seguí el beso con la misma suavidad y pureza con la que había empezado.

Era magia, emoción, secreto, peligro. El tiempo se detuvo por unos instantes.

Cuando Helena empezó a alejarse la apreté un poco más contra mí, retrasando el momento de separarnos. Noté su sonrisa en mis labios, a la que yo respondí de igual manera. Poco a poco aflojé mi agarre hasta volver a mirarnos a los ojos. Nuestro beso llegó a su fin sin quitar mis manos de su cintura. Las puse justo por encima del inicio de sus escamas, donde la curva de su cuerpo era más pronunciada y su piel lucía absolutamente perfecta.

—Yo también deseo esto, Tessa, pero sigo siendo lo que soy —dijo Helena con pesar—. Debo regresar. —Se separó un poco más—. No creo ser lo suficientemente fuerte como para continuar luchando contra esto. Contra ti. Por favor, necesito que tú sí lo seas, que no vuelvas. Necesito que seas fuerte, que te alejes de mí y de mi familia. —Hablaba con rabia y dolor, lo sentía en el fondo de mi pecho. Me sobrepasó y comenzó a marcharse por donde vino. Me debatía entre pensar que lo decía por protegerse a sí misma de una extraña o por protegerme a mí de las posibles maldades de su familia. Sea como fuera, ni ella ni yo podíamos cambiar lo que ella era. Ninguna podía evitar que siguiera siendo una Píamus, la hija de Tadd y de Briseida, la responsable de la estabilidad de toda una comunidad. Era una Píamus… ¡Era una Píamus!

—Espera. —La sujeté por la muñeca. Ella se volvió y me miró a los ojos—. Tú sabes dónde está el humano.

Su cara lo dijo todo. El rubor de sus mejillas desapareció y la piel de su rostro bajó un par de tonos de su blanco natural. No pronuncié su nombre, posiblemente ella ni lo supiera, pero ambas sabíamos por quién estaba preguntando.

—¿Cómo sabes…?

—He encontrado la isla. Solo necesito que me digas dónde está escondido.

Mi pregunta fue muy directa, sin opción a rodeos. El tiempo jugaba en mi contra, pararme a dar explicaciones de más solo haría que se consumiese más rápido. Eso y que, si le admitía que yo también era (o, más bien, había sido) una humana, pondría verdadero punto final a lo que fuera lo que nos unía. No iba a correr ese riesgo, ni entonces ni en un millón de años.

Sus ojos se entristecieron.

—No puedo.

Silencio.

Aunque detestaba la idea de presionarla, mis instintos me decían que ella misma quería decírmelo, a pesar del terror que eso le provocaba.

—Sé que no eres como tus padres, Helena.

Teniendo en cuenta que ella vivía en el seno de esa familia desde que nació, no era tan loco pensar que estaba de acuerdo con los métodos que tenían Tadd y Briseida para mantener su poder, que no le parecía mal secuestrar, extorsionar o esclavizar. Nada me indicaba que pudiera no ser así. Nada, salvo el enorme grito que resonaba dentro de mí queriéndome hacer ver que la percibía diferente a ellos.

Cuando la conocí apenas sentí atracción física por su belleza. Quizás su actitud tan desconfiada y altiva me había llamado la atención, pero no era algo que no hubiera sentido cuando era humana. Eso… Eso no tenía nada que ver con la lógica. Lo que sentía latir en mi pecho estaba lejos de ser racional o coherente. Era animal, era puro instinto. Necesitaba protegerla y cuidarla, permanecer a su lado pasara lo que pasase. Una nueva sensación me llenaba por dentro sobremanera y era incapaz de pensar en otra cosa que no fuera eso. Helena, su seguridad, su vida, su felicidad.

Seguía esperando respuestas.

—Ese es el problema. Si te lo digo, sabrán que he sido yo —contestó derrotada.

—¿Por qué iban a desconfiar de ti? ¿No hay nadie que sepa su paradero además de vosotros tres? —pregunté armando ya un plan en mi cabeza para culpar a quien fuera con tal de salvarla a ella.

—Solo un varón, el confidente más fiel de mi padre. Pero él no los traicionaría jamás. —Negó con la cabeza.

Necesitaba a Enzo, necesitaba limpiar la conciencia de mi familia y, sobre todas las cosas, la necesitaba a ella fuera de peligro. Deseos aparentemente incompatibles entre sí. Me estaba desesperando.

—No sé cómo, pero creo que puedo notar lo que sientes. ¿Es una locura pensar que a ti te ocurre lo mismo? ¿Sientes en tu cuerpo mis emociones? —Se llevó una mano al pecho sin decir nada. Una comisura de su labio se alzó ligeramente. Me lo tomé como una respuesta afirmativa y me acerqué a ella—. Entonces, créeme cuando te digo que es de vital importancia que encuentre a ese chico. Y, cuando lo haga, prometo hacer lo imposible por mantenerte a salvo a ti de cualquier amenaza que pueda perjudicarte. Confía en mí —le rogué.

Esa vez fui yo quien puso mis manos sobre su rostro, a la altura de la mandíbula. Respiramos juntas, nariz sobre nariz.

—Sé que puedo confiar en ti, lo noto aquí —se golpeó el cuerpo con dos dedos, justo encima de su corazón—, pero eso no cambia nada. El peligro sigue siendo el mismo.

—No te lo pediría si no fuera crucial —le insistí.

Suspiró.

Noté cómo las reticencias de Helena disminuían, a pesar de no hacerlo su miedo. Lo sentía ahí, latente, aún sin identificar hasta qué punto la bloqueaba.

Me rodeó el cuello con sus brazos y hundió su nariz en mi pelo para después inspirar lentamente, tal como hizo el día que me ayudó a escapar de la Guarida. Guardó silencio unos segundos antes de hablar:

—Si quieres esconder algo de la superficie, ¿dónde lo ocultarías?

—dijo en mi oído.

Entonces sí que noté crecer su miedo, arrepintiéndose de sus palabras nada más pronunciarlas. La apreté más fuerte y busqué su aroma justo detrás de su oreja. Su olor era la octava maravilla del mundo.

—Gracias —susurré contra su cuello.

Ambas sabíamos que debíamos separarnos ya, y seguíamos reacias a hacerlo. Aguantamos unidas un ratito más, hasta que admití mentalmente que debía irme cuanto antes a por Mel para contarle que ya sabía dónde buscar.

Nos miramos frente a frente e hice el amago de besarla por última vez. Ella puso los dedos sobre mis labios para impedirlo. Me los acarició con el pulgar, despacio. Dejó un casto beso sobre ellos y se escapó de mis brazos.

Antes de perderla de vista, un recuerdo me asaltó.

—¡Helena! —grité. Ella se giró en la lejanía—. Dahiria, Alyrr… ¿Están bien?

Asintió antes de marcharse del todo. Respiré aliviada.

Cuando llegué, Mel aún dormía. Me acerqué despacio y le mecí el hombro con suavidad.

—Mel, tenemos que irnos. Tenemos que buscar a Enzo.

—Ayer buscamos sin descanso y no vimos nada. —Rehusó abrir los ojos.

—Porque no sabíamos dónde buscar —respondí agitada—. Nunca lo dejarían en la superficie, Mel. Es pura lógica. Está oculto bajo el agua.

—Entonces se habría ahogado, Tessa.

Bostezó.

—No me creas si no quieres, pero estoy segura de que está ahí. —Lo zarandeé un poco más fuerte—. ¡Vamos, levanta!

—Está bien, está bien. —Se incorporó por fin—. Vamos.

Como ya era costumbre en los días de expedición, cogió la pequeña bolsa marrón, metió ahí dos puntas de lanza, se la ató en torno a la cintura y salimos juntos dirección al islote.

El trayecto lo recorrimos rápido, aunque no tanto como la ida del día anterior. El cansancio se notaba en nuestros músculos y nos era difícil mantener el nivel de energía.

Al llegar, Mel intentó salir, pero tiré de él hacia abajo.

—En la superficie no —dije.

Se repuso del sobresalto y me siguió. Buscamos por la enorme columna de roca cualquier indicio de abertura que pudiera haber. Lo hicimos, principalmente, con el islote, y también con la isla triangular más grande, por si acaso. No íbamos a dejar un solo centímetro sin analizar.

Efectivamente, la clave era el islote. La dichosa rendija era pequeña, estaba muy pegada al fondo y pasaba perfectamente desapercibida. Era casi imposible de ver. Solo serías capaz de encontrarla si sabías que existía. Tanteé la roca con las manos y metí el brazo de forma experimental. Sí, había un gran hueco ahí.

Miré a Mel y le sonreí. Introduje mi cuerpo al completo procurando no rasparme en el proceso. Él me siguió muy de cerca.

Nos encontramos en un espacio bastante alto y estrecho. Con la emoción a flor de piel, subimos rápidamente hasta encontrarnos una cúpula de aire lo suficientemente grande como para que una persona humana pudiera respirar. Un pequeño hueco en la punta del islote dejaba pasar la claridad del sol, y la forma horizontal y aplanada que una de las paredes tenía por dentro dejaba el espacio suficiente para mantenerse encima sin necesidad de nadar.

Tenía que ser ahí, era el sitio perfecto.

Pero Enzo no estaba.

En su lugar encontramos un rastro de una sustancia pegajosa, que cubría la parte plana de la roca casi al completo. Me acerqué a examinarlo. Era parecido a lo que Helena me puso en el pecho para tratar mi herida ese día en la Guarida, aunque este era más verde y con el olor avinagrado más fuerte. Olfateé en busca de alguna pista más. Deseé no haberlo hecho cuando identifiqué un olor metálico y desagradable. Unas pocas gotas bastaron para instalar el terror en mis huesos.

—¿Qué ocurre? —preguntó Mel preocupado.

—Sangre… —balbuceé aún en shock.

Se acercó a mi posición y repitió mis pasos. Cuando él lo olfateó, le cambió el gesto a uno muy parecido al mío.

—Debemos hablar de nuevo con Adriana —dijo sin titubear.

Quiso salir de allí a toda prisa. Lo detuve antes de que se sumergiera por completo.

—No, espera. Esto… Esto debe tener alguna explicación. Helena me dijo que…

—¿Has hablado con Parténope? —me interrumpió preguntando alarmado—. ¿Está ella aquí? ¿Sabe dónde está mi guarida? ¿Tadd o Briseida han…? —El pánico le hizo alzar la voz cada vez más.

Le tapé la boca con las dos manos.

—Nadie sabe dónde estamos, ni la ubicación de tu cueva. —Oía el latir desbocado de su corazón—. Tranquilo, estamos a salvo.

Apartó mis manos con las suyas.

—Entonces, ¿cómo…? —Miró a todos lados, intentando organizar sus pensamientos—. Tessa, por favor, dime qué pasa. Dime que no trabajas tú para ellos. Dime que no…

—Primero, necesito que te relajes, Mel, o vas a tener una crisis nerviosa. Créeme que sé de lo que hablo. —Lo sujeté por los hombros y lo obligué a mirarme. Lo insté a respirar conmigo un par de veces—. Bien, ahora necesito que confíes en mí cuando te digo que ni Parténope ni nadie de la Orden sabe dónde vives. Tu guarida sigue siendo un lugar seguro. —Su cuerpo empezó a relajarse de verdad—. Y necesito que

212

confíes aún más cuando te digo que Parténope no es tan malvada como piensas. No puedo explicarte por qué, pero lo sé.

—¿Estuviste en la Guarida apenas un par de días y crees que por eso la conoces? —Su tono acusativo me desconcertó—. Te estás dejando engañar por su apariencia, Tessa. Es tan despiadada como sus padres. Los tres son la peor enfermedad que puede haber en estas aguas. Los Píamus son el mal. —Escupió las palabras con una ira impropia de él.

Quise pensar que era el pánico el que hablaba por él, pero fue inevitable que un fuego me estallara en las entrañas al escucharlo insultar a Helena. No, estaba equivocado. Muy equivocado. Helena no era así, ella tenía buen corazón.

—Cuando te digo que no puedo explicarte por qué es que literalmente no puedo, porque no sé la razón. No tengo claro qué ha pasado. Solo sé que hay más bondad en ella de la que puedes imaginar. —Mel bufó en desacuerdo. Lo miré con rabia—. Fue precisamente ella la que me dijo cómo encontrar este sitio y, como puedes comprobar, no me ha mentido. Gracias a ella hemos logrado entrar —dije con tono enfadado.

—Exacto. Aquí estamos los dos. Solos. —Señaló el rastro viscoso—. Enzo no está. Da por hecho que esto es una trampa, que antes de que llegásemos alguien se ha llevado al humano. Es cuestión de tiempo que vengan a por nosotros —respondió con el mismo tono que yo—. Ha jugado contigo, Tessa. Los Píamus son así. Crueles, sin escrúpulos. Ella es igual que sus padres. Acéptalo.

Negué con la cabeza. Me negaba a pensar que Helena fuera capaz de manipularme y hacerme creer que me ayudaba para luego seguir siendo fiel a su familia. ¿Qué conseguía con ello?

Mi parte racional lo tenía claro: buscaba mi confianza. Si jugaba bien sus cartas podía utilizarme a su antojo y sacarme la información necesaria para salvaguardar los intereses de su familia. Si me hacía confiar en ella, sería capaz de decirle lo que quisiera. Quizás con eso no buscaba información en general, tal vez quisiera saber una sola cosa. Tal vez su único interés verdadero fuera sonsacarme dónde estaba Mel. Él seguía siendo un cabo suelto en los planes de los Píamus.

Él sabía cosas. Yo sabía cosas. Helena sabía cosas. Si las matemáticas no me fallaban, unir dos problemas para aplicar una misma solución era ahorrar tiempo y complicaciones. ¿Cómo pude ser tan tonta? No, no y no. Lo que sentí fue real. Sentí su miedo, su confianza. Sentí sus labios… No podía ser tan macabra y retorcida como para haberlo fingido, ¿verdad? Tantas películas románticas de domingo que vi a lo largo de mi vida, tantas veces en las que me reí de los que se enamoraban en apenas dos días, y resulta que era yo la que quería llorar por pensar que alguien a quien apenas conocía me había engañado. ¿Qué clase de brujería era esa?

Yo era fuerte, independiente, no me dejaba pisotear por nadie. Mi raciocinio seguía ahí. Lo rescaté de las profundidades de mi ser, le insuflé toda la vida que pude y respiré profundo.

—Hablaré con ella. Necesito saber qué ha pasado. Quiero escucharlo de su propia boca —dije. Preguntar antes de disparar siempre era la mejor opción.

—Si vas a encontrarte con ella, no creas que voy a dejarte ir sola. —Mel se hizo el valiente.

Lo miré con sarcasmo.

—He estado a solas con ella unas cuantas veces y nunca me ha pasado nada. —«Nada malo», especifiqué en mi mente—. Además, el odio te ciega. No le darías la más mínima oportunidad y eso no nos serviría de nada. —Él iba a replicar, pero no le dejé—. Te quedarás en tu guarida. No hay más que hablar.

Bajé por la enorme columna de agua, salí por la estrecha grieta y esperé fuera. Mel me siguió al poco. Juntos hicimos el camino de vuelta a su cueva.

Me pasé todo el trayecto repasando en mi mente lo que acababa de ocurrir. En cuanto Helena me dijo cómo encontrarlo, fui directa a despertar a Mel y en cuestión de minutos ya estábamos fuera. Era imposible que le hubiera dado tiempo a llevarse a Enzo de allí, mucho menos de avisar a alguien para que lo hiciera. A no ser que ya lo tuviera planeado de antes y me estuviese entreteniendo en el prado para darle tiempo a esa otra nereida a llevárselo. Lo extraño fue que su reacción al hablarle del humano parecía verdadera. Parecía no saber que yo lo conocía, como tampoco que ya había encontrado la isla.

Nada tenía sentido y darle vueltas, antes de poder hablarlo directamente con ella, solo me llevaba a callejones sin salida. Desistí. Cuando llegamos a la cueva, Mel volvió a intentar convencerme de que dejara que me acompañase. No cedí ni un ápice.

—Al volver te contaré todo. Ahora necesito hacer esto por mi cuenta o no funcionará. Se muestra diferente a sus padres únicamente cuando estamos a solas. Si te ve, estoy segura de que huirá.

—Si al entrar la noche sigues sin aparecer, iré a buscarte —sentenció.

Resoplé, pero acepté.

En el camino al prado en el que me había encontrado con ella, me fue incluso más difícil que antes no pensar en las posibilidades de haberme dejado engañar. Tenía una violenta lucha en mi interior, en la que peleaban mi racionalidad y mi instinto; mi parte humana y mi parte animal. Sentía que, si una parte doblegaba a la otra, la perdedora difícilmente se repondría de la derrota. Era una batalla a muerte.

Al llegar, ella no estaba. Tampoco esperaba encontrarla directamente. No había manera de hacerle saber que quería verla. Era solo cuestión de intuición y de la extraña unión que me hacía sentir sus emociones en el pecho. Deseaba que quedarme ahí y concentrarme en hacerle llegar mi necesidad de verla serviría de algo.

Entré en un estado de meditación profunda sin darme cuenta. Llevaba ya un rato con los ojos cerrados, concentrada al máximo en sentirla. Aun así, no se presentó.

Cuando volví a abrirlos, los últimos rayos de claridad se filtraban entre la vegetación. Si no me daba prisa en volver, Mel vendría a por mí y eso no podía ser bueno. En contra de mi propia voluntad, me incorporé y regresé.

Él ya estaba saliendo cuando llegué.

—¿Estás bien? ¿Qué ha pasado?

Se acercó y tiró de mí para hacerme entrar. El ambiente se había cargado de un denso olor a canela. Sus nervios estaban a flor de piel.

—No ha venido —dije con una mezcla de tristeza y enfado.

Mel tapó la entrada y volvió a mi lado.

—Debo serte sincero, me alegro de que no estuviera —comentó serio—. Cuanto más lejos estés de ellos, mejor.

Me quedé un rato en silencio, sin fuerzas para volver a discutir las razones que me llevaban a querer confiar en ella. Entre otras cosas, porque no sabría enumerarlas.

—Mañana volveré en cuanto amanezca —dije sin dudar.

Él continuaba intentando convencerme de no hacerlo. Quiso «hacerme entrar en razón», pero a mí no me apetecía hablar. Estaba decepcionada, en cierto modo, de que Helena no hubiera venido. Me tumbé en el jergón de algas, dándole la espalda a Mel.

El asalto de emociones, imágenes y sensaciones que acostumbraban a visitarme en sueños volvieron esa noche. Cada vez más concretas, cada vez más extrañas. Casi veía rostros, aunque estaban demasiado distorsionados para reconocerlos. Lo bueno fue que duraron menos tiempo que otras veces. Cuando se apagaron y conseguí desconectar, estaba tan cansada que caí dormida en cuestión de segundos.

Una nueva de esas imágenes acudió de forma rápida y solitaria a mi mente, como un fogonazo de luz. Me despertó de golpe y aproveché la oportunidad de haber espabilado antes que Mel para irme al prado sin tener que aguantar otro de sus sermones.

Todavía no estaba en mis plenas facultades cuando llegué. Mis sentidos andaban aún un poco dormidos. Algo me decía que esa vez sí que vería a Helena. Quizás, en lugar de un presentimiento, era solo esperanza. Aun así, era fuerte. Esperaba que fuera suficiente.

En el silencio y la quietud de la corriente volví a darle vueltas al asunto. ¿Habría sido un engaño? ¿Un malentendido por mi parte? ¿Una equivocación? Estaba segura de haber sentido la calidez de sus emociones en mi propio cuerpo el día anterior, aunque no podía negar que los hechos hablaban por sí solos. Me envió a un sitio vacío, me hizo ver el rastro de su presencia sin encontrarlo. Me puso el caramelo en la boca y luego me lo arrebató. Quería creer en su inocencia, a pesar de que todo me indicaba que no era más que un juego para ella. De nuevo la lucha. De nuevo el instinto contra la razón.

Afortunadamente, su figura por fin se hizo presente. Helena apareció en la lejanía a un ritmo pausado, casi temeroso. Mi corazón me martilleó el pecho. Cada vez que la veía me era imposible aplacar la emoción. Cuando la tuve tan cerca como para poder tocarla si quería, mi parte racional consiguió ganar a la instintiva.

—No estaba —dije. Helena frunció el ceño sin entender—. Cuando llegué, él ya no estaba allí.

Tardó unos segundos en procesarlo.

—No lo entiendo —dijo aparentemente confundida.

Un fuego empezó a quemarme en la parte baja del cuello. Un ataque de ira estaba por salir, lo notaba. Su cara de inocente lo empeoraba.

—Yo creo que sí. Creo que has sabido en todo momento lo que está pasando, Parténope. —Estaba tan enfadada y dolida, tan asustada por si confirmaba que había jugado con mis sentimientos…—. Creo que no has tenido reparos en creerte mejor que yo. No te culpo por eso, de veras. Tu familia se ha encargado de dejar bien claro quiénes sois los que mandáis aquí. Los Píamus, los intocables. Es normal que te creas con el derecho de manipular a quien te dé la gana. Lo llevas haciendo toda la vida, ¿no es así? ¿Qué más da una más que una menos? Porque eso soy para ti. Una pieza más en el juego de vuestro poder.

Las lágrimas se me acumulaban en los ojos hasta fundirse con el ambiente.

Helena me miraba sin entender. Deseaba con todas mis fuerzas que me dijera que no, que estaba completamente equivocada, que me había pasado tres pueblos hablándole así y que lo que sentía era verdadero. Lo deseaba con tanta intensidad que casi me pitaban los oídos.

—No tienes ni idea de lo que dices, Tessa… —Empezaba a enfadarse.

Esas no eran las palabras que esperaba. Tampoco su tono iracundo.

—Por un momento te creí, ¿sabes? Por un momento pensé que, realmente, algo nos unía. Algo bueno, algo que nos haría querer ser mejores para la otra. —Solté una risotada cargada de rabia—. Pero no te preocupes, eso no ha sido culpa tuya. He sido yo la ciega de las dos.

—No sé a qué juegas, pero te aseguro que no tengo idea de lo que ha pasado. No te imaginas las consecuencias a las que me enfrento por haberte dicho dónde buscarlo. Me he arriesgado por ti y lo sigo haciendo al presentarme aquí para verte. —Su voz volvió a sonar altiva y fría. Ahí estaba, su verdadero yo.

—No te preocupes, princesita. No hace falta que sigas arriesgando nada por mí. —Poco me importó haber dicho una palabra humana que quizás ella no entendiera—. Lo encontraré con tu ayuda o sin ella, pero te aseguro que lo encontraré.

Me limpié las lágrimas de los ojos y me di la vuelta para marcharme, dejándola con la palabra en la boca.

Me iría con Mel, me sinceraría y le explicaría todo lo que había pasado, todo lo que había estado sintiendo y buscaría el consuelo de no sentirme tan estúpida.

Helena me agarró de la muñeca.

—¡Te estoy hablando! —me gritó.

De repente, sentí su tacto como algo tóxico. Una corriente me recorrió el brazo desde el contacto con su mano hasta el hombro. Una electricidad nada parecida a la que sentí cuando la besé. Era una corriente de verdad, una sacudida punzante. Aullé de dolor.

Helena me soltó de inmediato.

—Tessa, yo…

Me alejé de ella rápidamente, aterrorizada. Me acaricié la muñeca. Mi propio tacto me dolía. Tenía la piel roja, hinchada de forma desigual y me picaba.

—No era mi intención, yo solo… —empezó a decir.

—Aléjate de mí.

Me marché de allí a toda prisa, rogando a partes iguales que me siguiera y que me dejara marchar.

¿Qué demonios había sido eso?

CAPÍTULO 16

Leyendas

Avancé a toda velocidad en dirección a la cueva de Mel. Cuanto más rápido iba, más me ardía el pecho por dentro. Me sentía engañada, usada, traicionada. No aminoré la marcha ni cuando ya veía la roca de su cueva en el horizonte.

Entré de golpe llevándome parte de las plantas de la entrada, me refugié en el fondo de la cueva y me llevé las manos a la cara en un intento inútil de detener mi llanto.

Mel se despertó en cuanto me oyó entrar.

—Tessa, ¿qué te ha pasado? —preguntó al despertar, confuso. Se incorporó enseguida y vino hacia mí—. ¿Has visto a Helena?

Era la primera vez que la llamaba así. El ardor que sentía en las entrañas se hizo un poco más agudo.

Asentí sin emitir ningún sonido, manteniendo las manos sobre la cara. Él se acercó más y me puso una mano sobre el hombro. Bajé un poco los dedos hasta descubrir los ojos. Vi su gesto angustiado. Me giré del todo hacia él y lo abracé con fuerza.

—Tenías razón, Mel. Tenías toda la razón. Ella es… No es buena. —Me dolió el corazón físicamente al pronunciar esas palabras.

Me acarició la cabeza con suavidad.

—Debiste haberme avisado para que te hubiera acompañado —dijo sin reproche. Mantuvo el abrazo un tiempo más—. Cuéntame qué ha ocurrido.

Me pasó las manos por la espalda. Luego las apartó para coger las mías de detrás de él y deshacer así el abrazo.

—¡Auch…! —exclamé. Me tocó la muñeca dolorida y su tacto me escoció.

Me miró la herida, sorprendido, asustado.

—Realmente no sé qué ha pasado —dije antes de darle tiempo a preguntar—. Ella me… me hizo esto. Me agarró de la muñeca y, de repente, sentí una especie de corriente por el brazo. Ahora me pica, y mucho. Cerré los ojos con fuerza y apreté los dientes para evitar rascarme a lo loco. Con el paso de los segundos me escocía más y más.

Mel se separó de mí de golpe. Fue a buscar el poco emplasto que quedaba del que me puso por el cuerpo cuando regresé de la Guarida y me lo aplicó con sumo cuidado alrededor de la muñeca.

—Esto no es normal —dijo preocupado—. Parece una picadura de nidaria, de una muy potente.

—¿Qué es una nidaria? —pregunté extrañada.

—Son seres que se defienden con veneno. —Terminó de untarme ese potingue—. Hay un tipo que es especialmente tóxico, semitransparente, con tentáculos. Se mueve por golpes de agua. Si te encuentras con uno así, lo mejor es alejarte. No sirven de alimento y tocarlos puede ser peligroso.

—¿Hablas de las medusas? —pregunté. Por la descripción parecía ser lo mismo.

—Desconozco cómo las llaman los humanos. Aquí son nidarias, y más te vale tomar precauciones con ellas. —Cuando me tapó bien la herida, dejó el cuenco ya vacío a un lado y me siguió examinando la mano—. Debo preparar más. Mañana te hará falta.

Quiso salir de la cueva, pero lo retuve.

—No… —pedí suplicante.

—Es importante, Tessa, necesitas sanar esa herida —respondió confundido.

—Por favor, no te vayas ahora.

Me daba miedo quedarme sola. Me sentía herida, especialmente vulnerable. Quería ocultarme del mundo y no salir de mi escondite hasta que todo hubiera pasado. Mel me miró compasivo.

—Está bien, me quedo.

—Gracias —susurré mientras le apretaba la mano.

Me respondió con una caricia en el dorso y una sonrisa.

Cuando me vio un poco más calmada, me preguntó qué había pasado. Se lo conté todo, absolutamente todo. Nuestro primer encuentro en el prado, la amenaza de la noche del Mensis, la actitud compasiva en la Guarida, su ayuda para escapar. La atracción inexplicable, el instinto de protegerla, la necesidad de estar a su lado.

—Además casi todas las noches tengo sueños extraños. Quizás no tenga nada que ver, pero desde que escapé de la Guarida he estado soñando con imágenes confusas, sensaciones que van desde el hambre a la rabia, el miedo… No sé si son sensaciones reales o solo un invento de mi cabeza —expliqué como parte final de los cambios que había sentido en mí.

Mel apenas parpadeó mientras me sinceraba. Desde que empecé a hablar no cambió su gesto de confusión y asombro, pero nada se comparaba con la cara que puso al escuchar eso último.

—¿Era como si fuera la proyección de otra persona? ¿Como si tu cuerpo sintiera las emociones de otro y te las mostrara sin un orden concreto? —dijo con terror.

—Eso me pasa cuando estoy cerca de ella. Sé que suena a locura, pero te juro que es real. Siento su miedo y sus dudas dentro de mí. No es algo que pueda confundir con mis propias emociones. Noto cuándo es suyo y cuándo es mío. No lo sé, es raro… —Chasqueé la lengua y me perdí momentáneamente en mis pensamientos. Cuando volví a mirar a Mel estaba conmocionado—. ¿Tú sabes lo que es? ¿Sabes por qué me siento así?

En lugar de responderme a la pregunta, negó insistentemente con la cabeza. Se paseó de un lado a otro.

—Antes de las imágenes confusas, ¿soñaste alguna vez con ella de forma nítida?

—Sí, más de una vez. Antes veía su rostro de forma clara, pero desde que una noche se juntó su imagen nítida con las primeras formas confusas no he vuelto a verla en sueños.

—No, no puede ser… —Retomó su paseo.

—Mel…

—Pero tiene que ser eso, es la única explicación… —dijo. No parecía escucharme.

—¡Mel! —llamé su atención a gritos.

Se paró y me miró.

—Debemos hablar con Adriana inmediatamente.

Su explicación se quedó ahí. Se negó a decirme nada, asegurándome que primero tenía que estar al cien por cien seguro de su respuesta. Tampoco estaba convencido de que la doctora supiera más del tema que él, solo quería contrastar la información antes de decirme algo.

Necesitaba parar, hacerme un ovillo y llorar hasta que el corazón me reventara, pero también precisaba respuestas. Así que me limité a tomarme un momento antes de salir.

No era miedo, no era enfado, tampoco desilusión. Lloraba por lo desesperada que me sentía y porque quería salir huyendo de allí en busca de Helena y eso me destrozaba. Me hizo daño, era consciente de ello y, de ser capaz de ignorar la irremediable atracción que sentía por ella, habría sido la primera en mandarla a la mierda para no volver a verla nunca más. Aun así, mi instinto me desgarraba por dentro, me gritaba que fuera en su busca. Era desesperante.

—¿Estás mejor? —preguntó con dulzura, como si tuviera miedo de romperme con sus palabras. Asentí despacio mientras salía del refugio de sus brazos—. Si prefieres quedarte, puedes hacerlo. Aquí estás a salvo.

—No, no. Quiero ir contigo. —Me froté los ojos para eliminar cualquier rastro de tristeza. Inspiré hondo y solté el aire muy despacio—. Perdona por haberme puesto así. No sé lo que me pasa y me siento un poco… perdida, supongo. No lo sé. En fin, lo siento.

Me sonrió con ojos tristes.

—Nunca te disculpes por llorar.

Me uní a su sonrisa, le di un último abrazo antes de salir y susurré un sincero «gracias».

En cuanto llegamos, colocamos una nueva piedrecita anaranjada sobre la roca plana y esperamos pacientemente debajo, ocultos por la arena del fondo. Al escuchar la voz de Adriana acercándose, salimos a la par. Mel hizo sonar su aleta contra el agua. Enseguida tuvimos a la doctora frente a nosotros.

—Hola, Adriana —dijo Mel.

—Melicertes, Tessa —saludó ella.

Él abrió la boca para hablar, pero me adelanté.

—Encontramos la isla, pero Enzo no estaba allí. Parece ser que se lo han llevado. ¿Sabes en qué otro sitio puede estar? —Fui directa al grano.

Adriana parecía desconcertada.

—Es el único sitio que conozco que utilizan para eso. No sé dónde podrían esconderlo si no es allí, lo juro. —Alzó las manos como signo de rendición.

Miré a Mel. Creíamos en su palabra, aunque eso no evitaba nuestra necesidad de respuestas.

—¿Pero para qué utilizan ese lugar? ¿Por qué retienen a Enzo? —pregunté temiendo la respuesta.

La doctora contuvo el aire.

—Solo la familia lo sabe a ciencia cierta. Los demás apenas podemos basarnos en historias, leyendas… Rumores.

La miré con recelo. Ella creía en esas historias que había mencionado, lo veía en su gesto.

—Servirá —dije dándole pie a hablar.

Ella me miró indecisa.

—Las leyendas que hablan de los Píamus no se parecen en nada a los cuentos infantiles, Tessa. No son agradables de escuchar.

La ansiedad crecía cada vez más en mi pecho. Me mantuve en silencio para indicarle que estaba dispuesta a saber. Adriana suspiró y se acomodó sentándose con las piernas cruzadas sobre la roca.

—Para entender realmente la historia, tenemos que remontarnos a los propios orígenes de Punta Javana. Según cuentan, a finales del siglo XVI, un bandolero llamado Alonso de Aguilar, más conocido como «el Joraique», encontró en estas costas el escondite para sus tesoros robados. Nunca se supo la localización ni se encontraron pruebas de su existencia. Algunos decían que estaba en una gruta submarina, otros que en una isla desierta… Su leyenda mantuvo ocupados a los cazatesoros durante muchos años.

»Por otro lado, a principios del siglo xx, una familia de mapuches que huía de la pobreza y la violencia del Chile de aquella época naufragó en nuestra costa, y aparecieron en la orilla de una zona deshabitada. Desesperados por encontrar recursos con los que alimentarse y sustentarse, se ofrecieron a sus dioses. Según las creencias de su pueblo, cuando sacrificas tu vida al mar, este colma a tu familia de alimentos y riqueza. Era una ofrenda por otra ofrenda. La madre de la familia saltó de la roca más alta y se tiró al mar.

»A la mañana siguiente, la playa en la que se encontraban el padre y los tres hijos amaneció repleta de peces, marisco y monedas de oro. Gracias al sacrificio de la mujer, su familia pudo alimentarse y sobrevivir. Así que decidieron establecerse definitivamente allí para honrar su memoria y su valiente decisión. Además, todos los años hacían una gran fiesta en su honor, por el aniversario de su muerte. Surgió así la celebración del tres de julio, la conmemoración de sus actos que llevó su nombre: Pincoya.

Mel y yo nos quedamos sin habla, escuchando atentamente las palabras de Adriana. Cuando calló, desperté de mi ensoñación y pregunté:

—¿Qué tienen que ver los Píamus con todo eso? —pregunté. Seguía sin atar cabos.

—Que fueron ellos, Tessa. Siempre han sido ellos. El «mar» al que se sacrificó la madre eran los antecesores de los Píamus, que encontraron el tesoro del Joraique. Ellos colmaron la playa con su oro y con ofrendas de alimento. Todo a cambio de una vida humana, a cambio de la vida de Pincoya. Ella fue la primera, pero no la última. Cada año escogen a alguien y se encargan de hacerlo desaparecer. No siempre es el mismo tres de julio, aunque procuran que sea cerca de ese día. ¿Recuerdas a Darío, el chico que estuvo de prácticas en mi clínica el año pasado? ¿Y a Víctor, el hermano de la chica que atendimos por intoxicación etílica dos años antes? Rosana, Alba, Elías, Mario… Todos corrieron la misma suerte. Todos desaparecieron misteriosamente. Uno cada año.

El corazón se me paró por un instante.

—Este año… —dije con un hilo de voz.

—Sí, este año ha sido Enzo —respondió con ojos vidriosos—. Tienen contactos en la clínica, en la policía y en el puerto. Los informantes y confidentes que tienen entre nosotros nos obligan a cubrir sus huellas cada vez que alguien desaparece.

—¿Confidentes humanos? ¿Cómo es eso posible? —Había algo que seguía sin cuadrarme.

—No lo sé, Tessa. Solo sé que, si no lo hacemos, nos aseguran que la próxima ofrenda la harán con nuestra familia. He aprendido a no hacer preguntas, créeme. Ya no me interesa descubrir sus retorcidos métodos, solo quiero proteger a los míos. —Pensé en Annie y entendí su miedo—. Siempre han sido cuidadosos, metódicos y calculadores. Analizan bien qué hacer para no causar revuelo. Pero este año se les ha ido de las manos, no hemos podido evitar que la gente se diera cuenta de su desaparición. En el fondo me alegro. Así entenderán que las vidas humanas son tan importantes como las suyas —habló con rabia.

Me llevé las manos a la cabeza, de forma literal. Me pasé la mano por el pelo con desesperación y ahogué un grito. Sabiendo ahora eso, las posibilidades de encontrar vivo a Enzo caían en picado. Las marcas viscosas que vimos dentro del islote estaban frescas y me daban la esperanza de que lo mantenían con vida aún, pero si sus intenciones eran las que sospechábamos, poco tiempo de vida le quedaría.

—¿Qué te ha pasado en la muñeca? —preguntó Adriana.

Suspiré. Apreté un poco la coleta después de haberla desordenado y bajé los brazos. Dejé la mano que tenía lastimada a la altura de los ojos.

—No lo sé —dije sinceramente.

Rehusé dar más detalles. Miré a Mel enseguida, rogándole con la mirada que no pronunciase el nombre de quién me lo hizo. Me había hecho daño, me había engañado y me había herido, pero mi estúpido instinto aún me impedía pensar con claridad. Una voz dentro de mí chillaba una y otra vez: «Protégela, protégela».

Mel cumplió y no dijo nada. No hizo falta.

—Ha sido uno de ellos. Ha sido un Píamus —afirmó Adriana sin dudarlo.

—¿Por qué dices eso? —Oculté la mano bajo el agua.

La doctora me miró con desconfianza.

—Solo ellos podrían provocar algo así.

—¿Acaso sabes lo que es? —preguntó Mel.

Silencio.

—Sí —respondió seca. Se incorporó de la roca—. Es la demostración de que esa familia sigue cumpliendo con sus macabras costumbres.

Pretendía irse sin dar más explicaciones. Salí un poco del agua para agarrarle el tobillo.

—¿Qué es lo que no nos has contado aún, Adriana? —pregunté ciertamente enfadada.

Miró primero mi mano, luego mis ojos.

—Lo que hacen con los humanos, la razón por la que necesitan una víctima al año no es otra que mantener su poder. Son más fuertes, más rápidos y ágiles que los demás, aunque no es eso por lo que los debéis temer. Son sus habilidades especiales, los dones que han obtenido con el paso de los años los que os deben preocupar. Toxicidad, luminiscencia, electricidad, camuflaje, mimetización… Pueden adquirir cualquier habilidad que tenga otro ser vivo cuando combinan su sangre con la humana. Hay algo en nuestra composición que bloquea los efectos venenosos y los convierte en una fuente de alimento. La mezcla del tósigo y la sangre humana es tan letal como poderosa. Ten cuidado, Tessa, porque la próxima vez puede que no se quede solo en un poco de piel irritada. —Se sacudió de mi agarre y se fue camino a la clínica dejándonos a Mel y a mí con una expresión indescifrable.

Sangre. Buscaban su sangre. Las notas metálicas en el olor de la mancha viscosa no eran por una herida superficial, eran el motivo de su secuestro. Lo mantenían con vida para poder beber de él.

Se me contrajo el estómago.

Mel me agarró con suavidad y me llevó al fondo.

Cuando estuvimos de regreso a su cueva me miró con ternura.

—Sabíamos que sus planes no eran bienintencionados. —Habló muy bajito.

—Lo sé, pero escucharlo así… —respondí agitada.

—Seguiremos haciendo todo lo que esté en nuestra mano para recuperarlo, te lo prometo.

Asentí en silencio. Los pensamientos que me rondaban la mente me abrumaban. Necesitaba decirlo o explotaría.

—Lo peor de todo es que, aun así, sigo sintiendo lo mismo por ella. Podría matarlo delante de mí, podría torturarlo y reírse, y no conseguiría que dejase de necesitarla. No quiero sentir esto, Mel. No quiero…

Mel me abrazó. Lo agarré con fuerza y descargué toda mi tristeza y frustración en un alarido contra su pecho. Me tembló todo el cuerpo, él no se movió de su sitio. Me dejé acunar sin rechistar.

Mel dibujó círculos con la mano en mi espalda mientras me susurraba al oído que todo iría bien, que no era culpa mía, que estaba a salvo. Me empecé a relajar.

Pensé en Río. En cómo él sabía lo que necesitaba sin hablar. Cómo sabía cuándo era importante dejar de pelear y acudir a mi consuelo. Mi hermano, mi querido hermano… Cómo lo echaba de menos. Suerte la mía tener a Mel a mi lado para no perder la cabeza.

—Mi hermano me decía esas cosas cuando me consolaba durante las crisis de ansiedad —dije en un susurro.

Paró el movimiento de su mano unos instantes y luego continuó:

—Siempre que lo necesites, yo seré como tu hermano.

Apreté fuerte mis brazos alrededor de su torso y respiré profundamente. Su esencia anaranjada era calmante, sanadora.

—Soy una estúpida por no ver las cosas con lógica, lo sé. Te prometo que intento verla como es, como una Píamus. Alguien despiadada y sin corazón, pero no puedo. Siento que desde que la conozco he dejado de ser quien soy. Como si una parte de mí se hubiera transformado irremediablemente para no volver a su forma original. Es extraño, confuso y desesperante —hablé aún contra su piel.

—Y es inevitable —continuó él.

Me separé lo suficiente como para mirarlo a la cara.

—Hablas como Helena —admití.

Sonrió con pesar.

—Porque ella sabe lo que os pasa.

—¿Tú también? —Tomé un poco más de distancia con él para enfocar mejor la vista.

Nos posicionamos el uno frente al otro, deshaciendo por completo el abrazo.

—No estoy seguro. Es algo que mi madre me contó hace mucho tiempo y que, si te soy sincero, creí que era un invento suyo hasta que me hablaste de tus sueños. Pensé que Adriana sabría responderte mejor que yo, por eso quería ir a verla. —Apartó la vista de mí, pensativo—. Es algo que nos cuentan de pequeños. Siempre lo tomé como algo irreal, fantasioso. Eran historias para dormir a las crías. —Volvió a mirarme a los ojos—. Se dice que cuando dos seres están destinados a encontrarse, lo harán a toda costa sin importar dónde, cuándo, ni a razón de qué. Cuando unan piel con piel por primera vez, sentirán una conexión tan fuerte que seguirán unidos a pesar del tiempo y la distancia. Sabrán lo que sienten, lo que piensan y lo que desean sin necesidad de decirlo. Son nereidas abocadas a emparejarse con la necesidad de proteger, cuidar y buscar la felicidad de la otra para el resto de sus vidas. Se conoce como «almas enlazadas» —habló con su tono formador, como si leyera un artículo de revista.

Tenía que ser una broma del destino. Una broma de muy mal gusto.

—Entonces Helena y yo… —Me negaba a creérmelo.

—No sé si esa será la explicación, pero después de lo que me has contado no se me ocurre nada más —admitió.

Si quería verle la parte buena al hecho de ser incapaz de decidir sobre mi destino porque ya estaba escrito, entonces pensaría que, por fin, podía ponerle nombre a la batalla que se libraba en mi interior: instinto *versus* razón. Eso era bueno. De ser «almas enlazadas», como había dicho Mel, yo no era capaz de evitarlo y no tenía culpa de ello. Con eso me sentía menos descolocada. Me gustaba la sensación de tener respuestas. Lo malo era que saber o no cómo se llamaba ese fenómeno no cambiaba lo que sentía. Aún anhelaba su tacto, aún necesitaba percibir su aroma. Aún sentía la aplastante sensación de querer protegerla de todo y de todos. Aún me daba igual lo que hiciera o lo que fuera porque nada iba a cambiar mi magnetismo hacia ella.

Mi Helena. Mi enlazada. Mi parte animal la necesitaba, eso era inevitable. Solo me quedaba la esperanza de que mi parte racional no cayera también perdidamente enamorada de ella porque eso no había ocurrido aún… ¿Verdad?

CAPÍTULO 17

El destino

La noche no fue tan mala. Tener respuestas nuevas ante las innumerables preguntas que me quitaban el sueño era tranquilizador. Sabiendo que las imágenes que ocupaban mi mente por las noches serían, posiblemente, los pensamientos y sentimientos de Helena, entenderlas se hizo más fácil.

La sentía angustiada, arrepentida, asustada. Estaba llorando. Mi parte animal estaba profundamente enfadada conmigo por no haberla consolado, por haber permitido que llorase. Ella se culpaba una y otra vez por haberme hecho daño el día anterior en el prado. Yo sufría por no haberme quedado con ella para tranquilizarla.

Me asusté tanto que hui sin pensar en nada más que alejarme de ella, la acusé de traicionarme sin haber preguntado primero. Realmente, era absurdo sorprenderme porque guardase lealtad a su familia. Por mucho que se pudieran equivocar, por mucho daño que pudieran causar, una madre seguía siendo una madre y un padre seguía siendo un padre. Que quisiera protegerlos no debía dolerme tanto como lo hacía. ¿Acaso yo no protegería a mi familia de cualquier cosa? Era lo natural, por mucho que me pesara.

Desperté en los brazos de Mel, sintiendo mi espalda contra su pecho. Inspiré hondo y sonreí sin querer. Me sentía segura, protegida, querida. Deseaba quedarme ahí el resto del día y no pensar en nada más. Mis preocupaciones, sin embargo, tenían un plan muy diferente. Había demasiadas cosas que hacer como para quedarme remoloneando en el lecho.

Me di la vuelta lentamente para comprobar que él seguía durmiendo. Cuando lo vi con los ojos cerrados aún, decidí que era el momento. Me removí lentamente para salir del agarre de sus brazos y me desperecé para terminar de despertar mi cuerpo. Estaba ya dispuesta a salir cuando escuché su voz.

—¿A dónde vas? —Estaba incorporado con los ojos bien abiertos.

Dudé por un segundo si decirle la verdad o no. Me faltaban ganas y fuerzas para contarle una mentira, así que confesé.

—Quiero ver a Helena.

Resopló. Vi en sus ojos que se daba por vencido.

—Iré contigo —dijo sin emoción.

Se levantó del todo y fue a por la bolsa marrón en la que guardaba las dos puntas de lanza.

—Es mejor que vaya sola.

—Si te ocurriera algo, no me lo perdonaría jamás. —Me miró a los ojos por un momento, después volvió a su labor de atarse la bolsa a la cintura—. O voy a tu lado o te sigo en cuanto salgas. Lo que prefieras.

Me crucé de brazos y chasqueé la lengua.

Cabezota y protector, cada vez se parecía más a mi hermano. Esa faceta suya me gustaba y me disgustaba a partes iguales. En el fondo sabía que, después de lo que pasó, era mejor ir en su busca acompañada que sola. Así que callé los quejidos de mi parte animal que prefería que nadie se acercase a mi enlazada y le esperé para salir.

Mel nunca había estado en ese prado antes, por lo que estuvo alerta todo el camino. Ir a un sitio desconocido nunca inspiraba confianza, lo entendía.

—¿Vendrá? —preguntó cuando llegamos.

—Sí —respondí al segundo.

—¿Cómo estás tan segura?

—Aún no sé cómo funciona la conexión que nos une, pero nunca hemos dicho de vernos aquí y siempre hemos coincidido. Sé que ella sabe cuándo la necesito —dije convencida. Lo miré con curiosidad—. ¿Tú nunca has sentido algo así por alguien?

Quizás intuía que le estaba preguntando por Dahiria. Pareció pensárselo.

—No, o al menos no tan fuerte. He sentido un amor muy intenso, no una necesidad vital —respondió sincero.

—Qué suerte… —Se me escapó una sonrisa. Me respondió con otra igual—. ¿La echas de menos?

Esa vez no tardó en responder.

—Cada día.

Entonces el hipnótico aroma de la vainilla sobre el café me inundó las fosas nasales y me impidió pensar en otra cosa. Cerré los ojos para inspirarlo y asegurarme de no fallar al identificarlo. Era imposible que fuese otra nereida. Era ella, inequívocamente ella.

—Está cerca —dije en un susurro.

La habilidad que tenía para olerla a kilómetros solo aumentaba mis ganas de verla, pues sabía que aún tardaría un tiempo en llegar. Aguardamos quietos y pacientes. Le pedí a Mel que esperase escondido para que Helena no se asustase nada más verlo, pero se negó a alejarse. Al final, acordamos que se mantendría como a cinco metros por detrás de mí.

Cuando ella llegó, el corazón me bombeaba tan fuerte en el pecho que se me nubló la vista unos segundos. Ahí estaba de nuevo, tan perfecta como siempre.

En cuanto vio a Mel se quedó paralizada. Me adelanté a los hechos poniéndome a su lado rápidamente.

—Él es Mel, un amigo. Puedes confiar en él. Es… Es como mi hermano —dije alentadora.

—Sé quién es —respondió con un tono que bailaba entre Helena y Parténope.

Lo miré. Él se mantenía quieto, en silencio, alerta. La expresión de su cara fue la más amenazante que le había visto nunca. Ninguno de los tres habló durante largos segundos.

—Mel, ¿puedes darnos un momento? —pregunté rompiendo el silencio.

Mantenían un duro pulso con la mirada.

—No —respondió secamente.

—Por favor. —Me acerqué a él.

La canela de su esencia flotaba espesa en el ambiente. Estaba irritado, aunque sabía contenerse. Dejó de analizar a Helena y cambió su gesto al mirarme. Sonrió levemente.

—Mantendré la distancia justa para daros privacidad, pero no me iré. —Me acarició la mano en un gesto rápido y se fue a unos cuantos metros de nosotras, sin perdernos de vista.

Volví al lado de Helena y mantuve mi instinto a raya todo lo que pude. Tragué saliva. No sabía cómo empezar.

—Tessa, no sabes cuánto me arrepiento de haberte herido —dijo ella en cuanto llegué a su lado—. Perdí el control. No tengo excusa.

—No importa —dije tranquila.

—Claro que importa —respondió molesta—. No debí haberte tocado. Sabía los riesgos que suponía hacerlo y, aun así…

—Sé que no era tu intención —corté la explicación antes de que su agobio fuera a más.

—Por supuesto que no. Jamás —respondió angustiada.

«A mí no, pero a otros sí», pensé.

—Lo sé —dije.

Mi instinto exigía consolarla. Mi razón pedía explicaciones.

Alcé la mano para rozar su brazo. Acariciarla no tenía por qué cegarme la razón. Solo un poco, un mero roce. Sin embargo, ella se apartó.

—No —dijo imperativa. Bajé la mano rápidamente, avergonzada y confundida—. Es mejor que no —reafirmó con una voz un par de tonos más baja.

En mi pecho sentía dolor, por su parte y por la mía, aunque ella se mostraba firme en su decisión. Me tragué el orgullo y recordé los motivos que me llevaron a querer verla esa mañana. Lo que menos deseaba en el mundo era volver a pelear, pero necesitaba respuestas. Si ella decidió apelar a su parte racional y rechazarme, yo haría lo mismo. Daba igual que me sintiera morir por dentro.

—Sé para qué queréis al humano —acusé sin titubear.

Me miró manteniendo una expresión neutral. Por primera vez, vi el reflejo de su madre en ella. Quise llorar.

—Lo dudo.

—Sé más de lo que crees, Parténope.

Llamarla así nos dolió por igual.

—No sabes nada, Tessa —dijo resentida.

—Siempre dices eso y luego no das respuestas. ¿Pretendes que confíe en ti cuando eres incapaz de ser sincera? ¿Quieres que crea en tus palabras cuando admites estar ocultándome la verdad? —Empezar de nuevo una discusión me desolaba, pero estaba dispuesta a hacerlo si con ello resolvía las tantísimas preguntas que me asaltaban.

—No. Lo que pretendo es que te alejes, que no vuelvas nunca más. Que te olvides de mí.

El concepto de «dolor» no era suficiente para describir lo que sentí al oír esas palabras de su boca. Las había dicho antes, cuando aún ignorábamos que nuestro vínculo era tan fuerte, pero nunca las pronunció con tanto desdén. Dolía, quemaba, desgarraba.

—Lamento que seas tan cobarde como para tener que recurrir a la soberbia para sentirte protegida. —El dolor no me iba a achantar.

Su neutralidad se torció rabiosa. Antes de hablar respiró para relajarse.

—No me hagas enfadar.

¿Eso era una amenaza?

—O si no, ¿qué? —Noté crecer la ira en mí—. ¿Volverás a atacarme como una nidaria?

Me fulminó con la mirada.

—Tessa, cállate.

—Gracias, pero no. Prefiero no callarme. Es más, enfádate, por favor. Enfádate, hazme daño de nuevo y ayúdame a odiarte como te mereces. —Que mi corazón quisiera derrumbarse no me impedía soltar toda la rabia que tenía dentro—. Porque eso es lo que necesito, odiarte. Desde que te conozco he dejado de ser la que era de tantas formas que ya no sé ni quién soy. ¡He dejado de pensar por mí misma! He dejado de comer, de dormir, de… —Callé de golpe al ver una figura aparecer tras Helena.

—Creo que eres suficientemente inteligente como para darte cuenta de lo difícil que me resulta mantenerme serena cuando no dejas de gritar. Te estás comportando como una cría y… ¡¿Qué pasa?! —preguntó enfadada y desconcertada al ver que miraba fijamente detrás de ella. Se giró para seguir la dirección de mi mirada. Entonces ella también lo vio.

La mano derecha de Tadd, el tipo siniestro y callado que parecía un perro de presa a su lado en el Mensis, apareció ante nuestros ojos. Su expresión me heló la sangre. Amenazante, agresiva y calmada a la vez. Debía de ser un rasgo común de la familia y sus súbditos.

—Aristeo, ¿qué…? —habló Helena. Su voz cambió radicalmente. Sonaba asustada.

—Debo admitir que cuando me informaron de que dos nereidas no identificadas estaban rondando cerca de la roca del Mensis me negué a pensar que supondrían una amenaza real. —Su voz era grave, casi ronca—. Suerte que, a pesar de mis propias dudas, decidí echar un vistazo por mí mismo y tomar precauciones, solo por si acaso.

Al verlo de cerca observé con mayor claridad la cicatriz que le cruzaba el labio. Parecía reciente, de apenas unas semanas. Le daba un aspecto fiero, inhumano, perfectamente acompañado por unos ojos negros como la noche y un cabello corto y de apariencia áspera. Su aspecto hacía temblar a cualquiera, y su aroma cargado, espeso y con regusto tóxico, me recordaba al humo. Muy distinto al de una hoguera agradable al crepitar. Era más parecido al de la goma gastada.

—¿Sacaste tú al humano? —preguntó Helena.

El tal Aristeo no la miró al responder. Mantenía su vista fija en mí.

—Por supuesto que fui yo. Agradece que tus padres aún ignoran la alta traición que has cometido al conducirlos hasta allí. —Entornó levemente sus ojos, señalándome—. Te conozco.

Me mantuve en silencio.

—Estuvo en el servicio. Cumplió su pago y fue reubicada —intervino rápidamente Helena. En mis entrañas noté su miedo y sus ganas de salvarme.

—No es eso. Sé que te he visto antes. —Aristeo cambió su gesto pensativo a uno de sorpresa—. Querido Melicertes, qué placer verte de nuevo.

Mel apareció detrás de mí, con auténtico terror en sus ojos. Me agarró de la muñeca y tiró de mí hacia él.

—Vámonos —me susurró en el oído.

—Te creía huido, o muerto. A Tadd le alegrará saber que sigues por aquí —dijo. Una sonrisa socarrona le iluminó el rostro—. Por cierto, ¿qué tal tu aleta? ¿Bien? —Ensanchó la sonrisa.

—Tessa, por favor, vámonos —suplicó Mel subiendo la voz. El espesor de la canela en el ambiente casi me hacía toser.

—Tessa… —repitió Aristeo. Entonces pareció caer en la cuenta de algo—. Eres la humana de la Pincoya.

El corazón se me paró. Humana, había dicho humana… ¿Había dicho humana?

¿Cómo diablos sabía que era humana?

—¿De qué estás hablando? —preguntó Helena desconcertada.

Los tres nos quedamos congelados sin saber qué decir.

—Melicertes, ¿por qué no le refrescas tú la memoria? —Silencio—. Vamos, no seas tímido. Te sabes la historia tan bien como yo. —Mel calló. Se quedó completamente rígido, luchando con las lágrimas—. Tu amiguito Melicertes era el encargado de encontrar la ofrenda para los Píamus en esta Pincoya. En lugar de cumplir con sus obligaciones, decidió que era mejor idea golpearme a mí en la cara, herir a la ofrenda sin capturarla y después huir como el cobarde que es. De no ser porque yo sí cumplí con mis labores y escogí otro humano para llevarlo ante los Píamus antes de caer la noche, no habrías tenido tanta suerte. Aunque bendigo a los dioses que te han traído de vuelta a mí porque esta vez no te vas a escapar.

Me congelé. Era incapaz de moverme.

Intuí por el movimiento difuminado que había a mi alrededor que Aristeo quiso atraparlo, pero Mel fue más rápido y salió huyendo. Desapareció en cuestión de segundos. Aristeo empezó a vociferar, juraba encontrarlo y llevarlo ante la familia para hacer justicia, pero no lo siguió. Se giró hacia mí y me agarró con fuerza de la coleta.

—Tú no te vas a librar esta vez. —Escupió las palabras con asco.

Antes de que lograra desplazarme un solo centímetro del sitio, Helena se abalanzó sobre él.

—¡No la toques! —espetó con rabia.

Aristeo me soltó del pelo para frenar las manos de Helena, que se cernían ya sobre su cuello. Los dos forcejearon para escapar de la violencia del otro. Yo no pude articular palabra ni moverme de donde estaba. Me sentía paralizada.

—Tessa, ¡vete! —gritó Helena de nuevo. Me miró desesperada. Sus pupilas estaban completamente dilatadas, ocultaban su hermoso verde esmeralda tras un negro escalofriante—. ¡¡Ahora!!

Mi cuerpo reaccionó a su orden como si lo natural fuera cumplir sus deseos. Empecé a moverme lentamente, desplazándome hacia atrás sin dejar de mirarla. Cuando mis músculos pudieron responder de verdad, giré sobre mí y aumenté la velocidad hasta que dejé de verlos.

Me sentía hechizada. Mi cuerpo se movía por inercia aún sin saber a dónde me dirigía. Conforme recuperaba parte de la conciencia, aminoraba la velocidad. Acabé frenando por completo antes de chocar con un enorme muro de roca. Me llevé las manos a las sienes y las apreté con fuerza para contener el dolor de cabeza que me martilleaba.

Fue él. Fue Mel desde el principio. Él me hizo la herida de la pierna, él habló con Adriana para preguntarle por mí. Él me llevó al fondo del mar para ahogarme y completar la conversión que él mismo empezó. Siempre lo supo y nunca me dijo nada. Todo el tiempo fue consciente de ser el culpable de que yo perdiera mi condición humana y no fue capaz de decírmelo a la cara.

Proferí un grito desde lo más hondo de mis entrañas.

Aristeo dijo que Mel era el encargado de conseguir la ofrenda. Eso suponía que lo que me dijo sobre su labor de informante era mentira. Su cometido no se limitaba a establecer contacto con los humanos, su verdadera tarea era secuestrar a uno de ellos para llevárselo a los Píamus.

¿Él sabía para qué querían ese humano realmente cuando le encargaron secuestrarlo? ¿Había, al menos, una posibilidad de que siguiera siendo un niño asustado capaz de todo con tal de recuperar a su madre y no un traidor repugnante como mi cabeza volvía a pensar que era?

Aristeo se quejó de tener que escoger otra ofrenda, lo que significaba que Enzo no era el humano elegido, que lo atraparon como segunda opción. Así que la primera opción era…

Mi destino no era convertirme, era morir. Iban a desangrarme a mí y no a Enzo. Pero cuando Mel me hirió, me hizo gritar y con eso alerté a mis amigos en el barco. Voluntariamente o no, consiguió eliminarme como objetivo, salvarme de ser su próxima ofrenda.

De no haber sido así, de no haber salido herida y haberme subido al catamarán en busca de ayuda, no lo hubiera contado. Eso debía admitirlo. Cambié de condición, perdí mi cuerpo, mi familia, mi hogar y casi pierdo la cabeza, pero también seguía con vida. Cambié de forma y de medio en el que vivir y, aun así, mi corazón seguía latiendo. Si estaba viva, era gracias a Mel.

«Me pedían traicionar a quienes amaba, entregar a inocentes», dijo una vez. «Yo deseaba recuperarla, pero no quería ser como ellos».

Quiso contármelo y se acobardó. ¿Cómo no hacerlo? ¿Quién en su sano juicio sería capaz de confesar algo así? Tenía que hablar con él urgentemente o las bombas que tomaban el control de mi mente en ese momento ganarían la batalla a mi salud mental.

Entonces, sentí una opresión en el pecho. Una fuerza invisible me ahogó por unos segundos y me dejó sin respiración. Era una sensación ajena a mi propio cuerpo. Eran las emociones de ella. Helena estaba herida. Lo sentía con fuerza dentro de mí. Miré desesperada por si la veía en el horizonte. Apenas era capaz de olerla en el ambiente a tanta distancia. Era imposible que la viera.

Por un lado, Mel había huido aterrado. Deseaba consolarlo y decirle que quería escuchar su versión antes de juzgarlo, que demasiadas equivocaciones había tenido por ser impulsiva y demasiado amor me había demostrado a lo largo de los días como para dudar de él de nuevo. Por otro lado, Helena estaba herida. Necesitaba encontrarla y ponerla a salvo de Aristeo o de quien diablos se hubiese atrevido a tocarla. Necesitaba cuidarla, lamerle las heridas, asegurarme de que se encontraba bien, de que no volvería a sufrir ningún daño nunca.

Mi cabeza y mi corazón se dividieron en bandos completamente opuestos, con la terrible y difícil decisión de elegir a quién escoger: al que se había estado comportando como mi hermano a pesar de todo o a la que se había apoderado de mí irremediable y sobrenaturalmente desde el día que la conocí.

Mel o Helena. Helena o Mel.

Mi cuerpo empezó a moverse antes de tomar la decisión de forma consciente, pues mi animal interno no tuvo la paciencia suficiente para dejarme pensar.

Cuando llegué al prado ya me esperaba que estuviera vacío. Aristeo se habría encargado de llevarse a Helena a otro lugar. Puede que la condujera de vuelta a la Guarida y la descubriera ante sus padres.

«Encuéntralo y mátalo». Mi instinto se estaba desquiciando.

Cerré los ojos. Me concentré en el aroma de Helena para seguirlo. Apenas se diferenciaba la vainilla en él. Todo era café, amargo y espeso. Estaba asustada y enfadada. Lo notaba en su olor y en mi interior.

Salí del prado sin titubear y seguí su estela como si fuera una rastreadora experta. Casi todo el camino lo hice con los ojos cerrados. No me hacía falta la vista, solo era capaz de hacer caso a mi olfato. Este me llevó por zonas en las que creía haber estado antes, y otras que me daba igual no conocer. Conforme pasaban los minutos, se hacía más intenso el olor, más claro. Mi corazón se desesperaba cada vez más y mi cuerpo se rendía más rápido.

Llegué a una zona bastante rocosa repleta de vegetación. Su olor se perdía ahí. Observé detenidamente mi alrededor, buscando alguna pista de su paradero. Nada. Solo plantas y más plantas, y bancos de peces nadando por la zona. Distinguí entre los distintos tipos de algas una de color rosado y violáceo bastante llamativa, con sus hojas en forma de tubos. Una anémona. De repente, recordé mi primer encuentro con Helena.

«Yo que tú no tocaría eso». ¿Y si…?

Recordé las algas alargadas que tapaban una de las entradas a la guarida de los Píamus. Acerqué la nariz. Aunque el olor del café se difuminaba, estaba completamente segura de que había pasado por ahí. Al mirar más exhaustivamente, comprobé que una pequeña abertura se escondía tras el banco de anémonas. Una grieta lo suficientemente grande como para que entrase un cuerpo de mi tamaño. Estaba claro. Esa era una de las entradas a la Guarida.

Pensar que tenía que sentir de nuevo ese insoportable picor en mi cuerpo me estremeció, pero no había sufrimiento que pudiera pararme si con ello llegaba hasta Helena. Me sentía capaz de todo, capaz de soportar la peor de las torturas con tal de salvarla.

No sabía lo cierto que eso llegaría a ser.

CAPÍTULO 18

La Guarida

Las picaduras que me provocó la planta fueron muy muy desagradables, pero aguanté con toda la fuerza de voluntad que tenía. En cuanto conseguí pasar, busqué de nuevo la estela del olor de Helena.

Pasé por un angosto pasillo de roca hasta llegar a la versión lúgubre del ágora en la Guarida, donde se entremezclaban los olores como si de un comedor de colegio se tratase. Decenas de ojos curiosos y asustados me observaban preguntándose qué hacía allí y cómo había logrado entrar. No me paré a mirarlos. Me moví lo más rápido y sigilosamente que pude. Las guardianas estaban repartidas por toda la extensión de la cueva, debía ir con mucho cuidado. Di gracias a que aún llevaba el top ocre que me dieron cuando trabajaba allí, así pasaba desapercibida el tiempo suficiente. Antes de darles la oportunidad de reconocerme como una prófuga, yo ya había pasado de largo entre ellos.

Continué por los distintos pasillos y recovecos de la roca, y encontré algunos rostros que recordaba de mi estancia anterior. Nereidas sin nombre, solo con un color para diferenciarse entre ellas. Ovejas de un mismo rebaño, criaturas de un mismo servicio. Olvidé de nuevo sus caras y seguí adelante.

El aroma de Helena me llevó hasta una zona que no había visitado antes. Era mucho más luminosa que la del servicio. Más espaciosa, agradable y transitable. Estaba casi vacía, salvo por las dos guardianas que custodiaban una gran entrada bloqueada por una madera de barco viejo. Me miraron poniéndose alerta, sin moverse de sus lugares.

—Esta zona está prohibida para el servicio. Fuera de aquí —dijo la hembra, a la izquierda.

Si me hablaron y no se abalanzaron sobre mí sin preguntar, era porque había posibilidades de diálogo. Lo aproveché.

—Vengo por Parténope —dije nerviosa—. Me... Me han ordenado venir para atenderla. Dicen que está herida y requiere de cuidados.

Me daban igual las consecuencias para mí, pero no sería capaz de vivir con dos muertes en mi conciencia cuando la situación se enfriase. Por las caras que pusieron, parecía que mi mentira había dado en la diana.

—A nosotros no nos han dicho nada. Si necesita algo del servicio se os notificará a su tiempo. Ahora vuelve a tu puesto.

Ellos aún no lo sabían, pero yo no iba a irme de allí sin ella.

Mi cerebro se puso a trabajar a pleno rendimiento observando la forma física de la hembra y del varón que custodiaban la puerta. Analicé si podría con ellos cuando se abalanzasen sobre mí al querer entrar por la fuerza. Estudié la madera que actuaba de puerta de aquel sitio y calculé, más o menos, la fuerza que tendría que usar para romperla y entrar. Pensé en el recorrido que había hecho hasta llegar allí, conservándolo de la forma más nítida posible en mi memoria para invertir el camino cuando recogiese a Helena y pudiésemos salir de allí. Si estaba inconsciente, la sacaría a rastras con tal de salvarla.

Aristeo movió la madera desde dentro y salió de ese lugar interrumpiendo mi plan mental de escape. Cerró de nuevo la puerta. Se giró y me vio sin dar crédito a sus ojos.

—Es imposible... —dijo entre dientes.

Vi en su cuello las mismas marcas que Helena me dejó en la piel, con una diferencia bastante notable en el tono rojizo. A mí apenas se me coloreó la muñeca, a él parecía que le quedaría cicatriz cuando curasen. Lo miré con la furia de saber que había herido a mi enlazada y pretendía salir impune de eso.

—Imposible es que terminemos vivos los dos —respondí con rabia.

El tósigo encendió mi cuerpo. Mis pupilas se dilataron y mi piel hormigueó por la energía que me atravesaba de arriba abajo. Arremetí contra él, su espalda golpeó la madera y la hizo ceder. Se desencajó de su sitio y cayó a plomo contra el suelo. Aristeo se recuperó del golpe mientras yo fijaba mis ojos en Helena, que estaba tumbada sobre un lecho de plantas enorme. Apenas advertí la vegetación colorida que recorría la

242

pared o el espejo del fondo con elementos victorianos en el marco. Crucé sin mirar las prendas de vestir de distintas clases y colores a la derecha y la estantería de madera oscura y recubierta de musgo que sujetaba diferentes ánforas pintadas con motivos griegos a la izquierda. Solo la vi a ella. Tumbada, con aspecto inerte y el pelo revuelto. El gesto de su cara era de inconsciencia absoluta.

Se me congelaron los latidos del corazón y se me cortó la respiración. Mi pecho me decía que estaba viva, pero mis ojos desconfiaban por cómo la veían. Me acerqué despacio, sin querer despertarla de golpe o asustarla. Tenía que sacarla de allí.

Aristeo me agarró desde atrás con fuerza, tirándome hacia él y bloqueándome los brazos.

—¡Quiere herir a Parténope! ¡Lleváosla! —gritó detrás de mí.

Escuché cómo las guardianas de fuera se movían hacia nosotros.

—¡Yo jamás le haría daño! ¡Has sido tú, maldito traidor! Aristeo es quien ha atacado a...

Me tapó la boca de golpe, apretándome aún más contra su cuerpo.

Las guardianas se aproximaron. Entonces entró Briseida en busca del origen del escándalo. Las dos nereidas de la guardia pararon para hacerle una reverencia en cuanto la vieron. Yo seguía atrapada entre los brazos de Aristeo.

—Mi señora, esta hembra ha herido a Parténope a las afueras del ágora —habló él, presionándome con fuerza la boca para impedirme replicar—. Aún no sé cómo ha logrado entrar aquí, pero hemos conseguido detenerla antes de que llegase de nuevo a su hija.

Briseida mantuvo la mirada en Aristeo unos instantes.

—Colocad la madera de nuevo y salid de aquí. Yo me encargo —dijo Briseida a las guardianas.

Estas obedecieron sin rechistar. Cuando cerraron y se ubicaron fuera, ella me miró. Para ser la primera vez que veía una emoción clara en su cara, no me esperaba que fuese una sonrisa.

—Es ella, ¿verdad? —preguntó Briseida en voz baja, casi emocionada.

—Sí —respondió Aristeo. Aun sin verla, notaba la sonrisa en su voz.

—Ya sabes qué hacer —sentenció mirándolo a él de nuevo.

Lo noté asentir cerca de mi cuello. Entonces ella se acercó más, me puso la mano en el cuello y, sin apenas apretar, me hizo sentir un relámpago desde el tacto con su mano hasta el resto de las células de mi cuerpo. Una corriente de muy alto voltaje me atravesó sin piedad. Perdí el conocimiento.

Cuando recobré la conciencia, dudé haber despertado realmente o solo a medio camino. Sentía como una de esas parálisis del sueño en las que no sabes hasta qué punto estás en la realidad y dónde empieza la ensoñación. Creí haber abierto los ojos, pero todo, absolutamente todo, era oscuridad. ¿Había perdido la vista?

Recordé el calambrazo que Briseida me provocó antes de desmayarme, los brazos de Aristeo apretándome con fuerza para impedirme escapar, el rostro de Helena inconsciente sobre su lecho.

Quise salir de donde estaba para ir en su busca de nuevo. Nadie iba a impedirme sacarla de ahí y ponerla a salvo de las garras de esos sádicos. Si antes pude notar a un animal salvaje dentro de mí, para entonces el animal parecía haber perdido el poco raciocinio que le quedaba. Necesitaba de forma imperiosa salir de allí, buscarla para cuidar de ella y asegurarme de que nadie volviese a tocarla nunca más. De algún modo la sentía mía, sin celos ni posesión de por medio. La quería con su plena libertad y felicidad. Yo deseaba lo que ella deseara. Era así de simple, y así de complicado.

Tal vez ninguna criatura pudiera impedirme alcanzarla, pero las cuerdas que me ataban las manos y la cola a la pared de mi espalda sí que lo hacían. Agité los brazos con rabia y grité de desesperación. ¿Dónde diablos estaba?

—Shhh… —sonó al fondo de la oscura cueva.

¿Qué había sido eso? Del susto que me produjo oírlo, un golpe de tósigo me recorrió el cuerpo permitiéndome ver en mi mente mis familiares líneas parpadeantes.

Distinguí que estaba en una cueva casi diáfana, con algunas estalactitas. No era muy alta, pero sí alargada y con algunos recovecos. Me concentré en aclarar la zona de más al fondo para identificar de dónde vino ese sonido. Había varias figuras allí. La mayoría estaban estáticas, tumbadas en el suelo. Solo una nereida al fondo estaba en la misma posición que yo, atada de manos y cola a la pared. Su cuerpo parecía bastante más delgado que el mío y se intuía más débil.

—¿Quién eres? —pregunté con los ojos cerrados para mantener las líneas.

Por lo que los flashes de mi mente me indicaban, la criatura movió su cabeza buscando el sonido. Ninguna otra figura se movió, y esa poco tardó en volver a su posición original sin emitir palabra alguna.

—¿Sabes dónde estamos? —volví a preguntar sin mucha esperanza de obtener respuesta.

De nuevo silencio. Suspiré.

—Por favor, necesito salir de aquí. ¿Sabes cómo salir?

La voz soltó una risa floja, cansada.

Vale, había sido una pregunta estúpida, pero no sabía qué más hacer. Estaba atrapada en un sitio que no conocía, con nulas posibilidades de escapar y el último recuerdo que tenía de mi enlazada era que estaba herida. Además, las picaduras de mi cuerpo aún escocían y mi cuello ardía por el tacto reciente de Briseida. Que nadie me culpara por intentarlo.

Transcurrió un largo tiempo de silencio. Volví a hablar:

—¿Por qué estás aquí? —dije en voz alta.

La criatura guardó silencio de nuevo.

Pasaron varios minutos más en la absoluta oscuridad y quietud. Apenas escuchaba una segunda respiración aparte de la mía. Cierto era que la soledad nunca me dio miedo, estaba muy acostumbrada a estar conmigo misma y mis pensamientos en los ratos muertos, pero eso… eso era demoledor. Me sentía completamente ciega, parcialmente sorda y potencialmente loca. Iba a perder la cordura si seguía en ese horrible limbo.

La soledad, el silencio, la quietud, la nada. La absoluta nada era más agobiante que cualquier otra cosa. Además, entendí muy rápido que ninguna de las figuras que las líneas parpadeantes me mostraron distribuidas por toda la estancia se moverían. Ni ahora ni nunca. Empecé a llorar. Después de tanto rato en silencio, incluso mis hipidos me sonaban con demasiado volumen. En cuanto pude, los acallé hasta dejarlos como un leve murmuro quejumbroso.

Haberme reconocido como una persona valiente toda mi vida me parecía entonces un tanto subjetivo. Aunque para algunas cosas sí podía considerarme decidida, la mayoría de las veces era por seguir impulsos que era incapaz de frenar, no por una valentía meditada y contrastada. Yo no era valiente. Oh, no. Era una cría miedosa que ladraba cada vez que se sentía indefensa y que se bloqueaba cuando un peligro real la abordaba. Llanto, pánico, ansiedad, disociación de la realidad. Cualquier cosa podía pasar. Cualquiera menos ser lo razonablemente fría que necesitaba ser.

Del murmullo al que conseguí llegar, pasé a respirar agitadamente. Miedo, angustia, terror. Lo notaba, estaba formándose en mi pecho. Siempre había intentado acallarlos y relajarlos. Ya nada más me importaba, así que lo dejé salir. Ignoré los siseos de la criatura del fondo y dejé fluir el ataque de ansiedad en su máximo esplendor.

Hiperventilé hasta toser. Tosí hasta sentir arcadas. Transformé las arcadas en gritos y entre gritos lloré sin consuelo. Sentía mi cuerpo agitado, casi convulsionando. Todo me daba igual. Me daba igual que me escucharan, me daba igual que tomaran represalias contra mí. Mi cerebro estaba desconectado de mi corazón y no encontraba vía de comunicación entre ellos de nuevo. Lloré, lloré y volví a llorar hasta perder la consciencia en el mar de mis oscuros pensamientos.

Cuando las imágenes que me visitaban cada noche volvieron a mí y pude sentir a Helena, encontré un rayo de esperanza.

«Si la siento, es que está viva», pensé. Eso me tranquilizó y me dio la fuerza que necesitaba para seguir conviviendo con mi animal interior, que me chillaba que saliera de allí en su busca. Si estaba viva, aunque inconsciente, significaba que aún tenía motivos suficientes para no dejarme vencer por el cansancio o la angustia del silencio. Iba a agarrarme a ese pensamiento tanto tiempo como pudiera retenerlo. Me dormí por puro agotamiento.

Cuando desperté y volví a dudar de tener los ojos abiertos o no, necesité emitir cualquier sonido con tal de mantener el raciocinio y sentir que era la realidad lo que estaba viviendo, que no era un sueño extraño que me asaltaba.

—Yo antes pertenecía a otra comunidad, ¿sabes? —dije. Decidí que contarle mi historia, aunque fuera maquillada, era una buena forma de pasar el tiempo. Además, así incitaba a la nereida del fondo a hablar conmigo, a ver si tenía suerte de escuchar algo además de mi propia voz—. Un día las cosas cambiaron drásticamente y tuve que huir de mi hogar, así sin más. De un día para otro y sin aviso previo. Lo bueno es que cuando llegué aquí me encontré con un varón que decía querer ayudarme. Yo al principio no le creí, claro. ¿Quién en su sano juicio ayuda a alguien desconocido de esa forma tan insistente si no es por motivos ocultos? Estaba claro que no, que tenía que haber algo más.

—El silencio de su respuesta me seguía dando pie a hablar. Al menos así me lo tomé—. Lo curioso es que era cierto que los tenía, pero… conociéndolo ahora como lo conozco, creo que lo hubiera hecho igual, aunque careciera de motivaciones personales. Si él cree en ti, te ayudará. El muy tontorrón… —Solté un bufido a modo de risa al pensar en Mel—. Pero entonces la conocí a ella, a mi enlazada. Yo no sabía nada de las almas enlazadas y, aun así, en cuanto la vi, supe que tenía algo distinto. Que era diferente a todo lo que había conocido hasta entonces. Mira que al principio me cayó mal, ¿eh? —Reí levemente—. Sin embargo, ahora parece que el destino nos tiene reservado algo mucho más fuerte e inevitable. A pesar de donde estoy ahora, creo que nunca me arrepentiré de esto si con eso he llegado a conocerla, a olerla, a acariciarla, a besarla. Creo que, literalmente, me he vuelto loca por ella, o por lo que nos une.

—De nuevo silencio—. Si tengo que morir aquí, al menos me llevaré su recuerdo. Me compensa.

Si hace unos meses me hubieran dicho que yo iba a pronunciar una frase como esa alguna vez en la vida, me habría reído en su cara hasta perder la respiración. Cuántas cosas habían cambiado y cuánto había merecido la pena con tal de haberla conocido…

Pensé, entonces, que una buena forma de mantener la calma era controlar el paso del tiempo. Aunque no tenía ni idea de cuánto llevaba ya ahí encerrada, podría saber lo que llevaría a partir de ese momento. Quise contarlo con los latidos de mi corazón. En teoría, en un estado de relajación, los latidos se asemejan al paso de los segundos, así que unos sesenta latidos corresponderían a un minuto. Empecé a enumerar.

Silencio, y más silencio.

En torno a los ciento cuarenta y cinco minutos perdí la cuenta. Al dejarlo, caí en que esa nereida que estaba conmigo, realmente no podía saber cuánto tiempo llevaba ahí. Ellas se regían por el paso de las lunas. Por lo que sabía, desconocían los segundos, las horas, los meses o los años; solo los días por el cambio de luz. Pero ahí, bajo tierra, nos era imposible saber si era de día o de noche; si habían pasado horas o minutos; si habíamos caído de sueño o seguíamos despiertos. Podía llevar unos pocos días, podía llevar meses o incluso años. Dejando aparte las decenas de cadáveres que ya no tendrían oportunidad de volver a ver la luz del sol, pensar que esa pobre criatura no sabría el tiempo que llevaba allí metida me desasosegaba.

Puede que si preguntaba por su historia y no por la mía tuviera más posibilidades de respuesta.

—¿Recuerdas cuándo fue la última vez que viste la claridad? —dije.

Otra vez, nada.

¿Cuánto tiempo hacía falta pasar ahí encerrado para despreciar la compañía de alguien? ¿Cuánto tiempo necesitaba yo para perder el juicio a ese nivel? ¿Cuánto pensaban dejarme ahí encerrada? ¿Realmente moriría allí?

—Me llamo Tessa, por cierto. No he tenido la educación de presentarme antes, perdona —comenté con ironía.

Maldita sea, no podía ser tan difícil. La situación ya era bastante dolorosa por sí sola como para no buscar, o al menos valorar, la compañía de otro ser vivo. Definitivamente, esa criatura había perdido el sentido de la realidad y yo estaba próxima a seguir su camino.

Las ganas de bromear se me pasaron cuando en mi pecho noté un pinchazo que no era mío. Helena…

La noté despertarse hacía bastante rato, pero hasta entonces se mantenía medianamente tranquila. Lo que sentía ahora no era dolor físico, solo algo que la había perturbado. Una mala noticia, quizás. Al menos, no la habían herido de nuevo y parecía recuperarse, poco a poco. Me pregunté si le habían dicho dónde estaba yo o si ella lo sabría sin preguntar.

De nuevo, la rabia de no poder estar con ella. Las ganas frustradas de verla y no poder hacerlo. De salvarla, de protegerla. Un rugido me salió de las entrañas y me rasgó la garganta al salir. De ira, de impotencia, de exasperación.

—Shhh… —sonó al fondo.

Lo que me faltaba.

—¿Sabes hacer otra cosa además de mandarme callar? Al menos yo demuestro seguir viva —dije enfadada—. No hablas, no respondes, no respiras casi. Hablar con una ameba sería más entretenido. Maldita sea, ¿no tienes ganas de salir de aquí? —Estaba hastiada del silencio. Conseguiría una conversación con alguien, aunque fuera a base de discutir—. Seguro que ahí fuera tienes a alguien que se preocupa por ti, pero tú te dedicas a quedarte en silencio y esperar la muerte. Dejarte vencer así es tirar su esfuerzo a la basura, es que no te importe su preocupación. ¿O es que acaso no tienes a nadie que te busque? Porque siendo así, tú deberías bastarte. Sé lo suficientemente independiente como para quererte por encima de esto. Valora tu vida, por el amor de los dioses.

Bufé cuando el asqueroso silencio fue de nuevo mi respuesta. Me centré en pensar en mi enlazada y en recuperarla. Por un momento pensé también en Enzo, en cómo, al empezar toda esa historia, realmente creía que sentía algo por él. Quería evitar burlarme de mi yo del pasado, pero pensar que lo que sentía hacia él lo consideraba algo fuerte e importante en ese momento me parecía de risa. Aun así, quería serme fiel a mí misma. Si decidí poner todo mi empeño en buscarlo, lo seguiría haciendo. Ya no por él, por su familia o por demostrar mi inocencia, sino por mantener la promesa que me hice a mí misma. Quizás con eso conservaría un poco de la Tessa anterior, de la luchadora incansable que no aceptaba las injusticias.

Antes de planearlo, caí rendida de sueño durante largo rato. Un sonido agudo al fondo de la cueva me despertó. Parecía un llanto, uno flojo y apenas audible. Recordé mis últimas palabras antes de quedarme dormida y me sentí fatal.

—Oye, perdona por lo que te dije antes —dije realmente arrepentida—. Estoy… Estoy perdiendo el juicio aquí dentro. No debí haberte hablado así. No sé el tiempo que llevo aquí encerrada y ya quiero dejarme vencer. No puedo ni imaginar el tiempo que llevarás tú, las batallas que habrás lidiado en tu interior luchando por seguir adelante. Siento mucho haberte hablado así, no tenía ningún derecho.

En lugar de la quietud y el mutismo, respondió por primera vez.

—Mi hijo… —habló en un susurro.

Fue un hilo de voz muy débil y, por lo que escuché, parecía una hembra. Que sus únicas palabras en mucho tiempo fueran esas, me puso el vello de punta. Pensar que dejó fuera a un hijo cuando la atraparon me rompía el corazón. Un momento. Una madre sin su hijo, y un hijo sin su madre. ¿Sería posible que…?

Las posibilidades eran remotas, mucho, pero cosas más extrañas había vivido los últimos días.

—¿Galena?

Su llanto se cortó y su respiración se agitó. Las líneas parpadeantes de mi mente la dibujaron moviéndose inquieta en su sitio.

—¿Mel?

CAPÍTULO 19

El reencuentro

Antes de poder responder a la pregunta de la madre de Mel, sentí un afilado aguijonazo en el pecho. Helena… Estaba asustada y agitada. Me doblé sobre mí misma. Las punzadas eran cada vez más intensas. ¿Le estaban haciendo daño acaso? Apreté los dientes con rabia. No podía ayudarla. No entendía qué pasaba.

Con los ojos cerrados y las líneas parpadeantes brillando en mi mente, se dibujó una nueva figura, que entraba en la oscuridad. ¿Era una alucinación? Conforme la figura se acercaba, su aroma se hizo más intenso. Olía a ella…

—Helena… —dije en voz alta, sin querer.

En un parpadeo, llegó a mi lado y me besó.

Me acunó la cara con sus manos y presionó fuerte sus labios contra los míos. Deseé con todas mis fuerzas poder rodearla con mis brazos y no dejarla escapar nunca más. Me besaba con desesperación, con miedo. Me acariciaba el interior de la boca con la lengua y hacía sonar el choque de nuestros labios como si nadie más nos escuchase. Me rendí ante ella sin remedio.

—Tenía miedo de que no estuvieras aquí —dijo Helena contra mis labios.

¿Eso significaba que había un destino peor que ese? Solo se me ocurría la muerte.

—Morir no me parece tan malo ahora, Helena. No, sabiendo que la otra opción es quedarme aquí de por vida —admití con pesar.

Ella me acarició la cara en la oscuridad y suspiró.

—Eres demasiado valiosa como para que te dejen morir y no sabes cuánto me alegra que no lo sepas —respondió ella.

En los eternos momentos de silencio que habían pasado, pensé en todos los interrogantes para los que aún no tenía respuesta. Por qué me mantenían viva y no me habían matado aún era el que más dudas me suscitaba. Con lo fácil que les habría resultado eliminarme del mapa y olvidarse de todo. Pero mi atención estaba demasiado focalizada en su caricia como para entender la seriedad de sus palabras. Tenerla enfrente de mí de nuevo me parecía un sueño.

—Por un momento pensé que te había perdido, Helena. Cuando te vi ahí postrada, inconsciente, yo… No supe cómo reaccionar. Tenía miedo de que estuvieras…

Me impidió terminar poniéndome dos dedos sobre la boca.

—Estoy bien, Tessa. No debes preocuparte por mí. —Apartó sus dedos para dejar un corto beso en mis labios. Lo disfruté como si fuera el primero. Como si fuera el último—. Voy a sacarte de aquí.

En cuanto terminó de hablar, la sentí incorporarse sobre mí. Me desató las manos con suma facilidad. Continuó con mi aleta y volvió a mirarme a la cara. Yo la intuía físicamente cada vez que cerraba los ojos para parpadear, pero ella parecía verlo todo con suma claridad, como si la oscuridad no fuera un impedimento para ella. ¿Tendría sus flashes mentales más desarrollados que los míos como para ver en la total oscuridad incluso con los ojos abiertos?

—¿Cómo eres capaz de ver? —pregunté.

—Te lo explicaré cuando salgamos de aquí.

Me ayudó a incorporarme y tiró de mí enseguida, haciéndome seguirla en su camino hacia la salida. Frené de golpe.

—Espera, Helena. No podemos dejarla aquí. —Me giré hacia Galena.

Pensar que, después de todo, había conseguido encontrarla, me llenaba de emoción. ¡Mel se volvería loco de alegría cuando llegase a su guarida con ella sana y salva! Estaba deseando ver su cara, sentir su felicidad al verlo reencontrarse con su madre después de tanto tiempo. Con todo lo que habían pasado…

Helena miró en su dirección. Negó con la cabeza.

—Cuanto más nos retrasemos, más difícil nos será escapar. Ella no es importante. Vamos.

Quiso retomar el camino de salida. La detuve de nuevo. No daba crédito a lo que acababa de escuchar.

—Por supuesto que es importante. Todas las vidas son importantes. Ella no vale menos que tú, ni menos que yo —dije enfadada.

En contra de mi instinto animal, le solté la mano y fui en dirección a la madre de Mel. Antes de separarme apenas dos metros, ya la sentía detrás de mí.

—Tessa, por favor —suplicó mientras me agarraba de nuevo.

—No pienso dejarla aquí. Si no la salvas tú, lo haré yo —solté, determinada.

—¡Está bien! —Mantuvo mis brazos bajo los suyos—. Por los dioses, qué terca eres. Te prometo que la sacaré de aquí, pero déjame ponerte a salvo primero. Solo cuando tú estés fuera de peligro volveré para liberarla.

Me tuve que conformar con eso. Miré en dirección a Galena a sabiendas de que ella no podría verme de forma nítida. Esperaba que sus líneas parpadeantes funcionaran aún como para intuirme.

—Vas a reunirte con tu hijo, te lo prometo —le aseguré.

Helena tiró de mí y esa vez no me resistí. La seguí con los ojos cerrados para ver mejor mi guía mental de líneas centelleantes. La cueva que se me antojaba tan alargada estando quieta en el mismo lugar, se confirmaba como un espacio realmente extenso. Estalactitas por allí, estalagmitas por allá. Nada más que agua, roca y oscuridad.

En el camino nos topamos con una columna de piedra que Helena quiso que evitara empujándome a la derecha, pero lanzó la mano al vacío cuando la esquivé segundos antes por mí misma. Me miró sorprendida.

—¿Cómo la has visto? —Aminoró la velocidad sin parar de avanzar.

—Por las líneas parpadeantes —dije como si fuera obvio—. ¿Cómo la has visto tú si no?

Helena me miró desconcertada.

—¿Líneas parpadeantes? —repitió.

—Antes de la conversión no lo tenía. Seguramente lo llamáis de otra forma aquí —dije un poco cohibida.

Ella guardó silencio unos segundos. Me agarró la mano de nuevo y me acarició el dorso con cariño.

—Puede que se trate de la ecolocalización —dijo amable.

Conocía el término, aunque seguía sin tener muy claro cómo funcionaba. Al menos ya tenía un nombre para ello. Lo importante era salir, ya preguntaría cuando nos encontrásemos a salvo, fuera de esas paredes.

Conseguimos ver la claridad cuando nos alejamos lo suficiente de esa profunda cueva y comenzamos a ascender. Por lo larga que resultó ser, seguramente ocupaba toda la extensión de la Guarida. Daba auténtico miedo girarse y contemplar de nuevo la total oscuridad. Sentí un escalofrío al pensar que ahí había pasado yo las últimas… Ni sabía cuántas horas. Impedí que mi cerebro se quedase atascado pensando en ello. Avancé con Helena hasta que ella paró repentinamente.

Nos pegamos a una de las paredes de roca y puso su brazo sobre mí, nos mantuvo a ambas la espalda pegada a la pared.

—Podemos engañar a las guardianas si les digo que vienes conmigo. El problema vendrá si nos encontramos a Aristeo o a mis padres —susurró mientras me miraba—. Ve detrás de mí, mantén la cabeza agachada y las manos en la espalda.

Se separó de la roca y terminó de hablar tan rápido que casi no la entendí. Acaté lo que me dijo en cuanto lo procesé y le seguí el paso. Nos movíamos rápido, sin demasiado apuro. Yo solo la miraba de cintura para abajo para no perder la inclinación de cabeza que me pidió. ¿Era un mal momento para pensar en lo adorables que se veían las manchitas negras y rosas que tenía en ambos costados?

Helena convenció a todas las guardianas que nos encontramos de que debía llevarme personalmente de vuelta a los servicios. No dio más explicaciones ni tampoco se las pidieron. Nadie se atrevía a cuestionarla, lo que nos facilitó mucho el trabajo.

—Deja eso en mis aposentos, Troia. Cuando regrese, lo miraré —dijo a una hembra que le ofreció unos papiros enrollados.

La criatura de vestimenta verdosa asintió y desapareció de nuestra vista en segundos. Nosotras seguimos nuestro camino.

Finalmente, conseguimos llegar al mismo recoveco por el que me ayudó a escapar la primera vez. Cuando supimos que ya estábamos ocultas de posibles ojos curiosos, me rodeó el cuello con sus brazos. El contacto con su piel era el placer más absoluto. Correspondí a su abrazo poniendo mis manos en su cintura y hundiendo la nariz en su pelo. Ella también inspiró fuertemente mi aroma. Se separó lo suficiente como para sacar de entre sus ropas un pequeño cofre. Lo abrió y hundió los dedos en él. Sacó una pasta transparente, viscosa y me la extendió por el cuello y detrás de las orejas.

—Con esto les será muy difícil seguir tu olor. Aun así, yo podré encontrarte —dijo mientras lo extendía. Cambió el gesto a uno de rabia y tristeza cuando advirtió la marca que la corriente eléctrica de su madre había dejado en mi cuello—. Cuando salgas, no te quedes sola. Reúnete con Melicertes y esperadme en un lugar seguro. Yo bajaré a liberar a esa hembra. En cuanto pueda iré a buscarte y nos iremos. No sé a dónde ni cómo lo haremos, pero algo se nos ocurrirá.

Terminó de cubrirme el cuello con esa pasta y me acarició suavemente la zona que tenía resentida por las heridas. Estaba dispuesta a abandonar a su familia por mí. Mi animal interno chillaba de emoción.

—Helena, por favor, cuida de ella —dije cuando guardó el cofre entre sus ropas de nuevo—. Es de vital importancia que llegue sana y salva a los brazos de Mel —le rogué mirándola a los ojos.

Su gesto fue primero de sorpresa, luego bufó.

—Creí que solo había que liberarla, no ayudarla a salir de la Guarida también. —La miré incrédula. ¿Tan descabellado era pensar que salir de allí con ella era parte de la ayuda que necesitaba? Helena puso los ojos en blanco y suspiró—. Muy bien, haré lo que pueda. Pero has de saber que ella no es una prioridad para mí. Si debo dejarla atrás para llegar hasta ti, lo haré.

Me pregunté si alguna vez sería capaz de desligar completamente a Parténope de Helena para quedarse solo con la última. Por el momento, parecía inviable.

—Procura que no sea así, por favor —insistí—. A cambio te prometo que no me iré del lado de Mel hasta que nos encuentres. Lo seguiré a donde vaya. —Sonreí mientras le acariciaba la mejilla.

Ella cerró los ojos disfrutando de mi tacto.

—Melicertes me da igual, solo me importa que tú estés a salvo.

Estaba claro que la empatía no era su fuerte. Decidí tomármelo con humor.

—Me parece increíble que lo odies —dije con un atisbo de risa.

—No lo odio. Simplemente no me gusta —respondió con sencillez.

—¿Puedo saber por qué? —pregunté.

Helena se lo pensó.

—No apruebo todas las decisiones de mi familia, pero eso no significa que defienda a quienes los atacan.

Era difícil rebatirle algo así.

Me besó por última vez y me empujó suavemente por la rendija de la roca hacia la pequeña gruta oscura que llevaba a la salida. Cuando metí medio cuerpo, me frené en seco. Le agarré la mano con fuerza. De nuevo oscuridad, de nuevo soledad. Me aterró la idea de rodearme otra vez de una negrura así.

Helena se llevó la mano al pecho como si hubiera tenido un dolor agudo cerca del corazón. Me miró compasiva.

—Puedes hacerlo —dijo con ternura y determinación.

Un par de lágrimas de agobio se dejaron ver.

—No creo… —admití con vergüenza.

—Claro que sí. Lo sé, aquí. —Se palmeó suavemente el pecho—. Confío en ti. —Sonrió.

Llené bien mis pulmones y asentí pensando: «Entra limpia, sale turbia. Entra limpia, sale turbia».

Terminé de entrar despidiéndome de ella con una última caricia. Me sonrió con más amplitud y desapareció en busca de Galena.

En cuanto me quedé sola y a oscuras, tuve el impulso de salir a toda prisa tras ella. También me planteé quedarme quieta en el mismo sitio que me encontraba y esperarla allí, pacientemente, para salir las tres juntas. Sus palabras fueron claras: si yo no estaba a salvo primero, ella renunciaría a Galena. Esperarla no era una opción. Me quedaba, entonces, un único camino posible: salir yo sola.

Debía huir y reunirme con Mel para esperarlas en un lugar seguro. Si lo pensaba bien, me venía mejor llegar yo antes que ellas, pues así tendría tiempo de hablar con él. Estaba deseando que me contase, de primera mano, todo lo que pasó aquel día en La Isleta con Enzo. Tenía claro que, fuera como fuese, Mel estaba obligado a cumplir con los sádicos deseos de los Píamus y que fue por luchar por sus principios por lo que acabó huyendo. Nada de lo que me contase podía asustarme. Además, después de lo que había pasado, veía cualquier otro problema en la vida con una nueva perspectiva. Una más calmada y objetiva. Todo lo que no implicase soledad y oscuridad me parecía bien.

Volví a tomar unas cuantas inspiraciones antes de reunir el valor suficiente para avanzar por el túnel. Cerré los ojos para ver mejor y con las manos toqué la pared de piedra. Si además me guiaba por el tacto, tendría menos posibilidades de perderme.

Recorrí el lugar a paso lento y firme. La quietud del silencio me empezó a pasar factura. Mi corazón palpitaba con fuerza por la ansiedad. Combatí el pánico que me surgía, manteniendo mi cabeza focalizada en salir, en encontrar a Mel y darle la buena noticia de haber hallado a su madre. Me costaba horrores no dejarme vencer. Cuando esos motivos ya no eran suficientes, pase al plan B de supervivencia mental. Si me daba un ataque, Helena lo notaría. Debía evitar preocuparla. Me repetí una y otra vez: «Ya no estás sola, solo tienes que esperarla. Ya no estás sola».

Seguí y seguí, hasta que discerní los primeros destellos de luz, que se filtraban por la roca. Sonreí en cuanto los vi. ¡Lo había conseguido! Aceleré un poco el ritmo y me encontré frente a las malditas algas urticantes de la salida. Suspiré. Si todo salía bien, esa sería la última vez que sufriría esas endemoniadas picaduras. Me quedé con eso y cogí impulso para atravesarlas a la mayor velocidad posible.

Cuando estuve a una distancia prudencial como para asegurarme de que nadie me seguía, aminoré el ritmo y me permití quejarme de las horribles picaduras que me decoraban el cuerpo. Las más recientes aún no se habían terminado de formar, y las que fueron producto de mi entrada a la Guarida parecían más cicatrizadas de lo que pensaba. ¿Cuánto tiempo había estado allí encerrada?

Si me preguntaban, podría haber sido cualquier lapso entre una hora y un mes. Perdí la noción al poco de entrar, y por poco perdí también la cordura. A saber cuánto tiempo y cómo había sobrevivido Galena allí abajo sola…

No veía el momento de reunirme con Mel, de sentirme segura entre las paredes de su cueva para contarle todo. Reanudé la marcha y ajusté el rumbo para dirigirme hacia allí. Cuanto antes llegase, más tiempo tendríamos para hablar a solas.

Pensar que por fin se reunirían de nuevo madre e hijo dibujó en mi cara una sonrisa de oreja a oreja.

Atisbé la guarida que buscaba en el horizonte. Sonreí y aumenté la velocidad. En mi mente no paraba de repetir una y otra vez la única frase con la que quería empezar la conversación: «La he encontrado».

La vegetación cubría la entrada, así que bajé el ritmo en cuanto entré para no arrancarla de cuajo esta vez. Una vez dentro, lo busqué con la mirada y con una enorme sonrisa en los labios. El interior no era tan grande como para tardar más de unos escasos segundos en recorrerla. Mi sonrisa se desvaneció poco a poco cuando entendí que Mel no estaba allí.

Mi primera reacción fue asustarme. ¿Y si lo habían secuestrado a él también? Escasos momentos antes había estado recorriendo la Guarida junto a Helena y no vi a Mel ni en la parte de luz ni en las horribles mazmorras bajo el suelo. Seguro que no era un prisionero.

Decidí creer que no había motivo de pánico, que seguramente había salido a cazar o a cualquier otra cosa que le haría estar de vuelta en un rato. Le esperaría allí paciente, tranquila y controlando los nervios por volver a encontrarme sola en el silencio. Al menos tenía la claridad del sol. Eso debía ser suficiente para no delirar.

Conforme los minutos pasaban, más me desesperaba. Cerré los ojos y retomé las técnicas de meditación que tan olvidadas tenía. Debía concentrarme solo en el momento presente, en el aquí y ahora, en mi respiración, en sentir mi cuerpo y mi entorno. No pensar en nada, no dejarme preocupar por nada. Solo respirar. Una vez. Dos veces. Tres veces.

Antes de llegar a las sesenta inspiraciones Mel atravesó la puerta como un rayo, se abalanzó sobre mí y me apretó fuerte contra su pecho.

—Mel… —susurré con un brazo rodeándole la espalda y otro acariciándole la melena.

Empezó a llorar mientras apretaba un poco más sus brazos a mi alrededor.

—Lo… Lo siento mucho, Tessa. Tuve miedo y hui. Yo… Te he buscado todos estos días, pero no sabía dónde estabas. No encontraba un rastro claro, siempre acababa desapareciendo. —Entre que hablaba muy pegado a mi cuerpo y los hipidos de su llanto, me costó entender lo que dijo. ¿Había dicho «días»?

—¿Cuánto tiempo ha pasado desde el prado? —pregunté dudosa.

—Cuatro días. ¿Dónde has estado?

¿Cuatro días? ¿Tanto? En un recoveco de mi mente mantenía la esperanza de que hubieran sido apenas unas horas que se me hicieron muy largas. Sacudí insistentemente la cabeza para eliminar los recuerdos de la quietud y la oscuridad.

Mel lloraba cada vez más fuerte. Lo mecí suavemente para calmarlo y con mi mano tracé círculos en su espalda. Como él hizo conmigo. Como Río hacía conmigo.

—Eso no importa ahora, Mel. Todo está bien. No tienes de qué preocuparte. Sé que las cosas no han salido como esperábamos, pero todo está bien ahora —dije convencida de mis palabras.

Contaba los segundos para poder decirle que su madre estaba viva y a salvo, más o menos.

—Nada está bien. Tessa, yo… Debes de odiarme.

Se separó de mí para mirarme a la cara. Tenía los ojos cansados y llorosos; la nariz, enrojecida. Qué ternura y qué pena me provocaba verlo así.

—No te odio, Mel. —Sonreí con sinceridad.

—No puedes decir eso. No después de lo que Aristeo dijo en…

—Me importa una mierda lo que él dijera —interrumpí su frase—. Es tan mentiroso y violento como Briseida o Tadd, y no me creo ni una sola palabra.

Mel se tomó un momento antes de responder.

—Él… Él dijo la verdad, Tessa. Yo te hice la herida y casi te entrego a los Píamus. —La primera parte la esperaba, la segunda se me hizo más difícil de escuchar. Sus ojitos aún colmados de lágrimas se cerraron para coger fuerza—. Quiero que sepas todo lo que pasó.

CAPÍTULO 20

La Pincoya (segunda parte)

3 de julio de 2019

Había aceptado, ya no podía echarme atrás. Después de todo, esperaba que ese fuera el último encargo que debía cumplir para recuperar a mi madre. Hacía tiempo que sospechaba que la crudeza de sus exigencias empeoraría, pues no me creía que todo se basase en espiar en la sombra, controlar lo que ya estaba controlado y reportar las pocas quejas que solo algunos se atrevían a hacer. No debía sorprenderme que lo siguiente fuese la vida de un humano. Prescindieron de explicarme para qué o cómo. Solo me dijeron que debía entregarles una víctima humana esa misma noche.

Los humanos celebraban una vez, cada ciertas lunas, una fiesta en la playa a la que llamaban Pincoya. Cientos de jóvenes se juntaban alrededor de unas enormes masas de fuego, bailaban y festejaban juntos. Era el momento perfecto para hacer desaparecer a uno. Podía hacerlo. Iba a hacerlo. Por mi madre, por su libertad, por tenerla de nuevo junto a mí.

Les pedí tiempo para encontrar la manera, pero la paciencia nunca fue una virtud de esa horrible familia. Briseida me aseguró que, de incumplir el plazo establecido, las consecuencias serían terribles. Claro que esas no fueron sus palabras, ella nunca amenazaba directamente. Su especialidad era dejar caer las cosas sin nombrarlas de forma explícita. Si malentendías el mensaje real, la culpa sería tuya, no suya.

Cuando la primera torre de madera se tiñó de naranja y amarillo, una música empezó a sonar y un grito de júbilo general daba a entender el inicio de la fiesta. Era el momento.

Adriana me dijo que la mejor manera de actuar sería desde la distancia, sin apurar demasiado la cercanía a la costa. Muchos eran los que se lanzaban al agua sin tener el control de sus cuerpos o sus decisiones. Bebían una sustancia a placer que les nublaba la razón y los hacía ponerse en situaciones de riesgo por voluntad propia.

Con el paso del tiempo, los humanos se dividieron en grupos cada vez más pequeños y dispersos. Localicé una embarcación no muy grande que se alejó de la costa lo suficiente como para no ser vistos ni escuchados por los que se quedaron en la playa. Esperé ansioso el momento perfecto para atacar.

Mi corazón estaba muy acelerado. El tósigo me hacía hormiguear la punta de los dedos y de la aleta de puro nervio. Si me sinceraba conmigo mismo, dudaba que fuese capaz de dañar a uno de ellos llegado el momento, pero estaba decidido a intentarlo.

El momento de comprobar mi valentía llegó cuando una humana con la melena del color del fuego se lanzó al agua bajo los efectos de aquella bebida. En cuanto la vi caer, mi cuerpo se paralizó. La observé desde la distancia. Lo que tardé en reaccionar y tomar la decisión de ir fue lo que tardó un segundo humano en lanzarse tras ella para sacarla de nuevo a la superficie. Al verlo a él, instintivamente me escondí tras la primera montaña de roca que vi.

Desde donde estaba, vi cómo otros dos humanos se sumergían junto a los anteriores. Eran ya cuatro los que nadaban allí, pero una de las hembras se desplazó. Instantes después, fue seguida por un varón. Cambié de escondite para no perderlos.

Subieron a la pequeña isla a la que se aproximaron mientras yo me quedaba agazapado en el fondo, esperando la oportunidad. Sus pies se movían bajo el agua, lo que me dejaba controlar su posición. Poco después desaparecieron y perdí el contacto visual con ellos. Me permití el atrevimiento de salir lentamente a la superficie a observar qué hacían y calcular cuánto podrían tardar en volver al agua.

Si los dos se sumergían a la vez, tendría que rezar a los dioses para que se desplazasen a distinto ritmo. Así, podría atrapar a quien fuera más lento sin que el primero notase su ausencia cuando tirase de su cuerpo hacia el fondo. En cuanto lo tuviera, debía dejarlo inconsciente y entregárselo a Adriana. Ella se encargaría de mantenerlo inconsciente y, tiempo después, fingir su muerte frente a los humanos para que los Píamus pudieran llevárselo sin levantar sospechas. Prohibido matarlo, prohibido herirlo de gravedad y prohibido hacer cualquier otra cosa después de entregarlo que no fuera avisar de que había cumplido con lo pactado. Me concentré en mi madre. En conseguir su libertad como fuera. Cada vez que tuve la oportunidad de coger a uno de ellos, mi corazón se aceleraba tanto y mis miedos me bloqueaban hasta tal punto que me sentía incapaz de cumplir con mi penitencia. Pero debía hacerlo, de veras que sí, o no volvería a ver a mi madre jamás. Las palabras de Briseida fueron confusas, como siempre, pero su mensaje era claro: un humano a cambio de su libertad.

En medio de mis pensamientos escuché sus voces alteradas. ¿Estaban discutiendo? De ser así, posiblemente, acabarían dividiéndose para volver a la embarcación en la que estaba el resto del grupo. Si encontraba a uno solo sería un golpe de suerte para mí, si volvían a la vez tendría que planear bien mis movimientos para no fallar. Levanté de nuevo la cabeza para tantear la situación. La hembra estaba de pie, con las manos en la espalda manejando las cuerdas de su vestimenta. El varón estaba tumbado en el suelo de la isla, desnudo. Me fijé en las marcas que la hembra tenía en la piel: líneas rojas en la cintura y en los brazos. Hablaban sobre algo que él quería, pero ella no. ¿Ese varón fue capaz de dañar a la hembra por sexo? Un humano era un humano, con su mismo derecho a la vida que uno de nosotros, pero si debía elegir entre ellos dos para llevar a uno ante los Píamus, entonces sería el varón.

Poco tiempo después, la chica se lanzó al agua y comenzó a nadar. Tenía que recorrer un camino suficientemente largo como para que, cuando estuviese cerca de la embarcación y la música que salía de ella le nublara el oído, no oyese gritar al varón que se quedó en la isla cuando lo cazara. Solo esperaba que se lanzase pronto al agua para no dificultar más las cosas. Demasiado ansioso y temeroso me encontraba ya.

Cuando creía que mis decisiones eran las más acertadas según las horribles opciones que tenía, mi suerte cambió drásticamente. Aristeo, el que se encargó de traducirme las suaves palabras de Briseida en amenazas contundentes, el que me aseguró que no quería ver la ira de Tadd si incumplía con lo que me pidieron, el que me advirtió de no robarle el oxígeno a Parténope si me encontraba muy cerca de ella, estaba allí.

—Has dejado escapar dos ocasiones, Melicertes. Si esta vez no lo haces tú, lo haré yo.

Sin tiempo para procesar lo que estaba pasando, Aristeo propulsó la lanza que llevaba en su mano derecha directa hacia la hembra. En cuestión de un parpadeo tuve que decidir. Ningún humano se lo merecía, ninguno. Pero después de lo que vi... Ella no, por favor.

No me lo pensé. Me interpuse entre el arma y la humana, recibiendo así el primer impacto de la lanza en mi aleta. Quise gritar de dolor, mas no podía permitirme ser oído ni descubierto por ella. Así que acallé mis quejidos como pude, pero entonces ella gritó y todo pasó muy rápido.

Me alejé rápidamente de su cuerpo y vi la enorme herida que la lanza le había provocado. Entendí que mi aleta había desviado el trayecto que llevaba, pero no impidió que le rasgara la piel. Lo peor no fue eso, sino ver como el tósigo que salía de mi herida se instalaba lentamente sobre la suya. La línea azulada que le acabó decorando la pierna me alertó de mi error.

Aristeo me miraba con sus dientes apretados.

—¡Bastardo! —exclamó en un susurro.

El olor espeso y picante que desprendía me alertó de sus intenciones. En cuanto intuí su movimiento, me adelanté a coger la lanza, que descendía lentamente hacia el fondo, y me preparé para el impacto. Cuando se abalanzó sobre mí y lo tuve tan cerca como para no fracasar, lo golpeé en la cara con la parte opuesta a la punta afilada.

Aristeo soltó un alarido bastante sonoro y se llevó las manos a la boca. La sangre manaba de su labio superior, espesa y caliente.

Me asusté tanto al pensar en las consecuencias de mis actos que lo único que se me ocurrió fue huir. Había golpeado al principal confidente de la Orden, había herido a una humana, que recibió mi tósigo en su sistema, y había fracasado en la penitencia que los Píamus me impusieron para recuperar a mi madre.

Solo me quedaba desertar y rogar a los dioses piedad por mis errores.

30 de julio de 2019

Cuando Mel terminó de hablar, nuevas lágrimas reemplazaban a las anteriores. Algo dentro de mí se rompió al escuchar de sus labios toda la historia. Sentí en mi piel su angustia por haber tenido que vivir algo así, por las decisiones que se había visto obligado a tomar. El olor a tristeza y miedo flotaba en el ambiente.

Veía en sus ojos el temor a mi reacción y el sentimiento de culpabilidad. Él parecía creer obstinadamente en su culpa, cuando nunca tuvo elección. Solo pudo decidir una cosa: Enzo o yo. Después de lo que pasó, después de lo que vio, Mel pensó que si alguien de los dos merecía evitar el destino que le esperaba, era yo. Solo por eliminación quedó Enzo. ¿Era ese motivo suficiente para crucificarlo y castigarlo? ¿Por decidir la opción menos mala de las dos?

Mel me salvó la vida. Aunque a consecuencia de ello hubiera tenido que transformarme, mi corazón seguía latiendo porque él impidió que una lanza me atravesara el cuerpo. No podía culparle por la casualidad de dos heridas al mismo tiempo, por el intercambio accidental de tósigo. Actuó de la mejor manera que supo en una situación límite, eso era todo. ¿Cuántos serían capaces de salvar a un desconocido de una suerte fatal aun si con ello perjudicasen la libertad de un ser querido, de una madre?

Se llevó las manos a la cara y se acurrucó sobre sí mismo.

—Cuando decidí hablar con Adriana para preguntarle si tenían a una humana con una herida en la pierna y me habló de ti, supe que tu destino estaba escrito. Por mi culpa has perdido a tu familia. Por mi culpa nunca volverás a caminar sobre la arena ni recuperarás tu vida. Quería salvarte de ser la ofrenda de los Píamus, y lo que conseguí fue condenarte. No puedo ni mirarte a la cara. Lo… Lo siento tanto, Tessa… Yo no… Yo… —Jamás escuché una voz tan triste y arrepentida como la suya.

Me acerqué a él y le acaricié el pelo.

—Tú me has dado la vida, Mel. —Se apartó las manos del rostro y me miró con claro escepticismo—. Tú mismo lo has dicho. De no ser por lo que hiciste, yo habría sido la ofrenda de los Píamus. Si no hubieras desviado esa lanza, ahora estaría desaparecida en algún recóndito lugar, desangrándome, en vez de estar aquí contigo. Puede que me quede sin volver a ver a mi familia, o que me sea imposible volver a caminar sobre dos piernas, pero si no fuera por la enorme valentía que tuviste, ni siquiera tendría la oportunidad de vivir. Da igual que sea en otro cuerpo, Mel. Tú me salvaste. Te debo la vida. Ahora lo sé.

Se quedó sin habla. En ese momento era yo la que lloraba. No estaba enfadada ni disgustada. Estaba… absorbida por un torbellino de emociones y sentimientos que me sacudía desde lo más profundo.

—Pero yo… —Mel empezó.

—Tú fuiste un valiente —lo interrumpí secándome las lágrimas—, y después de todo puedes quedarte tranquilo porque tu valentía no fue en vano. —El momento llegó. Sonreí antes de hablar—: Encontré a tu madre, Mel. La encontré. Está viva.

Sonreí más ampliamente al ver su reacción. Estaba completamente paralizado, retenía una sonrisa, que se negaba a dejar salir hasta comprobar haber oído bien lo que le decía. Podía incluso oír el latido de su corazón.

—La… ¿la has encontrado?

—Sí —dije sin ocultar mi emoción—, y creo que está de camino hacia nosotros.

Fue la primera vez que lo vi sonreír de verdad: mostraba sus dientes en una perfecta línea de lado a lado de la cara. Sus ojos se achinaron por la enorme felicidad que sentía y volvió a hipar del llanto que le provocó respirar tranquilo por primera vez en mucho tiempo.

—Mi madre está viva… —susurró.

Él lloraba de tranquilidad y de felicidad; y yo, de satisfacción.

—Sí, Mel. Está viva y deseando verte de nuevo. —Vi sus ganas de abrazarme otra vez, y también su bloqueo por la emoción—. Ven aquí —susurré mientras le rodeaba fuertemente con mis brazos. Inspiramos el aroma del otro casi a la vez. La esencia que nos rodeaba era mucho más suave y agradable que la anterior. Olía a emoción, a felicidad—. Cuando estuve a su lado lo único que fue capaz de decir fue «mi hijo». No solo me salvaste a mí, Mel, has mantenido con vida a tu madre. Tu recuerdo ha sido su salvación.

Los hipidos que lo sacudían se mezclaban con la risa de saber que lo peor ya había pasado. Lloramos y reímos juntos sin romper nuestro abrazo.

Aun cuando fuimos capaces de relajarnos lo suficiente, nos mantuvimos en estrecho contacto mientras nos mecía la suave corriente que entraba en la cueva. Notaba su alegría y su tranquilidad. Era como si volviera a respirar oxígeno puro después de haber estado en aguas turbias durante mucho tiempo. Su respiración cada vez más pausada me transmitía la paz más agradable del mundo.

Poco a poco, nos separamos, ambos con la sonrisa aún dibujada en la cara.

—No hay forma de agradecerte algo así —dijo con gesto compungido y alegre a la vez—. Siempre voy a estar en deuda contigo.

Le aparté la mirada fingiendo quedarme pensativa.

—Bueno, yo fui la primera en deberte la vida. Aunque sí hay algo que puedes hacer por mí —dije cambiando de tema para aliviar la emotividad del ambiente.

Mel se pasó las manos por la cara para despejarse.

—Lo que sea, lo que sea —respondió sin perder su sonrisa.

—¿Qué es la ecolocalización?

Aun sin saber de dónde salía esa pregunta, respondió enseguida. Se estaba acostumbrando a mis dudas repentinas.

—Es la capacidad que tienen algunas criaturas de situarse en el espacio cuando este tiene una visibilidad muy reducida. Desconozco cómo funciona exactamente, solo sé que es algo que poseen algunas especies —respondió con su tono formador.

—Hablas como si nadie de la nuestra tuviera esa habilidad —dije confusa.

Le vi en el gesto la sonrisa de haber usado una primera persona para referirme a la especie.

—Yo al menos no conozco a nadie que la posea. —Se encogió de hombros—. Aunque quizás alguien de los Píamus la haya adquirido, como dijo Adriana. ¿Crees que alguien de la familia la tiene?

Negué lentamente.

—No lo decía por alguien de dentro de la Guarida —respondí pensativa.

Él me miró confuso. Tardó unos segundos en caer en la cuenta.

—¿Tú? —preguntó sorprendido. Asentí—. ¿Cómo?

—Me pasa desde el primer día que desperté aquí. En mi cabeza aparecen unas líneas parpadeantes que me indican el espacio en el que estoy, las criaturas que tengo a mi alrededor y dónde me ubico yo. Como si fuera un tipo diferente de visión. Cuando estoy nerviosa o asustada, cierro los ojos y las puedo ver. Creo que tiene relación con el tósigo.

Mel se quedó pensativo un rato, como si calculara la solución a un problema matemático bastante complejo. Se mantuvo callado, estaba pensando en lo que acababa de decirle y buscaba en su mente nuevas respuestas. Pareció dar con una.

—Adriana dijo que, para adquirir sus habilidades especiales, los Píamus consumen a la vez sangre humana y de la criatura de la que desean obtener el beneficio. —Sentí un pinchazo en la tripa al recordarlo—. ¿Crees que fue por el propio proceso de conversión que adquiriste tú ese don? Quiero decir… Fuiste humana hasta el último momento en el que se completó el cambio. Durante unos instantes, tuviste ambas especies en tu cuerpo, ambas sangres. Quizás… —Se calló un segundo—. Quizás al convertirte de noche tu sistema tuvo que adaptarse al nuevo medio oscuro y por eso desarrollaste la ecolocalización, porque aún conservabas una parte humana cuando necesitaste ver en tus primeros momentos de vida. Tu nuevo cuerpo se alimentó de tu sangre anterior mientras necesitabas la habilidad de ver en la oscuridad.

Me quedé mirándolo sin saber qué responder. Desde luego a Mel no le hacía falta la sangre humana para desarrollar su bendito don de la inteligencia.

—Tiene sentido —fue lo único que atiné a responder.

—Sí, sí. Debe ser por eso seguro —respondió sin parar de asentir.

Aproveché el cambio de tema para seguir con las preguntas.

—¿Cómo es posible que cada vez que tengo una duda sepas siempre la respuesta? O dónde buscarla. ¿Es acaso ese tu don especial? ¿A mí me toca la ecolocalización y a ti la superinteligencia? —pregunté alegre.

Mel mostró una sonrisa avergonzada.

—Bueno, mi madre pasaba mucho tiempo fuera de nuestra madriguera por sus labores de informante. Tuve que aprender a pasar los días solo —contó con sencillez—. Siempre buscaba una charla interesante que me diera algo nuevo que aprender, o lo investigaba por mí mismo explorando el ágora y sus alrededores. Mi curiosidad me mantenía entretenido cuando ella no estaba. —Habló con una gran sonrisa, una que nada tenía que ver con la melancolía que solía acompañarle cada vez que hablaba de su madre. Se encogió de hombros—. Tiendo a ser muy observador, nada más.

Lo escuché atentamente, sin dejar de sonreír.

Sentía que, por primera vez, podía mirarlo de verdad. Mirar lo que era, la clase de persona que habitaba en su interior. Ya no había secretos entre nosotros. Era la primera vez que me sentía total y absolutamente cómoda con él. Se mostraba claro, sincero y dejaba salir esa sonrisa tan pura que inundaba su cara de felicidad.

Cuando lo conocí, lo único que vi de él fue su forma de atraparme y ahogarme hasta morir, era lógico que lo odiase. Lo que no sabía era que, tal como quiso hacerme entender al despertar, así me estaba salvando la vida. Siempre he sido muy desconfiada cuando algo me desconcertaba desde el primer momento y admito que me cuesta dar segundas oportunidades. Sabiendo entonces la verdad de lo que Mel pasó y las decisiones que se vio obligado a tomar, confiar en él me parecía lo natural. Se vio envuelto en una situación horrible y solo pudo elegir entre lo malo o lo peor, y no todo el mundo logra pensar con la cabeza fría en una situación límite como esa. Que al principio actuara movido por sus propias motivaciones egoístas nunca me molestó, porque yo lo hice igual o peor que él. La diferencia es que sus motivaciones no cegaron su bondad al ayudarme cuando no tenía por qué hacerlo. Decidía darle la oportunidad. Decidía confiar en él.

Helena era una necesidad, Mel era una elección.

Esperamos pacientemente la llegada de Galena y de Helena dentro de la guarida. Incluso pensamos en salir a cazar, pues los dos teníamos hambre. Nos lo negamos mutuamente ante el miedo de estar fuera para cuando ellas llegaran. Así que, simplemente, seguimos charlando, compartimos alegrías y recuerdos buenos de nuestra vida. No dimos cabida a nada triste o negativo. Era nuestro momento de sonreír, de disfrutar.

Con el paso de las horas, entre charla y charla, caímos rendidos de sueño. Fue al despertar cuando nos dimos cuenta de que ni mi enlazada ni su madre habían aparecido por la cueva como esperábamos.

CAPÍTULO 21

El regreso

Helena me dijo que intentaría rescatarla, no que se involucraría al cien por cien. Es más, lo que me aseguró fue que sería capaz de dejarla atrás con tal de reunirse conmigo. Tal vez hubiera ocurrido algún contratiempo de última hora y se hubiera visto obligada a abandonarla para poder escapar. Deseaba con todas mis fuerzas que no fuera así...

—¿Notas algo a través del lazo? —preguntó Mel al poco de despertar.

Me acaricié la zona del pecho buscando alguna señal que me indicara dónde o cómo estaba Helena.

—No. Al menos nada de forma clara —respondí sincera. Él se mostró nervioso, preocupado—. Me dijo que vendría, Mel. Confía —dije con una sonrisa alentadora.

Asintió no muy convencido. La realidad era que yo estaba tan preocupada como él, pero si se lo dejaba ver, ambos perderíamos toda esperanza.

Decidí que lo mejor era despejarnos un poco, salir a pasear o a lo que fuera. Era muy consciente de que ninguna de las dos sabía la ubicación de nuestro escondite y que solo mi enlazada sería capaz de encontrarnos siguiendo mi aroma, así que cuanto menos me moviera del sitio, más fácil le sería encontrarnos. Aun así, necesitaba hacer algo para mantener la ansiedad controlada.

Propuse a Mel dar un paseo rápido, serenar la mente. Aunque al principio dudó, en el fondo tenía la misma necesidad de distraerse que yo y acabó aceptando.

Agarró su bolsa marrón y metió dos puntas de lanza dentro, dejamos las algas de la entrada atadas y nos quedamos mirando sin saber muy bien a dónde ir. Yo propuse ir al prado en el que solía encontrarme con Helena, pero Mel tenía mucha razón al decirme que era peligroso. Aristeo nos halló allí y nada le impedía volver a hacerlo. Además, dejar nuestro olor por una zona medianamente cercana a la Guarida no era muy responsable por nuestra parte. Lo mejor sería ir en dirección contraria.

Así fue como acabamos cerca de la costa de Punta Javana. Mantuvimos una distancia prudencial que impedía que los humanos pudieran vernos y, a la vez, nos permitía distinguirlos a pesar de la lejanía. Aun siendo temprano, me pareció extraña la ausencia total de bañistas. Me daba reparo asomarme por la superficie por si me pillaban, pero mi instinto me decía que pasaba algo, que aquello no era normal. Además, tenía demasiada curiosidad.

—Tessa, por favor, es muy temerario que te dejes ver así. Podrían reconocerte —dijo él preocupado cuando vio mis intenciones de subir.

—A esta distancia es imposible, Mel. De verdad. —Saqué la cabeza.

Cuando entendió que era inútil intentar pararme, no le quedó más remedio que acompañarme. Apareció a mi lado refunfuñando.

—Deberíamos volver ya, podrían aparecer en cualquier momento —se quejó cuando teníamos ambos los ojos puestos en la playa.

Lo ignoré deliberadamente, estaba demasiado ocupada intentando descifrar qué era esa reunión tan grande de gente en la misma playa de la fiesta de la Pincoya. Unas cuantas personas se mantenían en grupo atentas a un hombre y una mujer que hablaban frente a ellos. Entre la multitud distinguí a Susi, Toni, Cintia, Lucas… Casi todos mis amigos estaban allí. Miraban a esas dos personas hablar. Ambos llevaban una camiseta blanca con el mismo tipo de dibujo en medio, como las otras cinco o seis personas que tenían detrás de ellos. Me era imposible distinguir quiénes eran o qué tenía de especial el dibujo de sus camisetas.

—Voy a acercarme más —dije a modo informativo, sin pedir permiso.

—Tessa, ¡no! —gritó Mel en un susurro.

Ya me había ido de su lado. Me aseguré de que La Isleta estaba despejada antes de acercarme y usarla de escondite.

Desde ahí sí pude distinguir al padre de Enzo hablar enfadado a la multitud, a su madre mantenerse a su lado con rostro serio y triste. También a su primo, el que vino ese año para conocer Punta Javana después de haberle insistido varios veranos. Todos estaban allí, con los ojos llorosos. Vi que no era un dibujo lo que las camisetas llevaban, sino una foto de Enzo. Reclamaban respuestas, medios y ayuda para saber dónde estaba su hijo.

Mel siguió la dirección de mi mirada antes de preguntar. Después me contempló con gesto comprensivo y suspiró.

—Haremos todo lo que podamos para encontrarlo. Lo devolveremos a su familia, como tú dijiste. —Sonrió con ojos tristes.

No respondí. Me centré completamente en escuchar y leer los labios de su padre mientras hablaba casi a voces frente a la melé. Decía algo acerca de no creerse que su desaparición fuese tan misteriosa, que todos allí sabían la verdad oculta y que nadie se atrevía a pronunciarla.

—… sabemos quién ha sido, y queremos justicia… —alcancé a escuchar.

El padre se mostraba cada vez más tenso y la madre, más abatida. Llegó un momento en el que todo se desmadró cuando dejó las buenas formas y atacó directamente.

—Si Teresa García no nos devuelve a nuestro hijo, ¡nosotros iremos a por ella! —gritó con desesperación.

Entonces Río salió de entre la multitud con los ojos anegados en lágrimas.

—¡Mi hermana es inocente! ¡Acabó en una silla de ruedas, maldita sea! —respondió con un grito más fuerte.

—Tu hermana acabó en la clínica por las heridas que le hizo mi hijo al querer defenderse. Y en cuanto pudo se largó para eludir las consecuencias de sus actos. ¡A saber lo que le hizo esa arpía!

La muchedumbre murmuraba mientras ellos dos se gritaban.

—¡Estás completamente loco! —Río avanzó hacia el padre de Enzo—. Tessa es una víctima, no una asesina.

Annie lo retuvo desde atrás, con un gesto igual de triste que mi hermano. En sus labios leí un «no merece la pena».

El grupo que presenciaba la discusión estaba dividido en cuanto a opiniones. Algunos querían defender a mi hermano dándole la razón;

otros, en cambio, asentían ante las palabras de la familia de Enzo. Nadie se mantenía neutral ni al margen. Incluso mi grupo de amigos se inclinó hacia uno de los bandos. No me sorprendió saber que Toni creía en mi culpabilidad con tal de defender a su amigo. Lo que sí me dolió fue ver que Susi miraba con desaprobación a mi hermano.

Río lloraba y gritaba mientras Annie lo intentaba calmar. El padre de Enzo estaba dispuesto a llegar a las manos, y ni la madre ni ninguno de los otros familiares parecían querer impedirlo.

Mientras todo eso sucedía, yo seguía sin dar crédito a lo que veía. Que hicieran todo un despliegue en el pueblo para encontrar a un chico desaparecido era lógico, lo que no concebía era que me culparan a mí de todo cuando ni siquiera sabían la historia real. ¿Harían y dirían lo mismo si hubiesen sabido que yo los estaba viendo y escuchando? Era la primera en entender la desesperación a la que se llega cuando te sientes al límite, pero eso no justificaba manchar mi nombre con mentiras y colgarme el cartel de asesina. No me parecía justo ni para mí ni para mi familia. Río no se merecía eso, mis padres no se merecían eso. Ellos se merecían la verdad y, aunque fuera imposible dársela al completo, lucharía hasta el final para dejarles claro que yo no tuve nada que ver con su desaparición. Les daría paz encontrando y devolviéndoles a Enzo. Además, tenía claro que, aun sin saber cómo, me las apañaría para mandarles señales, mensajes o lo que fuera para hacerles saber que estaba viva y que estaba bien.

Fui incapaz de ver nada más. Me froté los ojos para secar las lágrimas que me resbalaban por las mejillas y me sumergí de nuevo. Mel me siguió sin decir nada.

—Deberíamos volver ya. —Puse rumbo a la cueva.

Mel me agarró suavemente de la muñeca y me hizo parar.

—Tessa, estoy seguro de que si volvemos ahora será cuestión de tiempo que necesites salir de nuevo para despejarte, y si lo hacemos seguiríamos esparciendo nuestro rastro, dificultando aún más que nos encuentren —dijo en un tono suave—. Será mejor que vayamos antes a cazar, que te despejes de verdad y después volvamos para quedarnos allí hasta que lleguen.

Se me dibujó una media sonrisa. Cómo empezaba a conocerme... Suspiré y asentí. Hacía tiempo que no me alimentaba, me vendría bien llenar el estómago. El hambre siempre había influido en mi irritabilidad.

Las altas plantas, el agua ligeramente turbia y los bancos de peces de distintos tonos grises y marrones nos indicaban que habíamos llegado a la zona de caza.

Mel me tendió una de las puntas de lanza que acostumbraba a llevar en su bolsa marrón.

—¿Quieres hacerlo tú? —preguntó amable.

Sonreí con pesar y acepté el arma rudimentaria. Señalé su bolso con la otra mano.

—Deberíamos cazar los dos. Ellas también tendrán hambre cuando vengan —dije invitándole a que cogiera él la otra punta.

La sacó sin dudar. Le noté en los gestos cómo crecía su nerviosismo y las ganas de verlas ya.

—Tienes razón. —Se alejó unos pocos metros—. Con dos piezas para cada uno sería suficiente.

—Cuatro tú y cuatro yo —aclaré tomando una dirección diferente a la suya.

Como no tenía dónde guardarlas, tuve que sujetar por la cola las dos primeras piezas que encontré. Intentaba atrapar la tercera cuando me di cuenta de que no me iban a caber todas en una misma mano. Busqué a Mel para dejar los peces en la bolsa y continuar con las otras dos capturas que me faltaban. Él se mantenía en silencio, estático entre la vegetación del fondo a la espera del momento exacto. Pupilas dilatadas, movimiento rápido y ya tenía su tercera pieza.

—Mel, necesito que los guardes o no podré...

Me callé de golpe.

—¿Tessa? —preguntó Mel confuso mientras agarraba las piezas que le ofrecía.

Me cercioré bien antes de decirlo. Sí, no había duda.

—Está aquí —dije cuando identifiqué el aroma del café en el ambiente.

Metimos lo que pudimos cazar hasta el momento en la bolsa y nos dirigimos rápidamente en dirección al aroma de Helena. Mel me seguía de cerca, casi más nervioso que yo. El olor era suave e inconfundible. Me concentré bien en seguir el rastro y no equivocarme por la emoción. La duna a la derecha, la pequeña montaña rocosa y porosa a la izquierda y, después del banco de algas cortas marrones, todo recto. Estaba segura de que el rastro que seguíamos nos llevaba a la guarida de Mel.

Cuando llegamos a la zona, no nos hizo falta entrar para verlas. Frente a la grieta de entrada a la cueva estaba Helena. Sujetaba a Galena con un brazo en la cintura y con la otra mano aguantaba el brazo que sostenía sobre sus hombros. Miraba en todas direcciones, claramente desorientada y sin saber por dónde continuar. En cuanto me descubrió, sonrió y soltó a Galena. Sentí a Mel pasar a toda velocidad por mi lado para ir al encuentro de su madre mientras Helena acortaba cada vez más la distancia que nos separaba.

Nos fundimos en un abrazo de los fuertes, apretándonos la una a la otra como si quisiéramos fusionarnos en una sola. Inspiré para oler más de cerca su aroma. Este aún era muy suave, demasiado leve para tenerla tan cerca. Llevó su mano derecha a mi pelo y lo agarró fuerte. Sonreí ante su brusquedad.

—No me gusta que no huelas. —Disgustada, retiraba con los dedos la mezcla viscosa que ella misma me puso detrás de la oreja el día anterior—. Quiero olerte a ti y a mí. —Insistía con las manos. Terminó de quitarlo lamiendo la zona.

Un escalofrío me recorrió el cuerpo al notar su lengua en mi cuello. Lo sentí como un nivel superior de unión. Dejaba su olor, su marca en mí. Eso me hizo perder la razón.

—Tú tampoco hueles del todo a ti.

Imité sus gestos. Primero, difuminé la mezcla de su cuello con los dedos y, cuando sentí que eso era insuficiente, le pasé la lengua como ella había hecho conmigo. No sabía a nada en especial, pero ya podría haber sabido a rayos que me habría dado igual con tal de poder olerla de nuevo. Cuando terminé, volví a inspirar y noté como su aroma, ya más intenso, se mezclaba con el mío. Eso era más placentero y satisfactorio que cualquier otra cosa que hubiera vivido en mi vida hasta el momento. Su olor y el mío juntos eran el nirvana.

Salimos de nuestra pequeña burbuja personal cuando escuchamos el sollozo de Mel.

—Mamá… —dijo entre lágrimas, abrazando a Galena con sumo cuidado.

Era la primera vez que la veía claramente con luz y no solo intuyendo su silueta con la ecolocalización.

Cuando Mel me la describió tiempo atrás, me hice una imagen mental muy diferente de la que entonces veía. Era una mujer menuda, de pelo castaño, largo y descuidado. Su figura delgada, cansada y llena de marcas enrojecidas, le daba un aspecto casi cadavérico. Sus ojos color miel, que imaginé como tiernos y llenos de vida, parecían vacíos. El aspecto amigable de sus facciones se ensombrecía por la palidez y la expresión de terror constante de sus ojos y su cuerpo, ya de por sí delgado. Aparentemente, no guardaba parecido alguno con Mel, aunque algo en ella me indicaba que era su madre sin duda alguna. Quizás no era lo físico, sino la energía conjunta que desprendían.

Ambos estaban abrazados. Mel lloraba y Galena estaba en shock. Tenía problemas para mantener los ojos abiertos.

—La anémona de la salida la ha herido y sus ojos no soportan la claridad —dijo Helena—. Resguárdala si quieres que no pierda la vista.

Mel no prestó atención al tono altanero de mi enlazada. Agarró a su madre con cuidado y la llevó dentro de su guarida. Aproveché unos segundos de privacidad con Helena antes de entrar.

—Lleva mucho tiempo sin ver a su madre, Helena. Podrías mostrar un poco de empatía —dije en tono acusativo.

Ella bufó.

—Yo pasaré el resto de mi vida sin volver a ver a los míos y no veo que él esté muy afectado por ello.

Quiso girarse e ir en dirección a la cueva para seguirlos. La detuve agarrándola de la muñeca. Se dio la vuelta y me miró con soberbia.

—Puedes intentar engañarme con la voz, pero esto no me miente. —Me llevé una mano al pecho—. Si quieres mantener tu máscara frente a ellos lo entiendo, así eres y lo acepto, pero te lo dije cuando te conocí y te lo repito de nuevo: conmigo no tienes que fingir.

La miré con ternura y con la mano le acuné la mejilla suavemente. Ella se dejó hacer mientras retenía las lágrimas. Noté que el nudo que sentía en el pecho cedía. Tras unos momentos de silencio, habló:

—Esa hembra necesita curas inmediatas o su cuerpo no aguantará —dijo con los ojos cerrados.

Asentí. Dejé un casto beso en la comisura derecha de sus labios y enlacé mi mano con la suya para entrar juntas. Una vez dentro, vimos a Mel untar el emplasto sobrante que había usado conmigo en el cuerpo de su madre. Su cuerpo tan débil hacía lucir las picaduras de anémona bastante más que el mío. Galena seguía conmocionada. Al menos, podía abrir un poco más los ojos dentro de la cueva. Sin decir nada, me dispuse a sacar las piezas que cazamos para prepararlas sobre los cuencos. Galena necesitaba ese alimento de forma mucho más urgente que el resto de nosotros.

Desmenucé los peces y los mezclé con algas en el fondo del plato. Cuando la pulpa estuvo lista, le ofrecí uno de los cuencos a Galena. En vez de ella, fue Mel quien lo agarró para darle de comer él mismo.

—¿Qué ha pasado? ¿Por qué no vinisteis ayer? —pregunté en voz baja, cruzándome de brazos.

—Cuando te dejé en la grieta y bajé de nuevo a por ella, Aristeo estaba allí. Le estaba preguntando si había cambiado de opinión acerca de algo, no logré escucharlo bien. En cuanto lo vi, hui. Estuve muy tentada de irme, no te lo negaré, pero al final… Había hecho una promesa. —Se encogió de hombros. A través del lazo le transmití todo el agradecimiento que sentía—. Cuando Aristeo salió, me vio rondar por ahí cerca y no me quitó ojo de encima en toda la noche. Incluso hizo guardia en mi puerta. Me fue imposible salir antes de esta mañana, cuando mi madre ha requerido de su presencia y he aprovechado el momento para escapar —continuó.

Galena comía de forma automática, dejándose llevar por Mel y sus cuidados. Él seguía con los ojos vidriosos, el pulso acelerado y las manos temblorosas. Se volvió para mirarla al hablar.

—Gracias, Parténope —dijo con una sonrisa y lágrimas en los ojos—. No tengo palabras para agradecértelo.

—No lo he hecho por ti —respondió sincera.

Le di un pequeño codazo en el costado. Ella me miró sin entender y Mel soltó una pequeña risotada.

—Lo sé, pero, aun así, estoy en deuda contigo.

Nada podía ensombrecer su sonrisa en ese momento.

—Mel, ¿tú sabes a qué podría referirse Aristeo con lo de que si había cambiado tu madre de opinión? —Cambié de tema.

Mel no dudó.

—Si quería hacerse confidente. —Acarició el dorso de la mano de su madre—. Debieron de secuestrarla y retenerla todo este tiempo esperando a que accediera. —Se frotó los ojos apartándose las lágrimas—. Aun así, estoy agradecido. Decidieron mantenerla con vida.

Galena no habló exactamente, emitió algunos sonidos. Mel asintió y se acercó más a ella.

—Estoy aquí, mamá —dijo. Le acarició la cabeza—. Estás a salvo.

El reencuentro entre madre e hijo era enternecedor, así que tiré de la mano de Helena. Necesitaban un momento de intimidad para ellos. Ella no pareció captar lo mismo que yo, pero me siguió de todas formas. Una vez fuera de la cueva, me giré hacia ella.

—¿Cómo están tus lesiones? —pregunté.

Al ver así a Galena, mi mente rememoraba, una y otra vez, la imagen de Helena tirada en su lecho con un aspecto mortecino.

—Bien, no te preocupes por eso. Me recupero pronto de las heridas —dijo quitándole importancia.

Sus ojeras marcadas y su piel cansada me seguían preocupando. Le acaricié suavemente la cabeza.

—¿Fue Aristeo quien te lo hizo? —insistí en hablar del tema.

Helena suspiró.

—Sí, fue él. —Me agarró la mano para retirarla de su cabeza y la mantuvo entre las suyas—. Me golpeó y me llevó inconsciente a mis aposentos. Cuando desperté y amenazó con descubrirme ante mi padre, le aconsejé pensárselo dos veces. Yo también sé cosas sobre él que no le conviene que mi padre descubra. Fue sencillo convencerlo —dijo con una sonrisa malévola.

—Creo que prefiero no saber de qué hablasteis —admití dudosa.

Ella soltó una pequeña risa.

—Mejor así.

Nos quedamos mirándonos a los ojos en silencio, sintiendo la presencia de la otra. Por fin estábamos juntas. Sin cuerdas, cadenas ni guardianas de por medio. Mi instinto estaba muy calmado al encontrarme a su lado. Mi raciocinio, en cambio, quería resolver dudas antes de entregarle mi vulnerabilidad por completo.

—Antes de que apareciera Aristeo en el prado, dijiste que querías que me alejara de ti —comenté casi en un susurro—. Sé que lo que sientes por mí es algo muy fuerte porque yo también siento lo mismo por ti. También sé que es algo completamente involuntario. —Llené mis pulmones antes de continuar—. Si no me eliges de forma consciente, si decides alejarte de mí, no te lo impediré. Lo entenderé y me iré. Solo te pido a cambio que me lo digas cuanto antes, que me ayudes a olvidarte en el caso de…

Helena me calló con un beso. Me puso las manos en el cuello, me agarró suavemente del pelo y habló sobre mis labios

—Cada vez que he querido alejarte de mí ha sido porque buscaba tu bienestar. Sospeché que eras mi alma enlazada cuando te vi la primera vez en el prado, y lo confirmé cuando, en el Festival del Mensis, mi madre habló contigo y tú le dijiste que te quedaste prendada de mi belleza.

—Las dos reímos al recordarlo. La abracé por la cintura—. Lo he sabido desde hace tiempo. Daba igual lo mucho que pretendiera luchar contra ello, sabía que tú eras mi enlazada. No te rechazaba porque no te quisiera, Tessa, sino porque te quiero demasiado como para dejar que arruines tu vida con alguien como yo. —Su voz se ensombreció—. Mi familia es mucho más oscura de lo que crees y sé que, al final, serás tú la que querrá alejarse de mí. Es muy ingenuo por mi parte pensar que seguirás eligiéndome cuando sepas quiénes somos en realidad, lo que hacemos cuando nadie más nos ve.

Nos separamos lo suficiente como para poder vernos cara a cara.

—Sé más de lo que imaginas, Helena, y, a pesar de todo, sigo eligiéndote por encima de cualquier cosa.

Junté mi frente con la suya e inspiré hondo.

—Deberías saberlo todo antes de decir eso. Absolutamente todo.

Deshizo el abrazo y se paseó nerviosa mientras buscaba las palabras. Se aseguró de que ni Mel ni Galena escuchasen, se paró de nuevo frente a mí y me miró a los ojos.

Finalmente, iba a descubrir dónde estaba Enzo.

CAPÍTULO 22

Verdades

Si Helena supiera que sobre estas páginas he dejado constancia de sus lágrimas al admitirme toda la verdad, posiblemente, me retiraría la palabra. Sé que no soporta que los demás vean su vulnerabilidad ni su fragilidad interior, pero hablar de lo que me confesó sin mencionar su tristeza sería pintarla como un monstruo similar a sus padres, y ella no es eso.

En cuanto empezó a hablar, sus ojos ya brillaban por la tristeza.

—Necesito que antes de contarte nada entiendas que para mi familia los humanos siempre habéis sido una especie inferior a la nuestra, un alimento como cualquier otro. Un pensamiento con el que yo también crecí. —Le costaba mantenerme la mirada—. Cuando te vi por primera vez, sentí que había algo que te hacía distinta al resto de nereidas que había conocido. Aunque en ese momento ni lo sospechaba, cuando supe de tu verdadera naturaleza humana, me planteé si…

—Origen —interrumpí su discurso antes de que fuera a más. Ya era la segunda mención que hacía y no quería volver a dejarlo pasar. Ella me miró sin entender—. Mi origen humano. Ya no lo soy.

Pareció dudar unos instantes sobre cómo continuar. Finalmente, suspiró y siguió:

—Cuando lo supe, me cuestioné si lo que mis padres me habían estado enseñando toda la vida era real. Ellos… Ellos me… —Acostumbrada a escucharla siempre segura de sí misma, se me hacía extraño verla así. Carraspeó y acudió a su lado Parténope para hablar—. Me enseñaron que alimentarme de sangre y carne humana era correcto, que era esencial para nuestra supervivencia. Nunca estuve de acuerdo con esas prácticas, pero ellos insistieron tanto en que era lo que tenía que ser, necesario e inevitable, que acabé por aceptarlo. —Se tapó los ojos con las manos—. Ahora que te tengo a ti, me destroza por dentro pensar que pudiste ser tú la ofrenda esta vez. Por los dioses, no sé cómo fui capaz de dejarme convencer para haberlo hecho todos estos años… —Apretó los dientes.

Oír la palabra «carne» me revolvió el estómago. Imaginé a Enzo cortado en piezas, como en una carnicería.

Mi cerebro me repetía, una y otra vez, que aún podía alejarme de ella, que estaba a tiempo de cortar el lazo que nos unía y vivir en paz sin tener a una sádica de ese calibre a mi lado. Por el contrario, mi instinto me arañaba por dentro y me exigía consolarla. Me aseguraba que ella era buena, que simplemente tuvo la mala suerte de nacer en una familia retorcida y sedienta de poder, que no tuvo escapatoria, que hizo lo necesario para sobrevivir.

Contuve las arcadas vacías que me surgían desde las entrañas y me centré en no escandalizarme por algo que en el fondo ya esperaba oír.

—Tú sabes mejor que nadie hasta dónde están dispuestos a llegar tus padres, Helena. Decirte que lo que hacen es correcto sería mentir, y lo sabes. Pero también sé que dices la verdad cuando te niegas a seguir su mismo camino. —Era imposible ignorar las ganas que tenía de consolarla. Opté por acariciarle suavemente la mano—. Tienes la oportunidad de cambiar, de obedecer tus propios principios por primera vez. Olvídate de ese pasado que ya no te representa y decide qué clase de futuro quieres.

Ella me miró sorprendida. Supongo que esperaba un reproche o un discurso escandalizado al escuchar que se alimentaban de humanos, pero yo ya contaba con esa información, más o menos. En el prado se lo dije y no me creyó. Empezaba a entender que le decía la verdad.

—Realmente sí lo sabías… —pronunció en voz baja.

—Sí —respondí con seriedad.

Silencio.

—¿Sabías todo y, aun así, te has mantenido a mi lado? —preguntó en voz más alta que antes.

Suspiré.

—Cuando fui a buscar a Enzo… El humano —especifiqué al ver el gesto de desconcierto de Helena. En el lazo noté un tirón cuando entendió que ese «simple humano» tenía nombre—. Cuando lo busqué en el interior de la isla como me dijiste, aunque Aristeo ya se lo había llevado, vi unas manchas de sangre sobre la roca. Al verlas entendí que, de alguna manera, os alimentabais de su sangre.

Era innecesario especificar que hablamos con Adriana para confirmarlo y que nos contó las intenciones y planes pasados de su familia. Me sentía en deuda con ella.

—¿Pero cómo supiste lo del ritual?

—¿Qué ritual? —pregunté desconcertada.

Sus ojos se agrandaron por un momento y, después, se cerraron con fuerza. Se arrepintió de haberlo dicho.

—Desconoces lo del ritual… —confirmó en voz baja.

Me miró a los ojos y noté el terrible miedo que le daba hablar de ello en voz alta. No apresuré su respuesta, le di el tiempo que necesitaba.

—¿Sabes lo que quiere decir «Mensis», Tessa? —preguntó antes de empezar.

—Es el festival en el que se alimenta todo el clan —respondí dudando si se refería a eso.

—No exactamente. —Volvió a callar un instante. Se refugió de nuevo en su lado Parténope y habló casi sin pausas hasta que terminó—. El Mensis es nuestro lunario, es la forma de organizar los días. Aunque sé que para los humanos es diferente, nosotros nos guiamos por las fases de la luna.

Ya que por fin ella sabía que yo venía del mundo humano, era más fácil admitir desconocer cosas que podían ser básicas para los demás. Agradecí que se tomara la molestia de explicármelo antes de confesarlo todo.

—Cuando está en su forma más redonda, acontece el Festival del Mensis, lo que toda la comunidad conoce y espera ansiosamente. Lo que ignoran es que, una vez cada doce lunas, cuando termina uno de sus ciclos y la luna desaparece por completo, mi familia realiza un segundo evento oculto para el clan: el Ritual del Mensis. —Algo en ese término me hacía sentir escalofríos—. Ahí es cuando nosotros nos alimentamos, en la primera luna nueva tras la Pincoya. El resto del tiempo consumimos pulpa como cualquier otra nereida, lo que nos calma el hambre lo suficiente hasta el siguiente ritual, pero lo que realmente nos sacia y nos alimenta del todo es la ofrenda del Mensis. Es algo que ocurre desde que tengo memoria, una tradición que viene de mis antepasados. Es sagrada para mi familia y sin ella no podríamos sobrevivir. Es lo que nos mantiene fuertes y nos proporciona nuestras habilidades. —Respiró apenas dos segundos y continuó—: Mantenemos la ofrenda con vida durante el periodo que separa la Pincoya del ritual y, cuando llega el momento, mis padres realizan una ceremonia en honor a los dioses, en la que nos alimentamos de ella. Es la forma de agradecer los dones con los que nos han complacido. Es una vida humana a cambio de tres vidas de las nuestras.

Al oírlo, mis sentimientos más internos se convirtieron en un amasijo de todo lo malo que podía haber sentido alguna vez en la vida: asco, repulsión, miedo, angustia, terror.

Si esto lo hubiera vivido antes de mi cambio, antes de tener que abandonar mi familia y mi vida, si hubiera ocurrido en mi zona de confort, en la que me daba igual ser vulnerable y dejarme llevar por la ansiedad cuando lo necesitaba, habría huido a la otra punta del planeta para alejarme de lo que me había hecho sentir así. Ataque de pánico incluido, sin duda. Suerte que ya no era esa persona. Suerte que, a partir de cambiar de cuerpo, también cambié de forma de pensar.

Había ganado fuerza, había ganado entereza y supervivencia. Y también había ganado a Helena, que, independientemente de la familia que tenía, me había enseñado a no dejarme pisotear por nadie, ni siquiera por ella. Me había enseñado a luchar por lo que uno más desea, sin importar las consecuencias o las pérdidas. Yo seguía siendo quien era, aún me dejaba llevar por la empatía y la preocupación de mi alrededor, pero necesitaba aprender a confiar en mi instinto, a pelear por ello a pesar de tener el mundo en contra. Y eso iba a hacer.

Mi corazón me pedía poner a salvo a Helena y mi razón necesitaba recuperar a Enzo con vida. Por primera vez, estuvieron de acuerdo en remar en la misma dirección.

—Ayúdame a salvarlo, Helena. —La agarré de las manos y las apreté con fuerza—. Dices que rechazas ser como tus padres. Confío a ciegas en tu verdadera bondad interior, en que tú nunca has querido ser así. Ahora tienes la oportunidad de cambiar las cosas. Puedes evitar el destino de Enzo y romper con esa horrible tradición. Tienes motivos diferentes a los míos y, aun así, lo deseas tanto como yo. —La miré fijamente—. Déjame salvarlo y devolverlo a su familia, por favor.

Nos mantuvimos la mirada en un silencio denso que gritaba muchas cosas.

—Tessa… No puedo. —Me soltó la mano.

—Claro que puedes. —Se la agarré de nuevo—. No vas a estar sola, estaré contigo. Me encargaré de mantenerte a salvo. Moriría antes de permitir que algo malo te pasase.

Estaba realmente convencida de protegerla de todo y todos, a pesar de no tener ni idea de a lo que nos pretendíamos enfrentar.

—No es eso. —La primera lágrima cayó de sus ojos para mezclarse con el entorno—. Debo cumplir con el maldito ritual, y no puedo permitir que lo impidas ni que te acerques a nosotros mientras lo hacemos. —Ganó rudeza en la voz.

Me retiró la mirada y se alejó unos metros de mí.

—Pero si acabas de decirme que no querías hacerlo… —Recuperé parte del miedo que sentí al escuchar su confesión.

Bufó con una risa nada divertida.

—Claro que no quiero. No deseo ser un monstruo, Tessa, pero no tengo otra opción. —Volvió a mirarme—. Si no cumplo el ritual, al tiempo enfermaré y acabaré muriendo. Es el único alimento que realmente me sacia. Puedo alimentarme de cualquier otra cosa los demás días, pero nada me saciará ni me dará la fuerza suficiente para sobrevivir si no consumo sangre humana en cada Ritual del Mensis. ¡Estoy condenada a ser como ellos! —terminó casi en un grito.

Noté su desesperación y su angustia por encima de mi miedo. Mi animal aulló con fuerza exigiéndome su tranquilidad. Me quedé bloqueada unos instantes. Quizás Mel o su madre podrían habernos oído, pero me daba igual. Solo pensaba en ella.

Miles de pensamientos cruzaron mi mente en cuestión de pocos segundos. Todos buscaban una misma solución: salvar su vida. Por mucho que lo meditara para conseguir las soluciones más acertadas, siempre acababa en el mismo dilema. Si accedía a repetir el ritual y alimentarse de Enzo, dejando a un lado lo que eso me haría sentir a mí, ella moriría por dentro. Si no lo hacía, lo haría su cuerpo. Era cuestión de vida o muerte.

De pronto, se me ocurrió una idea.

—¿El humano debe morir para servir como alimento?

Helena me miró extrañada.

—No. Lo que realmente nos alimenta es su sangre, no su carne. Mis padres lo hacen así como ofrenda a los dioses.

Silencio.

—¿Es necesario que siga conservando su forma humana en el momento de beberla?

En cuanto entendió el porqué de mi pregunta, su gesto cambió.

—Ni lo pienses —dijo con tono autoritario.

—Tarde —respondí con ironía.

Se acercó aún más a mí, acumulaba rabia en los ojos.

—Tessa, te estoy hablando muy en serio. No pienso alimentarme de ti.

—Y yo te estoy diciendo que no hay alternativa si pretendes evitar caer enferma. Solo te pido probarlo —dije sin alterarme. No sentía enfado, ni posibilidad de cambiar de opinión—. Necesitas alimentarte y quizás yo puedo ayudarte sin perder la vida a cambio. Mi conversión es muy reciente, puede que mi sangre aún conserve parte de los componentes que necesitas. ¿Qué tiene de malo hacer la prueba?

Me mantuvo la mirada. Sentí que por un segundo se lo pensó.

—No.

Acaricié su mejilla lentamente.

—Permíteme decirte que no es una sugerencia —dije sabiendo que repetía una de las frases de su madre.

Tras unos segundos frunció el ceño y negó repetidas veces con la cabeza.

—No se trata de comprobar si funcionaría o no. Si pruebo tu sangre sé que ya no habrá vuelta atrás. —Retiró mi mano de su cara lentamente—. Eres una criatura híbrida, con origen humano y naturaleza nereida, y eso te hace mucho más poderosa. Si yo o cualquiera de mi familia probamos tu sangre, ya no nos servirán los humanos comunes. Deberemos alimentarnos siempre de ti, o de humanos que completen su conversión. Por eso te mantuvieron presa... —Su gesto fue ganando tristeza—. Cuando supieron de tus orígenes, planearon utilizarte como ofrenda en este ritual. Querían beber de ti, en vez de un humano puro, y así aumentar el efecto de nuestras habilidades especiales. Beberían de ti hasta agotarte y después se encargarían de convertir a cada ofrenda que obtuviesen.

Noté la amargura de Helena. Estaba derrotada, segura de que, tras esto, la rechazaría. Seguía deseando alejarme de sí misma para salvarme de sus maldades. Mi nueva yo tenía otros planes.

—¿Dejarías que tu familia bebiera de mí? —pregunté.

—Jamás —respondió sin un ápice de duda.

Silencio.

—¿No permitirías que me hirieran, me consumieran o me mataran para ello?

—¿Qué clase de pregunta es esa? —dijo confusa, indignada.

—Es que no sé por qué tienes tan claro que nunca permitirías poner mi vida en peligro, pero crees que yo consentiría arriesgar la tuya. —Helena calló ante mis palabras—. No voy a permitir que mueras ni que enfermes. Si eso nos supone tener una unión aún más fuerte de la que ya tenemos porque ya no puedas vivir sin mi sangre, no veo dónde está el problema. ¿Acaso crees que cualquiera de las dos sería capaz de vivir ahora sin la otra? Aun cuando no has bebido una sola vez de mí, ¿serías capaz de alejarte para siempre? —Pareció entenderlo del todo. Le pasé la mano por detrás de la cabeza, y le acaricié el pelo—. Te lo estoy ofreciendo yo, Helena. No es un favor para ti, es una necesidad para mí. Necesito salvarte. Déjame hacerlo.

Vi en su cara como luchaba contra sus ganas de darme la razón. Sabía que detestaba la idea de ponerme en riesgo, pero ambas teníamos muy claro que ella jamás bebería tanto como para comprometer mi vida. Sería una cantidad suficiente como para mantenerla fuerte a ella sin llegar a debilitarme a mí. Cada vez lo veía más claro. Lo noté en su cara y en el lazo.

—De todas formas, mis padres siguen adelante con el ritual. Ahora que ellos desconocen tu paradero, han vuelto al plan de usar al humano. Que yo me alimente de ti no salvará su vida —admitió con pena.

Lo primero era convencerla de dejarme salvarla a ella. Una vez conseguido, venía lo de impedir esa horrible tradición de los Píamus.

—Aristeo se llevó a Enzo, ¿sabes a dónde? —Bajé la mano. Ella negó lentamente con la cabeza. Chasqueé la lengua. Pensé en una alternativa—. ¿Tus padres saben que has huido de la Guarida?

Ella volvió a negar.

—Están acostumbrados, saben que a veces necesito salir de ahí. Antes me lo intentaban prohibir, pero acabaron desistiendo cuando entendieron que lo haría de todas formas. Si alguien sabe que he huido para no volver, ese es Aristeo.

—¿Cuándo es el Ritual del Mensis? —Empecé a armar el plan en mi cabeza.

—Mañana por la noche.

Ella respondió abatida, como si eso fuera algo malo. En cambio, yo pensé que por una vez teníamos suerte.

—Si tus padres aún no saben que has huido y apenas queda un día para esa ceremonia, significa que tenemos una oportunidad real de impedirla —dije animada y asustada por el plan que se me había ocurrido.

Nuestro lazo nos mostraba las emociones de la otra, pero no los pensamientos específicos. Que estuviéramos tan conectadas como para que ella supiera de qué plan estaba hablando sin ni siquiera pronunciarlo en voz alta no tenía que ver con las almas enlazadas. Tenía que ver con Helena y Tessa, con lo que sentía nuestra parte racional.

—Pretendes que vuelva con ellos —dijo como conclusión obvia.

—Sé que es una locura, pero solo así sabremos dónde está. Tú vuelves, sigues adelante con el ritual y yo os encuentro siguiendo tu aroma. Si todo sale bien, podremos salvar a Enzo antes de que tus padres se alimenten de él.

—Y si todo sale mal, tú acabarás como ofrenda en su lugar. No, no pienso arriesgarme. Tú misma lo has dicho antes, sabes que no toleraré ponerte en peligro. Además, mis padres son muy cuidadosos. Llevaremos una fórmula especial más potente que nos ocultará el olor de forma total. Aunque estemos enlazadas, es imposible que puedas percibirme a tanta distancia.

—Bueno, buscaré el sitio entonces. ¿Dónde lo hacéis?

Helena torció aún más su gesto.

—Solo mis padres lo saben. Hay cuatro posibles lugares y no lo eligen hasta el último momento, así es más difícil que nos encuentren.

No todo tenían que ser problemas. Debía haber alguna solución.

Me estrujé el cerebro en busca de alguna idea o alguna grieta en su plan. No se me ocurría nada de nada. Estaba a punto de echar humo de tanto darle vueltas cuando sentí un fogonazo de tósigo en Helena. Algo la había emocionado.

—¿Qué se te ha ocurrido?

—Hay una cosa… —Bajó ligeramente el tono de voz mientras seguía pensando.

—Sea lo que sea, servirá —supliqué.

Me miró con determinación.

—Aristeo es quien se encarga de trasladar la ofrenda hasta el sitio elegido. Mis padres jamás se arriesgarían a decir en voz alta ni dejar ninguna evidencia de la existencia del ritual, por eso se lo comunican a través de un krypto. —Mi cara de desconcierto le sirvió como pregunta—. Es un pergamino con un mensaje oculto. Si no sabes a qué se refiere en realidad, puedes pensar que es un simple documento informativo, una carta a un ser querido o un mapa del territorio. Es la forma perfecta de comunicar algo que solo quieres que entienda el receptor a quien va dirigido verdaderamente.

Eso sonaba a acertijo complicado de encontrar y de resolver.

—¿Sabes dónde está o cómo es el krypto de este ritual?

—Mi madre se encarga de crearlos y entregarlos a Aristeo. Si consigo ver el krypto antes de que llegue a sus manos mañana, puedo intentar descifrarlo. Me llevará un tiempo, pero es la única forma.

—Dos cabezas piensan mejor que una. —Le sujeté la barbilla y conecté con sus ojos—. Tráelo mañana al prado en cuanto lo consigas. Tardaremos menos tiempo si lo resolvemos entre las dos.

Empezó a asentir lentamente. Después negó con la cabeza.

—Sigue siendo demasiado arriesgado. Aunque consiguiéramos descifrarlo y tú vinieras para impedirlo, no existe posibilidad real de que consigas salir de allí con vida y con el humano. Yo podría lidiar con mis padres, pero Aristeo nos acompañará, sin duda. Puede que él te vea antes de tiempo y te lleve ante ellos. Es un no rotundo, Tessa.

—No irá sola. —Era la voz de Mel.

Nos quedamos en silencio con la crudeza de su voz. Veía al mismo Mel que se enfrentó por un momento a Helena en el prado. Implacable, decidido, con el corazón roto y dispuesto a luchar por reconstruirse.

—Mel… —susurré como respuesta.

—Mi madre necesita descansar. Se quedará aquí hasta que se recupere de sus heridas. —Se acercó a nosotras—. Agradezco infinitamente que la salvaras, Parténope, eso te honra. Por ello te pido perdón por lo que voy a hacerles a tus padres.

El gesto de Helena ganó una severidad que me asustó.

—A mí no me amenaces, desertor.

El amargor del café y el espesor de la canela me irritaban la garganta.

—Estaban dispuestos a arrebatarle la vida a mi madre solo porque se negó a acatar sus peticiones. Haré lo que haga falta para hacer justicia —dijo tranquilo.

Helena lo miró con una mezcla de rabia y tristeza. Ella pensaba lo mismo que él, que Galena y cualquier otra víctima de sus fechorías merecían justicia, y era eso precisamente lo que más la atormentaba. Tener motivos para ir en contra de sus propios padres era algo que le dolía en el alma.

Después de presenciar una guerra fría en sus miradas, Helena posó la suya en mí, como si buscara en ella algo que la reconfortase. Yo me sentía dividida. Me disgustaba no poder defenderla, pues ambas sabíamos que le daba la razón a Mel. Acabó por tragarse su orgullo herido y hablar con un tono un ápice más suave que el anterior.

—Si les impido llevar a cabo el Ritual del Mensis, ya los estaré condenando lo suficiente. No voy a permitir que, además, arremetas contra ellos —dijo con altanería.

—Si llegado el momento eres capaz de defenderlos por encima de lo que realmente piensas, estarás demostrando ser su digna sucesora —respondió muy serio—. Te aseguro que no es lo que deseo, pero si me obligas a ir contra ti también, lo haré.

Tuve que interponerme entre los dos para evitar que llegaran a las manos.

—Estoy segura de que, cuando llegue el momento, sabrá elegir lo correcto —dije intentando apaciguar la situación. Me dirigí a Helena y hablé con un tono suave—. Mañana, en cuanto note tu aviso, iré al prado y descifraremos ese código como sea. Cuando logremos entrar allí, nos ocultaremos mientras entretienes a tus padres lo suficiente como para que nos llevemos a Enzo a un lugar seguro. Síguenos en cuanto puedas. Invéntate cualquier pretexto si prefieres no enfrentarte a ellos directamente. Nosotros no intervendremos. —Le dejé una caricia fugaz en su mejilla. Mel se metió de nuevo en su cueva, quizás molesto por hablar por él o quizás para darnos un momento a solas. Ella cerró los ojos por un instante, apoyando su peso en mi mano—. Oh, y asegúrate de llevar contigo el ungüento que nos ayuda a ocultar el olor. Así será más fácil para los tres.

Suspiró y asintió. Quise sonreírle, pero odiaba que ese fuera nuestro único plan posible y mi sonrisa se quedó a medio camino, convirtiéndose en una mueca extraña. La exponía a un peligro seguro con tal de salvar a Enzo, algo que me ponía en conflicto conmigo misma. Aun así, confiaba plenamente en sus capacidades para sobrevivir a sus propios padres. Lo llevaba haciendo toda la vida. Tenía práctica y era la única que podía lograrlo.

—Prométeme que te mantendrás a salvo, preciosa. Por favor. —Me acercó a ella hasta hablar sobre mis labios—. Necesito que lo hagas, que tengas mucho cuidado. No debéis subestimar a mis padres, ni a Aristeo. Si algo saliera mal…, jamás me lo perdonaría.

Guardé bajo llave las mariposas que sentí al escuchar ese apodo con su voz y respondí lo más calmada que pude:

—Y yo necesito saber que tú estarás segura —respondí en tono bajo y miré sus labios. Me separé lo justo para subir la vista hasta sus ojos—. Tengo yo más posibilidades de mantenerme fuera de peligro aquí que tú volviendo a entrar en la Guarida. ¿Cómo sé que Aristeo no tomará represalias contra ti?

Helena sonrió.

—Ya te he dicho que tiene razones suficientes para mantenerse callado. Tiene tanto que perder como yo —dijo con soberbia. Esperé una respuesta más específica por su parte, ya que eso no me tranquilizaba en absoluto. Ella puso los ojos en blanco y suspiró—. No somos las únicas enlazadas en esta comunidad. Cuanto menos sepas del tema, más a salvo estarás.

Helena me dio un beso lento en la frente, dejó un pequeño cofre entre mis manos y me susurró un «hasta mañana» antes de irse. La vi alejarse poco a poco, retrasando al máximo el momento en el que desaparecería del todo. Cuando la perdí de vista, abrí el cofre y lo olfateé. Era el mismo ungüento que usó conmigo en la Guarida. Sonreí.

Volví al interior de la cueva. Galena descansaba sobre el lecho de Mel, con expresión tranquila. Por un momento dudé si estaba molesto conmigo, pero me esperaba con una sonrisa triste y unos brazos abiertos. Fui directa a su encuentro.

—Tengo miedo —susurré contra su cuello, apretando fuerte nuestro abrazo.

Me acarició la espalda en círculos.

—Yo también —respondió al mismo volumen.

Esa noche apenas logré dormir. Le di vueltas y más vueltas al plan en mi cabeza, analizando todo lo que podría salir mal para estar preparada y actuar con premeditación. Con ello solo conseguí quitarme horas de sueño y añadir más preocupación a la que ya tenía.

Quizás, si hubiera sabido lo que nos esperaba, habría aprovechado para descansar.

CAPÍTULO 23

Rastreo

Esa mañana fue la que más larga se me hizo en mucho tiempo. Entre lo poco que dormí, lo nerviosa que estaba y la situación tan peliaguda que teníamos entre manos, era incapaz de relajarme.

Mel durmió al lado de su madre. Nada más despertar, cubrió de nuevo sus heridas con el ungüento que nos dio Helena, se aseguró de que había comido lo suficiente y no dejó de darle conversación, aunque no obtuviera respuesta. Galena apenas conseguía articular unas pocas palabras, siempre referentes a Mel y a su amor por él. Esa pobre hembra había estado muy cerca de perder el juicio de forma irreversible. Los días que yo pasé allí abajo ya me habían calado lo suficiente como para no querer estar de nuevo a solas en un lugar oscuro nunca más. No podía ni imaginar el daño psicológico que le habría hecho a ella.

Cuando la mañana pasó y parecía llegar la tarde, noté un pinchazo en el pecho. Helena debía de haber encontrado el krypto. Miré a Mel nerviosa. Él se mostró más tranquilo.

—Llévala a la roca del encuentro. Es un sitio más apartado que ni ella misma conoce. Allí será más difícil que os localicen y estaréis más seguras.

Asentí y salí con prisa.

Llegué al prado cuando Helena ya estaba allí. La agarré de la muñeca y tiré de ella en dirección a la roca del encuentro. Ni siquiera me preguntó a dónde íbamos, simplemente me siguió. Mi corazón saltaba de alegría al ver la confianza ciega que tenía en mí.

Entramos en el mismo hueco de la roca en el que estuve con Mel al conocer a Dahiria. Una vez dentro, sacó un pergamino mal enrollado.

—He copiado la carta tal cual estaba escrita. Así no me arriesgaba a sacarla de la Guarida y que notasen su ausencia —hablaba acelerada.

Lo desenrollé y empecé a leer.

«Querida Khalie, te respondo apresurada y brevemente. Perdona la tardanza, estábamos ocupados…».

—¿Estás segura de que es esto?

La miré escéptica. No me habría extrañado que hubieran tratado de engañarla a ella también.

—Nadie con ese nombre pertenece a mi familia, a nuestra comunidad o a los puestos de liderazgo de cualquier otra comunidad conocida. Este es el krypto.

Habló muy convencida.

—Está bien —accedí confiando en su criterio.

Querida Khalie:

Te respondo apresurada y brevemente. Perdona la tardanza, estábamos ocupados.

En cuanto pudimos usar el emplasto de vuestras reservas, aparecieron interesantes diferencias al extenderlo sobre las heridas. Algunas lograron, incluso, cicatrizar rápidamente. Seguid en ello.

BRISEIDA

Terminé de leerlo y volví al principio. Una y otra vez, hasta que me aprendí el texto de memoria.

—¿Dónde está el código exactamente? Quizás necesitamos algo más para descifrarlo.

Me sentía perdida, pero Helena insistía en que teníamos la clave delante de nosotras.

—No, crear una segunda parte sería arriesgado. Es esto, estoy completamente segura.

Volvimos a leer el texto. De arriba abajo, y de abajo arriba. Probamos a cambiar el orden de las palabras, eliminar solo las largas y solo las cortas, centrarnos en las vocales, en las consonantes, invertir el texto completo y sustituir unas letras por otras.

—Quizás la clave está en el nombre, en «Khalie». ¿Y si es un anagrama? —sugerí.

Empecé a cambiar el orden de las letras en mi cabeza. Keliah, laikhe, helaki, alkieh… Resoplé. Estaba perdiendo el tiempo. Me apreté el puente de la nariz. El tiempo pasaba, seguíamos sin tener la clave y empezaba a dolerme la cabeza.

—Mi madre me hacía jugar a esto de pequeña. Creaba acertijos y enigmas, y me hacía descifrarlos. Si no lo conseguía en el tiempo que me daba, me castigaba durante días. —Suspiró con tristeza—. Si supiera que con casi trescientas lunas sigo sin entender sus métodos, me retiraría la palabra para siempre.

La miré con ternura y le acaricié la mejilla.

—¿Nunca conseguiste entenderlos?

—A veces. Pero cuando descubría uno, al siguiente lo cambiaba y lo hacía más enrevesado.

—A lo mejor este tiene uno de esos métodos. ¿Recuerdas cómo eran?

Helena cerró los ojos, disfrutó de mi caricia y negó lentamente.

—Los he probado, pero no es ninguno de los que usaba conmigo.

Apoyó la espalda sobre la roca, dejó caer la cabeza sobre mi hombro y hundió la nariz en mi cuello. Aspiró lentamente.

—¿Y si huimos? Podríamos dejarlo todo atrás y empezar de cero las dos, solas —comentó en voz baja.

Sonreí.

—No podemos hacer eso.

—¿Por qué no? —preguntó con voz aniñada.

El aroma avainillado del ambiente me nublaba los sentidos y me hacía cuestionarme si existía una respuesta razonable a su pregunta.

—Porque hay un humano que nos necesita.

Helena bufó ante mi comentario. Puse los ojos en blanco y volví a centrarme en la dichosa carta.

Si quien debía descifrarlo no poseía más información que estas palabras, se tenía que poder resolver con más facilidad. A lo mejor nos estábamos complicando demasiado.

Era un krypto dirigido a una tal Khalie que aparentemente no existía. Krypto para Khalie...

—¿Tiene algo que ver que el krypto esté dirigido al nombre de «Khalie»? —pregunté.

Helena respondió sin salir de mi cuello.

—Ya te he dicho que no es nadie conocida. Es un nombre inventado.

—¿Y no te parece llamativo que empiece por «k»?

Salió lentamente y apoyó la barbilla sobre mi hombro para leer la carta conmigo.

—A veces usaba la primera letra de cada palabra para formar una palabra nueva. Lo he intentado, pero no sale nada que tenga sentido.

«Querida Khalie, te respondo apresurada y brevemente...».

Pasé el dedo por encima de las palabras y junté las primeras letras. Qktrayb... No, claramente eso no tenía ningún sentido.

Helena me paró la mano y la volvió a poner sobre la palabra «te». La miré expectante. Se incorporó y puso sus dedos tapando «apresurada», «brevemente», «la» y «estábamos».

Leí lo que quedaba.

«Khalie: ... respondo ... y ... Perdona... tardanza ... ocupados».

Si juntábamos las primeras letras de esas palabras...

—¡Krypto! —exclamamos a la vez.

Nos miramos y supimos que habíamos dado con la clave. Seguimos tapando las palabras para fijarnos solo en una de cada dos. Al juntar las primeras letras de las que quedaron, nos salió el mensaje oculto.

—«Krypto cueva del aire». ¿Eso te dice algo?

Helena asintió enérgicamente.

—La cueva del aire es el mismo sitio en el que hicimos el último ritual. Está bastante alejada. Tenéis que rodear la costa por la derecha hasta que las arenas sean más oscuras y finas. Cuando notéis el cambio, podrás olerme desde allí.

Me cogió la cara con ambas manos y me besó con ganas. La rodeé con los brazos y la estreché fuerte contra mí. El contacto con su piel era mi gasolina. Me daba fuerzas y me podía prender entera si quisiera.

—Debo irme ya, o sospecharán.

Le di unos cuantos besos más.

—Ten mucho cuidado, Helena, por favor —hablé sobre sus labios.

Asintió.

—Te pido lo mismo.

Salimos de la roca, me dio el bálsamo que ocultaría nuestro olor y nos dimos un último abrazo antes de despedirnos. Nos bañamos en el aroma de la otra y respiramos de forma acompasada.

—Cuando salgamos de la Guarida intentaré hacértelo notar. Busca mi olor cuando hayas visto el cambio de arena, no antes.

Asentí, suspiré y dejé un beso en su cuello.

—Nos vemos esta noche.

—Mamá, necesito que te quedes aquí. Este es un lugar seguro, nadie te encontrará —dijo Mel al salir. Escuché el sonido de un beso—. Volveremos al amanecer.

Oí un quejido bajito, al que él respondió con un suave siseo. Poco tiempo después se encontró conmigo fuera de la cueva. Echamos entre ambos las grandes algas para cubrir la entrada. Cuando me giré a mirarlo, él se frotaba los ojos.

—Me cuesta imaginar lo que debes de estar pasando y entiendo tu sed de justicia, pero… ¿puedo pedirte un favor? —pregunté. Él me miró esperando a que continuara—. No hagas daño a Tadd ni a Briseida. Que Helena sea quien decida el destino de sus padres.

Se hizo el silencio. Me miró incrédulo.

—El lazo te está cegando —dijo con desdén.

Entendí su rabia y traté de no tomármelo como algo personal. Inspiré hondo.

—No soy tu enemiga, Mel. Intento protegerte.

—¿A mí o a tu enlazada?

Eso sí me tocó la fibra sensible. Calmé mi rabia y contesté de la forma más tranquila que pude:

—Esto no lo digo por ella, lo digo por ti. Esa decisión pesa demasiado como para que la cargues sobre tus hombros.

—Ellos se tomaron la libertad de decidir el destino de mi madre sin su permiso. No veo por qué no debería hacer yo lo mismo con el suyo —replicó con una voz casi tenebrosa.

Tardé un instante en reponerme de la impresión.

—Porque tú eres mejor que ellos —respondí tranquilizadora.

Guardó silencio unos segundos antes de contestar. Apretó la mandíbula y retuvo las lágrimas.

—No se lo merecen —sentenció.

—Pero tú sí te mereces seguir teniendo buen corazón. —Me acerqué a él con suavidad y levanté la mano poco a poco, pidiendo permiso mudo para acariciarle el brazo. No se apartó cuando rocé con mis dedos su piel. Lo acaricié suavemente—. Eres demasiado bueno e inteligente como para dejarte llevar por la ira de esa manera. Es imposible recuperar el tiempo perdido de tu madre, Mel, pero aún estás a tiempo de evitar hacer algo que te perseguirá el resto de tus días.

Tenía tanta tensión en el cuerpo que empezó a temblarle. Con mi mano libre acaricié su rostro. Clavó en mí sus ojos, yo tiré de él y lo refugié entre mis brazos. Apreté fuerte su cuerpo contra el mío y ahogué en mi pecho su grito.

—Es imposible equilibrar una balanza que, ya de por sí, es demasiado injusta. No te pierdas a ti mismo en el intento —hablé en tono bajo mientras seguía meciéndolo en el abrazo—. Tu bondad es demasiado valiosa como para permitir que ellos te la arrebaten. No cometas ese error, no seas como ellos.

Podría parecer muy irónico que alguien como yo, con los problemas para controlar la ira que había tenido siempre, le diera ese consejo. Precisamente por eso, porque sabía bien lo que se siente cuando quieres arrasar con todo porque te han herido, me atrevía a decir algo así. Sabía a ciencia cierta que la violencia no iba a servirle de nada, que solo le valdría para acumular más rabia y más dolor.

Mel soltó una última lágrima, luchaba contra el incendio de su interior. Se mantuvo pegado a mi pecho y asintió muy suavemente. Le di un beso en la coronilla y seguí apretándolo fuerte contra mí hasta que él decidió separarse.

Salimos y buscamos una distancia prudencial con la costa. Cuando tuvimos la playa de Punta Javana como referencia, empezamos nuestro camino.

—¿Crees que Dahiria estará bien? —preguntó él tras un largo rato de silencio.

Lo miré y pensé bien mi respuesta.

—Todo el clan le tiene un gran cariño. Estoy segura de que más de uno lucharía por ella de ser necesario. Además, tiene a Alyrr, que no dejará que nada malo le pase. Está bien protegida, Mel. No tienes de qué preocuparte.

Él asintió. Seguimos avanzando en silencio.

Sentía que nuestra confianza cada vez era más fuerte y empezaba a estar cómoda con la idea de que esa fuera mi nueva vida. Cada día que pasaba tenía más y más motivos para creer que aquella era la auténtica realidad. Tanto que llegó un punto en el que deseaba que así fuera, que no estuviera viviendo un sueño. Deseaba con todas mis fuerzas que Mel fuera real, que Helena fuera real.

Buscamos hasta que el sol se ocultó del todo. Apenas quedaba claridad en las aguas cuando nos alejamos de cualquier zona conocida. La luz había desaparecido por completo y la oscuridad en las aguas era total. Tuve que respirar conscientemente varias veces para tranquilizarme.

El color y la textura de la arena habían cambiado muy levemente cuando creí notar las primeras notas de su aroma. Cerré los ojos y me concentré al máximo para cerciorarme de que así era. Agarré la mano de Mel y tiré de él suavemente para que me siguiera en la búsqueda. Aunque hubiera olido en ocasiones anteriores la esencia de Helena y supiera identificarla, sería incapaz de diferenciarla a tanta distancia. Dependíamos únicamente de mí y de mis capacidades.

Seguí mi instinto y confié en mi habilidad de rastreo. También en el lazo que me indicaba sus emociones cada vez más específicas según me acercaba a ella.

Muy poco a poco se intensificó el olor. Después de un largo rato notando el aumento del aroma a café en el ambiente, reparamos en lo cerca que estábamos de la costa. Salimos a la superficie despacio, asegurándonos de evitar ojos humanos. No reconocimos el terreno ni por tierra ni por mar. Puede incluso que ni siquiera siguiéramos en la misma provincia de Almería. Estábamos completamente fuera de nuestro territorio.

—¿Estás segura de que es…? —preguntó Mel nervioso, angustiado.

—Helena está muy cerca de aquí —respondí igual de nerviosa.

Él confió en mis palabras y se sumergió de nuevo el primero. Me uní a él. Bajamos y nos acercamos un poco más a la costa, tal como la estela de su aroma me indicaba que hiciera. Cada vez estaba más nerviosa, cada vez me costaba más no temblar. Mi razón dudaba, pero mi pecho estaba absolutamente seguro de estar siguiendo el camino correcto.

Tomé la delantera para continuar el avance, pero Mel me retuvo y me indicó con gestos que me pegara mucho al fondo.

—Si están por aquí nos podrían ver fácilmente. Es mejor que nos ocultemos —advirtió en susurros.

Con un ágil movimiento de su cola se cubrió de arena todo lo que pudo. Entonces noté que era exactamente como Helena la describió, más oscura y más fina. Estábamos en el sitio correcto. Se pasó las manos repetidas veces de abajo arriba, para llenar de arena sus escamas. Así, convertía sus coloridos tonos en una paleta de color lisa que no destacaba del fondo arenoso. Mel y su increíble capacidad de camuflaje.

Copié su gesto y aguanté como pude la grima que me provocó notar cada escama de mi cuerpo llena de arena rasposa. Como cuando se me metía bajo las uñas de los pies en la playa, pero en cada recoveco de mi cuerpo de cintura para abajo. Dejé la dentera en un segundo o tercer plano y me centré en seguir las instrucciones de Mel.

Avanzamos como reptiles entre la vegetación y los pequeños montículos de arena y roca. Cada dos metros avanzados, nos deteníamos unos segundos para comprobar que seguíamos sin ser vistos. A la cuarta o quinta vez que paramos detrás de una roca de media altura, empecé a sentirme un poco ridícula. Mel estaba muy seguro de estar haciendo algo que tenía lógica, pero yo no podía evitar sentirme como una niña pequeña que jugaba a los espías. Resoplé y confié en su capacidad de supervivencia. Si él se fio de mi rastreo para llegar, yo debía fiarme de su camuflaje para seguir.

Antes de llegar al banco de algas por el que pensábamos avanzar, Mel me puso la mano en el pecho y me apartó de un empujón para colocarme detrás de la roca más cercana. Ahogué un quejido y me asomé a ver qué lo había asustado tanto.

La esquina de una aleta negra y naranja terminaba de entrar en una grieta de la enorme masa rocosa que teníamos frente a nosotros. Aristeo había accedido por ese recoveco. Los Píamus estaban allí y, por lo tanto, Enzo también. El momento había llegado.

Sin querer, le transmití a Helena a través del lazo los nervios y el miedo que me invadían por dentro. Mi corazón iba a mil por hora. En el pecho sentí también la preocupación de mi enlazada. Era muy similar a la mía, aunque su capacidad de serenarse a sí misma era mucho más eficaz. Me concentré en ese sosiego para tratar de contagiarme y visualicé el agua que entraba limpia en mis pulmones, arrastraba todo lo malo que sentía y salía turbia hacia afuera. Una vez más. Una última vez. Agarré la mano de Mel y nos dirigí al interior de la oscura cavidad de la roca sin titubear.

La entrada era muy estrecha, imperceptible si no la buscabas expresamente, igual que la que había en el pequeño islote en el que encontramos la sangre de Enzo. Entramos con cautela, poniendo mucha atención en no rasparnos. Primero fui yo, después ayudé a Mel a pasar sin rozarse. Debíamos ser muy cuidadosos y no dejar evidencia alguna de nuestro paso por ahí. Aunque nuestro olor estuviera oculto por el bálsamo que nos dio Helena, un fino rastro de sangre o unas escamas flotando podrían delatarnos.

El interior era bastante más amplio que la abertura de entrada. Un espacio alargado y estrecho, como un pasillo. No había punto de luz alguno, todo era negro. Me asaltaron recuerdos de mi estancia en las mazmorras de la Guarida.

El pulso se me aceleró, comencé a hiperventilar. Noté la mano de Mel acariciarme la espalda.

—Estoy aquí contigo —susurró en mi oído—. Inspira despacio. Puedes hacerlo.

Controlé el temblor de manos, que empezaba a invadirme, y me focalicé en sus palabras. Podía hacerlo. Podía controlar mi miedo.

Antes de darme tiempo a atormentarme más, una ligera claridad se distinguió al fondo del lugar. Duró apenas unos segundos antes de empezar a desvanecerse. Agarré la mano de Mel y tiré de él sin pensarlo. Si perdíamos la oportunidad de ver gracias a eso, acabaríamos a merced de las líneas parpadeantes, si es que volvían a mi mente. Depender exclusivamente de mis habilidades, sin poder contar también con las suyas, no aportaba nada positivo a mi creciente angustia.

Mientras seguíamos esa pequeña fuente de luz, avanzamos por lo que parecía un laberinto de rocas puntiagudas, que hacían el camino cada vez más angosto y estrecho. Era terriblemente claustrofóbico. Necesité dos inspiraciones profundas, un apretón a la mano de Mel y un rápido repaso de la situación para calmarme.

Dejarme llevar por el miedo era la opción fácil, la humana, pero yo ya no era esa persona. Necesitaba ser más inteligente. Necesitaba empezar a confiar en mi nuevo cuerpo y en mi nuevo yo. Helena me necesitaba, Enzo me necesitaba. Mel y yo nos necesitábamos el uno al otro. Si fallaba, todo se iría al traste. Debía sobreponerme, demostrarme a mí misma que podía hacerlo. Podía, claro que podía.

Continuamos un poco más, notando que la temperatura del agua aumentaba a cada metro que avanzábamos. Entre los nervios, el agobio y el calor, la poca serenidad que pude conseguir empezaba a desvanecerse. Debíamos estar cerca de los treinta grados cuando escuchamos a lo lejos una voz.

—Gracias, Aristeo. Puedes quedarte fuera.

Mi corazón dio un vuelco. Era consciente de estar cerca de ellos, pero escuchar así la voz de Tadd fue un golpe de realidad.

Una vez pasado el relampagueo inicial de tósigo en mis venas, me concentré en nuestro objetivo. Aristeo custodiaba la entrada, pero la oscuridad seguía siendo prácticamente total. Por suerte, yo tenía algo que él no. Cerré los ojos con fuerza y me focalicé en divisar las líneas parpadeantes que se dibujaban en mi cerebro a través de la negrura.

Vi la figura de Aristeo en su común postura de perro guardián defendiendo la entrada a una estancia más amplia que los pasillos agobiantes que llevaban a ella. Escruté el espacio y encontré las siluetas de tres criaturas más, quienes debían de ser la familia Píamus. Estaban subiendo, salían a la enorme burbuja de aire que el espacio guardaba en su interior. En la roca que se elevaba en la parte seca aguardaba una cuarta figura tumbada y cubierta de algo que se enrollaba a su alrededor. Parecía momificado. A pesar de estar cubierto en su totalidad, distinguí la forma de dos piernas.

Un jadeo se escapó de mis labios al reconocerlo. Aristeo se movió ligeramente. Me tapé la boca con ambas manos y cerré aún más fuerte los ojos. Reculó y se mantuvo alerta sin moverse de su lugar, girando la cabeza a derecha e izquierda en busca de la fuente de ese ruido. Noté la mano de Mel en el hombro. Puse la mía sobre la suya lentamente, respondí a la pregunta que no había formulado y me tragué las ganas de derrumbarme.

Teníamos que entretener a Aristeo sin alertar a la familia de nuestra llegada. Solo contábamos con mi capacidad de visión en la oscuridad para conseguirlo. Quizás lo mejor era que fuera yo quien lo entretuviera mientras Mel se adentraba para recuperar a Enzo. No se me olvidaba la promesa que le hice a Helena de mantenerme fuera de peligro, pero era necesario hacerlo así si pretendíamos tener una mínima posibilidad de llevar a cabo nuestro plan.

Cogí fuerzas del tósigo, que me invadió, me conciencié de que eso era lo que debía hacer y susurré al oído de Mel mis intenciones. Sin darle tiempo a impedírmelo, me lancé contra el confidente más leal de la familia Píamus.

CAPÍTULO 24

El ritual

Lo bueno fue que no me vio venir. Lo malo, que yo no conté con la fuerza que emplearía para quitarse la mano que estampé contra su boca. Quise decirle a Mel que era el momento perfecto para que entrase. No pude. Aristeo se deshizo de mi agarre demasiado rápido y lanzó golpes aun sin saber muy bien a dónde. Volví a taparle la boca con más fuerza. De su silencio dependía nuestra vida, no iba a permitir que emitiera un solo sonido. Conseguí mantenerme unos segundos más. Mi única baza real era que él no podía ni intuirme, mientras que yo lo distinguía sin problemas en la oscuridad.

—La noche ha llegado y nosotros cumplimos con nuestro deber para con los dioses.

La voz de Tadd se oía distorsionada.

Me distraje un segundo, un solo segundo. Fue suficiente para que, a pesar de su ceguera, Aristeo acertara con su puño en mi estómago. Lo solté y me doblé de dolor. Conseguí callarme y emitir apenas un quejido ahogado. Mel actuó sin pensar cuando se abalanzó sobre nosotros.

—Aceptad esta ofrenda como muestra de gratitud por vuestra gracia y poder.

Quise gritarle a Mel que no lo hiciera, que él debía entrar mientras yo lo entretenía, pero, claramente, mi plan original había cambiado. Me era imposible soportar más golpes de esa bestia, por mucho que yo lograra verlo y él a mí no. Sus capacidades de ataque y defensa eran muy superiores a las mías.

Me eché a un lado cuando vi cómo Mel estampaba su puño en la mejilla de Aristeo y sonreía de satisfacción.

—Quién si no… —dijo Aristeo cuando lo identificó.

Ninguno de los dos veía claramente al otro. Aun así, se las apañaron

305

para mantenerse a raya y golpearse cada vez que podían. A veces de lleno y a veces de refilón. Esa disputa cargaba demasiado pasado.

—Somos vuestros siervos —se escuchó.

Tenía que aprovechar.

Era el momento para entrar y sacar a Enzo de allí.

—*Ópoios koimátai, psária den piánei.*

Dejé a Mel y Aristeo atrás con recelo. Solo me atreví a irme cuando el dolor en el pecho por el sufrimiento de mi enlazada era tan agudo que me dificultaba la respiración. Tuve que confiar en la capacidad de supervivencia de mi amigo.

Crucé la entrada y avancé hasta ver las tres aletas de la familia meciéndose lentamente. Seguían erguidos, con el nivel del agua por debajo de la cintura. Debía de haber alguna abertura en el techo de la cueva que dejaba pasar una ligera claridad porque era capaz de verlos con los ojos. Tadd se acercaba a la gran roca plana sobre la que Enzo estaba tumbado. Briseida y Helena mantenían su posición.

Supe que el lazo le transmitió mi cercanía cuando vi cómo bajaba la mano y me hacía un muy breve gesto que no supe identificar. ¿Me pedía avanzar? ¿Esperarme? ¿Irme? Algo me decía que lo que quería era que no subiera, que no me enfrentara aún. No podía esperar, Enzo me necesitaba. A pesar de que mi interior me gritaba que le hiciera caso, esta vez debía ganar mi razón. Quizás sería la última vez. Reuní fuerzas y salí a la superficie.

Aunque aún guardaba cierta distancia con la familia, no me confié. Surgí lo mínimo para lograr ver qué ocurría ahí dentro sin llegar a permitir que mi suavizado aroma invadiera la estancia. Lo primero que hice fue buscar la mirada de Helena. Aunque no me sorprendió, sí me sacudió por dentro ver esa expresión de terror en sus ojos esmeralda. Tenía miedo de mí, de mi reacción cuando viera lo que su padre estaba haciendo.

Tardó unos segundos eternos en apartarse lo suficiente como para permitirme ver.

Enzo estaba ahí, moribundo. Los restos de las algas ya no lo cubrían y lo habían empapado en una sustancia aceitosa y de fuerte olor. Un desgarro y un lamento sordo pusieron punto final a la labor de Tadd. Dejó el cuchillo de hueso a un lado y yo saqué la cabeza del agua sin saber si lo que veía era real.

Las muñecas de Enzo estaban ensangrentadas, abiertas de par en par. Un largo corte le surcaba el pecho de forma horizontal, justo por debajo de las clavículas. Del punto medio de este, salía la cuarta y última incisión, que atravesaba su abdomen de arriba abajo en una línea serpenteante.

Entré en estado de shock por un instante. No podía ser real. No podía serlo. Enzo...

Proferí un grito, que me rasgó la garganta hasta casi hacerla sangrar. La familia se dio la vuelta inmediatamente, encontrándose con mi gesto de espanto.

—¿Cómo...? —Tadd me observó con la confusión grabada en el rostro.

No podía dejar de mirar el cuerpo ensangrentado y ya sin vida de Enzo. Todo este tiempo, todo el esfuerzo, solo para verlo morir delante de mis narices. No, no, no...

Briseida me miraba con odio. Tenía una mano en el pecho y otra apuntando hacia mí.

—Tú... —dijo en un susurro con los dientes apretados.

Se acercó a mí a gran velocidad, extendiendo su mano hacia mi cuello. A pesar de haber visto las chispas eléctricas de sus dedos, no pude reaccionar a tiempo. Suerte la mía que, antes de rozarme siquiera, Helena logró empujarme hacia atrás e interponerse entre las dos, poniéndome a salvo tras su espalda. Inconscientemente, me pegué a su piel, quería encontrar en ella la calma que tanto me faltaba. A pesar de la sequedad que la envolvía, su aroma aún era medicinal para mí.

—¡Madre, no! —dijo con gran fuerza en su voz. Briseida se detuvo, sin rebajar la ira de su mirada—. Ella es... es mi enlazada.

Todavía necesitaba demasiada paz como para procesar lo que acababa de decir. Solo una parte muy pequeña y racional dentro de mí había entendido lo que había ocurrido. Nos había descubierto frente a sus padres, frente a los sanguinarios Píamus. Ya no había marcha atrás. De haber estado en mis cabales, no habría dado crédito a sus palabras. Briseida, en cambio, pareció no sorprenderse.

Bajó la mano y acortó la poca distancia que las separaba con esa lentitud asfixiante que tanto la caracterizaba. Se quedó frente a frente con su hija, se batía en duelo con su nívea mirada como arma. Sentía el corazón de Helena bombear sin descanso. Su tósigo le recorría el cuerpo de principio a fin, preparándola para lo que pudiera venir.

—Aléjate de ella, hija.

Mi enlazada guardó silencio unos segundos más. Cuando habló, lo hizo sin titubear.

—No. —Llevó un brazo hacia atrás buscando aún más contacto con mi piel. Yo era una cachorrita asustada, aovillada, incapaz de salir de mi escondite.

—Parténope, no quiero hacerte daño. Apártate ahora o será peor para ti —continuó su madre. Más que una amenaza, parecía una observación de la realidad—. Suficiente has tenido con tu traición. No pagues por sus errores también.

Hablaba con ese tono serio, inquebrantable, sereno. Ese tono que ponía la piel de gallina cuando iba dirigido a ti. Helena no se achantó y me afianzó aún más fuerte a su espalda.

—Tú mejor que nadie sabes cómo funciona esto, madre. Va en contra de mi naturaleza permitir que le hagas el más mínimo daño —dijo.

Un instante de espeluznante silencio y un bajo gruñido me hicieron reconectar con la realidad lo suficiente como para querer asomarme sobre el hombro de Helena. Briseida mostraba los dientes con rabia, sus pupilas se dilataban cada vez más con el paso de los segundos. Estaba más que dispuesta a atacar.

De repente se llevó la mano al pecho y cerró los ojos con fuerza, como si hubiera sido acuchillada en medio del estómago. Abrió la boca sin emitir sonido alguno y profirió un grito sordo de auxilio.

Un tirón hacia atrás de mi coleta me llevó entre los brazos de Tadd, quien había aprovechado el momento para ponerse a mi espalda sin que nadie hubiera reparado en él. Me atrapó entre sus brazos con fuerza y me puso una mano en la boca y otra alrededor de la cintura.

—No, no… ¡No! —gritó Helena mientras se llevaba las manos al pecho.

No pude hablar ni gritar. Me empujó hacia abajo y me retorcí de dolor. Me había clavado las uñas en el costado y me había arañado la piel. No era tósigo lo que entró en la herida.

Me di cuenta demasiado tarde. Había subestimado a Tadd y sus habilidades. Era veneno, puro y sin diluir, lo que penetraba en mi sangre. Veneno que me mataría.

Helena no tuvo tiempo de recapacitar cuando decidió ir en contra de su propio padre. Actuó sin pensar, moviéndose por puro instinto, y se lanzó contra el origen de mi mal, sin reparar en nada más.

Briseida seguía doblada sobre sí misma; Helena lidiaba con su padre en una pelea que ninguno deseaba tener; Enzo yacía muerto y mutilado entre algas putrefactas; Mel continuaba fuera en plena batalla con Aristeo, y yo luchaba por hacer que mi corazón siguiera latiendo a pesar del veneno. Era difícil imaginarse un escenario peor.

Sus dioses parecían no tener suficiente espectáculo. Chillé al notar cómo alguien le clavaba las uñas en la espalda a Helena. Horrorizada, me di cuenta de que Tadd la estaba envenenando. A ella. A su propia hija. Helena intentaba defenderse, pero le era imposible igualar la ferocidad de esa ponzoña. Se le pusieron los ojos en blanco. La estaba matando, podía sentirlo.

El tósigo me invadió de un fogonazo y me despertó del letargo de golpe. Con el veneno aún en la sangre, me lancé contra él y le puse un brazo alrededor del cuello de forma increíblemente rápida y efectiva. Lo rodeé con la mayor determinación y fuerza que supe sacar de mí, desesperada por salvar a Helena. Apreté con ansia, aunque con ello me clavase su colgante hasta hacerme sangrar.

Tadd se resistía. Yo no paraba.

Pasó una de las manos de Helena a mi brazo y clavó ahí de nuevo su veneno. Mi tósigo estaba a tan alto nivel que lograba contrarrestar su toxicidad lo suficiente como para no dejarme flaquear. Grité entre dientes por el esfuerzo. Mi alma destinada se retorcía de dolor y apenas podía hablar.

Con los ojos rebosando lágrimas, consiguió articular apenas unas palabras.

—Hazlo, Tessa… ¡Hazlo!

Me pedía que apretara más fuerte. Que matara a su padre. Apreté y apreté. El dije se me clavaba cada vez más. Sus uñas me presionaban cada vez menos. Me sentí incapaz de ver la expresión de Tadd, tampoco la de Helena. La única luz racional que me quedaba me advertía de no guardar esos rostros en mi memoria.

Los segundos se me hicieron eternos. Muy poco a poco, las uñas que mantenía clavadas en la espalda de Helena se soltaron. No dejé de apretar. Cuando noté que se liberaba, la empujé con mi aleta para alejarla todo lo posible. Aflojé un ápice sin pretenderlo, pues las fuerzas ya me fallaban. Ella se recuperó gradualmente, rebajando la tensión de su espalda. Conecté mi mirada con la suya por un segundo. No pude diferenciar si tenía más dolor físico o emocional. Su expresión… Aún tengo pesadillas al recordarla.

El grito de Briseida nos trajo a la realidad de nuevo.

Había acabado con Tadd. Había asesinado al cabeza de familia de los Píamus, al líder del clan.

Solté rápidamente el brazo de su cuello, como si así pudiera revertir lo que había hecho. Helena me rodeó con sus brazos.

—He sido yo, Tessa. Yo te lo he pedido. Tú no has hecho nada malo, he sido yo —repetía una y otra vez en mi oído.

Asentí lentamente sin saber a qué le estaba dando la razón. Claro que había sido yo, claro que era culpa mía. Yo lo había matado. Había sido capaz de acabar con una vida, con la vida de Tadd Píamus. Habían sido mis manos la causa de su muerte. La marca que el dije de su colgante había dejado en mi piel sangrante era prueba de ello, además del veneno, que aunque lo sentía más débil, todavía circulaba por mis venas.

—No, Helena. Yo… —empecé a hablar casi sin fuerza.

La entrada repentina de alguien más me hizo salir del trance en el que estaba para apretar a Helena contra mí con todas mis fuerzas y resguardarla del intruso.

Era Mel. Se movía de forma desigual, le faltaban escamas por varias zonas, su torso estaba lleno de golpes, la nariz le sangraba y el labio inferior mostraba una enorme herida.

—Tessa, he... No sé qué ha pasado. Creo que he... ¿Estáis bien? —preguntó alarmado al vernos llenas de marcas y agarradas la una a la otra con demasiada tensión.

Briseida chilló.

—¡Has sido tú, bastardo!

Mel se volvió hacia ella, desconcertado. Yo la miré con la misma sorpresa por su acusación. Me vio ahogar a Tadd con mis propias manos... ¿A razón de qué acusaba a Mel de haberlo hecho? Helena se adelantó a nuestra falta de entendimiento. Salió del refugio de mis brazos y se enfrentó a ella.

—Si no quieres que tu enlazado corra la misma suerte que tu pareja, es mejor que te vayas —dijo con voz áspera y cansada, aún afectada por las toxinas de su padre.

Su voz sonó con una oscuridad escalofriante.

Estando aún un poco abstraída de la realidad y con el shock en el cuerpo por todo lo que acababa de pasar, las piezas del morboso puzle que nos rodeaba empezaron a encajar.

Lo que Briseida había sentido, lo que Helena utilizaba como garantía de vida, la razón por la que Aristeo era tan fiel a la familia Píamus... Su grito no vino por haber matado a Tadd, sino por haber sentido a través del lazo las heridas de su verdadero destinado.

Briseida y Aristeo eran almas enlazadas.

Haber llegado a esa conclusión me dio la frialdad que necesité adoptar para proteger y mantener a Helena alejada del conflicto que la atormentaba.

—Ya nada te ata aquí, Briseida. Lo mejor que puedes hacer es irte para no volver. —Mi voz salió ligeramente temblorosa.

Me miró con la esclerótica teñida de sangre.

—¿Quién te crees que eres, desgraciada?

Helena quiso responder, pero no le dejé decir algo que le pesase en su conciencia cuando todo esto acabase. Demasiado había tenido que aguantar. Si creía ser la responsable de la muerte de su padre, no le dejaría cargar también con el destierro de su madre. Si tenía que arrastrar yo el peso de ambas terribles decisiones, que así fuera.

—Sabes que el clan adoraba a Tadd, es algo que os habéis encargado de labrar durante todo este tiempo. —Empecé a hablar, aún temblorosa—. ¿Cómo crees que reaccionarán cuando sepan que ha muerto? Peor aún, cuando, después de eso, averigüen que tu fidelidad era para otro. ¿Crees que no pensarán que habéis sido vosotros dos los que le habéis quitado la vida para vivir vuestro lazo sin temor? ¿Crees que aceptarán como líder a alguien que ha sido capaz de engañar así a la familia, al clan? Un amante secreto, alguien que destruye el honor de quien tanto adoraban. No seas ilusa, Briseida. —Tenté mi suerte acercándome más a ella. Conseguí achantarla levemente y alejarla de Helena, lo que me daba aún más fuerza—. Nada volverá a ser como antes. Lo mejor que puedes hacer es huir con él a donde nunca os encuentren, y rezar a los dioses para que perdonen vuestra traición. —Notaba mis pupilas dilatadas, mi voz casi venenosa.

Briseida me miró con odio, con un odio tal que no sabía que era capaz de albergar un cuerpo tan delgado como el suyo. Mantuvo la mirada fija en mis ojos sin mover un músculo. La tensión se podía palpar en el ambiente y, aunque una parte de mí seguía aterrada, le sostuve la mirada con tanta seguridad como ella destilaba al escrutarme a mí. Por unos segundos nos quedamos así, estáticas, clavando los ojos la una en la otra sin dejarnos amedrentar.

Finalmente, me apartó la mirada y rebajó la ira de sus ojos al mirar hacia su hija.

—Yo lo he dado todo por ti, Parténope. Desde el día de tu nacimiento mi único propósito fue verte desarrollar el potencial que sabía que tendrías. Podrías haber sido tantas cosas… —Se acercó a ella. Ambas se miraron en silencio—. No tenías por qué haber sido esclava de tu instinto. Te he educado mejor que eso. Prefieres, sin embargo, pagarme con esta deslealtad antes que aceptar que tu enlazada es un desafortunado error. —Le pasó una mano por el pelo en una ligerísima caricia—. Querida, nunca dejarás de ser una Píamus. Tarde o temprano te darás cuenta.

Le dio un beso en la frente y se separó de ella. Nos miró a Mel y a mí con una expresión vacía, sin rastro de la ira de hacía escasos segundos. Intuí en sus labios una muy leve sonrisa antes de salir del lugar.

En cuanto Briseida desapareció de nuestro campo de visión, corrí a abrazar a Helena. La sentí rota por dentro. Había perdido a su padre, había perdido a su madre. El lazo me asfixiaba mientras ella seguía luchando por no resquebrajarse del todo.

No tenía ni idea de qué debíamos hacer a partir de ese momento. Solo supe mecerla entre mis brazos. La serenidad duró un breve instante, el que necesitó para empujar un poco más al fondo su dolor y actuar con la poca cabeza fría que le quedaba.

—Sé de un lugar en el que nunca encontrarán el cuerpo de mi padre —dijo al fin.

Me moría de ganas de volver a abrazarla y refugiarnos ambas en el regazo de la otra, pero ella tenía razón. Debíamos lidiar primero con las consecuencias de todo lo que había pasado.

Me froté los ojos y asentí.

—Yo debo llevar a Enzo a la superficie, con su familia. —Ellos asintieron brevemente—. Mel, ve con ella, por favor.

Helena necesitaba más apoyo que yo en ese momento.

Él no rechistó y ella supo que la situación era demasiado peliaguda como para negarse. Ambos se miraron. Parecieron darse un alto al fuego para colaborar por una causa mayor. Eso me tranquilizó.

—Aliméntate en cuanto puedas, Tessa. Han pasado muchas lunas desde que mi padre se alimentó por última vez, y gracias a eso estamos vivas, pero aunque su veneno esté demasiado debilitado como para detener tu corazón, te irás debilitando cada vez más si no lo contrarrestas. Debes ingerir pulpa y conseguir altos niveles de tósigo en tu cuerpo para quemarlo.

Seguía deseando con todas mis fuerzas abrazar a Helena y aspirar su aroma, pero ella no dio pie al más mínimo acercamiento. Se mantuvo en su sitio, demasiado quieta. Me imaginé dándole un lento beso en la frente y un abrazo sentido, en el que nos embriagamos del aroma de la otra.

—Deberíamos irnos ya —dijo Mel con suavidad—. No creo que tarde en amanecer. Los humanos podrían ocupar la costa en cualquier momento.

Dejé de mirar a Helena y asentí.

—Por favor, asegúrate de que ella también se alimenta —pedí suplicante.

Mel asintió. Eché un último vistazo a mi enlazada y subí a la superficie antes de observar su quietud un segundo más.

Me aproximé a la parte plana de la roca y suspiré con pesar. Enzo estaba demasiado torturado como para mostrarlo así a sus seres queridos. Me tragué las arcadas y el terror, y recompuse su cuerpo como pude para después envolverlo en las mismas algas que lo habían mantenido cubierto las últimas semanas.

Todo el esfuerzo, la voluntad de supervivencia y la resiliencia de las últimas semanas habían sido con la esperanza de encontrarlo y devolverlo a su familia. Cuando por fin lo hube encontrado, yacía ya sin vida y yo no podía hacer nada para cambiarlo.

¿Cómo iba a explicar eso a sus padres? ¿Cómo podía devolverles a su hijo en esas condiciones y esperar que no pensaran que había sido yo la que se lo había hecho?

Hacía tiempo que me había concienciado de que yo no podía volver y me importaba más bien poco lo que pudieran pensar de mí. Sí me importaba, sin embargo, lo que pudieran decir de mis padres o de mi hermano. Sus vidas se arruinarían con la acusación de que la hija desaparecida era una psicópata que secuestró, torturó y mató a su exnovio. ¿Seguirían ellos creyendo en mi inocencia aun cuando todo les indicase lo contrario?

Me cubrí el rostro con las manos y sollocé. Me concedí un momento antes de inspirar con fuerza y a traerlo hacia mí para llevarlo conmigo al fondo.

Mel y Helena ya no estaban, el cuerpo de Tadd tampoco. Cuando salí de allí con Enzo en brazos, comprobé que tampoco había rastro de Briseida o de Aristeo. Todos se habían ido. Solo quedaba yo con el cuerpo de quien tanto deseé salvar.

Me encargaría de dejarlo en una playa suficientemente apartada para que ni familias ni niños tuvieran que pasar por el horrible trauma de ver a una persona en ese estado. Un lugar alejado y visible para asegurarme de que lo encontrasen y lo hiciesen llegar a sus padres. Yo nunca tendría la oportunidad de despedirme de mi familia, pero la suya se merecía poder llorarlo.

Si no pude salvarle la vida, al menos le daría una muerte digna.

CAPÍTULO 25

La familia

Dejé el cuerpo sobre la arena de una pequeña cala. Retiré las algas que le cubrían la cara y le acaricié el rostro sin vida con suavidad. Seguí pasándole la mano por el pelo, más largo que la última vez que lo vi. Aún no amanecía del todo, tenía margen para volver.

—Ojalá hubiera podido salvarte, Enzo. Ojalá te hubieras convertido y pudieras tener una segunda oportunidad como la he tenido yo. —Dejé correr las lágrimas sin prestarles atención—. Te prometo que he hecho lo que he podido, y no sabes cuánto lamento que eso no haya sido suficiente. —Le di una última caricia—. Al menos tu familia podrá vivir más tranquila sabiendo dónde estás. Que puedan despedirse de ti y avanzar. —Me tragué las lágrimas e inspiré con fuerza—. Lo siento mucho, Enzo.

Lo miré unos segundos más. Procesé que nunca más volvería a verlo con vida, que mi reputación como asesina empeoraría exponencialmente cuando lo descubrieran. Entra limpio, sale turbio. Me separé de él y me sumergí con el recuerdo de su fría piel en mis labios.

Fui directa a la guarida de Mel. No sabía si ellos habrían llegado ya o no, pero necesitaba sentirme en un lugar seguro. Además, Galena estaba allí. Llevaba toda la noche sola y, después de los días de oscuridad y silencio que había pasado en el último tiempo, seguramente deseaba tener compañía cuanto antes.

Cuando llegué, entré con cautela para evitar asustarla. La vi sobre el lecho, durmiendo plácidamente. Sonreí al saber que se sentía tan tranquila como para dejarse llevar por el sueño. Tras comprobar que se encontraba en calma, me tomé la libertad de quedarme fuera y descargar todo lo que había estado aguantando.

Por una parte, me sentía tan diferente a la persona que era cuando todo eso empezó que me costaba reconocerme. En mi interior, sin embargo, seguía siendo la misma Tessa de siempre. Una Tessa frágil, vulnerable, con tendencia a la histeria y a la ansiedad.

Había sido capaz de matar… Por muy sádico y retorcido que fuera ese tipo, era una vida, al fin y al cabo, y yo no era mejor que él cuando decidí ahogarlo hasta morir. Me hice un ovillo en el suelo y me llevé las manos a los oídos como si así pudiera acallar las voces que me gritaban: «¡Asesina!».

Al final, los padres de Enzo iban a tener razón y yo no era más que una criminal que se había atrevido a arrebatar una vida…

¡No! Me negué a pensar eso. Había actuado por supervivencia, era su vida o la mía. O peor aún, era su vida o la de Helena. Mi alma enlazada estaba en peligro, yo solo actué en consecuencia. No me sentía orgullosa de lo que había hecho, para nada, pero debía hacerle entender a mi estridente voz interior que fue la única opción posible. Que así salvé más vidas de las que quité. Con eso debía quedarme. Con eso y nada más.

El tiempo pasaba y cada vez me sentía más débil. En mi mente se repetía una y otra vez la última frase de Helena. Debía cazar. Debía alimentarme y conseguir que el tósigo me corriese por el cuerpo. No tenía fuerzas ni ganas, pero era el único método que conocía para deshacerme de una vez por todas de los rastros ponzoñosos del ataque de Tadd.

No fue hasta que hube tragado el décimo bocado de pulpa que preparé con las únicas dos piezas pequeñas que pude conseguir, cuando empecé a sentir que mi cuerpo se recuperaba. Respiré hondo un par de veces y oxigené mis pulmones con ahínco. Conseguí la claridad mental suficiente como para dejar de rendirme al recuerdo de Enzo con la piel casi azulada, el cuerpo ensangrentado y la temperatura fría como el hielo y empezar a pensar fríamente en la situación. ¿Y si lo dejé en un sitio demasiado alejado y nadie daba con él? ¿Y si los pájaros, o cualquier otro animal, se había acercado a él para devorarlo? Debía hablar con Adriana. Ella era la única que podría encargarse de recuperarlo.

El sol empezaba a despuntar, tenía que darme prisa. Debía estar de vuelta antes de que Helena y Mel llegaran y me hicieran preguntas que no tenía fuerza para responder. Me terminé el cuenco, dejé lo sobrante para Galena y salí escopetada en dirección a Punta Javana.

Cuando llegué a la playa del hospital, dejé una piedra anaranjada sobre la gran roca plana y me enterré en el fondo para ocultarme hasta oír llegar a la doctora. Le contaría todo lo que había pasado y le pediría que se encargase ella misma de recoger el cuerpo sin vida de Enzo. Como médico que era, seguramente no le daría tanta impresión verlo así. De esta forma al menos evitaría que un inocente desarrollara un trauma por encontrarse un cadáver en esas condiciones, abierto y ensangrentado.

Al poco rato de estar ahí escondida, vi la piedra naranja caer y unos pies asomarse al agua. Me asusté por si ese humano decidía meterse del todo y me dispuse a salir de mi escondrijo para alejarme. Entonces reconocí esa tobillera.

No, no podía ser…

Acorté distancias con cautela para comprobar si era quien pensaba. No quería tocarle el pie cuando acerqué la mano hacia la pulsera, pero mis nervios me traicionaron y con el temblor de mi mano lo rocé sin querer. Sacó los pies de golpe. Yo me escondí en el fondo como hice al llegar. Me cubrí bien de arena y deseé haber pensado un poco más antes de actuar. Me mordí el labio inferior nerviosa. Cuando levanté la vista para saber si había decidido irse o meterse en el agua, vi un pequeño objeto caer frente a mis ojos.

No podía ser casualidad que ese colgante fuera igual al que yo tenía en conjunto con Río. Era exactamente como el que mis padres me regalaron hacía unos cuantos años. Lo cogí y lo observé con detenimiento. Sin duda era el gemelo que compartía con mi hermano, era uno de nuestros colgantes complementarios. Lo acaricié con una enorme alegría. Mi hermano estaba ahí… ¡Lo tenía justo encima!

Subí lentamente y dejé el colgante sobre la roca con disimulo. Seguramente no se había percatado de haberlo perdido y tardase en encontrarlo. Me di cuenta de que estaba equivocada cuando, al poco de haberlo dejado y haber vuelto al fondo, vi su rostro aparecer, asomado en la roca.

Se asustó tanto como yo y se retiró hacia atrás. Segundos después volvió a aparecer. Nos quedamos mirando. Hubiera dado lo que fuera por salir del agua a toda velocidad y lanzarme sobre él para abrazarlo con fuerza. Eso no podía ser más imposible. No solo por el peligro a ser vista por alguien, o el miedo a su reacción al ver mi cambio de cuerpo, sino porque sentía el tósigo recorrer mis venas por la alegría repentina y me negaba a acercarme así a él. Jamás me perdonaría hacerle pasar por algo ni remotamente parecido a lo que sufrí yo.

Decidí que alejarme de ahí para ir a La Isleta era una buena opción. Moví los labios para decirle que viniera conmigo, aunque no estaba segura de si me entendería. Si accedía a seguirme hasta allí, saldría a la superficie para encontrarme con él. Si no, aprovecharía para rebajar los niveles de tósigo de mi sistema y volvería a la playa en cuanto me sintiera más relajada.

Llegué a La Isleta en un santiamén y esperé pacientemente. Lo vi lanzarse al agua tras la estela de ondas que había provocado con mi velocidad. Si quedaba algún rastro del veneno de Tadd en mi cuerpo para entonces, se acababa de evaporar para siempre.

Conté los segundos hasta que subió a la roca para buscarme y llamarme. Respiré hondo dos veces antes de salir a la superficie. En cuanto saqué la cabeza le chisté para que dejara de gritar.

—No pueden saber que estoy aquí —dije en voz baja.

Río se giró para buscar de dónde venía mi voz.

—Tessa, ¿dónde estás? —sonaba desesperado.

Me dio un vuelco el corazón al escucharlo así.

—Estoy aquí, Río —respondí mientras sacaba un poco más la cabeza para que me encontrase. En cuanto me localizó, le cambió la cara—. Ven.

Se me acercó a la velocidad del rayo. Se tiró al suelo y me abrazó arrodillado. Respondí rodeándole el cuello con los brazos. Apretamos fuerte, notábamos las lágrimas del otro sobre nuestros hombros. Inconscientemente, le olisqueé el pelo. Olía a él. Era mi hermano. Estaba ahí de verdad.

Seguíamos abrazados cuando Río habló.

—Tessa, ¿dónde has estado? ¿Estás bien? —preguntó con voz temblorosa—. No sabes lo preocupados que estábamos… Mamá y papá se van a volver locos de alegría al verte de nuevo —dijo con una sonrisa en la voz.

Sus palabras me impactaron y noté una presión en el pecho. Me separé poco a poco y lo miré a los ojos.

—Río… —Me costaba decirlo, pero debía saberlo—. No puedo volver.

Al principio, se mostró confundido.

—¿Cómo que no puedes volver? Por supuesto que puedes. —Se tomó un segundo antes de continuar y dejó asomar la rabia en su voz—. Escúchame, me da exactamente igual lo que digan de ti. Sé que tú no fuiste la responsable de la desaparición de Enzo. Aunque aún no se sepa bien lo que pasó, al final, la verdad saldrá a la luz y…

Puse una mano sobre su boca para acallarlo.

—No, Río, para. Escúchame tú a mí. —Dejó de intentar hablar y me escuchó—. Realmente, no puedo volver, hay algo mucho más grave que eso. Enzo… —Suspiré al nombrarlo y dejé caer un par de lágrimas al recordarlo tirado sobre la arena, esperando a ser encontrado—. Pronto sabréis dónde está y, entonces, las acusaciones serán peores. —Ya no tenía nada que perder: Enzo estaba de vuelta en tierra, yo me había dejado ver por mi hermano y deseaba ver a mi familia, aunque fuera de forma oculta. Así que decidí hacer lo único que me quedaba por hacer—. Sé que la verdad te resultará tan inverosímil que las palabras no servirán de nada, así que… —Le tendí una mano—. Coge aire y confía en mí.

Río debía verme, lo tenía más que decidido.

Me miró dudoso, pero aceptó. Sonreí por su confianza. Cogió aire y tiré suavemente de él hacia el agua. En cuanto nos sumergimos, escuchamos un grito desde la playa. Acababan de descubrir a Enzo.

Mi hermano abrió los ojos como platos al verme, dejó escapar parte del aire que retenía en sus pulmones. La suerte ya estaba echada. Si decidía repudiarme y alejarse para siempre de mí, yo tendría que aceptarlo, por mucho que me doliera en el alma.

Salió enseguida a la superficie y buscó la forma de observarme mejor. En su gesto leí la incredulidad que sentía. Yo me mantuve quieta, dejando que hiciese lo necesario para no sentir que le explotaba la razón. No quería asustarlo más, ni presionarlo a nada. A pesar del susto inicial, se negó a irse de mi lado. Permaneció unos instantes más en la superficie, contemplándome con detenimiento. Tomó una bocanada de aire nuevo y volvió a sumergirse. Nos quedamos frente a frente. Él me miraba con los ojos entornados, luchaba por distinguir todo lo que su visión humana le permitía. Extendió su mano y la acercó al costado de mi cintura, donde nacían las primeras escamas. Reculó antes de llegar a tocarme, pero lo animé a hacerlo reteniéndolo suavemente de la muñeca. Se aproximó de nuevo. En cuanto las tocó, retiró la mano y salió del todo.

—No, no puede ser… —dijo en estado de shock. Se subió a una de las rocas de la costa de La Isleta—. Es… es imposible. —Me miró y negó repetidamente. Andaba de un lado a otro muy nervioso, sin saber qué hacer con las manos. Murmuraba cosas que no llegaba a comprender. Me observaba de nuevo y volvía a pasear—. Tú no eres mi hermana, no puedes serlo. Tú… Esto es una ensoñación. —Intentaba calmar el temblor de sus dedos.

Claramente compartíamos misma madre y mismo padre.

—Río, soy yo. Estoy aquí. Te prometo que soy real. —Me acerqué a él y apoyé los brazos sobre la roca—. Sé que esto es de locos, pero necesitaba que me vieras antes de irme. Quería que supieras que estoy viva, que nadie me secuestró ni me ha hecho daño. —Sonreí con tristeza. Que Mel me raptara para completar mi conversión y que los Píamus me hubieran provocado más daño en unas cuantas semanas que el que había sufrido en toda mi vida no importaba en ese momento.

Mi hermano seguía sin poder creerse lo que veía. Tenía las manos en la cabeza, se tironeaba del pelo y se movía en círculos sobre sí mismo.

—No, esto no es… Estoy delirando. Debe ser el calor.

Suspiré. Pensé en mil cosas que podría decirle para hacerle ver que era real, pero no había nada mejor que un movimiento acertado para que sobraran las palabras. Me incliné sobre la roca y avancé lo suficiente para pellizcarle la pierna. Río dio un salto hacia atrás y soltó un quejido.

—¡Au!

—Las alucinaciones no dan pellizcos —dije con ironía.

Mi hermano se me quedó mirando un instante. Se miró la pierna y la rojez que le acababa de provocar. Volvió a observarme. Le sonreí con pesar.

—¿De veras esto es real? —Se agachó hacia mí.

—Lo es. —Me encogí de hombros.

—¿Cómo…?

—Algún día intentaré explicarte lo que ha pasado, pero ahora no tengo mucho tiempo —dije nerviosa, pensando en la vuelta de Helena y Mel—. Necesito que hables con papá y mamá, por favor. Diles que… que he tenido que irme y que siento mucho no haber podido despedirme de ellos, pero que estoy bien. No puedes decirles dónde estoy o lo que soy ahora, te tomarían por loco. Invéntate lo que sea, pero, por favor, busca la manera de tranquilizarlos. —Me entristecía mucho poner sobre los hombros de mi hermano semejante peso, pero era mi única opción. Retuve las lágrimas que pretendían salir y carraspeé antes de continuar—. Y, lo más importante, diles que soy inocente, Río. Que no crean nada de lo que se diga de mí por lo de Enzo. No he tenido nada que ver con lo que le ha pasado, te lo juro. Yo solo intenté salvarlo. —Con esa última frase fue inevitable que se me quebrara la voz—. Debo irme, Río, estoy…

—Me niego a volver a perderte. No. Absolutamente no. —Negó insistentemente con la cabeza y levantó la voz por encima de su tono normal—. Me da igual lo que te haya pasado, o lo que seas ahora. Eres mi hermana y eso seguirá así, ya pierdas medio cuerpo o te salgan plumas en la cabeza. —Me reí entre lágrimas—. Por favor, no te vayas de nuevo. Por favor, Tessa…

Seguramente, me saltaría unas cuantas normas por hacer lo que estaba dispuesta a hacer. La parte buena era que ya no estarían Tadd ni Briseida para tomar represalias por mis acciones.

—Escucha, Río. De veras necesito volver, pero te prometo que voy a hacer lo imposible por vernos de nuevo. Habla con Adriana, ella sabrá qué hacer. —A pesar de su evidente sorpresa, seguí hablando sin detenerme a explicar nada más—. Es primordial que no comentes esto con nadie más, ni siquiera con Annie. Es algo que nadie más puede saber. Nunca. Prométemelo —le pedí mirándolo a los ojos.

En su gesto se mezclaban la tristeza y la confusión. Veía sus ganas de luchar más por convencerme, de resolver los millones de dudas que debían de asaltarle. Sin embargo, acabó por asentir. Me abrazó con fuerza.

—Prométeme tú que volverás, enana —pidió con voz rota—. No te haces una idea de lo que han sido estos días sin ti…

Apreté un poco más su abrazo.

—No tengo ni idea de cómo ni cuándo, pero te juro que volveremos a vernos. Solo necesito que me des un poco de tiempo para encontrar la forma de hacerlo y que sea seguro para los dos, eso es todo.

Asintió sobre mi hombro. Olfateé su melena de nuevo y suspiré. Él me besó en la coronilla a modo de despedida.

Cuando llegué a la guarida de Mel, Galena ya estaba despierta y se abrazaba a su hijo cariñosamente. Busqué a Helena con la mirada. La encontré al fondo, apoyada en la roca con un aspecto muy cansado. Me acerqué a ella y la rodeé con los brazos. Busqué su aroma y lo inspiré como si no hubiera otro oxígeno que me sirviera para seguir con vida. Estaba más difuminado de lo que esperaba. Ella no respondió a mi gesto, tan solo se dejó llevar sin buscarme ni oponer resistencia. Escuché un primer hipido, después un segundo. Empezó a sollozar sobre mi hombro. Mel y Galena estaban delante, podían verla y oírla perfectamente. Que se mostrara vulnerable delante de alguien más era una muy muy mala señal.

Escuché a Mel decir algo acerca de un paseo y que la luz del sol le vendría bien a Galena. Salieron de la cueva sin esperar respuesta de nuestra parte.

Le acaricié el pelo mientras nos mecía lentamente. Siseé con cariño.

—Estoy aquí, amor. Estoy contigo. No me voy a ir —dije con toda la dulzura que supe sacar de mí. Ella siguió llorando. Apretó fuerte las manos en mi piel como única respuesta.

Gracias a Río, yo había podido disfrutar un instante de descanso, una pequeña dosis de paz. Ella, en cambio, ya no tenía a nadie que pudiera darle ese consuelo. Yo era su único pilar por el momento. Dejaría que depositara sobre mí todo lo que necesitase. Me veía con fuerzas suficientes para aguantar lo que fuera por ella.

Cuando estuvo un poco más relajada, me separé un poco, posé mi frente sobre la suya y pasé una de mis manos a su cuello. Le acaricié con el pulgar la mejilla. Noté lo fría que tenía la piel. La separé un poco más de mí. Pude ver entonces el tono pálido y ojeroso que le surcaba el rostro.

—Helena, estás…

—Lo sé —dijo antes de que terminase de hablar.

—¿Es por culpa del veneno? ¿No has conseguido alimentarte? —pregunté preocupada mientras buscaba las heridas que Tadd había dejado en su espalda. Estaban menos cicatrizadas que las mías, que apenas se veían después de varias horas.

Ella negó muy lentamente. Agarré el cuenco que había dejado para Galena y volví al lado de Helena a una velocidad vertiginosa. Cuando cogí la primera porción y la puse delante de sus labios, ella me apartó la mano con debilidad.

—Mel cazó un par de piezas y me hizo tragar hasta el último bocado —replicó con voz muy cansada.

La miré sin entender.

—Entonces ¿qué te ocurre?

No respondió. Su piel estaba apagada, sus ojeras cada vez más pronunciadas. Parecía enfermar por momentos.

De repente lo entendí. Tadd no era el único que había pasado mucho tiempo sin alimentarse. Si su veneno estaba debilitado, todo él lo estaría, toda su familia lo estaría. Al hablar de alimento no se refería a la pulpa ni a cualquier otra criatura de nuestro entorno.

Su sistema le pedía la sangre humana que ella le había negado durante el ritual. Imaginaba que en algún momento tendríamos que lidiar con los efectos de la abstinencia que eso le provocaría, pero supuse que serían mucho más graduales, que tendríamos margen para actuar. El envenenamiento que sufrió nos acortó muchísimo el tiempo de reacción. Tardé apenas un pestañeo en alejarme de ella y buscar entre las herramientas de caza de Mel algo con lo que pudiera cortarme.

—Tessa, por favor, no —dijo en voz baja, como una súplica.

Cogí la piedra más cortante que encontré y reabrí la herida del dije de Tadd de un solo movimiento. Hice una abertura suficientemente amplia como para que Helena pudiera alimentarse bien. Después de todo lo que habíamos pasado, ese dolor me pareció insignificante. Ella quiso replicar de nuevo. Antes de permitirle pronunciar palabra, la abracé desde atrás y le puse mi antebrazo sobre los labios.

Noté su resistencia inicial. Mantuve la posición hasta que decidió rendirse y empezar a beber. Poco a poco, toda la tensión que había atenazado mi pecho desde hacía horas se deshizo. Helena sorbía con ganas, aunque con la conciencia de mantenerme fuera de peligro. Terminó por cerrar los ojos y apoyar su cabeza sobre mi hombro. Afiancé mi otro brazo en su cintura.

Comprendí que aquello era el primero de nuestros pequeños rituales. Uno privado, íntimo y consensuado, en el que nos uníamos de todas las maneras posibles. Ella bebía, yo la acariciaba y le dejaba besos en su mejilla y en la sien. Sentía paz.

Cuando noté que dejaba de beber, separé lentamente el brazo de sus labios.

—Gracias… —pronunció en un susurro apenas audible.

Dejé un nuevo beso sobre su frente. Ella llevó los labios a mi herida una última vez para lamer el corte abierto hasta cubrirlo con su saliva. Poco a poco se mezcló con mi tósigo. Ambos se encargaron de taponarlo para no dejarlo sangrar más.

Mel se asomó con cautela.

—¿Estáis bien? —preguntó sin entrar del todo—. He olido sangre y me he preocupado.

Helena me miró, avergonzada por lo que acababa de hacer. Recuperó como pudo la compostura frente a Mel y cambió su gesto a uno más serio. Sonreí sin remedio.

—Todo bien. Me he cortado sin querer, ha sido una tontería. No hay de qué preocuparse —dije. Él asintió y se dispuso a irse de nuevo—. Oh, por favor. Es tu guarida. Entra de una vez y deja descansar a tu madre. —Le hice señas con la mano para que entrara.

Sonrió y salió un segundo para coger a Galena de la mano y entrar con ella.

—Debo volver al ágora, Tessa. El clan debe saber que mi padre ha muerto —habló seria. Su aspecto había mejorado considerablemente.

Aunque se le daba muy bien disimularla con la voz, el lazo me advirtió de su tristeza. La agarré de la mano.

—Iremos juntas —dije sin dudar.

Ella me sonrió y asintió. Me sorprendió que no me lo quisiera discutir.

—¿Puedo…? ¿Puedo ir yo también? —preguntó Mel, mirando a Helena a los ojos.

De alguna forma sentía que esa pregunta no se refería al hecho literal de acompañarnos. Sentía que le preguntaba algo más. Ella se tomó unos segundos y suspiró antes de hablar:

—Seréis bienvenidos de vuelta al clan —respondió con autoridad, sin soberbia.

La miré con sorpresa. Me alegró confirmar las sospechas de que su liderazgo sería muy distinto al de sus padres. Estaba segura de que sabría gobernar con mucha más clemencia y sentido común. Sonreí con ganas y miré al que empezaba a considerar como mi hermano bajo las aguas con toda la alegría que cabía en mí. Me fundí en un sentido abrazo con él. En cuanto reparé en Galena, me separé inmediatamente para dejarlos celebrar con tranquilidad.

Su madre aún no hablaba con claridad, pero su sonrisa bastaba para saber que entendía que había recuperado la libertad. Madre e hijo se abrazaban mientras Helena tiraba de mí hacia afuera.

—Necesito hablar contigo.

La seguí sin rechistar.

—¿Estás bien? ¿Necesitas un poco más? —pregunté en voz baja una vez estuvimos fuera.

Negó con una sonrisa que le duró un suspiro. Se paseó ligeramente de un lado a otro. Paró de nuevo frente a mí y me acarició la cara con cariño.

—La muerte de mi padre me entristece por muchos motivos, Tessa. No sé si eres consciente de todos ellos. —Bajó su mano. Guardé silencio hasta que ella me dijera lo que tenía en mente—. Vamos, eres inteligente para descubrirlo tú sola —replicó ante mi mutismo.

Hice un repaso mental de la situación para entender de qué me hablaba. Su padre estaba muerto y oculto en un recóndito lugar del que nadie tendría conocimiento jamás, su madre huyó con su alma enlazada a algún lugar que ninguno de nosotros tres sabíamos. Eso significaba que Helena debía quedarse al frente del clan. ¿Sería eso lo que le preocupaba?

—Sé que dirigir tú sola el clan va a ser algo diferente y difícil, pero no te agobies. Yo estaré a tu lado cuando lo necesites, apoyándote y ayudándote en lo que pueda. Te lo prometo.

Ella me sonrió con ternura, como lo haría frente a una niña pequeña e inocente.

—¿Por qué crees que mi madre no luchó por dirigir ella el clan, aunque fuera sin admitir a Aristeo como su destinado? —Seguía sin entender del todo a qué se refería. Ella suspiró—. Es norma inquebrantable de nuestra comunidad compartir el mandato con alguien más. Es demasiada responsabilidad para una sola criatura, Tessa, y ninguno de mis antepasados lideró jamás sin una pareja con la que compartir el poder.

La sonrisa que le mostraba para darle fuerzas se me borró poco a poco. El corazón se me aceleró y el tósigo me embotó hasta que me pitaron los oídos. No podía estar hablando en serio.

Quería decir algo, responder a sus palabras, pero ningún sonido salía de mi garganta. Helena me miró con compasión.

—Te prometo que nunca quise esto —dijo con tristeza.

Entendí que acabar con la vida de Tadd no solo no liberó a Helena de su destino, sino que me encarceló a mí en su misma suerte. Me dejaba sin elección, sin camino alternativo. Me dejaba sin poder negarme a ser la próxima líder del clan.

Epílogo

Helena y yo nos mantuvimos abrazadas en silencio en nuestra zona de la madriguera, sintiendo la corriente mecernos lentamente.

—¿Qué es lo que más echas de menos de la superficie? —preguntó en voz baja.

Me encantaban nuestros momentos de charla antes de dormir, sobre todo si venían después de un largo día como ese.

Esa mañana, los confidentes nos dijeron que el servicio estaba molesto por el cambio de normativa en la vestimenta. A mí me pareció algo positivo quitar los colores que determinaban el rango de cada uno, unificarlos para no hacerlos sentir un número. La idea era que, más adelante, pudiéramos instaurar la libertad total de vestuario, cuando se acostumbraran a identificarse como individuos y no como parte de un rebaño. Ellos, en cambio, no se lo tomaron muy bien. Muchos decían que trabajaron muy duro para conseguir ascender y cambiar el color de su atuendo, que eso sería echar el trabajo a perder. Yo entendía lo que los llevaba a pensar así, pero quería que ellos comprendieran que ya no necesitaban trabajar en esas condiciones para ser valorados.

Desde que Helena y yo asumimos el liderazgo, empezamos a cambiar el sistema de sus padres. Queríamos quitar todas las ataduras tóxicas que unían al clan con Tadd o Briseida, liberarlos de sus deudas, pero tampoco podíamos hacer lo que nos viniera en gana. Si lo hacíamos, si eximíamos a todo el mundo de sus labores y los dejábamos volver con el resto, nos arriesgábamos a un desequilibrio absoluto del sistema. Además, supondría destruir la imagen de la familia. Confesarían la verdadera cara de los anteriores Píamus al resto del clan, las condiciones en las que estaban y el ambiente tan dictatorial en el que vivían. Personalmente, eso me daba bastante igual, pero afectaba a Helena y su decisión de dejar que la comunidad recordase a sus padres de la mejor manera posible.

Estábamos obligadas a continuar con el mismo sistema. A pesar de ello, aunque no podíamos cambiarlo tan tajantemente como nos habría gustado, lo transformábamos poco a poco. Lo único de lo que pude convencerla sin reticencias fue de mejorar las condiciones de vida y trabajo, tanto para el servicio como para los confidentes que vivían en nuestra misma guarida. Y también para los informantes, las guardianas y las cazadoras que seguían en sus propias moradas. Si era inviable devolverles la libertad plena, al menos les daríamos una vida justa y tranquila.

Eso sí, me mantuve muy firme cuando propuse a Mel como el confidente de más alto rango en la jerarquía. Solo confiaba plenamente en él, además de en Helena, y ella entendió los motivos que me llevaban a quererlo ahí. Él era el único, además de nosotras, que sabía la verdad del Ritual del Mensis. Conocía todos los secretos y entresijos de la anterior familia Píamus y solo él y Helena, ni siquiera yo, sabían la ubicación real del cuerpo de Tadd. Eso lo convertía en un pilar en el que apoyarme yo, y un posible peligro para ella. Cierto era que pulieron parte de las diferencias y discusiones que solían tener, pero aún no se fiaba del todo de él. Sí lo hacía de mí y de mi criterio cuando le decía que confiaría mi vida a ese varón sin dudarlo. Esperaba que, con el tiempo, ella también sintiera lo mismo.

Admito que me costaba entender cómo podía pensar mal de alguien así, cómo podía ignorar el alma tan buena que tenía quien yo consideraba mi hermano bajo las aguas. Más aún después de vivir su reencuentro con Dahiria seis meses atrás.

Recuerdo los nervios de Mel, el abrazo que compartió con Dai, sus lágrimas de felicidad… También la cara que puso al percatarse de que Galena estaba junto a él. Era impagable. Verlos así de emocionados por reencontrarse ablandaba el corazón de cualquiera. Eran la expresión más pura de amor que había conocido nunca y me hacía tremendamente feliz saber que, por fin, iban a poder vivir su historia juntos.

Ese día la plaza estaba llena de la vida que tanto la caracterizaba. De varones, hembras, ancianos y crías. Todos ajenos a la terrible noticia que esa misma tarde recibirían: un cambio de mareas se avecinaba tras la trágica muerte de su amado líder, junto a la desaparición de su pareja ante la imposibilidad sistemática y emocional de poder liderar sin él. Esa era la historia que Helena decidió contar. Eludiría dar más detalles y pediría que no le preguntaran por ellos.

Desde ese momento decidí que lideraría y decidiría junto a Helena todo lo que nuestra comunidad necesitase, sin dejar de ser ella mi más absoluta prioridad. Su bienestar y su felicidad irían por encima de cualquier otra cosa. Por encima, incluso, del clan.

Galena progresó muy favorablemente gracias al cariño, la dedicación y la paciencia que tanto su hijo como Dahiria tuvieron con ella. Aunque se sentía más cómoda con el silencio, ya casi podía ser independiente y comunicarse con todo el mundo. Seguía sin manejar del todo bien la soledad, pero luchaba por sobreponerse a ello, con resultados cada vez mejores.

Lo único que podía romper nuestra paz era pensar que Briseida y Aristeo volverían. Ambos huyeron por las lesiones de Aristeo tras el enfrentamiento con Mel. Él nos confesó que creyó haberlo matado, pero que no podía estar seguro de ello. Si lo hubiera hecho, si Briseida hubiera visto su cadáver al salir de allí, habría arremetido contra nosotros, ¿no? Seguramente se retiraron a curarse las heridas y a reponerse antes de luchar por recuperar su puesto en la Orden. Esa idea nos asaltaba continuamente, sobre todo cuando entendimos que las manchas de sangre que teñían la roca del islote en el que tuvieron a Enzo durante las cuatro semanas que separaban la Pincoya del Ritual del Mensis venían porque alguien se estaba alimentando de él antes de tiempo. Alguien como Aristeo. No teníamos pruebas reales de ello, aunque estábamos seguros de que fue él quien consumió su sangre sin ser visto. Eso suponía que él también había adquirido un don especial. Miedo nos daba comprobar algún día cuál era.

Lo que sí nos consolaba era pensar que, por mucho que llegase el día de su regreso, nosotros estaríamos preparados para ello. Helena ganó mayor poder de toxicidad y mayor luminiscencia cuando probó mi sangre, lo que confirmaba la teoría de la superioridad de la sangre híbrida frente a la humana simple. Ya no solo era capaz de ver en la oscuridad y proyectar una leve luz en casos puntuales, sino que iluminaba estancias enteras si así lo deseaba. Por no hablar de la capacidad de toxicidad que había ganado, muy superior a la que tenía cuando nos conocimos. Por otro lado, yo había aprendido a manejar la ecolocalización a placer y no solo en situaciones límite, cuando el tósigo me asaltaba, lo cual me daba una enorme ventaja táctica para crear una estrategia de pelea. Eso sí, a distancia. El cuerpo a cuerpo se lo dejaba a Mel, quien se empeñó en desarrollar sus dotes de lucha por si el momento lo precisaba. La cicatriz que tenía en el labio, después de la pelea con Aristeo, le recordaba continuamente su necesidad de sentirse preparado. Y más ahora que tenía a Dahiria.

Nuestras vidas habían cambiado mucho y nuestras situaciones nada tenían que ver con el pasado. Supimos luchar y mantenernos fuertes para no dejarnos vencer por los miedos, para hallar la armonía en esa locura. Todo parecía perfecto, o casi. Ojalá esa calma durase para siempre.

Con la imagen de Río en la cabeza, fui a responder la pregunta que me había hecho Helena. Ella se adelantó a mis palabras.

—Aparte de a tu familia, claro. ¿Qué echas más de menos? —añadió con curiosidad.

Una sonrisa se me dibujó en los labios sin avisar. Con lazo o sin él, Helena y yo acabamos siendo una sola. Nos llegamos a conocer en los aspectos más íntimos y personales, allí donde nadie más tenía permitido entrar. Cada célula de mi cuerpo estaba perdidamente enamorada de ella y, sin quererlo, encontré el equilibrio perfecto entre mi parte racional y mi parte animal. La amaba, la admiraba y la respiraba como si el mundo se fuera a acabar cada día.

Busqué el verde de su mirada y respondí:

—El café.

Agradecimientos

Estas páginas han sido mi refugio durante tanto tiempo que aún me cuesta creer que ya forman parte de una realidad compartida. Es algo que me emociona y me aterra enormemente. Supongo que de eso trata la vida. Mi querida esposa, gracias por sostenerme, apoyarme, empujarme e inspirarme cada día de mi vida. Nuestra historia, como el mundo mismo, está llena de aventuras y desventuras que me insuflan vida, como Zeus a Diana. Gracias por no dudar de mí aun cuando yo no sabía hacer otra cosa conmigo misma.

Mi familia, la de sangre y la elegida, vuestros nombres quedan plasmados en el mundo de Tessa para siempre. Un intento, sospecho, de haceros inmortales e infinitos. Mi amor y mi agradecimiento hacia vosotros no se puede medir. Adri, hermano mío, gracias por tus clases de historia. Lupe, gracias por tu conocimiento del Mediterráneo. Cris, Eva, María, gracias por vuestras mentes extraordinarias. Nada queda en el olvido, lo prometo.

Almería, mi tierra bonita, gracias por existir. Tu gente, tu gastronomía, tus paisajes, tus rincones ocultos… Toda tú me inspiras. Incluido tu viento, que se lleva lo malo y da paso a lo bueno. Qué orgullo lucir tu bandera.

Por loco que suene, gracias, Harry. Tu música y tus palabras me calientan el corazón y me motivan a ser mejor persona. Si he podido contar esta historia es, en gran parte, gracias a Alba y a ti. Escribir fue divertido, hacerlo con música aún más, pero tener a alguien que me preguntaba cómo seguía la historia, fue mágico.

No puedo terminar sin mencionar a Marco y a Cristina, además de a todo el equipo de Montena. Gracias por creer que mis ideas locas tenían sentido. Lo que siento al acariciar Mensis con las manos es… Pfff. GRACIAS.

Querida persona valiente que ha llegado hasta aquí:

Sin ti, esto sería un archivo en mi Drive con el título *Novela inacabada confinamiento 2020*. Gracias por motivarme a darle nombre, por no tener miedo a imaginar, por creer que entre estas páginas podías encontrar consuelo, alegría, paz y aventura.

La historia de Tessa ya no es solo mía, ahora también es tuya. Qué loco, ¿verdad?